Hannah Häffner
Nordsee-Nacht

Hannah Häffner

Nordsee-Nacht

Roman

GOLDMANN

Sollte diese Publikation Links auf Webseiten Dritter enthalten, so übernehmen wir für deren Inhalte keine Haftung, da wir uns diese nicht zu eigen machen, sondern lediglich auf deren Stand zum Zeitpunkt der Erstveröffentlichung verweisen.

Dieses Buch ist auch als E-Book erhältlich.

Verlagsgruppe Random House FSC® N001967

1. Auflage
Originalausgabe Juni 2020
Copyright © 2020 Wilhelm Goldmann Verlag, München,
in der Verlagsgruppe Random House GmbH,
Neumarkter Str. 28, 81673 München
Gestaltung des Umschlags und der Umschlaginnenseiten: UNO Werbeagentur, München
Umschlagmotive: FinePic®, München; mauritius images/Bernd Schunack
Redaktion: Regina Carstensen
BH · Herstellung: ik
Satz: Mediengestaltung Vornehm GmbH, München
Druck und Bindung: CPI books GmbH, Leck
Printed in Germany
ISBN: 978-3-442-20581-3
www.goldmann-verlag.de

Besuchen Sie den Goldmann Verlag im Netz

Prolog

Friederike spürt das kühle, feuchte Gras unter ihren Füßen, wie es nachgibt, schmatzend und glitschig. Wie ihre Sohlen bei jedem Schritt, für den Bruchteil einer Sekunde, zu schwimmen scheinen, bevor sie Halt finden auf der kalten, festen Erde.

Kein Geräusch. Nur ihr eigener Atem und ihr Herzschlag, der in ihren Ohren pocht, und sie sieht, zwischen den Zweigen hindurch, die Sterne und den schiefrunden Mond.

Vorsichtig setzt sie einen Fuß vor den anderen. Sie haben sie nicht bemerkt. Davor hatte sie Angst gehabt. Dass jemand sie entdeckt, sich ihr in den Weg stellt, als großer Schatten. Oder eine Hand, die sich schwer auf ihre Schulter legt, plötzlich, aus dem Nichts heraus. Dazu eine wütende Stimme: »Was machst du hier draußen, ab ins Bett«, und am nächsten Tag Strandverbot. Dann wäre alles umsonst gewesen.

Aber nichts. Niemand ist ihr gefolgt. Niemand sieht sie. Sie versucht, noch leiser zu atmen, geht vorwärts, so vorsichtig sie kann. Ein Schritt und noch einer.

Etwas huscht in ihrer Nähe vorbei. Sie will schreien, stattdessen presst sie die Lippen fest aufeinander. Bestimmt war es nur eine kleine Maus. Sie mag Mäuse. Vor Katzen fürchtet sie sich. Und Schlangen hasst sie. Gibt es hier Schlangen? Jemand hat ihr einmal erzählt, dass es überall Schlangen gibt. Überall!

Ein weiterer Schritt. Und noch einer. Wohin sie unterwegs

ist, weiß sie nicht so genau. Sie weiß nur, dass sie wegwill. Hier sind sie nett zu ihr, und es gibt Nougatcreme zum Frühstück. Zwei der anderen Mädchen haben sogar gesagt, dass sie ihre Freundinnen sein wollen. Aber trotzdem. Friederike mag nicht an diesem Ort sein. Sie hat gar nicht erst herkommen wollen, aber ihre Eltern haben gesagt, dass sie sich schon eingewöhnen wird. Dass es Spaß machen wird. Ein echtes Abenteuer.

Es macht keinen Spaß. Es ist laut, den ganzen Tag, und sie hasst, wenn es laut ist. Sie kann dann nicht nachdenken. Die anderen Kinder lachen und schreien, und Friederike fühlt sich verloren zwischen ihnen. Jeder kann sehen, dass sie anders ist.

Sie hat versucht, wie sie zu sein, lärmend und wild. Hat sich bemüht, zu lachen und zu schreien wie sie, aber es hat sich falsch angefühlt. Sie gehört nicht hierher, auch wenn sie nicht weiß, wohin sie sonst gehört.

Friederike wischt sich mit dem Ärmel übers Gesicht, in der kalten Nachtluft läuft ihr die Nase. Sie hätte Taschentücher einstecken sollen. Und ein Brötchen, etwas zu trinken. Ihr Mund ist vor Aufregung ganz trocken.

Sie hat keine Angst. Sie sagt es laut. Ich habe keine Angst. Und es stimmt. Sie hat keine Angst. Um sie herum ist es schattendunkel, aber auf eine friedliche Weise. Alles ist ruhig, und so will sie es.

Sie hat es fast geschafft. Sie ist gleich am Zaun. Friederike weiß, dass es kein Problem ist hinüberzuklettern, sie hat es am Tag zuvor ausprobiert. Heimlich. Klettern kann sie gut, es macht ihr Spaß. Ihre Großmutter meint, sie würde auf Bäume klettern wie ein Eichhörnchen.

Noch ein paar Schritte. Dann streckt sie die Hand aus und fühlt den kalten Draht. Es gibt ein Tor, doch es ist weit entfernt, und sie glaubt, dass es in der Nacht beleuchtet ist. Es könnte sogar sein, dass dort jemand sitzt und aufpasst, wer rein- und rausgeht.

Darum muss sie über den Zaun. Sie greift in die Maschen, bewegt sich konzentriert. Ihre Hände und Füße wissen ganz genau, was sie zu tun haben.

Und dann steht sie auf der anderen Seite. Die Straße ist im Mondschein zu erkennen, niemand anderes ist unterwegs. Es gibt nur sie allein.

Plötzlich wird ihr ganz heiß. Es beginnt auf ihrer Haut zu kribbeln, in den Handflächen und im Nacken. *Was, wenn es keine gute Idee war? Was, wenn es ganz und gar falsch war?*

Sie hat weggewollt, hat jenseits des Zauns stehen wollen. Sie hatte gedacht, dass ab diesem Moment alles besser werden würde. Aber jetzt ist sie drüben, und ihr wird klar, dass sie sich keine Gedanken darüber gemacht hat, wie es dann weitergeht. Dass sie allein ist. Nicht auf die Art allein, die sie sich ausgemalt hat, ohne den Lärm und ohne das Geschrei. Sondern wirklich allein auf der Welt. Verlassen.

Jetzt hat sie Angst. Große Angst. Was soll sie tun? Soll sie wieder auf die andere Seite klettern? Was, wenn sie sie erwischen, wie sie ins Zelt zurückschleicht? Wird man sie bestrafen? Und dann merkt sie, dass es ihr egal ist. Ganz egal. Sie will zurück. Sollen die anderen doch sagen, was sie wollen.

In diesem Augenblick nähert sich ein Licht. Sie presst sich mit dem Rücken gegen den Draht und hält die Luft an. Es blendet sie, und sie dreht den Kopf weg. Es ist ein Auto. Wird es langsamer? Vielleicht hat jemand sie gesehen und will ihr helfen. Vielleicht, denkt sie, vielleicht wird doch noch alles gut.

**Teil I
1987**

1

Natürlich waren sie außer Rand und Band. Es war das ungeschriebene Gesetz, das über allem stand und immer galt: Spätestens nach zwei Stunden Busfahrt herrschte das blanke Chaos. Dann waren die Kinder so überdreht und überzuckert, so voller aufgestauter Energie, so aufgeregt, dass es kein Halten mehr gab. Sie hüpften, sämtliche Ermahnungen ignorierend, auf den Sitzen, lachten schrill über die banalsten Witze und lagen sich kreischend vor Begeisterung in den Armen, nur um sich im nächsten Moment ehrlich und für immer zu hassen. In der Regel dauerte es danach nicht mehr lange, bis es zu handfesten Auseinandersetzungen kam. Und tatsächlich, die pummelige blonde Nadine und Anja mit den dunklen Locken gerieten über die letzte saure Schlange aneinander, die Nadine, nein Anja, nein Nadine, nein Anja, unbemerkt aus der Zuckertüte genommen hatte. Dann hatte Nadine begonnen, Anja zu schubsen, und Anja, in höchster Not, musste sich Nadines Haarspange gegriffen haben, denn die Spange mussten sie ihr nun aus der kleinen fettigen Faust winden, zusammen mit einigen dünnen blonden Haaren.

Nadine schrie wie am Spieß, ohne im Entferntesten die Absicht erkennen zu lassen, jemals wieder damit aufzuhören. Irgendwann, geradezu zwangsläufig, fielen mehrere der anderen Kinder in das Geheule ein, ein schleichender Übergang von Gequengel zu Gejammer, bis schließlich hin zur offenen Revolte. Jonathan Belling dachte kurz daran, aus dem fahrenden Bus zu hechten, nach Hause zu trampen und den Job als Betreuer sausen zu lassen. Aber er blieb. Gemeinsam mit den anderen aus dem Team beruhigte er die tobende Meute, mit eiserner Geduld und zusammengebissenen Zähnen. Sie lächelten aufmunternd, verteilten Kaubonbons, stimmten ein paar verzweifelt-fröhliche Lieder an. Die endlosen Strophen, heruntergeleiert von einer verheulten Bagage, waren die Hölle. Aber in einem Bus voller kleiner Terroristen erschien die Hölle manchmal wie ein passabler Ausweg.

Und dann waren sie endlich da. Willkommen in Hulthave. Jonathan stieg aus dem Bus und sagte sich, dass es nur noch besser werden könne. Ab diesem Punkt wurde es meistens besser, das wusste er aus Erfahrung. Er streckte sich, spürte, wie sich das verschwitzte, klebrige T-Shirt von seinem Rücken löste. Atmete frische, kühle Abendluft, die nach Meer und Sommer roch.

Hinter ihm fielen fünfundzwanzig Sechs- bis Achtjährige in Knäueln über ihre Füße und aus dem Bus, während er den Blick über das Areal wandern ließ. Grasflächen, mehr gelb als grün. Graue, zweckmäßige Gebäude, ein Kiosk, ein Häuschen für den Verwalter. Gesprungene Betonplatten auf dem Boden, einen der Risse spürte er durch die dünnen Sohlen seiner Schuhe.

Er sah eine seiner Kolleginnen, Sascha, wie sie mit einem der Mädchen fest an der Hand zu den Waschräumen hastete. Er sah drei der Jungs, die sich mit Tupperdosen, in denen sich wohl ihr Reiseproviant befunden hatte, die Köpfe einschlugen. Er sah Ruth, eine ruhige Rothaarige mit Batikshirt, die die Leiterin des Betreuerteams war, wie sie Blut von einem kleinen Knie tupfte. Ute, die Dünne mit den kurz geschorenen Haaren, versuchte geduldig, den Rest der Horde zu bändigen.

Er schloss kurz die Augen. Einundzwanzig, zweiundzwanzig. Dann war er bereit, sich wieder ins Chaos zu stürzen. »Michael? Du heißt doch Michael! Genau dich meine ich!« Der Junge mit der Tupperdose flitzte davon, er hinterher. Es ging wieder los.

2

Er sah sie und wusste, dass er tun musste, was er nicht konnte. Was er nicht wagte. Er musste zu ihr gehen, musste ihr nahekommen, so schön war sie, so unglaublich schön, dass es wehtat im ganzen Körper. Sie stand am Rand des Wassers, Kinder liefen kreischend um sie herum, nichts als Störungen in der Atmosphäre, denn der Mittelpunkt war sie. Der Sand unter seinen Sohlen gab nach, machte es ihm schwer, zu ihr zu gelangen. Noch schwerer, als es ohnehin schon war.

Vor ihm lag das Meer, träges, schieferfarbenes Metall bis zum Horizont, geschaffen, um ihre Vollkommenheit zu spiegeln. Er mochte das Wasser, weil es keine sinnlosen Fragen stellte und weil es auch nicht klüger oder besser war als er. Wasser war einfach Wasser, so wie er einfach Torsten war.

Er wusste, dass er hässlich war, aber das Meer schien das nicht zu kümmern, es war, als schluckte es all seine Erbärmlichkeit. Schaute man über das Wasser, schaute keiner zurück. Keiner, der höhnte oder spottete oder den Kopf schüttelte, wie die Menschen es sonst immer taten, immer getan hatten, sein ganzes Leben lang.

Er konnte die junge Frau lachen hören, zwischen den hellen Stimmen der Kinder ihre weiche, unvergessliche. Ein reines Lachen, kein böses, nur Freude, nur Wärme. Und als wäre er nicht er selbst, als wäre er nicht so dumm und feige, wie er nun einmal war, tat er es. Er ging zu ihr, stolperte, aber hielt nicht inne. Und dann war er da, bei ihr.

Er stand vor ihr, und die Fragen wollten aus seinem Kopf, drängten aus seinen Augen, seinem Mund. Wer bist du? Wie heißt du? Warum bist du so schön? Warum lachst du mich an, einfach so? Die Fragen drängten, doch er sagte nichts, lächelte nur und atmete. Atmen, das konnte er.

Wer sie war, das verriet sie ihm auch so, mit dieser unglaublichen Stimme. Sascha hieß sie, Sssascha eigentlich, denn ihre Zunge summte und sang bei jedem S. Sascha. Er kannte eine Sascha aus dem Jugendverein, mit rundem Rücken und breiten Zähnen, aber das hier, das war etwas anderes. Eine süße, summende Sascha mit blonden Locken, die zitterten, wenn sie lachte. Blond und silbern, mit einem Reif aus Meersalz und Sonne, und er fühlte den unwiderstehlichen Drang, eine Strähne um seinen Daumen zu wickeln. Er tat es, traute sich, doch sie entzog ihm die Locke und lachte, als passierte ihr das ständig, dass Menschen nach dem Gold und Silber griffen, das ihr aus dem Kopf sprudelte. Ihre braunen Augen waren dunkel, fast schwarz, saßen wie verbranntes Holz in ihrem Gesicht.

Er wusste nicht, was er sagen sollte, doch dann merkte er, dass sie schon redeten. Redeten und redeten. Die Sonne schien kalt und weiß. Die Kinder, die Sascha beaufsichtigte, buddelten nun im Sand und plapperten leise vor sich hin. Es waren nur die Jüngeren, sieben oder acht Jungen und Mädchen, die Älteren veranstalteten eine Schnitzeljagd, das erzählte sie ihm jetzt. Die Kleinen waren friedlich, fast wirkten sie wie eine Kulisse. Als wären Sascha und er unter sich, nur sie beide, Kiesel unter den Füßen, rauer Sand. Er wusste, dass er nie weniger allein gewesen war als in diesem Moment.

Er hatte nicht den blassesten Schimmer, was er ihr erzählte, er erinnerte sich nicht einmal, was er vor zehn Sekunden gesagt hatte, aber sie lächelte. Und wie! Die Wellen klickerten, silbernes Holz zu seinen Füßen, eine Möwe, die ihren Schrei herauswürgte wie einen toten Ton, und endlich war in seinem Leben einmal alles so, wie es sein sollte.

Sascha blickte über den Strand. Sie überlegte. Er sah, wie sie den Ärmelsaum ihres Strickpullovers nach innen zog, Sandkörner zwischen den Maschen. Ihr Silber- und Goldhaar wehte mit dem Wind, sie drehte ihr Gesicht zu ihm, und er stellte sich vor, wie es wäre, wenn sie ihn einfach küsste.

Er würde es den anderen nicht erzählen. Obwohl er wusste, dass sie staunen würden. Eine Sascha, seine Sascha, und ein echter Kuss. Wer hatte das schon. Aber er würde schweigen. Kein Wort verraten. Dieser Augenblick wäre seiner, ganz allein seiner, und sie hatten darin nichts verloren. Sascha lächelte und wusste nicht, was er dachte. Das war vielleicht gut so.

Eines der Mädchen begann zu weinen. Sascha entfernte sich von ihm, und kurz war er wütend auf das Kind. Er spürte, wie eine scharfe Hitze unter seine Kopfhaut fuhr, seine Zehen krallten sich in den Sand. Sascha umarmte und tröstete das Mädchen. Es schmiegte sich an sie, vergrub das Gesicht in den Goldhaaren, und ihm war, als presste sich sein Herz durch seine Haut nach außen.

»Nicht weinen, Helene«, murmelte sie, und er wunderte sich, dass er die Worte verstand. Es musste an ihrer Stimme liegen, die sich von allem abhob, die hervortrat und den direkten Weg in sein Hirn fand. Jetzt kitzelte sie das Mädchen, bis es sich kichernd in ihren Armen wand. Die anderen Kinder kamen gelaufen und stürzten sich auf sie, ein wirres Durcheinander von dünnen Armen und Beinen und Gelächter. Er fühlte sich außen vor. So sah Glück aus, selbstvergessen, zeitvergessen, weltvergessen, und er wünschte sich, einmal so etwas spüren zu können.

Sascha rappelte sich auf und klopfte den Sand von ihrer kurzen Hose. Sie sagte etwas zu den Kindern und kam dann zu ihm. Aus ihrer Jutetasche kramte sie eine kleine Kamera und reichte sie ihm.

»Machst du ein Foto von mir und den Kindern?«

Seine Hände waren feucht, als er den Apparat entgegennahm. Er war sich nicht sicher, ob er wusste, wie er funktionierte. Die Kinder sammelten sich um Sascha.

»Und jetzt denken wir alle an etwas Lustiges!« Ihre Stimme wurde immer schöner, mit jedem Wort.

Die Kinder zogen auf Kommando angestrengte Grimassen, wollten es ihr recht machen und sahen dabei aus wie ein Haufen kleiner Monster. Nur eines, ein blasses Mädchen in einem hellroten Badeanzug, verzog keine Miene. Es schaute geradeaus und zuppelte an einer Strähne seines braunen Haars. Er sah, wie Sascha es sanft in den Bauch piekte.

»Lach mal, Friederike!«

Doch das Mädchen lächelte nicht. Etwas Entschuldigendes lag in seinem Blick, als bäte es um Verständnis.

Sascha strich der Kleinen über den Kopf, dann sah sie sich nach ihm um. Gab ihm ein Zeichen. Sie legte die Arme um die Kinder, umfasste so viele von ihnen, wie sie nur konnte. Lachte das schönste Lachen der Welt, und alles Licht sammelte sich in ihren Haaren, ihren Augen, ihrem Blick.

Ihm wurde ganz flau. Schnell drückte er auf den Auslöser. Er wusste, er würde diese Fotografie nicht besitzen müssen. Das Bild würde immer da sein, wenn er die Augen schloss. Immer.

Sascha rief den Kindern etwas zu, das der Wind davontrug. Zu ihm sagte sie, dass sie gehen müsse. Aber er würde sie wiedersehen, das wusste er. Sonst, und das war eine felsenfeste Wahrheit, ergäbe nichts, aber auch gar nichts einen Sinn.

3

Der Geruch von Laub und frisch gewaschenen Kindern. Dazu Früchtetee, rot und sauer. Zwieback. Das Rascheln von Schlafsäcken, Gekicher, geflüsterte Worte. Jonathan hasste diese Zeltlager, wusste nicht, warum er sich jedes Jahr wieder dazu überreden ließ, als Betreuer einzuspringen. Doch er liebte sie auch, irgendwie. So wie man anfängt, etwas zu lieben, das man lieben muss, weil man sonst verrückt wird. Er selbst hatte als Kind seine Sommer so verbracht, statt in ferne, heiße Länder war es in den Teutoburger Wald gegangen oder an den Bodensee. Die Kinder sollten kernig, gesund und mit roten Backen zurückkehren, braun gebrannt, müde getobt. Vor allen Dingen aber sollten sie, bevor sie zurückkamen, erst einmal wegfahren, das war das Entscheidende. Nicht um die Rückkehr ging es, sondern um den Abschied, damit die Eltern ihre Ruhe hatten.

Seine Eltern hatten gerne ihre Ruhe gehabt, selbst wenn sie, davon war er überzeugt, auch während er fort war, nur vor dem Fernseher saßen, mit Salznüssen und Sprudelwasser. Jetzt jedenfalls hatten sie ihre Ruhe, und zwar auf unbestimmte Zeit. Schon seit Wochen hatte er nicht mehr bei ihnen angerufen, der letzte Besuch war an Weihnachten gewesen, und auch der nicht freiwillig. Sein Studium gefiel ihm, er lebte das Leben, das er sich gewünscht hatte, und seine Eltern kamen nicht darin vor. Alles war anders jetzt, und es war besser so.

Nur die Zeltlager waren geblieben, weil sie ihm, wie er zu seiner Verwunderung festgestellt hatte, fehlten, wenn er einen Sommer lang zu Hause blieb. Irgendwie schien er sie zu brauchen. Er starrte auf seinen Skizzenblock, der bis auf einige dahingeworfene Umrisse noch leer war. Ihm fiel nichts ein, dabei waren solche Stunden, allein, ungestört, einzig umgeben von Dunkelheit und zuckenden Schatten, die beste Inspiration. Er war froh, dass er Manfred Orschowski losgeworden war. Orschowski, den er von früheren Ferienfreizeiten kannte, hatte darauf bestanden, ihm eine Weile Gesellschaft zu leisten, hatte ihn vollgequatscht mit uninteressanten Frauengeschichten, bis er schließlich, Gott sei Dank, vor gut einer Stunde zu Bett gegangen war.

Jonathan Belling hob den Blick vom Papier, ohne zu wissen warum, und sah, wie Sascha Götz näher kam. Sie war seine Wachablösung, doch sie war zu früh. Vielleicht wollte sie reden. Hoffentlich. Sascha war hübsch, mit ihren blonden Locken, und er mochte, dass sie so war, wie man sich Zeltlagermädchen vorstellte: praktisch gekleidet, ungeschminkt, mit kühlen Händen und heißen Wangen. Jetzt stand sie vor ihm, in Jeans und Regenjacke, die Füße in festen Schuhen und die Hände in den Taschen. Sie wirkte kein bisschen müde, grinste sogar ein bisschen.

»Schichtwechsel! Du hast es geschafft, Jonathan, ich übernehme.«

Er nickte. »Setz dich!« Er klopfte auf den Baumstamm, auf dem er saß, und sie ließ sich nieder.

Die Tatsache, dass sie durch ihre Jeans dieselbe rissige, raue Rinde spürte wie er, dass sie die Wärme fühlte, die von seinem Körper ausging, so wie er ihre, machte ihn nervös. Das war ungewöhnlich. Er hatte nie Probleme mit Mädchen gehabt –

wenn er eines mochte, konnte er sich fast sicher sein, dass es ihn auch mochte. Und Sascha schien ihn zu mögen. Sie redeten und redeten, obwohl er längst hätte zu Bett gehen sollen. Man konnte sich gut mit ihr unterhalten, sie hörte zu, und wenn sie etwas sagte, war es, als hätte sie sich über gerade diese Sache schon seit Langem tiefgründige Gedanken gemacht. Irgendwann hörte er nur noch ihre Stimme und verstand nicht mehr, was sie sagte. Sein müdes Hirn machte aus ihrem Singsang, ihren Blicken und den goldenen Haaren etwas unbeschreiblich Schönes. Er griff nach ihrer Hand.

Warum sie es tat? Vielleicht, um es getan zu haben. Um den Moment in ihrer Erinnerung liebevoll zu verfälschen, aufzubauschen zu einer prägenden Erfahrung. Um sich nicht nachher darüber zu ärgern, es nicht gemacht, die kostbare Chance verpasst zu haben, die Chance auf eine kleine Verrücktheit, die schlaflose Nächte mit schönen Bildern füllen konnte. In jedem Fall tat sie es nicht, um es zu tun, denn es war nicht einmal besonders schön. Nicht berauschend, nicht erregend und ganz sicher nicht außergewöhnlich. Aber es war einfach richtig, in diesem Moment.

4

Das Dunkel war um ihn, und er fühlte sich sicher. Sie konnten ihn nicht sehen, aber er sah sie, sah sie wie durch einen Tunnel. Sah, wie ihr Haar den schwachen Schein des Feuers reflektierte und Gelb in Gold verwandelte. Sah, wie der junge Mann sie anschaute, anstarrte, in ihr versank, so wie jeder in ihr versinken wollte, um die Welt hinter sich zu lassen. Der Mann griff nach einer Locke; ihm entzog sie sie nicht. Er musste würgen, vor Enttäuschung, vor Zorn. Der Mann fasste sie an, und er saß hier, verborgen im Schatten, der Hässliche, der Einsame, und die Wut tat weh, aber am allerschlimmsten war die Scham.

Er war gekommen, um ihr nahe zu sein, die Luft zu atmen, die sie atmete, um die silbrigen Geräusche der Nacht zu hören, wie sie sie hörte. Um vielleicht, mit viel Glück, einen Blick zu erhaschen, auf eine verschlafene, zarte Sascha, wie sie sich aus einem Zelt stahl und zu den Waschräumen huschte, fest in eine Strickjacke gewickelt.

Das hatte er sich gesagt. Ihr nur nahe sein, ihr nur näher sein, als er es sonst gewesen wäre, in seinem Bett. Doch in Wahrheit hatte er gehofft.

Was, wenn sie es auch fühlte? Nur einen Bruchteil dessen, was sich in seinem Inneren Bahn brach? Wenn sie sich nach ihm sehnte wie er nach ihr?

Was, wenn sie auf ihn wartete, aus dem Zelt trat, um sich

ihm zu zeigen. Auf ihn zuging und seine Hände nahm, zögernd und sanft, seine Arme um sich legte und gegen ihn sank, mit all ihrer Wärme und Kühle zugleich. Was wenn. Was wenn.

Aber natürlich war es nicht so. Würde es nie so sein.
Und er schämte sich. Schämte sich, dass er so dumm gewesen war zu hoffen.
Die beiden saßen dort, Sascha und der Mann, und das war, wie es eben war, das war, womit er leben musste, das war, wie es immer sein würde. Nicht er war das dort neben Sascha, auf dem Baumstamm, nicht seine Hände waren in ihrem Haar, sondern die des Mannes. Er beobachtete, wie die beiden noch näher zueinanderrückten, hörte sie murmeln.
Was dann passierte, drang zu ihm wie durch einen Nebel. Als hätte die Dunkelheit zwischen ihm und den beiden Menschen am Feuer sich in schwarzen Rauch verwandelt.
Leises Lachen. Blicke. Hände auf Händen. Und dann die Lippen des Mannes auf denen von Sascha. Ihre Körper verschwammen im Schein des flackernden Feuers, wurden eins. Sascha, eins mit einem anderen.
Ihr Verrat war unübersehbar, unvergesslich, unverzeihlich. Da war etwas Salziges in seinem Mund, aber es war kein Blut. Es waren Tränen, die er sich von den Lippen geleckt hatte, und sie schmeckten so, wie der Moment sich anfühlte.

5

Sascha ging von Zelt zu Zelt und zählte. Eins, zwei ... sieben, acht, zehn ... Alles war, wie es sein sollte. Fünfundzwanzig Köpfe, wie kleine Stöpsel auf den plustrigen Schlafsäcken, die bei jeder traumschweren Bewegung raschelten und knisterten. Keines der Kinder war wach. Sie schliefen tief und fest, so wie man eben schlief, wenn man den ganzen Tag herumgerannt war, wild geplanscht und sich die Seele aus dem Leib gejohlt hatte. Es waren alle da. Jeder einzelne kleine Kopf war da, wo er sein sollte.

Sie spürte die vertraute Erleichterung, die ihren Bauch von innen warm werden ließ. Sie wusste um die Verantwortung, die mit ihrer Aufgabe verbunden war, eine Verantwortung, der das lächerlich geringe Taschengeld, das sie als Betreuerin erhielt, nicht im Mindesten gerecht wurde. Es war eher ein Dienst an der Allgemeinheit, keine Arbeit, mit der man wirklich etwas verdienen konnte. Und auch wenn andere aus ihrem Semester in Eisdielen oder am Fließband das Zehnfache bekamen und sich schicke Kleider und Taschen leisten konnten, so war sie doch zufrieden, so absurd es auch erscheinen mochte.

Was sie tat, war sinnvoll. Waren die Kinder glücklich, war sie es auch. Wenn sie kicherten und kreischten, wenn ihre kleinen nackten Bäuche pumpten vor Lachen, weil wieder einmal einer von ihnen vom Steg gefallen oder auf einen Frosch getreten war, dann konnte man sich ihr nicht entziehen, dieser puren Freude, frisch und noch nicht von Ängsten und Sorgen durchwachsen wie von zähen, knotigen Wurzeln. Diese kleinen Bälger barsten fast vor Unbekümmertheit, sie strömte ihnen aus allen Poren und aus den Höhen ihres Lachens, und das Schlimmste, und dabei auch das Allerschönste war, dass sie sich dessen in keiner Sekunde bewusst waren. Sie ahnten nicht einmal, dass es bald vorbei sein würde, dass diese Tage ohne ein Übermorgen vergänglich waren. Das war es ja gerade. Deswegen waren sie, wie sie waren. Bezaubernd und unangetastet vom Leben.

Hätte man sie gefragt, in irgendeinem dieser sorglosen Momente, ob sie etwas ändern wollten, jetzt, sofort, dann hätten sie vermutlich noch nicht einmal eine Antwort gewusst. Sie hätten nur verständnislos dreingeschaut, vielleicht kurz mit den Schultern gezuckt, und im nächsten Augenblick wären sie verschwunden gewesen, Besseres zu tun, Wichtigeres zu tun. Keine Zeit für dumme Fragen, die störend, ja vollkommen unwichtig waren, wenn es zum Meer doch gar nicht weit war und man schon die Badesachen anhatte.

Diese Unmittelbarkeit tat Sascha gut. Sie war eine, die gerne zu viel grübelte, schweren Gedanken nachhing, sich an sie klammerte, mit ihnen in ein Tief und das nächste sank. Die Fröhlichkeit half ihr, nicht davonzutreiben, die Tatsache, dass es nur um das Heute ging, gab ihr Halt.

Sie ließ sich wieder auf ihren Platz an der Feuerstelle nieder, wickelte ihr Tuch fester um den Hals und zog die Beine an, die in der feuchten Luft schon etwas steif geworden waren. Sie vergrub die Nase in ihrem Pullover. Er roch nach ihm. Eindeutig. Dieser frische Duft klebte jetzt an ihr, und sie wusste, dass sie nie wieder etwas Ähnliches riechen würde, ohne an ihn zu denken.

Als der Morgen hereinbrach, war sie hellwach und durchgefroren. Verschlafen krochen die ersten Kinder aus den Zelten, mit zerknautschten Gesichtern und wirren Haaren, noch unsicher, wo sie sich befanden und ob es ihnen dort gefiel. Morgens war immer alles wieder fremd, was am Abend zuvor noch vertraut und gut und recht gewesen war. Der frische Geruch der Wiese, die feuchte Kühle in der Luft und keine Rituale, keine Mama, die sie aus dem Bett holte und ins Bad scheuchte.

In ihrer Verunsicherung suchten nicht wenige, vor allem die Kleinsten, fast instinktiv menschliche Nähe. Sascha lächelte, als das erste Kind zu ihr gehuscht kam und in ihre Arme schlüpfte. Angeschmiegte zerbrechliche Gestalten, noch warm vom Schlaf und mit diesem bestimmten Geruch, den man nicht beschreiben konnte, irgendwie arglos und sehr jung. Sie genoss den Moment, denn er würde nicht lange währen. Bald würden sie zappeln und sich ihr entwinden, wieder mutig genug, bereit für den neuen Tag, bereit für all die wilden Abenteuer.

Am Frühstückstisch herrschte der übliche Lärm, knapp an der Grenze des Erträglichen. Wer noch nie in einem Ferienlager gewesen war, hatte nicht ansatzweise eine Ahnung davon, was man mit Essen anstellen konnte. Brot wurde zu Kugeln geknetet und weggeschnippt, Nutella in fremde Krägen geschmiert, Hefezopf in Flocken gezupft und über den Tisch gepustet. Sascha sparte sich die Ermahnungen und tauschte nur einen kurzen Blick mit Manfred, dem Ältesten im Betreuerteam. Manfred war schon fast dreißig und sturmerprobt, nichts konnte ihn aus der Ruhe bringen. Die Kinder liebten ihn, wegen seiner Zahnlücke, durch die er pfeifen konnte, und wegen seiner Dreadlocks. Er grinste, blieb völlig unberührt von dem Chaos.

Es war schon nach elf, als Sascha spürte, dass etwas nicht stimmte. Die Kinder wetzten um sie herum, spielten eine Art Völkerball ohne verbindliche Regeln. Zwei der größeren Jungen begannen einen Streit um den Ball, der eine kniff den anderen in den Arm, und der haute ihm eine runter. Harmlos. Die anderen Kinder johlten begeistert.

Dennoch war etwas anders. Sascha sah sich um. Ruth und Jonathan standen nicht weit entfernt, die Kinder im Blick, auf ihren Gesichtern nicht die geringste Spur von Besorgnis. Ruth war mit wenigen Schritten bei den beiden Streithähnen, zerrte sie auseinander und stellte sie zur Rede. Ihr Ärger aber war gespielt, sie wirkte entspannt und gelöst. Ute und Manfred klapperten hinter dem Küchenhaus mit dem Frühstücksgeschirr herum, sie waren nicht zu sehen, aber zu hören: ein helles und ein dunkles Lachen, keine Bedrohung, nichts.

Nicht eine einzige Wolke warf einen Schatten, der ihr plötzliches Frösteln hätte erklären können. Niemand Fremdes zu sehen, keine Gefahr weit und breit. Aber dennoch. Die Härchen auf ihren Armen stellten sich auf, und ihr war mit einem Mal ganz elend. Tief in ihrem Magen zog und zerrte etwas, nagte sich in ihr Inneres, und sie fuhr sich über die Stirn, einmal, zweimal, rieb sich die Augen. Was stimmt nicht mit dir?, fragte sie sich. War sie überreizt, angespannt? Etwas war anders, sie spürte es. Sie sah sich um. Nichts als unschuldige, frohe Gesichter. Helles Sonnenlicht. Der Geruch von Gras. Von Sommer. Alles, wie es sein sollte.

Trotzdem war da diese Bedrohung, etwas brannte sich in ihr Hirn, durch alle Schichten, bohrte sich in ihren Kopf. Etwas, das sie nicht wahrhaben wollte. Etwas, das nicht wahr sein durfte. Panik kroch ihr sauer die Kehle hoch, es war etwas Schlimmes, etwas ganz und gar Schreckliches, das wusste sie, und die Erkenntnis war schon nahe. Gleich würde nichts mehr so sein wie vorher. Nie wieder.

Ruth schien sie beobachtet zu haben, besorgt runzelte sie die Stirn. Sie sagte etwas zu Jonathan, kam dann zu ihr, berührte ihre Schulter, wie um sie aus einem schlechten Traum zu erlösen. Sascha spürte die kühle raue Hand auf ihrer Haut. Sah, wie sich Ruths Mund bewegte, fühlte mehr den Luftzug, als dass sie die Worte hörte, die ihn verließen. Am Rande ihres Blickfelds der rote Ball, der über das stoppelige Gras auf sie zurollte. Ein roter Ball. Ein hellroter Badeanzug. Ein Mädchen in einem roten Badeanzug, das nicht lächeln wollte. Und dann wusste sie es. Friederike. Sie hatte Friederike heute Vormittag noch nicht gesehen.

»Friederike.« Sie flüsterte erst, dann rief sie lauter: »Friederike.« Ihre Kehle war so furchtbar eng. Sie bekam keine Luft, und in ihrem Kopf summte es wie verrückt, aber sie musste rufen. »Friederike!« Sie schrie jetzt.

Jonathan starrte sie irritiert an, aber Ruth verstand sofort. Sie drehte sich um und rannte los.

Sie suchten und suchten. Sie suchten in den Zelten, in den Waschräumen, auf dem ganzen Gelände. Die Kinder, erst irritiert, dann begeistert und mit Feuereifer, ohne im Entferntesten den Ernst der Lage zu begreifen, schließlich erschöpft und unleidlich.

Sie liefen am Strand entlang, immer wieder auf und ab. Hinter jedem Baum, jeder Biegung hofften sie, sehnten sie die kleine Gestalt herbei, die sich aus dem Schatten eines Strauchs schälen, aus einer Mulde im Sand erheben würde, müde und schuldbewusst, aber erleichtert, sie alle zu sehen. Sascha stellte sich den Moment vor, sah ihn in aller Klarheit. Sie würde das

Mädchen ins Lager tragen, es festhalten und ihm keine Fragen stellen, das versprach sie Friederike lautlos. Keine Standpauke, komm nur einfach zurück.

Es durfte nicht sein, nicht wahr sein. Wie ein Mantra sagte Sascha sich die Worte vor, immer wieder glitten sie durch ihren Kopf in ihren Mund und über ihre Lippen, aufgereiht wie Perlen an einer Schnur. Sie spürte, wie Zweige gegen ihre nackten Beine klatschten, wie Brennnesseln ihr die Haut versengten, wie die Riemen ihrer Sandalen ihr die Füße wund rieben, sie spürte es und auch wieder nicht. Der Schmerz war viel zu weit weg, um sich über ihn Gedanken zu machen. Sie kämpfte sich durch das kleine Wäldchen südlich des Lagerplatzes. Hier war sie zwar mit den Kindern nie gewesen, aber wer wusste schon, wohin Friederike gelaufen war, wer oder was sie von vertrauten Wegen gelockt hatte.

Sie hatte das Wäldchen durchquert, keine Spur von Friederike. Unter freiem Himmel, in der fahlen Sonne, blieb sie stehen, atmete hart und gepresst, die Hände auf die Oberschenkel gestützt. Der Schweiß lief ihr den Nacken herunter, und ihre Leinenbluse klebte an ihr wie eine zweite Haut.

»Sascha!« Das war Manfreds Stimme. Rau. Ernst.

Sie fuhr herum. »Habt ihr sie gefunden?« Sie sah in seinem Gesicht, dass es nicht so war.

Er kam auf sie zu, packte sie am Arm. »Du musst dich zusammenreißen. So kannst du nicht ins Lager zurück. Du machst den Kindern Angst.« Sein Gesicht schien plötzlich so weit weg. Es zerfiel in seine Einzelteile wie ein durcheinandergeratenes Puzzle. »Sascha!« Er schüttelte sie. »Hörst du mir überhaupt zu? Du stehst ja komplett neben dir. Wir wissen nicht, was geschehen ist. Vielleicht ist sie einfach nur weggelaufen. Sie kann überall sein. Es geht ihr gut, da bin ich mir sicher.«

»Einfach nur weggelaufen?« Sie schrie ihn an, und ein Speicheltropfen landete auf seiner Stirn. Es war ihr egal. »Friederike ist weg. Sie ist nicht in der Nähe des Lagers. Sie ist irgendwo, ganz allein, und sie hat bestimmt wahnsinnige Angst. Vielleicht hat sie sich verlaufen, aber vielleicht hat sie auch jemand mitgenommen. Kapierst du das, vielleicht hat sie jemand verschleppt!« Sie hörte selbst, wie ihre Stimme sich immer höher quälte und schließlich kippte.

»Verdammt, Sascha, wenn du rumheulst, wird es dadurch auch nicht besser. Reiß dich zusammen.« Manfred klang fast flehend, und sie sah in seinen Augen, weit offen und wässrig glänzend, dass er genauso panisch war wie sie. »Wir wissen nicht, was mit Friederike ist. Wo sie ist. Aber das ist kein Grund, jetzt durchzudrehen.«

Sie schüttelte den Kopf, was redete er da? Kein Grund durchzudrehen? Natürlich war es möglich, dass Friederike einfach weggelaufen war und jetzt bockig hinter irgendeinem Busch kauerte, zerstochen von Mücken, hungrig und müde, aber heil und gesund. Oder sie war von einer der Familien aus dem Dorf aufgelesen worden und saß vergnügt bei Kuchen und Limonade auf einer sonnigen Terrasse, während sich eine hilfsbereite Ersatzmutter durch die Instanzen telefonierte.

Vielleicht, vielleicht. Vielleicht lag sie aber auch mit gebrochenen Knochen und blutiger Stirn in einem Straßengraben. Vielleicht trieb sie kalt und leblos im Wasser, schwappte mit den Wellen auf und ab, weit draußen vor der Küste. Oder kauerte frierend in einem dunklen Kellerraum, eine kratzige Wolldecke auf der nackten Haut, und schreckliche Menschen warteten nur darauf, ihr schreckliche Dinge anzutun.

Sascha spürte, wie ihre Beine schwach wurden. Was sollte sie tun? Was tat man in solch einem Moment, wenn die Welt sich zu einem schwarzen Loch zusammenzog? Sie war schuld. Sie hatte versagt. Mit angstkalten Händen fuhr sie sich übers Gesicht, wischte sich den Schweiß und die Tränen aus den Augen. Sie musste atmen. Und nachdenken. Beides war so schwer.

6

Als sie ins Lager zurückkehrten, war es früher Nachmittag. Blasses Licht lag über dem Zeltplatz; Strandlaken und kleine Badeanzüge, an der Wäscheleine aufgereiht, setzten im Wind schwankende Farbtupfer. Von irgendwo wehten Fetzen eines hellen Lachens herüber, das sogleich verstummte.

Sascha spürte, wie dieses falsche Idyll all die Kraft aus ihr saugte, die noch in ihr war. Alles war so schön, an der Oberfläche, so normal und ruhig. Doch darunter, wie ein dunkler Sog, der alles verschlingen wollte, die Angst.

Jonathan trat auf sie zu, das gelockte, schon etwas schüttere Haar zerwühlt, das sonnengebräunte Gesicht fahl. »Nichts in den Krankenhäusern. Nichts aus der Umgebung. Die Polizei kommt jetzt her.«

Sie wollte antworten, wusste aber nicht, was sie sagen sollte. Da waren keine Worte mehr in ihrem Kopf, kein einziges, das auch nur im Ansatz hätte ausdrücken können, was sie fühlte. Also nickte sie nur.

Später saß sie auf dem Boden neben einem der Zelte, ließ alles geschehen, ließ das Chaos und die Panik geschehen, als ein Mann sie ansprach.

»Frau ... äh ... Götz? Sascha Götz?«

Sie sah nicht hoch, nickte nur.

»Mein Name ist Ulrich Wedeland, ich bin von der Kriminalpolizei. Dürfte ich Sie bitten, kurz mit mir zu kommen?«

Sie musste. Es ging nicht anders. Sie stemmte sich hoch, folgte dem groß gewachsenen Polizisten über die Wiese. Er war blass und irgendwie teigig, die farblos braunen Haare aus dem Gesicht gekämmt. Alles an ihm wirkte traurig, resigniert, die Schultern hingen herab, aus gutem Grund wahrscheinlich, Tausende von tragischen Augenblicken, die sie nach unten drückten.

Sie setzten sich an einen der orangefarbenen Holztische, an denen am Morgen noch die Frühstücksrunde gelärmt hatte. Die Sonne schien dem Polizisten ins Gesicht, und seine große Nase glänzte auffällig. Sie würde sich auf die Nase konzentrieren, vielleicht half es.

»Frau Götz.« Er versuchte, ihren Blick einzufangen, aber sie starrte weiter geradeaus. »Der Name des Mädchens ist Friederike Baumgart. Richtig?«

Sascha nickte.

»Wissen Sie ihr exaktes Alter?«

»Sie ist sechs. Wann sie Geburtstag hat, weiß ich nicht auswendig. Ich kann nachsehen.«

Der Polizist schüttelte kaum merklich den Kopf. »Später. Frau Götz, einer Ihrer Kollegen hat uns eine vorläufige Beschreibung des Mädchens gegeben. Ungefähr eins zwanzig groß, etwa zwanzig Kilo schwer. Schulterlange braune Haare, blaue Augen. Haben Sie etwas hinzuzufügen? Jede Information ist wichtig.«

Den letzten Satz hatte er unerwartet sanft gesagt. Sie ließ jetzt zu, dass er ihr direkt in die Augen sah, erkannte, dass er begriff. Dass sie kurz davor war loszuschreien.

»Frau Götz, alles, was Sie aussagen, hilft uns weiter. Wissen Sie, welche Kleidung Friederike trug, als sie verschwand?«

Sie atmete tief in den Bauch hinein, einmal, zweimal. Die Panik musste warten.

»Grau.«

»Wie bitte?«

»Ihre Augen sind grau. Nicht blau.«

Wedeland machte eine Notiz, aber sie verstand, dass es wohl mehr ihrer Ermutigung diente. Die genaue Augenfarbe spielte keine Rolle.

»Sehr gut.« Wedeland räusperte sich. »Weiter?«

»Was sie anhatte …« Sie zögerte. »… anhat, weiß ich nicht. Gestern zur Schlafenszeit trug sie, glaube ich, einen pinkfarbenen Jogginganzug. Aber ich habe keine Ahnung, ob sie darin …«

»Schon gut.« Wedeland unterbrach sie. »Wir werden nachsehen, ob der Jogginganzug unter ihren Sachen ist. Hat Friederike irgendwelche auffälligen Merkmale? Einen Leberfleck, eine Narbe?«

»Es tut mir leid. Ich kenne sie doch erst seit wenigen Tagen. Es kann sein, dass sie einen Leberfleck am Arm hat, aber es könnte auch eines der anderen Mädchen sein.« Vage wies sie in Richtung der Zelte.

»In Ordnung.« Wedeland sah auf. »Können Sie mir etwas über Friederikes Wesen sagen? Ist sie selbstbewusst, abenteuerlustig? Hat sie bereits einmal versucht abzuhauen?«

»Nein. Nein. Sie ist ein ruhiges, zurückhaltendes Mädchen. Vorsichtig, ein wenig scheu.«

»Streit mit den anderen Kindern gab es nicht?«

»Nein, bestimmt nicht.«

Der Kommissar legte die Stirn in Falten. »Dann würde ich jetzt gerne Ihre Einschätzung hören. Haben Sie eine Vorstellung, wann und wie Friederike verschwunden ist? Wie es dazu kommen konnte?«

Sascha fuhr sich durchs Haar und presste sich dann die Handballen auf die Augen. »Ich weiß es nicht.« Sie flüsterte jetzt. »Ich müsste es wissen, aber ... ich kann es mir nicht erklären. Ich habe den letzten Teil der Nachtwache gemacht. Von drei bis zur Aufstehzeit um sieben. Ich habe die Kinder gezählt, und alle waren da. Alle!«

»Wann haben Sie nachgezählt?« Die Stimme des Kommissars klang, als läge er auf der Lauer. Er witterte etwas.

Sie holte tief Luft. »Etwa um halb vier.«

»Und alle waren da?«

»Alle!« Sie war sich so sicher, wollte sich sicher sein.

»Und am Morgen? War Friederike da, als es Frühstück gab?«

Sascha senkte den Kopf. Die Farbe der Tischplatte brannte sich in ihre Augen, sie sah nur noch Orange, Orange mit schwarzer Maserung. »Ich ... ich habe sie den ganzen Vormittag nicht gesehen, nicht bewusst jedenfalls. Und nachgezählt haben wir morgens nicht noch einmal.«

»Sie haben nicht noch einmal ...«

»Das sagte ich doch!« Sie knetete ihre Hände. »Ich habe nachts gezählt und danach die Zelte nicht aus den Augen gelassen. Da musste ich doch annehmen, dass alle da sind.«

»Und um elf haben Sie bemerkt, dass Friederike fehlt?«

Erst um elf Uhr. Das war es, was er eigentlich meinte. Auch wenn er es nicht aussprach und seine Miene unbewegt blieb. Sie hörte den Vorwurf laut und deutlich heraus, als hätte er sie bei den Schultern gepackt und es ihr ins Gesicht geschrien.

»Ja. Um elf.«

»Also ist Friederike Ihrer Einschätzung nach zwischen sieben und elf Uhr verschwunden?«

»Nein! Ich meine, das kann nicht sein. Wir waren immer um die Kinder herum, sobald sie wach waren. Wir«, sie fuhr sich hastig über die Stirn, »also Ruth und ich, waren mit den Mädchen im Waschraum. Manfred und Jonathan mit den Jungs.«

»Es ist also ausgeschlossen, dass Friederike nach sieben Uhr verschwunden ist?«

Sie schloss die Augen. »Ich kann nicht sagen, dass es ausgeschlossen ist. Vielleicht habe ich mich kurz auf eines der anderen Kinder konzentriert, und … Aber ich glaube es nicht«, schob sie schnell hinterher. »Wirklich nicht.«

»Frau Götz.« Wedeland legte den Stift auf die Tischplatte und faltete die Hände. »Das ist jetzt sehr wichtig. Haben Sie zu irgendeiner Zeit während Ihrer Nachtwache Ihren Platz verlassen? Oder sich ablenken lassen? Mussten Sie vielleicht auf die Toilette und haben …«

»Nein.« Sie schluchzte auf, trocken und kratzig, sie hörte selbst, wie verzweifelt sie klang. »Ich habe die Kinder gezählt. Alle waren da.«

»Könnten Sie sich verzählt oder übersehen haben, dass ein Kind fehlte? So etwas passiert.«

»Natürlich ist das theoretisch möglich …« Sie brach ab. Der Kommissar brachte sie noch mehr durcheinander, als sie es ohnehin schon war. Es war offensichtlich, dass er ihr nicht glaubte, und sie war kurz davor, sich selbst nicht mehr zu glauben.

»Gut. Beruhigen Sie sich erst einmal. Überlegen Sie, ob Ihnen nicht doch noch etwas einfällt. Irgendetwas.« Wedeland klappte sein Notizbuch zu und erhob sich schwerfällig. »Und bitte bleiben Sie in der Nähe.«

7

Der Schweiß lief Wedeland den Rücken herunter. Jetzt war es zu spät, das Jackett auszuziehen, sein Hemd würde unmöglich aussehen. Er würde es eben aushalten müssen.

Seine Kollegin Evelyne Tauber trat zu ihm. Auch sie schwitzte, die kurzen dunklen Haare klebten ihr im Nacken, dunkelrosa Flecken breiteten sich unter den Ärmeln ihrer hellrosa Bluse aus. Aber sie wirkte dennoch frisch, was an den Sommersprossen liegen mochte, die ihre erhitzte Stirn punkteten.

»Wir haben ein Foto«, sagte sie und reichte Wedeland einen Abzug. »Den Film haben wir aus der Kamera von …«, ihre Augen flogen über ihre Notizen, »Jonathan Belling entwickelt. Belling ist einer der Betreuer.«

Das Bild zeigte ein schmales Kind mit braunen Haaren. Es trug gelbe Leinenhosen und eine weiße Bluse mit blauen Schmetterlingen. Friederike lächelte nicht, aber sie schaute auch nicht traurig drein. Große graue Augen, ein bisschen fragend, zögerlich eventuell, aber durchaus vertrauensvoll.

Ein dünner sommersprossiger Arm ragte seitlich ins Bild, um Friederikes Hals geschlungen, eine Freundin bestimmt, oder ein kleiner Freund.

»Belling hat das gemacht?« Wedeland hielt die Fotografie etwas weiter von sich weg, versuchte, das Bild als Ganzes zu erfassen.

»Es war sein Apparat. Er sagt, er kann sich nicht erinnern, ob er auch wirklich auf den Auslöser gedrückt hat. Anscheinend haben Ruth Lassner und Manfred Orschowski auch hin und wieder mit seiner Minolta fotografiert.« Evelyne Tauber hatte wieder ihre Unterlagen zurate gezogen; die Namen aller Betreuer hatte selbst sie noch nicht auswendig parat.

»War dieses Foto das einzige von Friederike?«

»Das beste.« Evelyne Tauber sah Wedeland in die Augen. »Ich weiß, worauf Sie hinauswollen. Nicht übermäßig viele Bilder von Friederike. Auch kein anderes Kind, das öfter fotografiert wurde. Und alle immer vollständig bekleidet, bis auf die Bilder am Strand natürlich. Da haben die Kinder Badesachen an.«

Wedeland, der nachhaken wollte, wurde von Evelyne Taubers Zeigefinger gebremst. »Und ja, wir haben auch die übrigen Kameras eingesammelt, insgesamt drei. Alle gehören den Betreuern, alle haben uns ihren Apparat widerstandslos überlassen.«

Wedeland nickte. »Die Eltern?«

»Sind unterwegs.«

»Wie haben sie reagiert?«

Seine Kollegin rieb sich über die Nase, und wieder fielen Wedeland die Sommersprossen auf. Es waren unheimlich viele, klein und dunkel schwärmten sie aus, über ihr ganzes Gesicht.

Er musste sich zusammenreißen. Es geschah oft, dass er mitten im Sturm an völlig banalen Details hängen blieb. Ein erbärmlicher Versuch seines Hirns, Normalität zu simulieren.

Evelynes Stimme holte ihn zurück in die abnormale Realität.

»Ein Stuttgarter Kollege hat mit ihnen gesprochen, Uwe Lierenkamp. Er meinte, sie hätten ziemlich kopflos reagiert. Zumindest der Vater. Geschimpft hat er und gebrüllt. Wollen Sie mit Lierenkamp sprechen? Ich habe seine Nummer.«

Wedeland schüttelte den Kopf. »Nein, aber mit den Eltern, sobald sie hier sind. Was ist mit ihrem Telefon?«

»Übernehmen die Großeltern. Außerdem ist ein Kollege vor Ort. Glauben Sie, dass sich ein Entführer melden wird?«

»Nein.« Wedeland kniff die Augen zusammen und schaute in die Sonne, die langsam schwächer wurde. »Nein, das glaube ich nicht.«

Er musste seine Kollegin nicht ansehen, um zu wissen, dass sie das Gleiche dachte wie er. Kein Entführer würde sich melden. Nicht heute, nicht morgen, das sagte ihm sein Gefühl. Das hier war keine klassische Entführung, kein Fall, dessen glückliches Ende sich würde erkaufen lassen. Wedeland wünschte, dass es anders wäre, aber er war nicht bereit, sich selbst zu belügen.

»In ein paar Stunden wird es dunkel.« Evelyne raschelte mit ihren Unterlagen. »Wir suchen weiter, aber die volle Mannschaftsstärke haben wir erst morgen. Wir gehen davon aus, dass dann auch Freiwillige aus dem Ort helfen werden.«

»Sind die Hunde inzwischen da?«

»Ja, aber sie tun sich schwer. Aus dem Zelt raus, über die Wiese zum Zaun – und dann ist Feierabend.«

»Und was ist hinter dem Zaun?«

»Ein asphaltierter Weg, der um den gesamten Zeltplatz führt. Ein Stück weiter hinten zweigt eine Zufahrt zur Landstraße ab.«

Das hörte sich nicht gut an. Nichts an diesem Fall hörte sich gut an. Ulrich Wedeland spürte eine bekannte Unruhe in sich aufsteigen, eine, die ihn schon mehr Nächte gekostet hatte als die Liebe und der Alkohol zusammen. Die in ihm aufzog nicht wie ein Gewitter, sondern wie ein schwerer Nebel, der sich auf all seine Gedanken legte. War es vielleicht schon zu spät? War er zu spät?

»Wo steckt Jeremias?«, fragte er nun schnell. Wedeland brauchte seinen engsten Mitarbeiter, brauchte ihn als Gegenpol zu sich selbst. Paul Jeremias war nicht so strukturiert wie Evelyne, auch nicht mit einer solchen Intuition gesegnet wie der junge Franz Thorwart, der erst vor Kurzem zu ihnen gestoßen war. Aber er war ein Mensch, der eine Ermittlung in der Spur halten konnte. Der überall war und nirgends, der die Räder am Laufen hielt, bis zur absoluten Erschöpfung, der nicht grübelte, sondern machte. Und niemals schien er daran zu zweifeln, dass alles einen Sinn ergab. Wedeland zählte auf ihn, und Evelyne wusste das. Sie sah ihn an, feinen Spott im Gesicht.

»Jeremias? Keine Ahnung. Er wird auftauchen, tut er doch immer. Nur wann und wo, das weiß keiner.«

Sie stiefelte davon, fast ein wenig beleidigt, und Wedeland fragte sich, ob er etwas Falsches gesagt hatte. War ihm da etwas zwischen Paul und Evelyne entgangen? Paul war ein Frauenheld, sympathisch zwar, auch loyal, aber eben ein Frauenheld. Wedeland hoffte, dass sein wichtigster Mitarbeiter wenigstens so klug war, die Finger von den eigenen Kolleginnen zu lassen. Zumindest von Evelyne. Sie war stark und mutig, trug aber zugleich eine unübersehbare Empfindsamkeit mit sich herum wie einen gläsernen Schrein. Eine Empfindsamkeit, die, da war er sich sicher, ihr irgendwann noch einmal Schwierigkeiten bereiten würde. Wedeland nahm sich vor, mit Paul darüber zu sprechen, dann, wenn all das hier vorbei war.

Er ließ den Blick über den Zeltplatz wandern, der nun in der Dämmerung lag. Er betete, dass dieser Fall ein Ende nahm, mit dem er leben konnte.

Er trat die Tür hinter sich zu, die mit einem dürren Sperrholzgeräusch ins Schloss fiel und die Stille der frühen Morgenstunde störte. Das Hotelzimmer roch nach Weichspüler und etwas Muffigem, Feuchtem. Vor dem Bett ekelte er sich, er war sich sicher, dass die Laken klamm sein würden, und auch in den Sessel mochte er sich nicht setzen, wegen der Haare, die an der Kopfstütze klebten. Er hasste Hotelzimmer, erst recht die billigen, aber er sah ein, dass es sinnvoll war, vor Ort zu bleiben, sich die vierzig Minuten Fahrt von und nach Wehrich zu sparen, wo er wohnte und in der Regel auch arbeitete. Schließlich zählte bei diesem Fall jede Minute.

Ulrich Wedeland beschloss, ausgiebig zu duschen, vielleicht würde ihn das müde machen, vielleicht würde ihm das Wasser die Verkrampfungen aus den Muskeln treiben und ihm den Kopf benebeln, sodass er gleich einschlief. Augen zu und weg, weg aus diesem trostlosen, verbrauchten Zimmer, aus diesem schuldig gewordenen Dorf.

Das Wasser rauschte nicht, war nicht laut genug, um irgendetwas in seinem Kopf zu übertönen. Es floss müde und ohne Druck über seinen Körper, und wie er sich auch drehte, nie passte er ganz unter den matten Strahl. Noch dazu war das Wasser entweder kochend heiß oder eisig kalt. Genervt drehte er den Hahn zu und langte nach dem dünnen grauen Handtuch. Er war dankbar für den beschlagenen Spiegel, der ihm ersparte, was er längst wusste. Dass sein Rücken nach dem heutigen Tag noch ein wenig gebeugter war als ohnehin schon. Dass sein Gesicht noch ein wenig blasser geworden war, abgesehen wohl vom Nasenrücken, da juckte und spannte es, vermutlich ein Sonnenbrand. Dass sein Haar gefühlt mit jedem Tag dünner wurde und sein Kinn der Schwerkraft allzu eilfertig Folge leistete, ohne zu realisieren, dass es sich damit selbst abschaffte.

Rasch, bevor der Dunst sich verzog, ließ er das feuchte Handtuch fallen und flüchtete aus dem Badezimmer. Nackt riss er das Fenster auf, wen kümmerte es, wühlte dann Nüsse und einen Schokoladenriegel aus der Minibar und ließ sich, wenn auch mit einem leichten Widerwillen, auf die billigen Laken fallen. Die Minibar verdiente ihren Namen nicht, sie kühlte nicht einmal, sodass die Schokolade weich und schmierig war. Außerdem war das Verfallsdatum längst überschritten, aber er fand Trost in den vertrauten Aromen, gönnte sich etwas Normalität in Form von Zucker, Kakao und Fett.

Er bildete sich ein, das Meer rauschen zu hören, ganz als wäre er ein Tourist, der sich verzweifelt nach Entspannung sehnte, und kein Ermittler, der ein verschwundenes Kind zu finden hatte.

Jetzt soll er kommen, dachte er. Der Schlaf. Nur ein wenig, bevor sie im Morgengrauen wieder auf ihn wartete, die Suche nach dem Mädchen, diese wahnwitzige Aufgabe. Doch die Dunkelheit um ihn herum blieb Dunkelheit, wurde nicht zum Traum, und die bunten Punkte, die aus dem Schwarz hinter seinen Lidern hervorplatzten, machten ihn nervös statt schläfrig. Er wälzte sich herum. Die Decke unter ihm war klumpig und unbequem, er zerrte sie beiseite, kickte sie aus dem Bett. In der Wand gluckerten Rohre, und er hörte, wie jemand redete, vielleicht einer seiner Kollegen, die ein Stockwerk tiefer untergebracht waren. Jemand, der auch keine Ruhe fand. Dumpfe Worte ohne Sinn und Verstand, die zu ihm drangen und sein Hirn weichmachten, sodass ihm der Schlaf entglitt.

Irgendwann gab er auf. Das Telefon stand neben dem Bett, die Nummer konnte er auswendig. Es tutete im Hörer, dann knisterte es. Niemand sagte etwas. Er räusperte sich. »Miriam?« Keine Antwort, aber sie war da.

»Miriam?«, fragte er noch einmal. Er hörte sie seufzen. Entnervt, vielleicht auch resigniert. Das Problem war, wenn man

Miriam seufzen hörte, sah man auch automatisch vor sich, wie sie es tat. Wie die Luft aus ihrem Mund glitt, diesem Mund, der so seltsam farblos war, wenn der orangefarbene Lippenstift ab war, runtergeküsst. Wie die blasse Brust sich senkte und das gelbblond gefärbte, flachsglatte Haar über ihre Schulter nach hinten glitt. Miriam war so … Als wäre sie zu viel von sich selbst.

»Du kannst nicht schlafen.« Demonstrativ ließ sie das Fragezeichen weg, weil er es zu oft tat, weil er sie aus dem Bett klingelte, wenn die Gedanken in seinem Kopf zu laut wurden und er eine Gegenstimme brauchte, ihre Stimme. Miriam machte seine Gedanken müde.

Sie war so anders als Malin, seine Frau. Malin war bildhübsch, klein und patent, mit raspelkurzem dunkelbraunem Haar, einem puppenzarten Nacken und einem Charme, der in Kunstgalerien, auf Matineen und Theaterpremieren zu Hause war. Sie arbeitete in einem Kulturbüro, seit dreizehn Jahren, ohne dass er jemals verstanden hatte, was genau sie dort tat. Malin trug gestrickte azurblaue Kleider und schweren, geometrischen Goldschmuck. Sie sprach Französisch, Italienisch und Spanisch, und abends kochte sie Gerichte mit unaussprechlichen Namen.

Miriam dagegen war laut, vor allem, wenn sie lachte. Sie ging zum Sport, trug Jeans, Pullis und Turnschuhe und hasste Museen.

Wedeland räusperte sich. »Miriam, hörst du zu?« Sie seufzte erneut, und er fühlte das dringende Bedürfnis, sich zu rechtfertigen. »Habe ich dich geweckt?« Natürlich hatte er sie geweckt, es war drei Uhr nachts. »Ich habe dich geweckt. Miriam, es tut mir leid.« Er konnte ihren Namen noch so oft aussprechen, es würde sie nicht darüber hinwegtäuschen, dass er keine Ahnung hatte, was er sagen sollte.

»Wie war dein Tag?«, fragte er nun.

»Wie immer.«

»Und ... wie war's beim Sport?«

»War ich heute nicht.«

»Herrgott, Miriam.« Er schnaubte. »Merkst du denn nicht ...«

»Merke ich nicht was?« Sie fiel ihm ins Wort. »Dass dich das alles überhaupt nicht interessiert? Dass du mich nicht nachts anrufst, um mich nach meinem Tag zu fragen, weil der nämlich so war, wie alle Tage in meinem Leben sind? Du«, sie machte eine kurze Pause, vermutlich, um sich eine Zigarette anzustecken, »du willst doch nur eine Stimme hören.«

»Ja. Deine Stimme will ich hören.«

Sie blieb wieder still, er hörte nur, wie sie den Rauch ihrer Zigarette ausatmete.

»Nur deine Stimme«, wiederholte er. »Weil sie schön ist und laut. Lauter als ... alles in meinem Kopf.«

»Das verschwundene Mädchen?« Sie klang jetzt weicher, ein wenig heiser.

Er nickte, ohne dass sie es sehen konnte. »Ja. Das.«

»Ich habe es in den Lokalnachrichten gesehen. Verdammt, Ulrich ...« Sie zog an ihrer Zigarette. »Verdammt.«

Mehr sagte sie nicht. Und dann fing sie an zu erzählen. Berichtete von der Arbeit im Reisebüro, von ihrer Schwester, die drei unmögliche Kinder hatte, von ihrer neuen Handtasche. Er liebte ihre Stimme, und er liebte, wie sie atmete. Er wusste nicht, ob er auch sie selbst liebte, aber es war zu spät, um darüber nachzudenken. Es war immer zu spät oder zu früh, wie man es drehte und wendete.

Und dann, Miriam im Ohr, schlief Wedeland ein.

Verblühte Fliederbüsche und eine Wiese. Ein Feldweg, der zu einem Gatter führte. Im Hintergrund schmutzig weiße Schafe, dick und filzig, die gelangweilt wiederkäuten. Und im Gras, so unschuldig wie tot, das kleine Mädchen. Eine zarte, hellhäutige Gestalt, vom Schicksal gepackt und auf der Erde zerschmettert, für immer aus diesem Sommer gerissen, kein anderer Sommer sollte folgen.

Ihr Körper war fahl wie zertretene Eierschalen, und dicke Wassertropfen saßen rund auf ihrer nahezu unwirklich glatten Haut. Unschuldiger Tau, oder doch die unerbittliche Natur, die bereits ihre Finger ausstreckte, um dieses Lebewesen zu sich zu holen, es zurückzuerobern und sich einzuverleiben.

Niemand hatte Friederike zugedeckt, aus gutem Grund. Dennoch wollte Wedeland nichts lieber, als sie einzuhüllen, in sein Jackett oder eine weiche, warme Decke, wie man es bei einem Kind tat, das ruhig schlafen sollte. Er wollte sie schützen, vor den Blicken, vor der Kühle des Morgens und der Kälte des Todes.

Kurz entschlossen beugte er sich über sie und strich ihr die Haare aus dem stillen Gesicht. Ohne dass er verstand, warum, löste sich die Strähne von der Kopfhaut, und er hielt sie in Händen, glatt und braun, jämmerlich dünn. Erschrocken wollte er sie zurücklegen, sie neben ihren Kopf betten, doch er stieß gegen ihre Schläfe, und mit einem Mal glitt Haar um Haar vom Kopf, bis das Mädchen gänzlich kahl vor ihm lag. Er stieß einen Schluchzer aus, starrte entsetzt auf das, was er getan hatte.

Wedeland schreckte aus dem Schlaf. Die Bilder des Albtraums, die nackte, kahle, von der Welt verletzte Friederike, brannten sich von innen in seinen Kopf. Auch wenn sie das Mädchen fänden, lebendig, diese Bilder würde er nicht vertreiben können, niemals. Die, die wir tot gesehen haben, verschwinden nicht.

Er drehte sein Kissen, auf der Suche nach einer kühlen Stelle, fand keine, warf schließlich auch das Kissen aus dem Bett.

Sie hatte die Augen offen gehabt. Friederike. Ihre Augen waren offen gewesen, und als Überbleibsel aus dem Traum hielt sich eine Frage hartnäckig in seinem Kopf, die Frage, die er sich bei jedem Toten stellte, ganz gleich, ob geträumt oder erlebt: Was hatte die Person gesehen? Mit welchem Bild war sie gegangen, was hatte die Welt ihr mitgegeben als trauriges Souvenir, was hatte sich ihr als Allerletztes auf ihre Netzhaut geprägt, eingeprägt bis in alle Ewigkeit? Hatte sie nach oben geblickt, in wirre, in sich gekehrte Augen, in ein längst zerfallenes Gesicht? Hatte sie als Letztes einen Menschen gesehen, der schon keiner mehr war? War ihr der Glaube an das Gute, falls sie so etwas besessen hatte, aus den Händen geglitten, während sie aus der Welt gerissen wurde, und war er ohne sie zurückgeblieben? Seine Gedanken vermischten sich mit neuerlichem Schlaf, und er hatte Mühe, sie zu Ende zu denken. Aber eines wusste er. Er wusste, dass Träume friedlicher sein konnten als die Realität.

8

Die Nacht war endlos gewesen, endlos und zu kurz. Zeit, die sich ausdehnte, zu einer grausamen Ewigkeit, und im nächsten Moment wurde es dann doch schon hell. Die Stunden flogen plötzlich vorbei, und mit ihnen schwand die Hoffnung. Sie hatte nicht geschlafen. Oder doch? Saschas Gedanken waren irgendwo dazwischen, zwischen Realität und Traum, zwischen Angst und Irrsinn. Sie hatte das Gefühl, auf einer Kante zwischen zwei Welten zu balancieren, und ihr Gleichgewichtssinn schwand.

Polizisten waren gekommen und gegangen, ständig in Eile, die Suche ruhte nicht, und mit dem ersten Morgenlicht tauchten auch die Freiwilligen aus dem Dorf auf. Sie wollten helfen, Friederike zu finden, wollten etwas tun, sich um die Kinder kümmern, die noch von ihren Eltern abgeholt werden mussten, noch viel zu klein, um zu begreifen, welche Traurigkeit gerade um sie herum heranwuchs.

Der Kommissar stand nur wenige Meter von ihr entfernt. Sie kauerte auf dem Boden neben einem der Zelte, die Beine untergeschlagen. Sie zitterte vor Kälte. Der zeitlose Raum, in dem sie schwebte, vibrierte im Takt ihrer unkontrollierbaren Muskeln.

Manfred sagte etwas, Ute antwortete, aber sie hörte nicht zu. Wollte nicht hören, was sie von sich gaben, denn es war immer das Gleiche, die gleichen Worte, neu zusammengesetzt, neu betont, die doch nichts bedeuteten. Die nichts waren als

Möchtegernwirklichkeiten, Camouflage, doch die Wahrheit, die rohe, die hässliche, quoll darunter hervor. Friederike würde nicht wohlbehalten gefunden werden, gesund und munter. Sie würde nicht im nächsten Augenblick um die Ecke biegen oder vom Himmel fallen. Und Manfred, Ute und die anderen wussten es so gut wie sie. Aber keiner von ihnen traute sich, es auszusprechen.

Eine nicht sehr große, etwas dickliche Polizistin trat zu dem Kommissar. Sie fuhr sich nervös durch die grau melierten Haare, Schweiß glänzte auf ihrer Stirn. Mit betretener Miene reichte sie Wedeland ein Funkgerät. Der Kommissar lauschte. Und Sascha sah, wie er sich versteifte. Wie er seine Wirbelsäule durchdrückte, alle Muskeln anspannte. Sein Gesicht fror ein, als hätte jemand auf »Pause« gedrückt, kein Zucken im Mundwinkel, kein Flattern der Lider, nur graue Leere, die entfernt an menschliche Züge erinnerte. Dann war der Moment vorbei. Wedeland riss sich zusammen und setzte sich in Bewegung. Die Polizisten sprangen in Autos und fuhren eilig davon.

Sascha stand auf. Sie wunderte sich, dass ihre Beine sie trugen, sie wusste nur nicht, wohin. Sie drehte sich um ihre eigene Achse, einmal, zweimal. Schaute hoch in den hellen Himmel über ihr, der plötzlich einen unwiderstehlichen Sog auf sie ausübte, der sie verschlingen wollte, und sie wollte sich von ihm verschlingen lassen. Wollte von dem wirbelnden Blau aufgenommen werden, und alles andere, die Welt, die Traurigkeit, wäre verschwunden.

Blau, blau und blau. Das Blau wurde dunkler, wie ein See aus Tinte, und sie fiel hinein. Tauchte tiefer und ertrank. Und endlich war es still.

Als sie erwachte, fiel ihr als Erstes der Geruch auf, seltsam intensiv, aber doch vertraut. Es roch nach muffigem Schlafsack und Zeltplanen. Nach feuchten Socken und Sonnencreme. Sie befand sich in einem Zelt, wusste nicht, wie sie dahingekommen war. Licht fiel durch den Eingang, in dürren Strahlen. Es musste Abend sein, oder früher Morgen. Morgen, entschied sie, denn die Luft war klamm. Jemand fuhr ihr durchs Haar, mit kühlen Händen. Eine Stimme rief nach ihr. Dann: »Sie ist wach.« Diese Stimme klang leise, weit weg.

»Sollen wir einen Arzt rufen?«

»Sie war doch nur kurz weg.«

»Aber sie ist ohnmächtig geworden. Sie steht unter Schock.«

Die Stimmen vermischten sich, verwirrten sie. Langsam versuchte sie, sich aufzusetzen. Sie musste sich mit beiden Händen abstützen, so schwer fühlte sich ihr Kopf an. Sie blinzelte. Jemand legte den Arm um sie, hielt sie fest.

»Sascha?« Es war Ruth, die nach frischem Apfel roch, tröstlich und vertraut. »Wie fühlst du dich?«

»Woher soll sie das wissen? Sie ist gerade erst zu sich gekommen.«

»Lass sie doch selber antworten.«

»Sascha? Sascha!«

Was war geschehen? In ihrem Kopf taumelten die Worte durcheinander, ließen sich nicht fassen. Die Welt hatte sich verändert, alle hatten sich verändert. Der Tag war dunkler als alle zuvor, die Gesichter, die sich langsam aus dem Nebel lösten, trauriger. Etwas war vorbeigegangen.

Als es ihr wieder einfiel, war es keine plötzliche Erkenntnis. Es war etwas, das schleichend Besitz von ihr ergriff, sie lähmte. Luft, die langsam dünner wurde, wie bei einem Taucher mit fast leerer Sauerstoffflasche. Nur gab es keine Wasseroberfläche, keinen befreienden Atemzug. So wie es war, würde es bleiben, vermutlich für immer, und wenn es so war, dann gebührte ihr diese Strafe.

9

Da saß sie, im Eingang des Zelts, einen petrolfarbenen Schlafsack um die Schultern gelegt. Ihr Gesicht war weiß, das helle Haar gleich verklebten Spinnweben, in denen sich das Licht verfing. Alles an ihr war blass. Die Lippen ohne Blut, die Wangen ohne Rosa. Und sogar ihre Augen, vorher dunkelbraun und leuchthell, waren verblichen, wie ausgewaschen. Sie sah ihn nicht. Die entfärbten Augen schauten an ihm vorbei, irgendwohin, nirgendwohin. Er sorgte sich. Er wollte so gerne zu ihr gehen. Bei ihr sein, damit sie nicht mehr so einsam aussah, so herzzerreißend einsam. Er wollte sie berühren, konnte fast spüren, wie sich seine Hand im Spinnennetzhaar verfing, zart und zäh, unzerreißbar.

Aber er wagte es nicht. Es waren so viele Menschen in ihrer Nähe. Und er war nur er. Wenn sie nur aufschauen würde. In seinem Blick lesen würde, dass er ihr vergab. Dass er wusste, dass der andere nichts war, wenn sie es nur auch wusste. Dass er alle Küsse verzieh, wenn sie nur verstand, dass es ein Fehler gewesen war. Ein ernsthafter Fehler. Sie würde es einsehen, da war er sich sicher.

Er spürte, wie ihn jemand nach vorne schob, ihre Gruppe brach auf. Viele aus dem Dorf waren gekommen, die meisten von ihnen waren schon unterwegs. Sie halfen beim Suchen, weil das Mädchen verschwunden war. Verschwunden, und doch war es präsenter als je zuvor, mit all den Menschen, in deren Köpfen es war. Es war da und auch nicht. Es tat ihm leid, aber noch unendlich viel mehr Mitleid hatte er mit Sascha.

Ein Polizist gab ihrer Gruppe Anweisungen, die anderen lauschten angestrengt, bemüht. Schließlich liefen sie los, man musste auf den Abstand achten, und er verrenkte sich fast den Hals, um sie noch einmal zu sehen, einen Hauch von ihr, ihr schillerndes Haar. Aber immer stand jemand im Weg, raubte ihm den letzten Blick.
Er stapfte über eine Wiese, hörte die anderen reden, darüber, wie schlimm alles war und dass die Welt den Bach runterging. Dann aber waren sie ganz schnell bei anderen Dingen, bei dem Fußballspiel nächste Woche, einem Heimspiel, beim neuen Trainer, der unfähig war, beim Wetter für die nächste Woche, beschissen.
Sein Kopf nahm die Wörter auf, wusste aber nichts mit ihnen anzufangen. Das Normale war so fremd. Als wäre die Welt, die Welt vor Sascha, eine andere gewesen, und alles, was jetzt passierte, war ungewohnt und sperrig und kalt.
Sascha. Sie würde verschwinden, all das hinter sich lassen, für immer. Es schmerzte, es tat weh auf eine Weise, die er nicht kannte. Als wäre sein Blut plötzlich nicht mehr flüssig, sondern aus schwarzem Kies, Steinchen, die sich quälend langsam durch seine Adern schoben. Sie drückten und drängten, und es fühlte sich an, als würden sie gleich durch die Haut platzen. Jeder Gedanke war Schmerz, jede Bewegung, nur sein Herz blieb davon unberührt, und das war seltsam. Wo sein Herz hätte sein müssen, da war nur eine dumpfe, schwarze Leere, die sich langsam ausbreitete. Sein Herz, sagte er sich, musste

verloren gegangen sein auf dem Weg, oder da war nie etwas gewesen, und er hatte es nur nicht bemerkt.

Es ging über Wiesen und durch Gebüsch, ab und zu rief jemand, weil er etwas entdeckt hatte, aber es waren immer nur Plastiksäcke mit Abfall oder halb verrottete Kleider von Pennern. Nichts davon hatte mit dem Mädchen zu tun.

Mücken umschwirrten ihn, und Brennnesseln verätzten ihm die Beine. Er wurde müde, von der Hitze und vom Gehen, und von der Angst, dass einer von ihnen etwas entdeckte, das man nicht mit einem Schulterzucken abtun konnte.

Er war froh, dass die anderen ihn in Ruhe ließen. Die Sonne brannte sich in seine Augen, und er beschloss, heute kein Wort mehr zu sprechen, nicht einmal in seinem Kopf. Er hoffte, dass sie nichts finden würden.

10

Wedeland stand auf einer Schafweide mitten im Nirgendwo und war sich der Absurdität der Situation bewusst. Verblühte Fliederbüsche, Schafe als hellgraue Schatten im Hintergrund, und vor ihm, im Gras, ein pinkfarbener Jogginganzug. Ein kleines Oberteil und eine Hose mit verdrehten Beinen, dunkel gefärbt vom Tau. Fast war es wie in seinem Traum.

Knöchelbündchen so schmal, dass es Wedeland im Herzen wehtat. Wie kann jemand so dünne Beine haben, fragte er sich und wurde auf einen Schlag so unglaublich müde, dass er sich kaum noch aufrecht halten konnte. Die Schwerkraft, plötzlich erstarkt, zog ihn nach unten, und er brauchte seine ganze Willensstärke, um ihr nicht nachzugeben, um sich nicht hinzulegen und nie wieder aufzustehen.

Die Menschen fragten ihn manchmal, wie der Tod aussah, und dachten an zerdrückte Kehlen und erstarrte Gesichter. Aber ab und an kam der Tod viel harmloser daher, in Form von rosafarbenem Stoff und einem aufgenähten Pinguin auf dem Knie.

Er war sich im Klaren darüber, dass es noch Hoffnung gab, noch geben musste. Aber er wusste auch, dass dies nur die offizielle Version war, eine dünne Schicht Vernunft, und darunter lauerte die Hölle. Friederike, das sagte ihm all seine Erfahrung und der kalte Klumpen Angst in seinem Bauch, war tot. Sie würden weitersuchen, weiter Fragen stellen, jeder Atemzug ein leises Hoffen, jedes Erwachen am Morgen verwundet von einem feinen Stich, von dem Gedanken: wer weiß, vielleicht doch. Aber mit Voranschreiten des Tages würde diese Hoffnung sterben, leise verhungern, und an jedem einzelnen Abend würde nur die Erkenntnis bleiben, dass es verdammt noch mal nichts mehr zu retten gab, nichts mehr zu finden, nichts weiter zu verkünden als ihr eigenes Scheitern.

Ja, Friederike war tot. Der Gedanke klang nach Verrat, und doch kämpfte er sich wieder und wieder in ihm hoch. Er spürte das altbekannte Knirschen in den Fugen seines Universums, spürte, wie seine Existenz an den Rändern zu verschwimmen begann. Als brächte der Tod, der unnatürliche, die Normalität mit dem kleinen Finger ins Wanken, sodass nichts mehr von dem galt, was einmal sicher und unverrückbar gewesen war. Ein Kind, eine junge Frau, ein Familienvater starb, und die Menschheit kratzte mit quietschenden Reifen und in den Vordersitz gekrallten Fingern haarscharf an einem Abgrund vorbei, atmete erst aus, wenn alles vorüber und vergessen war.

Ein Kind starb, und *die Welt* löste sich auf. Man konnte sie auf einmal nicht mehr fassen, sie zerrann in den Händen, und man fragte sich, was das eigentlich war, diese Realität. Und angesichts der Zerbrechlichkeit, die in der Antwort lag, wurden einem die Knie weich.

Er dachte daran, sich umzudrehen, in den nächsten Bus zu steigen, zu verschwinden. Stattdessen fragte er in die Runde: »Spurensicherung?«

»Kommt.« Der Uniformierte sah auf seine Armbanduhr. »Sie müssten bald da sein.«

»Und gefunden hat die Sachen …?«

Der Kollege, die hellblauen Augen rot gerändert, wies zu

einer kleinen Gruppe von Männern. Sie standen abseits, dicht am Weidezaun, eine kleine Herde, von Blitz und Donner paralysiert. Es waren besorgte Dorfbewohner, die nur hatten helfen wollen, doch mit so etwas nicht gerechnet hatten. Suchen ja, aber finden? Das war etwas vollkommen anderes.

»Sie haben die Kleidungsstücke entdeckt, ist das richtig?«, fragte Wedeland.

Leere Gesichter, traurig und müde. Der unverkennbare Geruch von Erbrochenem stieg Wedeland in die Nase. Einer, fast selbst noch ein Kind, hatte weißliche Bröckchen am Kinn kleben.

Ein Mann, blass und untersetzt, ergriff schließlich das Wort. »Als es hieß, dass das Mädchen verschwunden ist, haben wir sofort gesagt, dass … dass man da was tun muss. Dass das doch so nicht sein kann, ich meine, dass die Kleine einfach verschwindet. Dann sind wir los, und Ihre Kollegen haben uns gesagt, wo wir suchen sollen. Wir wollten ja helfen, das schon. Aber wir dachten, das Mädchen lebt. Wir ziehen es aus einem Erdloch, es bekommt eine heiße Schokolade, und gut ist. Aber das hier … das hier heißt doch wohl, dass die Kleine tot ist, oder?«

Für einen Moment dachte Wedeland, der Mann würde in Tränen ausbrechen. Seine wulstigen Lippen zitterten verdächtig. Aber dann fing er sich. Wedeland stellte sich vor, wie sich die Männer gefasst voneinander verabschiedeten, ein jeder in sein Haus ging, und sobald die Tür ins Schloss fiel, würden alle losheulen, haltlos und allein.

»Das hier heißt noch gar nichts.« Das Letzte, was Wedeland brauchte, waren Gerüchte. »Wir wissen nicht, was mit Friederike passiert ist. Aber was Sie entdeckt haben, ist von immenser Wichtigkeit. Wir werden sie finden.« Der letzte Satz klang nicht ganz so überzeugend, wie er beabsichtigt hatte. Tatsächlich klang er geradezu jämmerlich, aber der Suchtrupp schien das nicht zu bemerken. Die Männer nickten eilfertig, für jede Hoffnung dankbar.

»Ein Kollege wird Ihre Daten aufnehmen.« Wedeland gab einem der Uniformierten ein Zeichen und wandte sich zum Gehen. »Ach, und …« Er drehte sich noch einmal um. »Danke für Ihre Hilfe.« Der Untersetzte winkte ab. Die anderen sahen nicht mal auf.

Wedeland ging zu dem Wagen, der ihn zum Fundort gebracht hatte. Die Polizistin mit den grau melierten Haaren, er hatte ihren Namen vergessen, wartete auf ihn, die Hände fest um einen Becher Kaffee gelegt, das Kinn vorgereckt. Er sah ihr an, dass sie, wie alle anderen, wiedergutmachen wollte, was einer unter ihnen verbrochen hatte, der eine, der außer Kontrolle, aus der Bahn geraten, in den Wahnsinn gerutscht war.

Ein weiteres Fahrzeug hielt, und Paul Jeremias stieg aus, wie immer die entscheidenden zehn Minuten zu spät, wie immer etwas zu lässig gekleidet. Neuerdings ließ er sich einen Bart stehen und trug das Haar ölig nach hinten gekämmt, der Himmel wusste, was er damit ausdrücken wollte. Weltgewandtheit vielleicht. Jeremias sah sich ganz gerne als Abenteurer, und Wedeland lebte ständig in der heimlichen Angst, sein Kollege würde sich irgendwann aus dem Staub machen. Wenn er von Südamerika schwärmte, wusste man nie, wie ernst es ihm damit war.

»Chef.« Jeremias nickte ihm zu und biss in ein belegtes Brötchen. Thunfischsalat quoll daraus hervor. »Die Sachen haben Friederike gehört, oder?«

Wedeland hob die Schultern. »Die Eltern werden sie identifizieren müssen. Aber die Beschreibung stimmt. Leider.«

Jeremias nickte erneut, diesmal ernster.

Eines der Schafe, das dickste, löste sich aus der Gruppe und trottete auf sie zu. Er hielt ihm die fettfleckige Bäckertüte entgegen und beobachtete mit Verwunderung, wie es zu kauen begann.

»Muss das sein? Lassen Sie doch das arme Tier!« Wedeland ging um den Wagen herum, mit dem Jeremias gekommen war. »Fahren wir, ich will wissen, ob die Eltern inzwischen eingetroffen sind.«

Jeremias zuckte mit den Achseln, überließ die Tüte dem gefräßigen Schaf und stieg ein.

Ulrich Wedeland saß den Eltern von Friederike gegenüber, zwischen ihnen ein wackeliger brauner Campingtisch. Welche Worte auch immer ihm einfallen würden – und es würde ihm etwas einfallen, es war ihm bisher noch jedes Mal etwas eingefallen –, sie würden weder ihnen noch Friederike gerecht werden.

Er ärgerte sich, dass niemand die Eingebung gehabt hatte, die Baumgarts vom Zeltplatz fernzuhalten. Wer mit ihnen Kontakt aufgenommen und sie nach Hulthave gebeten hatte, hatte offensichtlich nicht nachgedacht. Die Polizeidienststelle im Dorf, das Bürgerhaus, irgendetwas, nur nicht hier. Der Zeltplatz war der Ort, an dem sich inzwischen, wenig überraschend, Schaulustige und aufdringliche Reporter versammelt hatten, um sich an dem Unglück zu weiden. Er war der Ort, an dem ihre Tochter hatte sicher sein sollen, wo man sie hätte beschützen und behüten sollen. Nun ließ sich hier das Schreckliche von den Augen aller ablesen, hier trug das Gras noch ihre Spuren, und der Himmel erinnerte sich an sie.

Die Baumgarts waren sich dessen bewusst. Er sah es in

ihren Gesichtern, in den aufgerissenen Augen. Sie wussten es, obwohl es noch nichts zu wissen gab. Noch war nichts verloren. Offiziell.

Er versuchte, die beiden einzuschätzen. Der Vater, Ende dreißig, dichtes Haar, roter Kopf. Eine breite, etwas formlose Nase dominierte das Gesicht, Handgelenke und der Hals waren zu dick für den Rest des Körpers. Choleriker, tippte Wedeland, und nicht zu knapp. Choleriker waren nie zu unterschätzen, in keiner Situation. Sie verwandelten sich schnell in Angstbeißer, Angstschreier, wenn sie verunsichert waren und sich hilflos fühlten.

Die Mutter war mondän angezogen, etwas zu mondän für den Anlass, und Wedeland ertappte sich bei dem Gedanken, dass sie vor ihrem Kleiderschrank gestanden und überlegt haben musste: Was ziehe ich an, was zieht man in einer solchen Situation an? Es gab keine Regeln, keine Kleiderordnung, wenn das eigene Kind verschwand. Er unterstellte ihr keine Gefühlskälte, es war eher Unsicherheit, die verzweifelte Suche nach Halt, wenn alles andere im Chaos implodierte.

Die blonden glatten Haare waren zu einem Knoten geschlungen, das Gesicht blass geschminkt, sie trug einen beigefarbenen Sommermantel mit Schulterpolstern. Etwas zu viel Grace Kelly, etwas zu wenig Mutter. Im Gegensatz zu ihrem Ehemann blieb Frau Baumgart undurchdringlich, ihr Gesicht gefasst. Als wüssten ihre Züge nichts mit sich anzufangen.

Er räusperte sich. »Frau Baumgart. Herr Baumgart. Noch wissen wir nicht, was mit Friederike geschehen ist. Wir haben allerdings ihren Jogginganzug nicht weit von hier gefunden...« Weiter kam er nicht. Walter Baumgart schluchzte auf, gepresst. Er erhob sich, ohne zu wissen, wohin er gehen sollte, drehte sich im Kreis, weinte lautlos. Schlug sich selbst. Eine Abfolge von Reflexen, die Leere im Kopf übersetzt in Bewegung.

Elke Baumgart blieb sitzen. Sie faltete ihre Hände. Es dauerte eine Weile, bis sie sprach.

»Wo hat man die Sachen gefunden?«

»Etwa zwei Kilometer vom Zeltplatz entfernt, auf einer Weide.«

»Einer Weide?«

»Ja.« Er wartete auf weitere Fragen, doch Frau Baumgart blieb stumm. Als wäre die Tatsache, dass die Kleidung ihrer Tochter auf einer Weide gefunden worden war, Erklärung genug.

»Frau Baumgart.« Keine Regung. »Bitte, ich weiß, es ist schwer. Aber wir brauchen Ihre Unterstützung. Wir müssen mit Ihnen reden. Ausführlich. Und das möglichst bald.« Wedeland blickte über die Schulter zu Walter Baumgart, der mit baumelnden Armen verloren dastand. »Mit Ihnen und Ihrem Mann.«

11

In dem Raum war es stickig, obwohl der große Saal des Gemeindezentrums, das sie zu ihrer Einsatzzentrale umfunktioniert hatten und das direkt neben der Polizeidienststelle lag, eine hohe Decke hatte, die Fenster weit geöffnet waren und es draußen schon dunkel wurde. Die unnachgiebige Schwüle, die sich von draußen nach drinnen ausbreitete, schien im Lauf des Tages von der eisengrauen Wolkendecke komprimiert worden zu sein. Sie hatte inzwischen eine Dichte erreicht, die das Atmen schwermachte.

Franz Thorwart kam mit einer Tasse Kaffee zur Tür herein, das früh ergraute Haar wirr und zerzaust, das runde, jugendliche Gesicht leicht sonnenverbrannt. Er zog schuldbewusst die Schultern hoch, als er sah, dass alle anderen schon um die in der Mitte zusammengeschobenen Tische saßen. Er nickte in die Runde und ließ sich zwischen Evelyne und Paul nieder.

Wedeland räusperte sich und blickte auf sein Team. Es waren, neben Evelyne, Paul und Franz, noch zahlreiche weitere Ermittler im Raum, viele davon wie er von der Kriminalpolizei Wehrich, die auch für die kleine Ortschaft Hulthave zuständig war.

Sie alle wollten Friederike finden, gespannt wie Stahlfedern saßen sie auf ihren Stühlen, wollten alles möglich machen, damit das Kind wieder zu seinen Eltern zurückkehren konnte, dieses Kind, das sie nicht kannten, das aber nun in ihren Köpfen wohnte.

»Also«, sagte Wedeland, und seine Stimme klang verloren in dem großen Raum. Er setzte sich aufrechter hin. »Also. Sie alle wissen, um was es geht. Was auf dem Spiel steht. Wir wollen keine Minute verlieren.«

Paul Jeremias hüstelte, und eine von den beiden Blonden, die er nie auseinanderhalten konnte, nickte ernst.

»Gut.« Wedeland kratzte sich mit dem Kugelschreiber am Arm. »Was haben wir?«

Sie hatten fast nichts. Die Informationen, die sie besaßen, waren, auch wenn man sie zusammentrug, nicht mehr als ein Häufchen Staub. Friederike war verschwunden, irgendwann zwischen Donnerstagabend und Freitagmorgen. Konnten sie der Aussage von Sascha Götz Glauben schenken, so ließ sich die Zeitspanne auf die Stunden zwischen halb vier Uhr morgens – als sie ein letztes Mal durchgezählt hatte – und elf Uhr vormittags einschränken.

»Ich glaube kaum, dass das, was auch immer passiert ist, am helllichten Tag geschehen ist«, sagte Jeremias nun und schüttelte den Kopf. »Da war doch ständig jemand um sie herum.«

»Aber sie könnte trotzdem kurz vor oder nach dem Frühstück weggelaufen sein«, widersprach Evelyne Tauber. »In einem unbeobachteten Moment durchs Tor raus und auf die Straße. Ich sage nicht, dass es so war. Ich sage nur, dass sie den Zeltplatz aus eigenen Kräften verlassen haben kann. Und das kann auch am Tag geschehen sein. Theoretisch. Ich finde, dass wir diese Zeitspanne nicht komplett außer Acht lassen dürfen.«

Wedeland gab ihr recht. Zwar glaubte auch er nicht, dass Friederike tagsüber verschwunden war, doch es konnte fatal sein, Möglichkeiten, so theoretisch sie auch schienen, zu früh auszuschließen.

Genauso, und da waren sich Evelyne Tauber und Paul Jeremias wieder einig, mussten sie in Betracht ziehen, dass sich das Zeitfenster möglicherweise viel weiter nach vorne erstreckte: Wenn Sascha Götz log, sich nicht richtig erinnerte oder vielleicht falsch gezählt hatte, fiel damit auch die Drei-Uhr-dreißig-Marke. Jonathan Belling hatte angegeben, zu Beginn seiner Wache die Kinder ebenfalls durchgezählt zu haben. Manfred Orschowski, einer der anderen Betreuer, hatte ihm dabei geholfen, was Bellings Aussage stützte. Orschowski hatte Belling danach Gesellschaft geleistet; nur eine Stunde hatte Belling alleine am Feuer verbracht, bevor Sascha Götz zu ihm gestoßen war. Belling hatte wie Götz versichert, seinen Posten an der Feuerstelle während seines Wachdiensts nie verlassen zu haben, auch nicht, nachdem Orschowski zu Bett gegangen war.

Es blieb die Frage, wie glaubwürdig die beiden waren. Sie hatten mit allen Betreuern gesprochen, bei keiner Aussage waren sie auf Widersprüche gestoßen. Jeder schien ernsthaft erschüttert und besorgt zu sein.

Evelyne Tauber merkte an, dass sie Saschas Reaktion als übermäßig heftig empfand. Sascha Götz wirkte regelrecht paralysiert von Friederikes Verschwinden. »Wir sollten in jedem Fall noch einmal mit ihr reden. Und etwas mehr Druck ausüben.«

Wedeland nickte langsam. Sicher, Sascha Götz hatte extrem reagiert, aber war das nicht normal, wenn ein Kind verschwand? Noch dazu, wenn man für dessen Wohl verantwortlich war? Und Friederike war verschwunden, ohne Spur, ohne Echo. Die Hunde hatten die Fährte vom Zelt bis zum Zaun verfolgt, sie dann aber verloren. Auch an der Fundstelle von ihrer Kleidung waren sie nur winselnd und übereifrig im Kreis gerannt, um sich schließlich schuldbewusst an die Beine ihrer Führer zu drücken. Friederike schien weder gekommen noch gegangen zu sein.

Weder die Betreuer der Jugendgruppe noch die anderen Bewohner des Platzes hatten in der Nacht etwas bemerkt. Zwei weitere Jugendgruppen zelteten auf der Anlage, auch sie hatten eine Nachtwache gehabt, jedoch befanden sich ihre Lager auf der anderen Seite des Geländes. Niemand hatte etwas Ungewöhnliches wahrgenommen.

Nicht einmal die Spurensicherung hatte hilfreiche Erkenntnisse zutage gefördert. In den Zelten und rundherum gab es Tausende sich überlagernder Spuren; es war bislang schlicht unmöglich gewesen herauszufinden, welche davon ein möglicher Täter hinterlassen hatte. Auch am Zaun, dort, wohin es die Hunde gedrängt hatte, war nicht eine einzige Faser im Drahtgeflecht entdeckt worden, und für Schuhabdrücke war der Boden zu trocken. War Friederike zum Zaun gelaufen? War sie im Schlaf umhergewandelt und hatte unterwegs einen Menschen getroffen, der ihr Böses wollte? Oder war dieser Mensch über den Zaun gekommen und hatte sich um die Zelte geschlichen, auf der Suche nach einem Opfer?

Sie wussten es nicht. Keines der Szenarien wirkte überzeugend.

»Wir haben keine Spur von ihr? Nicht eine einzige?« Wedelund konnte es selbst nicht glauben.

»Wir haben nichts.« Evelyne Taubers Äußerung klang wie ein Offenbarungseid, was sie letztlich auch war. »Nichts, was uns weiterhilft.«

Wedeland sah, wie die Vene an ihrer Schläfe pochte, wie immer, wenn sie wütend war.

»Die Frage ist doch«, hob Franz Thorwart an, »ob Friederike aus eigener Kraft überhaupt dazu in der Lage ist, sich so gut zu verstecken, dass wir sie nicht finden können. Wir haben Hundertschaften, die die komplette Umgebung durchkämmen – wie weit kann sie gekommen sein? Wenn sie aus irgendeinem Grund ins Wasser geraten ist, würde das erklären, warum die Suche bislang keinen Erfolg hatte. Die Wasserschutzpolizei schiebt zwar Doppelschichten, aber das Meer ist groß. An Land jedoch kann sie kaum außerhalb unseres Suchradius sein.« Franz Thorwart blickte in die Runde, das Haar zerwühlt. »Und wäre sie ertrunken, wie wäre dann zu erklären, dass ihre Kleidung Kilometer vom Strand entfernt gefunden wurde?« Franz Thorwarts Stimme wurde fester und sicherer. »Nein. Ich glaube nicht, dass sie einfach nur weggelaufen ist. Sie mag von sich aus bis zum Zaun gekommen sein, aber danach …« Er brach ab, und es war still.

»Ja«, sagte Wedeland, allein schon, um das unangenehme Schweigen zu durchbrechen. »Also gut. Wir müssen mehr in Erfahrung bringen. Zuerst sollten wir uns die Eltern vornehmen. Auffälligkeiten sind nicht bekannt, auch keine Vorstrafen. Sie waren zur Tatzeit nicht hier und haben sich, als wir sie ausführlich befragen konnten, äußerst kooperativ gezeigt. Trotzdem, wir müssen sie genauer unter die Lupe nehmen, finanzielle Verhältnisse, amouröse Verhältnisse, Freunde, Bekannte, ehemalige Bekannte. Gibt es da jemanden mit Vorstrafen? Ist jemand der Polizei bekannt? Wir müssen mit Friederikes Lehrern sprechen, mit ihren Klassenkameraden. Hat sie Freundinnen erzählt, dass sie unglücklich war und weglaufen wollte? Hat ihr jemand Angst gemacht?«

»Nicht zu vergessen die Nachbarn«, warf Paul Jeremias ein. »Gab es Streit bei den Baumgarts? Kam es zu Handgreiflichkeiten?«

»Wissen die Kollegen der Baumgarts etwas, die Eltern der Mitschüler?« Eine der beiden blonden Polizistinnen brachte das ein. Wedeland fiel ihr Name wieder ein, Melanie Haussmann. »Der Kinderarzt von Friederike? Brüche, Hämatome und so weiter?«

Wedeland nickte, und Melanie Haussmann machte sich eine Notiz.

Die Kollegin mit den roten langen Haaren und den auffallend blassblauen Augen meldete sich nun zu Wort, Mareile Kunz. »Die üblichen Verdächtigen«, sagte sie. »Wir sollten sie unter uns aufteilen. Spanner, Pädophile et cetera. Und ist jemand in der Gegend auffällig geworden, selbst wenn er nicht verurteilt wurde? Gab es Beschwerden, beispielsweise bei der Strandaufsicht, über ungebührliches Verhalten gegenüber Kindern? Gab es in der Vergangenheit Fälle, die unserem ähneln?«

»Was ist mit den Feriengästen?« Ernst Bechtold hatte sich bislang zurückgehalten. Wedeland kannte ihn als methodisch arbeitenden Ermittler, den er sehr schätzte. Geistesblitze waren von ihm nicht zu erwarten, Heldentaten auch nicht, aber er hatte schon mehr als einmal bewiesen, dass es sich lohnte, jedes Detail von allen Seiten zu betrachten. Und wie immer stellte er seine Frage so, dass sie keine Frage war, sondern eine Feststellung, die er in den Ring warf und an der er sich festbeißen würde. »Derzeit sind geschätzt 70 Prozent aller Menschen vor Ort Touristen. Dazu kommen Saisonkräfte, die mit Sicherheit nicht alle angemeldet sind. Wir können nicht jeden überprüfen, aber uns muss klar sein, dass wir nur einen Bruchteil erfassen, wenn wir uns einzig auf die gemeldeten Anwohner beschränken.«

»Eine Sache noch.« Evelyne Tauber blickte in die Runde. »Ich weiß nicht, was ihr davon haltet, aber ich denke, es wäre sinnvoll, mit den Kindern zu sprechen. Und zwar bald, bevor sie von ihren Eltern abgeholt werden.«

Wedeland sah aus den Augenwinkeln, wie Ernst Bechtold die Stirn runzelte. Evelyne Taubers Stimme klang spröde, und sie räusperte sich. »Kinder kriegen einiges mit. Womöglich hat eines von ihnen etwas gesehen, ist sich aber nicht bewusst, dass es wichtig sein könnte. Oder traut sich nicht, damit rauszurücken.«

»Ich habe auch schon daran gedacht«, sagte Wedeland. »Wer weiß, ob wir auf diese Weise verwertbare Informationen bekommen, aber wir versuchen es. Gleich morgen. Jemand soll sich darum kümmern, die Einwilligung der Eltern einzuholen.« Im Stillen fragte er sich, nicht zum ersten Mal, ob nicht alles schon zu spät war.

12

Wedeland schloss vorsichtig die Wohnungstür auf. Er gab sich große Mühe, leise zu sein, doch dann stolperte er im Flur über seine eigene Reisetasche. Sie rutschte mit einem schabenden Geräusch über die Dielen und stieß gegen die Kommode. Er fluchte und biss sich auf die Zunge.

Die Tür zum Schlafzimmer stand offen, und er hörte Malins gleichmäßigen Atem. Er konnte sie auch riechen, diesen warmen, leicht verschwitzten Nachtgeruch. Er war wie eine Erinnerung, die einen verfolgt und nicht loslässt, auch wenn man mit aller Macht versucht, sie nicht zuzulassen. Manchmal ekelte er sich regelrecht davor.

Im Schlafzimmer raschelte es. Malin wälzte sich herum und murmelte etwas. Die Ziffern ihres Radioweckers leuchteten ihm grün entgegen, anklagend, schonungslos. Vier Uhr achtundfünfzig.

Am Vorabend war er in Wehrich eingetroffen, gegen elf, mit dem festen Vorsatz, sich mit Malin gut zu vertragen. Die Ermittlungen in Hulthave dauerten an, und natürlich hatte er das Wochenende nicht frei, aber er wollte wenigstens von Samstag auf Sonntag in seinem eigenen Bett schlafen, wollte das Dorf und dessen traurige Realität für einen Moment hinter sich lassen. Eine Illusion von Nachhausekommen, auch wenn es sich nicht so anfühlte. Die Wohnung roch nach Malins Parfum. Die Schlüssel in der goldenen Schale auf der Anrichte im Flur waren ihre, die Blumen auf dem Tisch im Wohnzimmer ihre Lieblingsblumen, weiße Gladiolen. Jazzmusik im Hintergrund, er hasste Jazz. Und die Bilder an der Wand sagten ihm nichts.

Wann war das alles passiert? Wann war ihr gemeinsames Zuhause Malins Zuhause geworden? Wann war ihm entfallen, was sie miteinander verband?

Er hatte sie zur Begrüßung auf die Wange geküsst, er hatte das Essen gelobt, das sie für ihn aufgewärmt hatte, auch wenn er Zander nicht mochte und sie das wusste. Dann hatten sie gemeinsam abgespült und waren ins Bett gegangen. Malin hatte nach ein paar Seiten in ihrem Roman das Licht gelöscht, danach hatte er im Dunkeln gelegen und nachgedacht. Erst darüber, ob er, wenn das alles vorbei war, zum Angeln fahren sollte, an einen kleinen See. Oder vielleicht doch lieber mit dem Fahrrad gen Süden, nur um zu schauen, wie weit er es schaffte. Dafür würde er Urlaub brauchen, ein Wochenende reichte nicht. Auf jeden Fall musste er mal raus, er hatte genug von Möwengeschrei und Salzluft, in die sich doch immer nur Angst und Verwesung mischten.

Malin kam in seinen Plänen nicht vor, aber das überraschte ihn nicht. Urlaub mit Malin war anstrengend, weil man ständig etwas anschauen musste, auch wenn man nur ins Nichts starren, den Kopf in den Nacken legen, die Augen unscharf stellen wollte, und über einem nichts als der Himmel. Malin legte sogar vor einem Kurzurlaub lange Listen an und verplante jede freie Minute. Seine Toleranz war schon lange erschöpft.

Er hatte sie angesehen, im Halbdunkel, das feine Profil im Schatten des Kissens verborgen, und gleich wieder weggeschaut. Irgendwie tat es weh. Sie war immer noch seine Malin, die er auf einem Boot auf der Hamburger Binnenalster zum ersten Mal geküsst und deren dunkle Augen er in einer Weinlaune in einem kitschigen Gedicht verewigt hatte, auf der Rückseite eines Einkaufszettels.

Seine Malin. Es klang falsch. Wenn er versuchte, etwas zu fühlen, etwas von damals, dann war in seinem Kopf keine Spur mehr von ihrer Existenz. Schoben sich bleiche Kinderhände und blutleere Frauenlippen in seine Gedanken, kalte Gesichter und blutverschmierte Hälse, hielt er nicht mehr mit Malin dagegen. Nicht mit ihrer Stimme, ihrer warmen Haut. Jetzt war es Miriam, die die Dämonen mit ihrem Lachen in die Flucht jagte, sie blendete. Miriam mit den zu großen Ohren und den genau richtig großen Brüsten. Miriam mit den blauen Augen, die sie nie niederschlug.

Er hatte auf Malins Atem gelauscht und bis dreihundert gezählt. Dann hatte er sich langsam aus dem Bett gehievt, seine Kleider zusammengerafft und sie im Flur hastig übergestreift. Aus der Tasche seines Jacketts hatte er sich den Hausschlüssel geangelt und war hinausgeschlichen.

Es waren nur wenige Minuten zu Fuß gewesen. Die Klingel fand er im Dunkeln, zweite Reihe, ganz links. Miriam öffnete ihm die Wohnungstür, sie war in einen billigen weißen Morgenmantel gehüllt. Sie wollte etwas sagen, doch ohne sich zu vergewissern, ob sie wütend auf ihn war oder sich freute, ihn zu sehen, schnitt er ihr das Wort ab. Er presste seinen Mund auf ihren, auf ihre festen Lippen, und schob sie in den Flur, drängte sich gegen sie. Der Gürtel ihres Morgenmantels widersetzte sich ihm, aber dann fiel der Stoff, und sie stand nackt vor ihm. Er spürte ihre warme Haut an seiner, warme Hände, ein warmer Mund, und endlich war die Kälte fort. Er hob sie hoch und trug sie zum Bett, mit gierigen, bittenden Händen, und dann, als er nicht mehr anders konnte, drängte er sich in sie hinein, und alles war auf einmal gut.

Als er erwachte, war es vier Uhr fünfunddreißig. Er musste los. Er küsste Miriam auf die geschlossenen Augenlider, sammelte seine Kleider auf und zog sich an. Als er das Haus verließ, hörte er einige frühe Vögel. Er war zufrieden, so sehr, dass er sich fast schämte. Keine Reue, nicht ein bisschen, dass er seine Ehefrau betrog, dass er nachts zu einer anderen schlich. Er floh aus dem Ehebett wie ein Mann, der er nie hatte sein wollen. Ein Mann, der er jetzt doch geworden war.

Zu Hause legte er sich ins Bett, ohne zu duschen, was dann doch leise Schuldgefühle in ihm weckte. Es war ihr Ehebett, und er rieb den Duft einer anderen in die Laken, ließ ihre Wärme unter die Decke schlüpfen. Schäbig. Ein anderes Wort fiel ihm dazu nicht ein. Doch von dem Rauschen der Dusche würde Malin aufwachen, und das wollte er nicht riskieren. Noch atmete sie gleichmäßig. Er drehte sich von ihr weg und war binnen Sekunden eingeschlafen.

13

Auf der Fahrt von Wehrich nach Hulthave, die wegen des vielen Verkehrs dieses Mal fast eine Stunde dauerte, saß Wedeland auf dem Beifahrersitz, während Jeremias den Wagen steuerte und gleichzeitig ununterbrochen redete und von seinem Wurstbrötchen aß. Wedeland brummte der Schädel, als hätte er einen Kater, doch es waren nicht die Nachwehen einer durchzechten Nacht, sondern die vom beginnenden Ende seiner Ehe.

Es war aus zwischen ihm und Malin, oder besser: Es würde bald aus sein, sobald sie die Kälte zwischen sich nicht mehr aushielten. Das Ende war absehbar, und es machte ihn traurig. Doch zugleich war es tröstlich zu wissen, dass es so etwas wie ein Ende gab.

Was habe ich mir dabei nur gedacht? War es nicht das, was sich untreue Ehemänner fragten, wenn sie vor den Trümmern ihrer staatlich anerkannten Liebe standen?

Er musste sich das nicht fragen, er kannte die Antwort. Er hatte gedacht, dass er Liebe verdiente, und Nähe. Er verdiente jemanden, der ihn in den Arm nahm, nicht nur für Familienfotos. Jemanden, der mit ihm schlafen wollte, ohne Widerwillen. Er verdiente all das, so wie es jeder verdiente. Er konnte sich nicht dafür verdammen, dass er es sich nahm.

Wedeland lehnte seine Stirn gegen die kühle Scheibe und starrte nach draußen, Felder im Morgenlicht, weites Land, blaues Land. Nebel. Der Nebel, der Friederike verschluckt und verdaut hatte.

Jetzt schämte er sich. Dass er sich in Gedanken über seine Ehe und deren Ende verlor, während ein Kind vermisst wurde und seine Hilfe brauchte. Aber er war abgelenkt, von Malin und dem ganzen Desaster, das sie beide wie ein Schleppnetz durchs Leben zogen. Er würde ihn hinter sich lassen, diesen kompletten Wahnsinn, und sich auf seinen Fall konzentrieren, denn hier gab es vielleicht noch etwas zu retten.

Er richtete sich auf und sah zu Jeremias hinüber. »Steht heute noch mal ein Gespräch mit Sascha Götz an?«

»Gleich als Erstes. Danach müssen wir mit der Befragung der Kinder beginnen. Sie werden bald abgeholt, einige der Eltern sind schon da.«

»Mmhm.« Wedeland nickte, doch er war in Gedanken noch bei Sascha. Ihm fiel auf, dass er nicht angeschnallt war. Vergeblich versuchte er, den Gurt aus dem Spalt zwischen Tür und Sitz zu angeln. Schließlich sagte er: »Ganz ehrlich, Jeremias. Was denken Sie? Über die Götz, meine ich.«

»Ich glaube, dass sie sich schuldig fühlt. Aber das muss nichts heißen. Würde sich nicht jeder in ihrer Lage schuldig fühlen? Auch wenn sie nichts mit Friederikes Verschwinden zu tun hat, die Kleine ist trotzdem entwischt, als Sascha Götz auf sie hätte aufpassen sollen. So was steckt man nicht so einfach weg.«

»Ich bin mir trotzdem nicht ganz sicher.«

»Sie glauben, die Götz ist in diese Sache verwickelt?«

Wedeland zögerte. »Das nicht. Nein. Aber ich glaube, sie verschweigt uns etwas.«

Als er Sascha Götz in dem improvisierten Befragungsraum vor sich hatte, wurde rasch deutlich, dass das Gespräch nirgendwohin führte. Es verlief quälend, quälend langsam, quälend ergebnislos. Nach einer Weile begann die junge Frau zu weinen, und er unterbrach die Unterredung zunächst, um dann zu beschließen, es zu einem späteren Zeitpunkt noch einmal zu versuchen. Dann, wenn Sascha Götz sich etwas gefangen hatte. Man erklärte ihr, dass sie Hulthave nicht verlassen dürfe, und sie weinte noch mehr, nickte aber.

Als sie fort war, gönnte sich Wedeland nur eine kurze Pause mit einem brühheißen, viel zu starken Kaffee, dann ging es weiter. Er hoffte, dass die Befragung, die vor ihm lag, mehr ergeben würde, irgendwann mussten sie ja Glück haben.

Ihm gegenüber saß nun ein kleiner Junge von vielleicht sechs Jahren, der ihn anstrahlte, und Wedeland seufzte. Es war eine dürftige Hoffnung, an die er sich klammerte. Glaubte er wirklich, von ein paar Grundschülern zu erfahren, was ihm sonst keiner sagen konnte, nicht einmal sein eigener Instinkt?

Der Junge war schmächtig für sein Alter, hatte aschblonde Haare im Topfschnitt und die Art von Segelohren, die den Luftwiderstand messbar erhöhen. Sein Grinsen war spitzbübisch und schuldbewusst; er war sich darüber im Klaren, dass es eigentlich nicht in Ordnung war, aber dennoch sah er das Ganze als Abenteuer an, als etwas, das er nach den Ferien allen erzählen konnte. Er war befragt worden von einem Polizisten, einem Kommissar sogar, und jeder hatte ihm zugehört, ihm allein.

»Du bist Christian, richtig?«

»Tristan heiß ich, Tristan Soschek, sechs Jahre alt, aus Heidelberg, Telefon Eins-Acht-Fünf-Fünf-Null.«

Der Junge ratterte die Angaben herunter, so wie man es ihm offenbar beigebracht hatte für den Fall, dass er verloren ging. Er rutschte auf seinem Stuhl herum vor lauter Aufregung.

»Sehr schön, das sind wichtige Informationen. Tristan, du kennst Friederike, oder?«

»Klar!«

»Magst du sie?«

»Ja, aber jetzt ist sie weg.« Der Junge bemerkte es fast beiläufig.

»Hmm, man kann auch Leute mögen, die weg sind, oder?«

Der Junge zuckte mit den Schultern. Sein Blick huschte von Wedeland zum Fenster, über die mit der Zeit grau gewordenen Wände, zu seinen Füßen und zurück. Wedeland begann zu schwitzen; er spürte, dass der Junge ihm entglitt. Er musste sich besser konzentrieren, weniger abstrakte Fragen stellen.

»Tristan, wann hast du Friederike zum letzten Mal gesehen?«

»Gestern.« Er sagte es mit tiefster Überzeugung.

»Bist du dir wirklich sicher, dass es gestern war?« Am vorigen Tag war Friederike schon verschwunden gewesen.

»Ja.«

Wedeland lehnte sich in seinem Stuhl zurück und versuchte, unauffällig durchzuatmen. Kinder waren nicht seine Welt, sie machten ihn nervös.

Das grelle Licht über ihm flackerte. Er fragte sich, wer auf die Idee gekommen war, es überhaupt anzuschalten, wo doch draußen heller Tag war, und gelangte dann zu dem Schluss, dass er es selbst gewesen sein musste. Der improvisierte Befragungsraum, in dem er mit Tristan saß, war deprimierend, genau wie der Rest des Gemeindehauses. Grauer Teppich, rau verputzte Wände und ein staubiger Wandteppich in Herbstfarben als trauriger Blickfang. Wedeland wagte einen neuen Anlauf.

»Tristan, erinnerst du dich, was Friederike gemacht hat, als du sie zum letzten Mal gesehen hast?«

»Sie hat geschlafen.«

Wedeland runzelte die Stirn. Die Jungs und Mädchen übernachteten in getrennten Zelten, daher erschien ihm Tristans Aussage fragwürdig.

»Überleg noch mal ganz genau.«

»Vielleicht hat sie auch gerade gegessen. Oder gespielt.« Tristan nickte nachdrücklich, und Wedeland seufzte leise.

»Hatte Friederike einen Freund oder eine Freundin in eurer Gruppe? Jemanden, mit dem sie sich besonders gut verstand?«

Tristan kicherte, und Wedeland brauchte eine Weile, bis er verstand, dass es zum Schreien komisch war, wenn ein Junge und ein Mädchen befreundet waren. Schließlich wären sie dann ja verliebt, führte Tristan aus, und das war ja nun wirklich mehr als witzig.

Auf Wedelands erneute Nachfrage erklärte der Sechsjährige, dass Friederike mit keinem der anderen Kinder eine engere Freundschaft verbunden hätte, dass aber jedes Mädchen gerne mit Helene befreundet sein wollte, weil die so hübsch lachte.

Die weiteren Kinder, die von Wedeland und seiner Mannschaft befragt wurden, waren sich darin einig, dass man Helene zur Freundin haben musste. Doch was Friederike betraf, gab es keinen gemeinsamen Nenner. Sie war kurz vor ihrem Verschwinden an acht verschiedenen Orten gesehen worden, bei zehn verschiedenen Aktivitäten. Einen Lieblingsort hatte das Mädchen anscheinend nicht gehabt, aber immerhin gaben drei Kinder an, dass sie sich vor Wasser fürchtete.

Ulrich Wedeland überflog die Zusammenfassungen der Befragungen. Er hatte, obwohl er es hätte besser wissen müssen, gehofft, dass die Kinder, nur eines davon, ein einziges, etwas gesehen hatten. Irgendetwas. Ein Detail, das sie endlich auf den Weg brachte. Doch für Friederikes Freunde aus dem Zeltlager war ihr Verschwinden offenbar genauso rätselhaft wie für ihn.

14

Der Bus war zur Abfahrt bereit. Statt einer fröhlichen Horde würden nur die Betreuer einsteigen und mit ihnen drei der Kinder – jene, deren Eltern nicht die Zeit gefunden oder die Notwendigkeit gesehen hatten, selbst anzureisen. Sascha fühlte sich schuldig. Nicht nur, weil sie die Kinder im Stich gelassen hatte. Auch weil sie die Verantwortung dafür trug, dass ihre Welt nun eine andere war.

Jemand zupfte an ihrem Ärmel. Die zwei Kleineren aus dem Trio, ein Junge und ein Mädchen, wollten sich von ihr verabschieden. Sie ging in die Knie, um sie in die Arme zu nehmen. Sie flüsterten ihr Abschiedsworte ins Ohr, drückten sie ein letztes Mal. Weiches, nach Sommer riechendes Haar kitzelte sie in der Nase.

Als die drei in den Bus geklettert waren, verabschiedeten sich auch Manfred und die anderen von ihr. Die Polizei hatte wohl keinen Grund gesehen, sie noch länger in Hulthave zu behalten. Nur sie, Sascha, musste bleiben, sie, die schuldig war, immer schuldig sein würde, auch wenn sie Friederike nichts getan hatte.

Ruth umarmte sie als Letzte. Sascha drückte sie an sich, sog den Moment in sich auf. Den Moment vor dem Alleinsein.

Der Busfahrer hupte. Ruth stieg in den Bus. Sie winkte noch einmal. Dann waren sie weg.

»Sascha.« Eine Stimme, wo keine hätte sein dürfen.

Sie drehte sich um. »Jonathan? Ich dachte, du bist im Bus? Wieso sind sie ohne dich abgefahren?« Sie rannte los. »He! Hallo! Anhalten!«

Jonathan holte sie ein, hielt sie fest. »Sascha, warte. Ich fahre nicht mit. Ich ... ich wollte nicht mitfahren, okay?«

Sie riss sich los. »Was soll das, Jonathan? Die Polizei hat gesagt, du kannst gehen.«

Er griff wieder nach ihr, nach ihrem Arm, doch sie schüttelte seine Hand ab. »Ich weiß nicht, was das soll. Wenn du wegen mir hiergeblieben bist ... was erwartest du?«

»Sascha, ich ...« Jonathan sah sie mit geröteten Augen und blassen Lippen an. »Ich wollte dich hier nicht alleine zurücklassen. Irgendwie ist es doch auch meine Schuld ...«

»Deine Schuld? Irgendwie auch deine Schuld?« Sie ahmte seinen Tonfall nach. »Hör zu, wenn es auch deine Schuld war, irgendwie, willst du damit sagen, dass es eigentlich meine ist? Ist es das, was du mir zu verstehen geben möchtest?«

»Sascha, bitte. Hör mir zu.« Er hob die Hände, beschwichtigend, und blickte sich um.

In diesem Moment sah sie sie ebenfalls, die Menschen um sie herum, Bewohner des Zeltplatzes, die Frau aus dem kleinen Kiosk, die sie anstarrten, mitleidig, neugierig, ungeniert.

Sie sank in den heißen Kies und schlang die Arme um ihre Knie, spürte die Glut der Steine.

Jonathan kniete sich neben sie. »Es tut mir leid. Ich wollte nicht ...«

»Was willst du, Jonathan?« Und dann fielen ihr die Worte aus dem Mund wie Murmeln, sie konnte nichts dagegen tun. »Ja, du hast recht, es *ist* meine Schuld. Ich hätte besser aufpassen müssen. Ich hätte auf sie aufpassen müssen. Und ich hab's nicht getan, okay? *Es ist meine Schuld.* Die ganze Zeit frage ich mich, wie das passieren konnte. Ich habe durchgezählt. Sie war da. Und jetzt ist sie weg, und ich habe das Gefühl, dass ich den Verstand verliere. Es kann nicht sein, aber es ist so, Friederike ist fort, und es macht mich verrückt. Und du denkst, du kannst mir helfen?« Sie hasste ihn in diesem Moment, sie hasste ihn dafür, dass er nicht in diesem verdammten Bus saß. »Was, wenn ich mich verzählt habe? Was, wenn ich dachte, sie in ihrem Schlafsack gesehen zu haben, sie aber nicht da war? Was, wenn sie verschwunden ist, als wir ... Als du ...« Sie kam ihren eigenen Gedanken mit Worten kaum hinterher. »Wenn das zwischen uns nicht geschehen wäre, vielleicht wäre sie noch da.«

»Sascha, es gibt immer eine Erklärung. Vielleicht bist du für einen Moment eingenickt. Oder es hat dich etwas abgelenkt und du erinnerst dich nicht mehr daran. Du bist nicht verrückt, du bist nur in Sorge.«

Seine Stimme war sanft, viel zu sanft. Warum bloß war er nicht mit den anderen abgehauen? Sie hatte das Gefühl, dass er sie nur noch mehr durcheinanderbrachte. Als wollte er, dass sie sich schuldig fühlte.

Die grelle Sonne trieb ihr die Tränen in die Augen, und sie wünschte sich, dass er aufhörte zu reden, doch er tat es nicht, hielt einfach nicht den Mund.

»Ich will, dass du weißt, dass ich der Polizei nichts erzählt habe«, sagte er jetzt. »Also das mit uns. Mir ist klar, dass es keinen Unterschied macht, weil sie noch da war. Aber trotzdem ... Sascha?«

Sie konnte ihm nicht in die Augen sehen. »Warum bist du nicht mitgefahren? Mit den anderen?«

»Hab ich doch gesagt. Ich wollte dich nicht alleine lassen.«

Sie stand auf und klopfte sich den Staub von der Hose.

»Weißt du was?«

Jonathan sah sie nur fragend an.

»Vielleicht möchte ich von dir alleine gelassen werden. Hast du darüber mal nachgedacht?«

Sie ging, um ihren Reiserucksack zu holen. Sie würde sich ein Zimmer in irgendeiner Pension suchen. Und sie würde nie wieder mit Jonathan Belling reden.

15

Wedeland kam es so vor, als wäre der Raum kleiner geworden, die Luft dünner. Als wären die Wände zusammengerückt. Das lag nicht nur an den zusätzlichen Kollegen, die sie unterstützten, es lag an der Verzweiflung aller. Es ging nicht voran, und mit jeder Minute, die verstrich, fühlten sie sich schuldiger. Der Raum war voll von düsteren Vorahnungen, schmerzhafter Ungewissheit und Dingen, die keiner aussprechen wollte.

Wedeland versuchte sich zu erinnern, wo er stehen geblieben war. Sie hatten ausführlich über Friederikes Eltern gesprochen. Walter und Elke Baumgart hatten keine nennenswerten Schulden, und die Raten für ihr kleines Haus zahlten sie stets pünktlich. Das Ehepaar führte eine unauffällige und, wie ein Nachbar angemerkt hatte, recht traditionelle Ehe. Herr Baumgart arbeitete als Buchhalter in einer Firma für Dichtungssysteme, während seine Frau zu Hause blieb und sich um Haus, Garten, Kind und Mann kümmerte. Von einem ruhigen und glücklichen Familienleben wusste eine ältere Nachbarin zu berichten, ernsthafte Zwistigkeiten oder Trennungsabsichten hätte sie nicht bemerkt. Nur selten habe der Herr Baumgart rumgebrüllt, danach habe aber stets sofort wieder Ruhe geherrscht.

Auch Friederikes Kinderarzt und ihre Lehrerinnen hatten nichts Besonderes zu berichten gewusst, außer dass sie ein stilles und kluges Mädchen sei.

»Sie ist nicht besonders wagemutig«, hatte ihre Klassenlehrerin betont. »Auch nicht ängstlich, sie ist einfach vorsichtig und bedacht. Ganz sicher ist sie nicht auf eigene Faust weggelaufen.«

Friederikes Schulfreundinnen waren der gleichen Meinung. Nein, weggelaufen sei sie bestimmt nicht, hatten sie gesagt, und dann nicht mehr weitergewusst.

»Also nichts an dieser Front«, fasste Wedeland resigniert zusammen. »Wer macht weiter?«

Melanie Haussmann und Franz Thorwart meldeten sich gleichzeitig. Thorwart ließ der Kollegin den Vortritt.

»Die Überprüfung der Betreuer hat nichts Auffälliges ergeben«, sagte sie und spielte nervös mit ihrem Kugelschreiber herum. »Laut dem Veranstalter des Zeltlagers haben alle schon mehrfach als Ferienbetreuer gearbeitet, immer ohne Zwischenfälle, nie eine Beschwerde. Ehrlich gesagt, ich kann mir nicht vorstellen, dass einer von ihnen Friederike etwas angetan haben sollte. Ohne Fahrzeug. Ohne Kontakte vor Ort. Stets mit dem Risiko, von einem Kollegen entdeckt zu werden.« Melanie Haussmann runzelte die Stirn. »Das Verhalten von Sascha Götz ist auffällig, ja. Aber auch in ihrem Fall frage ich mich, wie sie Friederike hätte wegschaffen sollen.«

Wedeland fiel es ebenfalls schwer, Sascha Götz als mögliche Täterin zu sehen. Dennoch *war* da etwas mit dieser jungen Frau, und er war noch nicht bereit, dies zu ignorieren.

Nun ergriff Franz Thorwart das Wort. »Die Spurensicherung hat sich den Jogginganzug angesehen. Kam gerade rein«, sagte er und klappte die dünne Mappe auf, die er vor sich hatte.

Wedeland starrte auf Thorwarts verschwitzte Stirn und versuchte ihn mit bloßer Willenskraft dazu zu bringen, das zu sagen, was sie alle hören wollten. Dass da etwas war. Eine Spur, eindeutig.

»Ich hab es auch eben erst überflogen«, sagte Thorwart nun stattdessen. »Aber so wie es aussieht, hilft uns das nicht weiter.«

»Was soll das heißen? Hat jemand den Jogginganzug chemisch reinigen lassen, bevor er ihn auf der Wiese zurückließ?« Wedeland schnaufte und fuhr sich mit der Hand an den Hemdkragen, nur um festzustellen, dass er ihn bereits gelockert hatte.

Thorwart hob beide Hände. »Ich bin nur der Überbringer der schlechten Nachrichten. Hier steht, dass auf dem Jogginganzug keine verwertbaren Fasern gefunden wurden.«

Wedeland fühlte sich erbärmlich, seine Augen brannten, sein Gesicht glühte, und sicher waren die Haare zerwühlt. »Hat noch jemand ähnliche gute Neuigkeiten?«

Mareile Kunz war die Einzige, die sich vorwagte, die Brille hochgeschoben. »Wir haben alte Fälle auf Übereinstimmungen geprüft und nach bekannten Straftätern in der Gegend gesucht. Es gibt zwei Fälle, bei denen Kinder eine Rolle gespielt haben. Ein Mann, der eine Achtjährige entführt hat, allerdings seine eigene Tochter. Das war 1983, und der Mann ist mittlerweile gestorben. Und 1979 verschwand ein vierzehnjähriger Junge aus dem Nachbardorf. Sechs Tage später wurde er auf dem Wasser treibend gefunden, sein Fuß verheddert in die Leine seines Ruderboots. Ein Unfalltod.« Sie hob die Schultern. »Bei den Vorbestraften und Polizeibekannten sieht es etwas besser aus. Oder schlechter, wie man's nimmt. Die eine oder andere Anzeige wegen Körperverletzung, außerdem soll es hier einen Spanner geben. Alles schon etwas länger her, aber immerhin sind es Ansatzpunkte.« Jetzt klang sie fast entschuldigend. »Wir gehen allen nach. Und erweitern bei den Pädophilen den Radius.«

Wedeland nickte lahm. Das führte doch zu nichts. Sie verstrickten sich in losen Enden, hingen zappelnd im Netz und kamen nicht im Geringsten vorwärts.

Franz Thorwart räusperte sich. »Wir sind noch die Hinweise aus der Bevölkerung durchgegangen. Bislang sind sie überschaubar, und lässt man die offensichtlichen Spinner beiseite, gibt es zwei Leute, die wir uns genauer anschauen sollten.« Sein Blick flog über die Notizen. »Insgesamt sechs besorgte Bürger haben uns auf diese beiden Personen hingewiesen.« Es wurde still, er hatte nun die Aufmerksamkeit seiner Kollegen und fuhr fort: »Vier Anrufe bezogen sich auf einen gewissen Wilhelm Caspari. Caspari wohnt hier in Hulthave und ist nicht vorbestraft. Dennoch scheint das ganze Dorf davon überzeugt zu sein, dass er Dreck am Stecken hat.« Er sah fragend auf. »Objektiv gibt es nichts, was ihn belasten würde. Aber wir sollten ihn nicht außer Acht lassen, wenn man ihn uns gleich viermal unter die Nase reibt.«

»Auch vier Anrufer können irren«, warf Paul Jeremias ein und pulte etwas Unappetitliches unter seinem Daumennagel hervor. »Wahrscheinlich ist das nur die übliche Hatz auf einen, der samstags seinen Wagen nicht wäscht, oder, schlimmer noch, gar keinen hat!« Er erschauderte demonstrativ. »Ich wette, der Mann ist ein harmloser alter Trottel.«

»Das werden wir sehen. Nachdem wir mit ihm gesprochen haben«, entschied Wedeland. »Und die anderen zwei?«

»Die anderen zwei? Ach, die anderen zwei Anrufer. Die haben etwas beobachtet. Ein junger Mann aus dem Dorf hat sich am Tag vor Friederikes Verschwinden am Strand lange mit einer jungen Frau unterhalten. Die Frau muss Sascha Götz gewesen sein, die Beschreibung passt auf sie. Der Mann war keiner der Betreuer, die Anrufer haben ihn als Torsten Leutmann identifiziert, wohnhaft hier in Hulthave. Ein bisschen seltsam sei er, sehr still, was auch immer das heißt.«

»Hat Sascha Götz die Begegnung uns gegenüber erwähnt?«, fragte Wedeland.

Thorwart schüttelte den Kopf. »Hab nachgesehen, hat sie nicht. Sonst hätten wir ihn schon längst kontaktiert. Von diesem jungen Mann haben wir zum ersten Mal gehört.«

»Vielleicht dachte sie, es sei nicht wichtig«, warf Melanie Haussmann ein. »Oder sie hat in all dem Trubel die Begegnung vergessen. Entschuldigung. Trubel ist nicht das rechte Wort.«

Nun schaltete sich Ernst Bechtold ein: »Das kann sein. Es kann aber auch sein, dass sie nichts gesagt hat, weil sie nichts sagen wollte.«

»In jedem Fall müssen wir ihn befragen. Einer der Zeugen meinte, Leutmann sei von Sascha Götz völlig hingerissen gewesen.« Franz Thorwart sah Wedeland an. »Für mich klingt das … ich weiß auch nicht, es lässt mich jedenfalls hellhörig werden.«

Wedeland gab ihm recht. Sie mussten mit dem jungen Mann reden, und Sascha Götz würde ihnen erklären müssen, warum sie diese Begegnung am Strand verschwiegen hatte.

Er beendete die Besprechung und schaute schweigend zu, wie die anderen sich in Bewegung setzten. Konzentriert und ernst waren sie, ihr Rascheln und Murmeln wurde zu einem ewigen Strom, und auf seiner Oberfläche schwamm eine kleine blasse Leiche, die er sich selbst zuzuschreiben hatte.

16

Sie ließen sie warten. Absichtlich? War es nicht so, dass die Polizei Menschen schmoren ließ, in grell ausgeleuchteten Verhörräumen, mit dem Ziel, dass sie einknickten, aufgaben, gestanden? Ich war's, sperrt mich ein, und danach konnte alles wieder seinen Lauf nehmen, ungestört. So sah man es in Filmen, so las man es in Büchern, aber dies hier war keine Fiktion, dies war ihr Leben. Sascha Götz fühlte sich, als hätten sich die Kräfte der Physik verschoben, als wäre die Welt aus den Angeln gehoben worden, und alles, was sie tun musste, war loszulassen, sich vom Rand gleiten zu lassen und zu fallen, ins Nichts.

Sie starrte auf die Tischplatte. Billigstes Holzimitat, wenig überzeugend gemasert, und es kam ihr plötzlich absurd vor, dass Menschen darüber nachdachten, wie Tische, die nicht aus Holz waren, so aussehen konnten, als ob sie aus Holz wären. Als ob das eine Rolle spielte, als ob irgendetwas eine Rolle spielte. Es war so falsch. Als wäre die Welt irgendwo falsch abgebogen, aber niemand schien sich zu fragen, wo man denn nun gelandet war, niemand schien sich darüber zu wundern, dass es hier überhaupt nicht so aussah wie zu Hause. Die Häuser nur Fassaden, die Gesichter Fratzen, die Bäume krank.

Es war das falsche Universum, ganz sicher gab es eine Parallelversion, in der sie gerade mit Friederike und Helene und allen anderen Kindern auf einer Wiese saß und »Ich sehe was,

was du nicht siehst« spielte. Dieses schöne, unschuldige Universum existierte, aber sie war hier gefangen, und sie hatte das Gefühl, langsam verrückt zu werden.

Was war geschehen? Was hatte sie getan? War all das wirklich passiert?

Sie hatte die Polizei angelogen. Hatte verschwiegen, was sich wirklich abgespielt hatte, dass sie die Kinder verraten, ihre Pflicht verletzt hatte. Dass sie ein schlechter Mensch war. Da war zwar ihr Selbsterhaltungstrieb, diese Stimme, die ihr sagte, wieder und wieder, dass es keine Rolle spielte, denn sie hatte sie gezählt, sie waren da gewesen, alle. *Es war nicht ihre Schuld, konnte nicht ihre Schuld sein.*

Doch die Zweifel waren mächtig, waberten um ihre Knöchel wie dunkler Nebel, zogen sich hinauf, an ihr entlang, vergifteten die Luft, die sie einatmete. Hatte sie vielleicht doch etwas übersehen? Hatte sie sich verzählt, noch verwirrt, überrumpelt von all den Küssen und Jonathans Händen auf ihrem Körper? War Friederike zu diesem Zeitpunkt schon fort gewesen? Hätte sie, wenn ihr Verschwinden früher bemerkt worden wäre, gerettet werden können?

Sie malte es sich aus, sah es klar und scharf umrissen vor sich, wie sie den Kopf in eines der Zelte steckte, zählte und stutzig wurde. Wie sie sich suchend umsah, loslief, ins Dunkel, mit dem flackernden Licht ihrer Taschenlampe als Wegweiser. Wie sie eine kleine, blasse Gestalt entdeckte, die ziellos durch die Nacht irrte. Wie sie nach ihr griff, sie in ihre Arme zog, sie zurücktrug, den schmalen Körper fest an sich gepresst. Sich erzählen ließ, welch schlimmer Traum Friederike aus ihrem Bett getrieben hatte, wie sie sie beruhigte, tröstete, wie sie die kleine kühle Hand in ihrer hielt, bis das Mädchen eingeschlafen war.

Wenn. Wenn nur. Doch so war es nicht gekommen, und

als hätten Schmerz und Angst Blut an ihr geleckt, begann ihr Kopf die Realität vollends infrage zu stellen. Vielleicht erinnerte sie sich falsch. Vielleicht produzierte ihr Hirn täuschend echte Bilder, weil sie die Wahrheit nicht aushalten würde. Was, wenn alles ganz anders gewesen war? Hatte sie überhaupt nachgezählt? Konnte sie sich wirklich sicher sein? Konnte sie sich sicher sein, dass nicht sie Friederike etwas angetan hatte? Was gab es denn noch, das sich dem Irrsinn widersetzte, das nicht fortgespült wurde von all dem Chaos um sie herum?

Nichts galt mehr. Es war, als würde sie nicht nur den Glauben an sich und ihre Erinnerungen verlieren, sondern auch ihren Verstand.

Sie musste es ihnen erzählen. Sie musste ihnen die Wahrheit sagen, das war ihre einzige Chance. Musste die Wahrheit sagen, sonst würde sie daran ersticken. Sie musste das Gewicht, das sie niederdrückte, von sich stoßen, und doch konnte sie es nicht, konnte es nicht über sich bringen. Sie hatte, so erbärmlich es war, Angst, viel zu große Angst, und gleichzeitig fürchtete sie, einen alles entscheidenden Fehler zu begehen, wenn sie jetzt schwieg.

Was sie auch tat, sie war gefangen zwischen zwei Furcht einflößenden Welten. Zwischen einer Zukunft als Lügnerin und einer Zukunft als erbärmlicher Versagerin, die den Hass zu spüren bekam, den sie verdiente.

Alles, was blieb, war diese kleine Hoffnung. Sie hoffte. Sie hoffte so sehr, dass Friederike zurückkam, plötzlich da war, gesund und heil und nur ein bisschen verschreckt. Dann wieder schämte sie sich ihrer Hoffnung, weil sie selbstsüchtig war, denn es war ihre eigene Rettung, die sie herbeisehnte, ein Ausweg aus der Dunkelheit, ein Abzweig von dem Pfad, der ihr Leben zu werden drohte, voller Angst und Scham und gänzlich bar jeder Freude und Recht auf Glück.

Als die Tür aufging, fuhr sie hoch. Es war der Kommissar, den sie schon kannte. Ihm folgte ein jüngerer Mann, der sich als Paul Jeremias vorstellte. Er lächelte sie an, wohl weil er sie in Sicherheit wiegen wollte. Dennoch tat es ihr gut, in ein freundliches Gesicht zu blicken, auch wenn der Ausdruck nicht echt war. Hauptsache, etwas Wärme.

»Frau Götz«, sagte der ältere Kommissar, und sie sah, dass er grau war, sein Gesicht, sein Blick. Grau und müde. »Danke, dass Sie hier sind. Neue Entwicklungen haben es notwendig gemacht, dass wir noch einmal mit Ihnen sprechen.«

Sie setzte sich aufrecht hin. Neue Entwicklungen. Das konnte alles heißen, es konnte heißen, dass sie kurz davorstanden, Friederike zu finden, weil sie neue Hinweise erhalten hatten. Es konnte aber auch heißen, dass sie Bescheid wussten, über sie, über ihren schrecklichen Fehler. Sie fühlte, wie ihr heiß wurde und kalt im Inneren. Sie musste ihre nervösen Hände unter Kontrolle bringen, musste die Füße stillhalten, statt sie nervös wandern zu lassen.

Nun sprach der jüngere Polizist, der mit dem Lächeln, das nun aber verschwunden war. Stattdessen blickte er ernst und eindringlich.

»Frau Götz, Sie haben bereits mit uns gesprochen und wurden ausdrücklich gebeten, uns alles über die Zeitspanne vor Friederikes Verschwinden zu berichten. Jede Kleinigkeit kann von Bedeutung sein, das wurde Ihnen so mitgeteilt, richtig?«

Sie nickte.

Paul Jeremias fuhr fort. »Wir haben Zeugen, die behaupten,

Sie am Tag vor Friederikes Verschwinden am Strand gesehen zu haben.«

»Ich war am Strand, ja. Das habe ich doch schon gesagt.«

»Sie haben aber nicht gesagt, dass Sie dort mit einem jungen Mann ins Gespräch gekommen sind.«

»Ich … Ja, das stimmt.« Sie erinnerte sich an ihn, den jungen, blassen Mann, der so unsicher, so seltsam gewesen war, dass er ihr leidgetan hatte. Sein Name fiel ihr nicht mehr ein. »Aber – das war nur kurz. Und nichts von Bedeutung. Hat er etwas mit der Sache zu tun? Hat er Friederike …?«

»Sehen Sie, Frau Götz, genau das ist das Problem. Ob etwas von Bedeutung ist oder nicht, das müssen wir entscheiden. Warum haben Sie die Begegnung nicht erwähnt?«

»Ich habe einfach nicht mehr daran gedacht. Verstehen Sie nicht? Friederike ist verschwunden! Alles andere ist nebensächlich.«

Sie verteidigte sich, so gut sie konnte, aber sie sah, dass die beiden Kommissare ihr nicht glaubten. Sie hatte die Begegnung nicht absichtlich verschwiegen, warum auch. Und nun glaubten sie, dass der junge Mann verdächtig war. Wenn er Friederike etwas getan hatte, dann war es ihre Schuld, denn sie hatte zugelassen, dass er in ihre Nähe kam, hatte am Strand mit ihm gesprochen, statt ihn von den Kindern fernzuhalten.

»Wenn Sie wollen, dass wir Friederike finden«, sagte der jüngere Kommissar, »dann dürfen Sie uns so etwas aber nicht vorenthalten.«

Sie spürte, wie ihre Augen zu brennen begannen, als hätte sie nicht genug geweint.

»Ich sehe, dass dies alles belastend für Sie ist«, fuhr Paul Jeremias mit weicherer Stimme fort. »Aber wir brauchen Ihre Mitarbeit. Lassen Sie nichts aus. Und seien Sie bitte ehrlich.«

Der ältere Polizist, der, wie ihr nun einfiel, Wedeland hieß, brach sein Schweigen. »Sie sagen, Sie haben sich nicht mehr an den Mann, den Zeugen als Torsten Leutmann identifiziert haben, erinnert. Wissen Sie, wie lange Sie mit ihm gesprochen haben?«

Sie hob die Schultern. »Zwanzig Minuten vielleicht?«

»Das ist lang, wenn man jemanden nicht kennt. Worüber haben Sie geredet?«

»Dies und das, woher wir kommen, dass wir hier eine Ferienfreizeit veranstalten. Solche Dinge.«

»Hat Leutmann Sie nach den Kindern gefragt?«

»Nein.«

»Er hat keine Bemerkung über sie gemacht?«

»Nein, er schien sie gar nicht wahrzunehmen.«

»Er war ganz auf Sie fixiert?«

»Ich weiß nicht, ob ich das so ausdrücken würde.«

»Frau Götz, noch einmal: Über was haben Sie gesprochen?«

»Das sagte ich doch bereits. Nichts Bestimmtes.«

»Man redet nicht so lange über nichts Bestimmtes, Frau Götz. Bitte, versuchen Sie sich zu erinnern.«

»Ich weiß es nicht mehr, wirklich nicht.« Sie hörte, wie ihre eigene Stimme immer verzweifelter klang.

»Hat Leutmann Sie angesprochen oder Sie ihn?«

»Keine Ahnung.«

»Hat er darum gebeten, Sie wiedersehen zu dürfen?«

Sie zuckte mit den Schultern. »Ich weiß es nicht.«

»Blieb er am Strand, als Sie gingen, oder ist er Ihnen gefolgt?«

»Ich *weiß* es nicht.«

Die Fragen kamen immer schneller und ließen ihr weder Zeit zum Atmen noch zum Denken. Wieder und wieder setzte Kommissar Wedeland nach, und sie hatte das Gefühl, den Boden unter den Füßen zu verlieren.

»Ich glaube, das genügt, oder?« Paul Jeremias ging irgendwann dazwischen, und es mochte Wunschdenken sein, dass sie in seinem Blick erneut etwas mehr Wärme wahrnahm. »Erzählen Sie uns doch besser noch einmal in Ihren eigenen Worten, was genau am Strand geschehen ist.«

Und sie erzählte. Sie ging in sich, beschwor das Bild dieses letzten unschuldigen Tages herauf, auch wenn es sie schmerzte. Ging Moment für Moment durch, klammerte sich an alles, was ihre Erinnerung hergab, grub ihre Nägel in jeden Fetzen, denn sie wollte helfen, wollte etwas beitragen. Nur ihre eigene Wahrheit, die behielt sie für sich.

17

Sie war weg. Kein Silber und Gold mehr. Sie war nicht mehr auf dem Zeltplatz. Und die einzige Spur, die sie hinterlassen hatte, war Leere. Fußspuren aus Leere, Fingerabdrücke aus Leere, Leere in seinem Herzen und Leere da, wo eigentlich Blut fließen sollte in seinen Adern. Er war hohl, ein einziger Abdruck von ihr. Eine dumpfe, hohle Hülle, die er füllte, so gut er konnte, mit Erinnerungen und kleinen, blutigen Brocken Vergangenheit.

Er malte sie, wieder und wieder. Er konnte nicht malen, aber ihr Bild wollte aus seinem Kopf, und dann wurde er wütend, wenn er sah, dass die bunten Farben auf dem Papier sich nur vermischten und zerliefen, zu wabernden Formen, die nichts zu tun hatten mit Saschas Schönheit. Dann zerknüllte er das nasse Papier zu einem pappigen Klumpen und wollte heulen. Manchmal tat er es auch. Wenn die Mutter dann in sein Zimmer kam, wischte er sich zornig die Tränen weg und schrie sie an, warum sie nicht endlich abhaute. Schrie, dass er sie hasste, schubste sie zur Tür hinaus, während sie versuchte, mit ihm zu reden, sich in den Türrahmen drängte, bettelte und bettelte, bis er die Tür zudrückte.

Einmal hatte er ihr den Fuß eingeklemmt. Hinterher hatte sie geweint, er hatte es deutlich gehört, ihr atemloses Schluchzen, draußen im Flur, aber er war nicht zu ihr gegangen. Was wusste sie schon. Gar nichts wusste sie.

Er lag auf seinem Bett und spürte das Muster der gehäkelten Decke unter seinen Händen. Es war die hässlichste Decke der Welt, beige, braun und orange gemustert. Mutter sagte immer, dass Großmutter sie gehäkelt hatte, als ob es das besser machte. Als wäre die Decke dadurch weniger hässlich.

Er dachte an Sascha. Wenn er die Augen zumachte, konnte er ihre Hand auf seiner spüren, schmeißfliegenleicht, weich wie kühler Sand. Sie hatte ihn nie angefasst, nicht ein einziges Mal, aber er wusste dennoch, wie es sich anfühlte. Eingebrannt wie die Erinnerung an etwas, das nie existiert hatte, aber dennoch da gewesen war.

Er sah sie vor sich, sah, wie Sascha durch die Tür kam, in sein Zimmer, sich umschaute und lachte, sich zu ihm aufs Bett setzte. Er schämte sich, dass alles so hässlich war.

Er wollte sich vorstellen, wie sie sich zu ihm umdrehte, silbern und tanzend mit Gold im Licht, und wie sie ihm die Hand an die Wange legte. Er wollte sich vorstellen, wie sie sich entblößte, Knöpfe öffnete nur für ihn, ihre Haut so weich, mit Flaum und diesem Geruch, der sich leichter atmen ließ als Luft. Er wollte es sich vorstellen, aber es ging nicht. *Weil Sascha so nicht war.* Er konnte sich andere Mädchen vorstellen, aus der Nachbarschaft oder von damals, aus der Schule. Täglich kamen sie durch die Tür in sein Zimmer, bewegten sich leichtfüßig auf ihn zu, ließen Finger streicheln, Lippen sich öffnen. Sie ließen ihre Kleider fallen und zeigten ihm volle Brüste und dunkle Schöße, gerundete Schenkel. Sie legten sich zu ihm, und er konnte sie spüren, wenn er sich wirklich anstrengte und die Augen fest schloss.

Bei Sascha war es anders. Er sah ihr Gesicht vor sich, ihr Lachen. Er konnte ihre Wärme fühlen, aber er sah sie nicht nackt. Sie beugte sich nicht über ihn, öffnete nicht ihre Lippen für ihn, umfasste ihn nicht mit ihren Händen. Er konnte sie nicht zwingen, sonst zerfloss das Bild, wurde hell und blass. Er konnte seine Gedanken nicht zwingen. Sascha war anders. Sie war ... manchmal fielen ihm nicht die richtigen Worte ein, aber hier war er sich nicht mal sicher, ob es dafür überhaupt ein richtiges Wort gab. Heilig, irgendwie. Rein. Zu leicht für diese schwere Welt. Die Nacht, die eine Nacht hatte nichts daran geändert. Sascha schwebte und entschwebte.

Er seufzte und dachte nach, darüber, wer stattdessen kommen sollte. Inken fiel ihm ein. Inken war groß und rundlich. Nicht hübsch, aber im Sommer trug sie Kleider mit dünnen Trägern, die von den Schultern rutschten, und sie hatte einen rosafarbenen Badeanzug, der im Wasser durchsichtig wurde.

Er stellte sich Inken vor. Inken öffnete die Tür. Inken trat ein. Inken löste die gebundenen Träger ihres Kleids und zog es nach unten. Es raschelte um ihre Knöchel. Er dachte an Sascha und wollte an Inken denken.

Es klingelte an der Haustür. Er hörte seine Mutter reden, viel zu laut, aufgeregt. Und dann rief sie ihn. »Torsten!«, rief sie. »Torsten!«

Dumme Gans. Als ob er sie nicht schon beim ersten Mal gehört hatte. Hastig zog er sich die Jogginghose hoch. Fehlte noch, dass sie in sein Zimmer stolperte.

»Torsten!« Er hörte ihre Schritte auf der Treppe, die Tür wurde aufgestoßen. »Torsten, du musst runterkommen!«

Er sah es ihr an, hörte es ihr an. Sie war nervös. Sie schien nur noch aus Nervosität zu bestehen, sie tropfte ihr aus den Poren. Die Mutter war so. Sie trug ihre Gefühle vor sich her, drückte sie jedem ins Gesicht, erdrückte alles damit. Jetzt rang sie die Hände, und Strähnen hingen aus ihrer Steckfrisur.

»Torsten«, wiederholte sie. »Du musst mit runterkommen.«

Halt einfach dein Maul, dachte er, sagte aber nichts, starrte sie nur an.

»Kommt er?« Das war der Vater, der von unten brüllte. »Wenn nicht, komm ich ihn holen! Sag ihm das!«

»Torsten, bitte.« Die Mutter streckte die Hand nach ihm aus. Er wich zurück. Sie berührte ihn nicht, sie nicht!

Er ging. Ging hinunter und hatte Angst, weil er wusste, dass etwas anders war. Und nichts war gut.

»Guten Tag.«

Im Flur, eng gedrängt, standen zwei Polizisten, einer von ihnen trug Uniform. Den kannte er vom Sehen. Er hob sogar die Hand an die Mütze. Der andere, er war der Jüngere von beiden, trotz der grauen Haare, sagte: »Franz Thorwart, und das ist mein Kollege Thomas Mehrsen. Sind Sie Torsten Leutmann?«

Torsten nickte.

»Na dann. Wir hätten ein paar Fragen.«

Torsten nickte abermals.

Der uniformierte Polizist seufzte, sah sich unbehaglich um. »Ob wir uns wohl setzen könnten?«

Torsten zuckte mit den Schultern, doch die Mutter führte sie eilfertig ins Wohnzimmer, zupfte an Deckchen, klopfte ein Kissen auf. Fehlte noch, dass sie anfing, die Fensterbänke zu wischen. Dann musste sie natürlich fragen. Ob die Herren Kaffee wollten? Nein? Nein, die Herren wollten nicht. Auch kein Stück Kuchen. Die Mutter ließ die Schultern hängen und stellte sich neben den Vater in den Türrahmen.

»Herr Leutmann«, begann der Grauhaarige, Franz Thorwart, und er meinte ihn, Torsten. Nicht den Vater. »Wir haben wie gesagt ein paar Fragen an Sie.« Er ließ sich umständlich nieder, das Sofapolster knarzte wie ein Furz. »Wie Sie sicherlich wissen, ist vom Zeltplatz ein Mädchen verschwunden. Friederike Baumgart.«

Torsten nickte erneut, obwohl er nicht wusste, ob das eine Frage war.

»Kennen Sie das Mädchen?«

Sie legten ihm ein Bild vor, und er schüttelte den Kopf, schob ein kratziges Nein hinterher. Seine Stimme klang, als hätte er noch nie gesprochen.

Dann übernahm Thomas Mehrsen: »Es gibt Zeugen, die Sie am Tag vor Friederikes Verschwinden am Strand gesehen haben. Mit einer Betreuerin, Sascha Götz, und einigen Kindern. Darunter war auch Friederike.«

Die Schweine. Redeten über ihn. Er spürte, wie Blut in seinen Kopf drängte und sein Gesicht heiß werden ließ.

»Herr Leutmann?«

»Ja.«

»Was haben Sie dort gemacht?«

Er wusste nicht, was er sagen sollte. Weil ja doch nur alles falsch war. Er spürte, wie er schwitzte.

»Ich habe mich unterhalten. Mit Sascha.«

»Und?« Der Ältere wurde langsam ungeduldig.

Nichts und. Nur unterhalten. Das sagte er auch. »Nur unterhalten.«

»Haben Sie Friederike gesehen?«

»Da waren mehrere Kinder. Ich weiß nicht, wie sie hießen.«

»Ihnen ist keines der Kinder aufgefallen?«

Er schüttelte den Kopf. Was interessierten ihn die Bälger? Sie waren nichts als ein lästiges Rauschen in einem perfekten Lied gewesen. Ihrem Lied.

»Sie haben mit keinem gesprochen?«

Langsam wurde er ruhiger. Die wussten nichts. Gar nichts.

»Mit keinem Kind. Nur mit Sascha.«

»Herr Leutmann, haben Sie Sascha Götz später noch einmal gesehen?« Das war wieder der Jüngere, Thorwart.

»Nein, habe ich nicht.« Er hörte, dass er fast ein bisschen trotzig klang. Er war nicht so ein Feigling wie die Mutter, die vor den Polizisten buckelte.

»Und die Kinder? Oder eines davon?«

»Nein. Ich bin Sascha am Strand begegnet. Die Kinder habe ich nicht beachtet. Ich habe niemanden von ihnen wiedergesehen.«

Das war dann wohl eine Lüge. Er hatte Sascha auf dem Zeltplatz gesehen, als er mit dem Suchtrupp dort gewesen war. Aber das wussten sie nicht. Er würde es ihnen auch nicht sagen. Nichts würde er mehr sagen. Und schon gar nicht, dass er in der Nacht in ihrer Nähe gewesen war. Was er gesehen hatte. Es war allein sein Geheimnis, und es fühlte sich so süß an, dass ihm wieder ganz heiß wurde. Er beschützte Sascha vor allen Blicken, vor allem Wissen. *Seins allein.*

Die Polizisten stellten noch ein paar hirnlose Fragen, wollten wissen, wo genau er in der Nacht gewesen war, zu Hause natürlich, und dann gingen sie. Er lachte, als sie zur Tür hinaus waren, und er lachte auch noch, als der Vater ihm eine runterhaute. Da lachte er noch mehr. Der Vater wurde wütend und schrie herum, aber Torsten hörte nicht auf zu lachen.

18

Franz Thorwart zog die Tür hinter sich ins Schloss und schüttelte sich innerlich. Er hasste Häuser wie dieses. Die einen doch nur erdrücken wollten, und alle darinnen schon erdrückt hatten, erstickt im Staub und Mief und diesem greifbaren Unbehagen, das entsteht, wenn Menschen zusammenwohnen, die sich nicht lieben. Unglück, dachte er. Die Abwesenheit von Glück. Hätte er raten müssen, wann in diesem Haus hinter ihnen zuletzt jemand ehrlich glücklich gewesen war – er wäre weit zurückgegangen, weit in die Vergangenheit.

Und dann diese Frau, die Mutter, staubig grau die Haut, die Haare, der Blick. Wie ein hässlicher Schatten, und nur keine Spuren hinterlassen, nur nicht bemerkt werden. Gehasst vom Mann, gehasst vom Sohn. Zehn zu eins hätte er gewettet, dass der Alte sie schlug und dass der Sohn nicht weit davon entfernt war. Der seltsame Junge mit den weit aufgerissenen Augen und den Händen, die nicht wussten, wohin sie wollten. Immer im Weg. Seltsam, aber auch schuldig? Thorwart wusste es nicht. Er musste darüber nachdenken, doch im Augenblick war er nur dankbar, dem Haus und seinen Bewohnern entkommen zu sein, als wäre die Tragödie ihres Lebens ansteckend.

Er sah sich noch einmal um, zu dem Haus, das nur feindselig wirkte, wenn man wusste, was einen im Inneren erwartete.
»Schrecklich, oder?«

Thomas Mehrsen sah auf. »Wie meinen Sie?«

»Na, da drinnen.« Franz Thorwart wies hinter sich.

Thomas Mehrsen zuckte mit den Schultern. »Normal, oder? Der Leutmann, der Alte, ist an sich ganz in Ordnung. Spricht nicht viel, und wenn, dann ist es selten was Nettes. Aber er tut keinem was.«

Franz Thorwart runzelte die Stirn. »Und daraus schließen Sie, dass er ganz in Ordnung ist?«

Wieder zuckte Mehrsen mit den Schultern. »Könnte nicht das Gegenteil behaupten. Hab nie Probleme mit ihm gehabt. Da gibt's andere Kaliber. Und der Junge …« Mehrsen hob die Hände und ließ sie wieder fallen. »Kein Sonnenschein, sicher nicht, aber auch hier kann ich nichts Schlechtes sagen. Ist nie auffällig geworden, es sei denn, Sie zählen exzessives Trinken dazu, doch dann wären alle jungen Leute hier auffällig. Er ist keiner von den Beliebten, keiner, den die anderen unbedingt dabeihaben wollen. Aber das macht ihn noch nicht zu einem schlechten Menschen.«

Franz Thorwart beschloss, es gut sein zu lassen. Der Kollege aus Hulthave wollte offensichtlich nichts Negatives über die Leutmanns sagen, und er würde ihn nicht dazu drängen. »Schon in Ordnung, Mehrsen. Wir überprüfen ja nur. Auch wenn uns das eben nun nicht gerade viel weitergebracht hat.«

»Warum? Er sagt doch, er hat sie nicht wiedergesehen.«

Für einen kurzen Moment zweifelte Franz Thorwart an den Fähigkeiten seines Kollegen. »Das heißt doch nichts. Dass er sagt, dass es so war, bedeutet nicht, dass es tatsächlich so war.«

»Ja, schon, aber es gibt nichts, was wirklich gegen ihn spricht. Hat ihn sonst jemand gesehen? Auf dem Zeltplatz? Davor? Was, wenn er wirklich nur am Strand mit ihr gesprochen hat – wollen wir deswegen sein Haus auf den Kopf stellen? Ein Flirt mit einem schönen Mädchen ist nicht verboten!« Mehrsen durchwühlte seine Taschen nach dem Autoschlüssel, mit hochrotem Gesicht.

Franz Thorwart winkte ab. »Ich will nichts weiter sagen, als dass er nicht vom Haken ist, nur weil er uns irgendeine hübsche Geschichte auftischt.«

Doch Mehrsen war nicht bereit, klein beizugeben. »Ich glaube, der Junge ist die völlig falsche Richtung«, sagte er, als sie im Wagen saßen und die Straße entlangfuhren, an gleich brav aussehenden Häuschen vorbei. »Er ist ein bisschen seltsam, aber er ist bestimmt kein Kindermörder.« Er war laut geworden, und die Stille, die nach seinen Worten aufkam, schien ihm peinlich zu sein. »Wir sind gleich da«, bemerkte er und deutete geradeaus. »Da vorne ist es. Da wohnt Heinrich Harms. Der Nächste auf unserer Liste.«

»Ach ja?« Franz Thorwart sah überrascht auf. Das Haus wirkte gepflegter und freundlicher als das der Leutmanns, hinter den Scheiben hingen Fensterbilder. »Sie meinen, das ist jetzt einer mit passender Vorstrafe?«

»Keine Vorstrafe. Ein eingestelltes Verfahren.« Mehrsen raschelte mit seinen Unterlagen herum. »Heinrich Harms, geboren am 8. Dezember 1946. In den Akten wegen eines unglücklichen Vorfalls im Hallenbad von Olvesen im Jahr 1985. Der Bademeister hat damals die Kollegen gerufen, weil er Harms aus der Mädchendusche kommen sah. Aber ...«

Franz Thorwart unterbrach ihn. »Lassen Sie mich raten. Er ist eigentlich ein guter Kerl?«

Mehrsens Antwort klang beleidigt. »Ob Sie's glauben oder nicht, das ist er tatsächlich. Ich kenne ihn. Die Sache war ein Missverständnis. Das Verfahren wurde wie gesagt eingestellt.«

»Wir überprüfen nur, Mehrsen. Wir beschuldigen keinen.«

Franz Thorwart bemühte sich um einen versöhnlichen Ton, aber er musste sich zusammenreißen. Mehrsens Abwiegelei war mehr als ärgerlich.

Sie gingen durchs Gartentor zur Haustür. Die Türglocke ließ einen schiefen Dreiklang erklingen, und als Heinrich Harms ihnen die Tür öffnete, war Thorwart gegen seinen Willen beeindruckt. Harms war nicht besonders groß und eher schmal gebaut, aber er hatte Präsenz, freundliche Augen. Die Art von Mensch, die von Leuten gewählt wurde, zum Bürgermeister, zum Vorsitzenden des Kleintierzuchtvereins.

»Bitte?«, fragte Harms, und sogar seine Stimme klang einnehmend.

»Guten Tag«, sagte Franz Thorwart. »Heinrich Harms? Wir wollen Ihnen ein paar Fragen stellen.«

»Mir?« Harms wirkte überrascht, ging aber nicht in Abwehrhaltung. »Sicher. Kommen Sie herein. Tag, Thomas.« Thomas Mehrsen nickte ihm freundlich zu.

Das Innere des Hauses war das Gegenteil von dem der Leutmanns. Warme Farben und Essensgeruch, alles voll mit Leben. In der Diele lagen Schuhe herum, achtlos ausgezogen und hingeworfen, die Garderobe quoll über von großen und kleinen Jacken. Bunte Bilder, wildes Gekritzel, hingen an den Wänden.

»Bitte.« Harms wies sie ins Wohnzimmer. »Nehmen Sie Platz. Möchten Sie etwas trinken?«

Franz Thorwart ließ sich auf das Rattansofa sinken, Krümel knirschten unter seinem Hintern. Durch die hohen Verandatüren blickte man in einen hübschen Garten, mit Spielgerät, einem windschiefen Apfelbaum, tadellosen Thujahecken, gepflegten, glatt geharkten Beeten.

Aus den Augenwinkeln registrierte Thorwart eine Bewegung

auf der offenen Galerie, die über die lange Seite des Raumes führte, und schaute hoch. Oben, hinter dem Geländer, drückte sich ein Kind von etwa sechs Jahren herum. Es linste schüchtern über den Handlauf, neugierig auf die fremden Besucher; ein schmaler Junge mit dunklen Augen und ungebändigtem braunem Haar. Thorwart winkte ihm zu, und schon war er verschwunden.

Harms balancierte zwei randvolle Gläser Mineralwasser vor sich her und stellte sie vorsichtig ab.

»Entschuldigen Sie bitte die Unordnung«, sagte er. »Normalerweise kümmert sich meine Frau um alles. Ich weiß nicht, wie sie's schafft, aber bei ihr sieht das Haus abends so ordentlich aus wie morgens.«

»Wo ist sie gerade?«

»Äh – wer?« Harms runzelte die Stirn. »Ach, meine Frau meinen Sie. Sie macht einen Fortbildungskurs. Sonst arbeitet sie halbtags, als Arzthelferin, aber ihr Röntgenseminar geht den ganzen Tag.«

»Sonst sind Sie tagsüber nicht zu Hause?« Thorwart spürte, wie Mehrsen ihm von der Seite einen fragenden Blick zuwarf.

»Na, ich arbeite tagsüber. Abends und an den Wochenenden bin ich natürlich da.«

Thorwart fragte sich, ob er sich täuschte oder ob er tatsächlich eine unterschwellige Aggressivität wahrnahm. »Was arbeiten Sie?«, hakte er nach.

»Ich bin im Vertrieb von Bass und Söhne«, antwortete Harms. »Schrauben, Muttern, kennen Sie vielleicht.«

Franz Thorwart verneinte.

Mehrsen rutschte unruhig auf seinem Sessel herum. »Heinrich, warum wir eigentlich hier sind – es geht um das vermisste Mädchen. Du weißt schon, Friederike Baumgart. Die Kleine, die vom Zeltplatz verschwunden ist.« Heinrich Harms hörte aufmerksam zu. »Wir befragen jeden aus dem Ort, der zuvor auffällig geworden ist. In relevanter Form.«

Harms atmete tief durch. »Es geht um die Sache im Schwimmbad, dachte ich's mir doch.« Er fuhr sich mit den Händen durch die kurzen hellen Haare. »Hören Sie, das Ganze war ein Missverständnis. Ich verstehe nicht ...« Seine Stimme wurde erst lauter, dann hielt er plötzlich inne, bevor er ruhiger weitersprach. »Ach, was soll's. Ich kann es nicht ändern. Also, was wollen Sie mich fragen?«

»Was ist damals genau passiert?« Thorwart wollte hören, wie Harms den Vorfall in eigenen Worten beschrieb.

Harms räusperte sich. »Ich war im Hallenbad. Mit Erik, meinem Sohn. Wir haben uns nach dem Schwimmen umgezogen, in einer Einzelumkleide. Und dann ist Erik mir entwischt. Ist unter der Tür durchgeschlüpft und war weg. Ich musste mir erst was überziehen, bevor ich ihm nachlaufen konnte. Und als ich rauskam, war er verschwunden. Da habe ich ihn natürlich gesucht, und ja, ich bin auch in die Dusche für Frauen gerannt, und ja, da war eine völlig hysterische Gruppe halbwüchsiger Mädchen, die angefangen haben zu kreischen, als wäre ich der Teufel persönlich.«

»Die Mädchen standen nackt unter der Dusche, und Sie platzten herein. Da ist eine solche Aufregung doch kein Wunder.«

»Ja. Aber es war – ich habe meinen Sohn gesucht. Ich war in Panik. Und dann war da dieser Bademeister. Er sah, wie ich aus der Dusche kam, hörte die Mädchen schreien und dachte, das wäre seine Chance, einen Triebtäter dingfest zu machen. Dabei war es keine Absicht.«

»Aber Sie sind doch vorsätzlich dort hinein und nicht aus Versehen.«

»Sicher, schon.« Harms wirkte nun gereizt. »Aber es ging mir nicht darum, irgendwelche Mädchen anzustarren. Es ging mir darum, meinen Sohn zu finden. Das Ganze war eine unglückliche Geschichte. Darum begreife ich auch nicht, was das mit dem verschwundenen Mädchen zu tun haben soll.«

»Nichts.« Thorwart schaute in sein Notizbuch, blätterte vor und zurück, in aller Ruhe. Dann blickte er auf. »Erst mal gar nichts. Wie gesagt, wir drehen hier jeden Stein um, überprüfen jeden, der in der Vergangenheit irgendwie auffällig geworden ist. Wir lassen nichts unversucht. Dafür haben Sie sicherlich Verständnis.«

Harm wollte etwas sagen, schwieg dann aber.

»In jedem Fall«, fuhr Thorwart fort, »helfen Sie uns sehr, wenn Sie einfach unsere Fragen beantworten.«

»Bleibt mir ja nichts anderes übrig.«

»Also, sind Sie Friederike je begegnet?«

Franz Thorwart nickte Mehrsen zu, der widerwillig das Bild von der Kleinen aus seiner Mappe zog und es auf den Tisch legte.

Harms beugte sich nach vorne. »Nie gesehen.«

»Dann würde uns interessieren, ob Sie in den letzten Tagen in der Nähe des Zeltplatzes waren.«

»Ich habe doch gesagt, dass ich das Mädchen nicht kenne.«

»Dennoch die Frage: Waren Sie in letzter Zeit in der Nähe des Zeltplatzes?«

»Nein, war ich nicht.«

»Dann würden wir gerne noch wissen, wo Sie vergangenen Donnerstag und Freitag waren. Genauer gesagt zwischen Donnerstag zweiundzwanzig Uhr und Freitag elf Uhr vormittags.«

»Aber ...« Harms schüttelte den Kopf. »Was soll's. Lassen Sie mich in meinem Kalender nachsehen.« Er stand auf und nahm ein Ringbuch von der Küchentheke. »Wir hatten eine Abteilungsbesprechung und waren anschließend zusammen essen. Das können Ihnen zwanzig Leute bestätigen. Danach war ich zu Hause, und morgens bin ich wieder zur Arbeit gefahren. Um acht war ich dort, wie immer.«

»Wann kamen Sie am Donnerstagabend nach Hause?«

»So gegen zwölf. Fragen Sie meine Frau. Die war hier, als ich zurückkehrte.«

»Das werden wir. Wir werden auch mit Ihren Kollegen sprechen.«

»Muss das sein?« Offenbar hatte diese Ankündigung bei Harms einen Nerv getroffen. »Können Sie sich nicht vorstellen, wie unangenehm das für mich wäre? Die Kollegen müssen doch glauben, ich wäre …«

»Tut mir leid.« Thorwart unterbrach ihn. »Darauf können wir keine Rücksicht nehmen. Es geht hier um das Mädchen, nicht um Befindlichkeiten.«

Mehrsen zog die Augenbrauen hoch, Harms hob kaum merklich das Kinn. Kurz herrschte Stille.

Dann eine dünne Stimme.

»Papa?« Da stand der Junge, auf der zweiten Stufe von unten, weiter reichte seine Courage nicht.

»Erik, geh wieder nach oben. Ich bin gleich bei dir.«

»Papa, was ist denn los?«

Erik ließ nicht locker, er schien zu spüren, wie nur Kinder es spüren, dass etwas im Argen lag. Er reckte misstrauisch das Kinn und umklammerte den Treppenpfosten. »Pa-pa!«

Harms war mit zwei schnellen Schritten bei ihm und schob ihn die Stufen hinauf. »Keine Diskussion jetzt. Du gehst in dein Zimmer.« Seine Stimme wurde weicher. »Ich bin sofort bei dir, versprochen.«

Zögerlich drehte sich der Junge um und huschte auf rot geringelten Strümpfen nach oben. Ein letzter Blick über das Galeriegeländer, dann klappte eine Tür zu.

»Ihr Sohn, ist er nicht ungefähr im gleichen Alter wie das verschwundene Mädchen?« Thorwart blickte Harms direkt ins Gesicht und bemerkte, wie dessen Züge fast augenblicklich einfroren. Kein Muskel zuckte, nur die Augen wurden etwas schmaler.

»Mein Sohn geht Sie nichts an. Sind wir durch? Dann wären Sie bitte so freundlich, mein Haus zu verlassen, ich habe noch einige Dinge zu erledigen.«

Thorwart gab noch nicht auf. »Vielleicht hat er sie gekannt. Ist ihr am Strand begegnet, an der Eisdiele. Etwas in der Art.«

»Ist er nicht. Und Sie werden ihn auch nicht danach fragen.«

»Schon gut.« Franz Thorwart stemmte sich von der Couch hoch und unterdrückte ein Ächzen. »Dann überlassen wir Sie mal Ihren Pflichten.« Er ging zur Tür, während Mehrsen sich übermäßig höflich verabschiedete und sich wieder und wieder für die Störung entschuldigte. Thorwart war schon zur Tür hinaus und hatte den Vorgarten durchquert, als Mehrsen ihn einholte.

»Was sollte das bitte?« Mehrsen stampfte beim Gehen viel heftiger auf als nötig.

»Was denn? Wir haben ihm Fragen gestellt, er hat sie beantwortet.«

»Mussten Sie ihn so angehen?«

Franz Thorwart zuckte mit den Schultern. »Ich weiß nicht, ob ich das so nennen würde. Und wenn ich Sie daran erinnern darf: Es geht nicht darum, die ganze Angelegenheit für Leute wie Harms so angenehm wie möglich zu gestalten. Es geht darum, ein verschwundenes Kind zu finden.«

Mehrsen erwiderte nichts mehr. Nur sein Hals lief rot an.

19

Wilhelm Caspari hieß der Mann. Wedeland saß an seinem provisorischen Schreibtisch und überflog die wenigen Informationen, die sie zu Caspari hatten. Er versuchte, sich den Namen einzuprägen, damit er ihn während der Befragung verwenden konnte, das schaffte Vertrauen. Die Leute schätzten es, waren offener, wenn man wusste, wie sie hießen, wenn sie nicht nur eine Nummer waren.

Er fragte sich, wo Paul Jeremias blieb, der ihn begleiten sollte, als die Tür aufgestoßen wurde.

»Können wir?« Jeremias griff sich noch einen Apfel, der ihm mit Sicherheit nicht gehörte, und sie machten sich auf den Weg zum Auto. Jeremias philosophierte kauend darüber, wie Menschen wie Wilhelm Caspari von der Gesellschaft bestraft wurden, unabhängig davon, ob sie sich jemals etwas zu Schulden hatten kommen lassen oder nicht.

Sie hatten den Wagen auf dem Parkplatz noch nicht erreicht, als sie hinter sich Ernst Bechtold rufen hörten. Schnaufend rannte er auf sie zu.

»Was gibt es denn?« Paul Jeremias klang leicht ungehalten.

»Man hat uns benachrichtigt, dass in einem verlassenen Gehöft etwas gefunden wurde.«

Wedeland spürte, wie Adrenalin seinen Körper flutete. »Was wissen wir?«

»Noch nichts Konkretes.« Bechtold zögerte. »Aber es könnte sich um menschliche Überreste handeln.«

Wedeland atmete durch. Verdammt. Er wechselte einen kurzen Blick mit Jeremias, in seinen Augen lag die gleiche böse Ahnung.

Jeremias griff nach dem Zettel mit der Adresse, den Bechtold ihm reichte. Wortlos wandten sie sich um und gingen zum Wagen.

Die Straße schien ins Nichts zu führen, endete aber, nach einer Biegung, vor einem verlassenen Gehöft. Neben einem ehemaligen Wohnhaus mit blinden Scheiben und einer verrammelten Tür gab es noch einen Schuppen, dessen Holztor offen stand und in dem rostiges Gerümpel zu erkennen war. Filziges Gestrüpp und verblühte Sträucher wucherten dort, wo einmal ein Vorgarten gewesen war, Efeu klammerte sich an die Fugen des Mauerwerks. Vor den Gebäuden, im wild wachsenden Gras, lagen ein paar alte Reifen, nicht weit entfernt stand, ohne erkennbaren Grund, ein einsamer Holzstuhl.

Zwei Polizeiwagen parkten auf dem überwachsenen Hofplatz. Die Kollegen traten aus dem Schatten eines Apfelbaums, als sie sie kommen hörten. Wedeland und Jeremias stiegen aus, und die Hitze sirrte um sie herum wie Fliegen, als sie zu dem kleinen Grüppchen eilten, das sie mit ausdruckslosen Gesichtern empfing.

Wedeland kannte die Kollegen nicht, äußerst knapp stellte man sich vor, dann traten sie in das Halbdunkel der Scheune. Das Dach war löchrig, und von oben, durch die Balken, fielen vereinzelte Sonnenstrahlen, in deren Licht der Staub tanzte. Helle Flecken auf dem abgetretenen Boden, der mit Stroh und Mäuseköddeln bedeckt war. Ein ekelerregender Geruch hing in der Luft, der durch die stickige, wabernde Hitze verstärkt wurde.

In einer Ecke, hinter einem rostigen Pflug, lag ein Haufen Steine, der eine alte Decke beschwerte. Einige der Steine waren entfernt worden, die Decke hatte man an dieser Stelle zurückgeschlagen. Eine dunkle Plastikplane war darunter zu erkennen. Einer der Kollegen beugte sich nach unten und hob die Plane an. Jeremias wandte sich ab, Wedeland trat hastig ein paar Schritte zurück, stolperte gegen einen Eimer, der scheppernd die Stille zerriss. Herrgott, mach, dass es nicht wahr ist.

Draußen versuchte er durchzuatmen, doch es war, als füllten der Staub und der Tod seine Lungen, als füllte er selbst sich mit Staub und Tod. Die Sonne brannte auf seinen Schädel, so unbarmherzig, als wollte sie ihn und seine Erinnerungen auslöschen.

Jeremias trat zu ihm, säuerlich riechend, mit grauem Gesicht. Jemand reichte ihm eine Flasche Wasser.

»Wir wissen nicht, ob sie das ist«, sagte Wedeland, allein schon deshalb, weil er es selbst hören wollte. »Wir wissen nicht einmal, was das ist, beziehungsweise von wem es stammt. Es könnte alles sein, Mensch, Tier, was auch immer. Wir müssen warten, was der Gerichtsmediziner sagt. Außerdem brauchen wir die Spurensicherung hier. Und wem gehört das Gebäude?«

Er hatte sich in Bewegung gesetzt, bevor er zu Ende gesprochen hatte. Sie hatten keine Zeit zu verlieren.

Wedeland und Jeremias saßen bereits wieder an ihren Schreibtischen, als sie die Nachricht erreichte, die all die Geschäftigkeit, all die ängstliche Eifrigkeit um sie herum zum Erliegen brachte. Dort, unter der Decke, versteckt unter der Plane, hatte ein Schaf gelegen. Der gehäutete Rumpf eines Schafs.

»Was für ein kranker Irrsinn«, sagte Thorwart in die Stille hinein.

Dann war es wieder ruhig. Jeder hing seinen Gedanken nach, der Erleichterung, dem Ekel, der Verwunderung, wer zur Hölle so etwas tat und warum. Natürlich würden sie der Sache nachgehen müssen, mussten versuchen, denjenigen ausfindig zu machen, der scheinbar zum bloßen Vergnügen ein Tier häutete und auf einem abgelegenen Hof versteckte, um wer weiß was damit zu tun. Wer konnte schon sagen, welchem Zweck diese Übung gedient und zu welchen Handlungen sie die betreffende Person geführt hatte oder noch führen würde. Genauso gut konnte es aber auch sein, dass dieser Sachverhalt nichts, rein gar nichts mit ihrem Fall zu tun hatte. Wedeland hoffte, dass es so war, denn ein Verrückter war nie eine gute Variable in einer Rechnung, die ohnehin schon kompliziert genug war.

Das kurze Aufflackern eines möglichen, eines schrecklichen Endes der Suche nach Friederike hatte ihn mitgenommen, aber eine Pause war nicht vorgesehen. Sie mussten weitermachen, ihren Plan verfolgen, auch wenn er dürftig war. Und auf seinem Plan stand nun Wilhelm Caspari.

20

»Guten Tag.« Der Mann, der Wilhelm Caspari hieß, lächelte höflich und hielt die Tür weit auf. »Kommen Sie doch herein.«

Wedeland und Jeremias sahen sich an. Jeremias zuckte mit den Schultern und stapfte dann die Vordertreppe hinauf, ins Haus hinein. Der Schweiß hatte sein himmelblaues Hemd dunkel gefärbt, ein großer Fleck wie beim Rorschach-Test. Ein Drache. Ein Felsbrocken. Ein Kaktus.

Wedeland folgte Jeremias. Vielleicht, so dachte er, würde es drinnen kühler sein, doch seine Hoffnung erfüllte sich nicht. In dem Zimmer staute sich die Nachmittagshitze, und müde Fliegen surrten herum, immer um die Köpfe. Wedeland fragte sich, warum Fliegen einen nicht einfach in Ruhe ließen. Man hätte friedlich koexistieren können, doch die Viecher schienen fixiert darauf, allem und jedem ins Gesicht zu taumeln. Er wedelte mit der Hand, um sie von sich fernzuhalten.

»Ach, die Fliegen. Entschuldigen Sie. Dieses Jahr ist es besonders schlimm.« Wilhelm Caspari faltete die Hände auf dem Wachstuch der Tischdecke und wirkte bekümmert.

»Herr Caspari.« Wedeland rutschte auf seinem Stuhl herum, der schrecklich unbequem war. »Wir haben einige Anrufe erhalten.«

»Das überrascht mich nicht.« Caspari wirkte noch bekümmerter.

»Warum überrascht Sie das nicht?«

»Das passiert immer, wenn hier etwas vorfällt.«

»Wie zum Beispiel ...«

»Wenn etwa ein kleines Mädchen vom Zeltplatz verschwindet, ja. Oder ein dreizehnjähriges Gör meint, seinen Eltern einen Schrecken einjagen zu müssen, indem es übers Wochenende fortbleibt. Solche Dinge.«

»Und dann glauben die Leute, Sie hätten etwas damit zu tun?«

»Die Leute. Sie sagen es.« Caspari fuhr sich durch das dünne graue Haar. »Die Leute. Erst einer, dann vier, dann zwanzig, und dann das ganze Dorf. Wussten Sie, dass Dinge nicht automatisch wahr sind, nur weil viele Menschen denken, sie wären es? Wenn Sie das wissen, dann sind Sie schlauer als dieses ganze Dorf zusammen.«

»Sie sind nicht vorbestraft«, warf Jeremias ein. »Also, wie kommt man darauf, dass Sie Dreck am Stecken hätten?«

Wilhelm Caspari lachte leise, es klang ein wenig, als würde er husten. »Ich bin ein Mann. Ich lebe allein. Ich bin nicht von hier. Ich habe keine Lust, mit den Nachbarn zu reden, und ich gehe nicht zu ihren Festen. Ich sehe aus, wie ich aussehe. Meine Haare schneide ich, wann ich es will. Ich trage diese Kleider ...«, er zog am schlaffen Bund seiner abgewetzten Hose und ließ ihn wieder los, »und es stört mich nicht, wenn sie Flecken haben. Ich höre laut Wagner, wenn mir danach ist. Ich interessiere mich nicht für Fußball.« Er lehnte sich weit auf seinem Stuhl zurück und fixierte Paul Jeremias. »Suchen Sie sich etwas aus. Oder nehmen Sie alles zusammen.«

Von draußen war das Stottern eines Wagens zu hören, irgendwo rief ein Kind laut nach seiner Mutter. Wedeland spürte, wie ihm der Schweiß den Rücken hinablief. Warum war es nur so unglaublich stickig in dem Raum? Außerdem roch es seltsam, der Geruch wurde von Minute zu Minute stärker. Ein nicht geleerter Abfalleimer, ein verstopfter Abfluss, etwas in dieser Richtung. Modrig, ekelhaft.

»Es fällt mir nicht ganz leicht zu glauben, dass das die Gründe sind«, sagte Jeremias. »Schön, das sind vielleicht für den einen oder anderen Nachbarn Gründe, Sie misstrauisch zu beäugen. Aber Sie deswegen gleich bei der Polizei anzuschwärzen? Das kann ich mir nicht vorstellen.«

»Kommen Sie vom Dorf?«, fragte Caspari.

Jeremias schüttelte den Kopf.

»Sehen Sie. Hier läuft das so: Etwas passiert. Einer sagt: Den Caspari fand ich schon immer seltsam. Der Nächste sagt: Stimmt, ich auch. Dann parkt ein Polizeiwagen vor der Tür, das muss gar nichts mit mir zu tun haben, aber alle meinen: Haben wir's doch gewusst. Von da an ist das Ganze eine Abwärtsspirale: Alle denken, dass ich was getan habe, und hetzen mir deswegen die Polizei auf den Hals. Und weil die Polizei mich befragt, denken sie erst recht, dass ich etwas getan habe. Ist das so schwer zu verstehen?«

»Hmm.« Jeremias schien von der Geschichte noch nicht restlos überzeugt. »Und warum ziehen Sie dann nicht weg? Sie sagten vorhin, Sie sind nicht von hier.«

Caspari schnaubte. »Ich soll wegziehen? Obwohl ich nichts getan habe? Kommt nicht infrage.« Er verschränkte die Arme, und die Haut in seinen Ellenbeugen verschob sich in schlaffe Falten.

Wedeland tat der alte Mann leid, mit seiner stinkenden Küche und den Fliegen, mit den Nachbarn, die ihm nicht trauten, und mit seiner alles umfassenden Einsamkeit. Er sagte: »Herr Caspari, es ist nicht in Ordnung, dass Sie immer wieder zu Unrecht verdächtigt werden. Dennoch würden wir gerne wissen, wo Sie am Donnerstag und Freitag vergangener Woche waren. Vor allem in der Nacht. Nur, um Sie ausschließen zu können«, fügte er hastig hinzu.

Caspari schob das Kinn vor. »Hier war ich. Allein. Das ist noch so eine Sache. Ich bin immer hier und immer allein. Ich habe also nie Zeugen, nie ein Alibi. Vielleicht sollte die Polizei Kameras installieren, damit mir endlich jemand glaubt.«

»Sie waren die ganze Zeit hier, allein?«

»Sage ich doch.« Wilhelm Caspari strich das Wachstuch glatt. »Genau das sage ich doch.«

Als Wedeland wenig später mit Jeremias auf der Straße stand, atmete er erleichtert durch. Ein wenig schämte er sich. So schnell wie möglich hatte er diesem traurigen, stickigen Ort entkommen wollen, doch Wilhelm Caspari musste dort ausharren, wahrscheinlich bis zu seinem Lebensende.

»Was denken Sie?« Paul Jeremias schloss den Wagen auf und wedelte mit der Hand ins Innere, um die backofenheiße Luft aufzuwirbeln.

»Ausschließen kann man nichts«, antwortete Wedelund. »Aber ich glaube nicht, dass Caspari etwas mit Friederikes Verschwinden zu tun hat. Wie gesagt«, er winkte ab, als Jeremias ihn unterbrechen wollte, »ich schließe noch gar nichts aus. Aber ich habe nicht das Gefühl, dass Caspari uns weiterführen wird.«

Paul Jeremias klappte den Mund zu und setzte sich ans Steuer.

Wedeland warf noch einen Blick auf das kleine Haus, dann stieg auch er ein. Als sie losfuhren, stand Wilhelm Caspari in der Tür und sah ihnen nach.

21

Ulrich Wedeland schwitzte und verfluchte das Gulasch, das sie auf dem Rückweg in einer kleinen Kneipe gegessen hatten. Wer war so blöd, bei den Temperaturen Gulasch anzubieten? Und wer war so blöd, bei den Temperaturen Gulasch zu essen? Jetzt war ihm noch wärmer als zuvor, die Luft in dem öden Gemeindezentrum war zum Schneiden, und der volle Bauch machte ihn müde. Jeremias schien keine Probleme zu haben, obwohl er sogar eine doppelte Portion gegessen hatte. Er saß auf der Kante seines Schreibtischs und sah sich seine Gesprächsnotizen durch.

Als sie sich um den Besprechungstisch versammelten, berichtete Jeremias von ihrem erneuten Gespräch mit Sascha Götz.

»Sie hat sich an ihn erinnert, konnte aber nicht erklären, warum sie ihn nicht erwähnt hat?«, fragte Evelyne Tauber mit hochgezogener Augenbraue.

»Ja, sie meinte, für sie sei es eine völlig belanglose Plauderei gewesen. Sie hat sich richtiggehend erschrocken, als wir deutlich gemacht haben, dass sie es uns gegenüber hätte erwähnen sollen. Ich glaube nicht, dass sie uns die Begegnung mit Leutmann absichtlich vorenthalten hat«, entgegnete Jeremias.

Thorwart schaltete sich ein. »Bei Leutmann waren Mehrsen und ich. Völlig neben der Spur, der Knabe.« Er beugte sich nach vorne, sein Stuhl ächzte. »Die ganze Familie ist seltsam, aber der Sohn ... Er behauptet, dass er allein mit Sascha gesprochen und die Kinder nicht beachtet hat. Auf mich hat er irgendwie verstört gewirkt, so als wäre er gar nicht richtig da. Und das Alibi kann nur die Mutter bestätigen. Ich denke, den sollten wir uns noch mal genauer ansehen.«

Wedeland sah auf seine Uhr. »Wir lassen ihn gleich morgen früh hierherbringen«, sagte er und spürte, wie sich ein kleiner Lichtblick auftat. Das war immerhin etwas. Vielleicht war es auch gar nichts, aber darüber wollte er nicht nachdenken.

»Und noch was.« Franz Thorwart blätterte in seinen Notizen, bis er gefunden hatte, was er suchte. »Einer der Befragten hat ein Kind in Friederikes Alter.«

Wedeland hob die Augenbrauen. »Ach ja?«

»Heinrich Harms. Wurde vor etwa eineinhalb Jahren vom Bademeister im Hallenbad Olvesen erwischt, wie er die Damendusche verließ, seinen Angaben zufolge ein Missverständnis. Das Verfahren wurde damals eingestellt. Als wir ihn befragt haben, kam sein Sohn dazu, Erik Harms. Der Vater hat unsere Fragen einigermaßen bereitwillig beantwortet. Erst als wir ihn auf seinen Sohn angesprochen haben, hat er dichtgemacht.«

»Was verständlich ist«, bemerkte Evelyne Tauber. »Jeder will sein Kind vor solchen Themen schützen.«

Thorwart wandte sich ihr zu. »Keine Ahnung. Ich habe nur erwähnt, dass sein Junge im gleichen Alter sein müsste wie Friederike. Und dass er sie vielleicht getroffen hat, am Strand oder so. Kinder freunden sich schnell an. Sie spielen miteinander, reden, was weiß ich. Mehr habe ich nicht gesagt.«

»Vielleicht hatte er Angst um sein Kind«, warf Jeremias ein.

»Angst?«, fragte Thorwart.

»Du sagst ihm, dass sein Sohn ungefähr im gleichen Alter ist wie ein Mädchen, das wir seit Tagen verzweifelt suchen. Vielleicht denkt er, dass sein Sohn in Gefahr ist.«

Wedeland legte seinen Kopf zur Seite. »Das kann alles sein. Aber es bringt uns nicht weiter. Gegen Heinrich Harms lief ein Verfahren, das aber eingestellt wurde. Er hat ein Kind in Friederikes Alter. Und nun? Ein Alibi hat er auch, oder?«

»Schon, aber kein in Stein gemeißeltes«, gab Franz Thorwart zu bedenken. »Wir müssen noch die Kollegen befragen, mit denen er am fraglichen Abend zusammen war. Mit seiner Frau haben wir bereits gesprochen. Sie gibt an, dass ihr Mann in der besagten Nacht ein Betriebsessen hatte und dann nach Hause zurückgekehrt sei. Sie kann aber nicht beschwören, dass er danach nicht noch einmal weggegangen ist.«

»Welche Frau kann das schon«, sagte Ulrich Wedeland und versuchte, die Ironie in seinen eigenen Worten zu ignorieren. Von Malin hatte er seit seinem Aufbruch nach Hulthave nichts mehr gehört.

»Und überhaupt«, warf Paul Jeremias ein. »Es ist bei ihm wie bei allen anderen. Natürlich kann er es theoretisch getan haben. Was auch immer ›es‹ sein mag. Aber wir haben nichts gegen ihn in der Hand, nichts, was ihn mit Friederike in Verbindung bringt. Genau wie bei Leutmann.« Er schlug auf den Stapel Papiere, den er vor sich hatte. »Und bei diesem Caspari. Lauter Typen, die vielleicht nachts als Mörder auf die Pirsch gehen, und wir haben nichts. Das ist doch … beschissen, was anderes fällt mir gerade nicht ein. Entschuldigung«, er sah kurz zu Evelyne hinüber, »aber so ist es doch.« Er stand eine Spur zu heftig von seinem Stuhl auf und lehnte sich mit verschränkten Armen gegen die Wand. »Wir haben mit Sascha Götz gesprochen. Mehrfach. Sackgasse. Wir haben mit den anderen Betreuern gesprochen. Sackgasse. Genauso bei den Kindern. Wir haben die Angestellten und die Feriengäste auf dem Zeltplatz befragt. Wir haben die Anwohner nah beim Zeltplatz befragt. Fehlanzeige. Busfahrer? Fehlanzeige. Radarfallen? Fehlanzeige. Friederikes Freundinnen wissen nichts. Ihre Lehrerinnen wissen nichts. Ihr Kinderarzt weiß nichts. Ihre Eltern wissen nichts, was uns irgendwie weiterbringt. Keine Spuren an dem Jogginganzug. Die Hunde finden nichts. Und die Leute rufen uns an und erzählen den größten Quatsch. Mittlerweile sind wir schon an dem Punkt, an dem die Kleine angeblich in Mexiko wohnt, in Schweden oder in Kanada.«

»Reg dich nicht so auf, sonst kriegst du wieder Nasenbluten«, sagte Evelyne, ohne von ihren Unterlagen aufzusehen.

Wedeland hatte die Hände hinter dem Kopf verschränkt. »Und jetzt?«

»Wie und jetzt?«, fragte Paul Jeremias.

»Na, es stimmt. Wir stecken im größten Schlamassel. Wir haben's versaut. Friederike sollte in diesem Moment zu Hause in ihrem Bett liegen, mit Puppen und Stofftieren und weiß der Teufel was, aber wir haben's versaut. Aber es hilft nicht, wenn wir uns deswegen geißeln.«

»Und was soll ich stattdessen tun? Was gibt es zu tun, was wir nicht schon getan haben?« Jeremias hieb mit der flachen Hand gegen die Wand. »Wir drehen uns im Kreis. Das ist uns wohl allen klar. Wir verfolgen immer die gleichen Spuren, und nichts tut sich.«

»Und was wäre die Alternative?« Thorwart, der bislang stillgeblieben war, starrte Paul Jeremias mit gerunzelter Stirn an. Dann schnaubte er, klaubte seine Papiere zusammen und stand auf. »Ich mach drüben weiter. Falls ihr mich braucht.« Er nickte Wedeland zu und verließ den Raum.

Jeremias griff nach seinem Jackett. »Der braucht gar nicht so zu tun. Als ob er was zustande bringt, was wir nicht schaffen.«

Keiner antwortete.

»Kommt jemand mit? Auf einen Kaffee?« Keiner wollte. »Auch gut.« Paul Jeremias ging hinaus und zog die Tür hinter sich zu.

Evelyne Tauber sah Wedeland an, dann wieder die Akte, die sie auf dem Schoß hielt. »Das sind Zusammenfassungen der befragten Zeugen auf dem Zeltplatz. Noch mal von vorn?«

Wedeland schritt über den dunklen Parkplatz, leicht ächzend, den Tag, die Angst, all die vergeblichen Hoffnungen in den Knochen, als er plötzlich innehielt. Dort stand jemand, eine Frau, schmal, in einem hellen Mantel, die Arme um den Körper geschlungen. Es war Elke Baumgart. Als er auf sie zuging, sah er, im Licht der kalten Parkplatzbeleuchtung, dass ihr Gesicht verquollen war, das Haar wirr. Ihre Lippen waren aufgesprungen, eine dicke schwarze Kruste war zu erkennen. Nichts war mehr übrig von der schicken Frau, die Wedeland bei ihrer ersten Begegnung als so mondän empfunden hatte.

»Frau Baumgart, was wollen Sie hier? Kann ich Ihnen helfen?« Es waren die zwei dümmsten Fragen, die ihm in den Sinn hatten kommen können. Natürlich wollte sie wissen, ob er ihr Kind gefunden hatte, was er aber nicht hatte, weil er ein Versager war. Und helfen, nein, helfen konnte er ihr nicht, denn er war unfähig, ihr das zu geben, was sie wollte, war unfähig, ihr Kind, wo immer es war, zu finden und zu ihr zurückzubringen.

»Ich kann nicht schlafen. Und ich muss doch etwas tun.« Sie sprach leise und klang etwas verwundert.

»Sie können nichts tun, Frau Baumgart. Ich verstehe, dass Sie helfen möchten. Aber Sie helfen sich und uns am meisten, wenn Sie bei Kräften bleiben. Legen Sie sich hin, ruhen Sie sich ein wenig aus.«

Frau Baumgart schüttelte den Kopf. »Seit Friederike verschwunden ist, schlafe ich nicht mehr. Ich habe Angst, dass sie währenddessen zurückkommt, zu mir, und dann, wenn ich meine Augen aufmache, schon wieder fort ist.«

Die Tränen begannen zu fließen, und Ulrich Wedeland schaute sehnsüchtig zu den hell erleuchteten Fenstern, hinter denen noch einige seiner Kollegen saßen. Trat nicht zufällig jemand aus dem Gebäude, bevorzugt Evelyne Tauber, um ihm hier, mit dieser Frau, zu helfen? Nein, natürlich nicht. Er war allein, stand allein vor der Frage, was man auf so etwas antwortete, auf solche Hilflosigkeit, solche Verzweiflung.

»Frau Baumgart, ich glaube nicht, dass Sie sich deswegen Sorgen machen müssen.«

Sie schaute ihn müde an, ließ die Arme hängen. Er sah, dass sie unter ihrem Mantel nur Unterwäsche trug, sonst nichts. Ihr Zustand schien noch fragiler zu sein, als er angenommen hatte.

»Kommen Sie«, er griff nach ihrem Arm, »ich fahre Sie zu Ihrem Hotel.« Leicht widerstrebend ließ sie sich von ihm in den Wagen bugsieren.

Sie irrten eine halbe Ewigkeit durch die Straßen von Hulthave, denn Elke Baumgart hatte nur eine vage Ahnung, auf welchem Weg sie von ihrem Hotel zur Polizei gekommen war. Wedeland kannte sich in dem Ort noch nicht gut genug aus, um aus ihren Beschreibungen schlau zu werden.

Als sie schließlich das Hotel erreichten, das eher eine kleine Pension zu sein schien, machte Elke Baumgart keine Anstalten auszusteigen. Ulrich Wedeland zwang sich, geduldig zu bleiben. Diese Frau machte genug durch.

»Frau Baumgart? Wollen Sie, dass ich Sie hineinbegleite?«, fragte er behutsam, doch sie schüttelte den Kopf.

Sie sah zum Seitenfenster hinaus, sprach von Wedeland weg.

»Wissen Sie, dass Friederike Angst vor Katzen hat? Sie mag Mäuse, selbst Ratten. Hatte sogar mal einen Weberknecht, den sie bei sich im Zimmer wohnen ließ. Er sei ihr Haustier, sagte sie, er hieß Albert.«

Wedeland fand sich damit ab, dass er noch eine Weile in dem Wagen sitzen würde. Elke Baumgart schluchzte leise auf.

»Sie hat Angst vor Katzen und hasst Brettspiele. Mensch ärgere Dich nicht findet sie am schlimmsten. Sie versteht nicht, was daran Spaß machen soll.« Sie fuhr sich mit den Händen über die Augen, ihr Mantel raschelte. »Sie isst gerne Gurkensalat mit Unmengen Dill. Sie mag Kakao nur, wenn er kalt ist. Und nichts davon scheint jetzt eine Rolle zu spielen.«

Wedeland schwieg, wartete.

»Ich … ich habe das Gefühl, dass es gar nicht richtig um sie geht. Verstehen Sie? Das macht mich verrückt. Ich meine, alle suchen nach diesem Mädchen, das verschwunden ist. Aber meine Tochter ist nicht nur das Mädchen, das verschwunden ist, sie ist das Mädchen, das nicht eine Runde mit dem Rad fahren kann, ohne mindestens einmal hinzufallen. Das nicht auf die Ritzen im Bürgersteig treten mag. Das ständig Löwenzahnflecken auf den Kleidern hat, die nie wieder rausgehen. Ich habe es ihr schon tausendmal erklärt, und immer wieder schafft sie es, sich ihre Sachen zu ruinieren. Wussten Sie, dass sich Löwenzahnstängel kräuseln, wenn man sie teilt und dann ins Wasser legt?«

Wedeland schüttelte den Kopf. Elke Baumgart sah ihn endlich an. »Es fühlt sich an, als hätten Sie Friederike aus den Augen verloren. Sie alle. Wir alle. Es ist, als hätten wir schon angefangen, sie zu vergessen.«

Nun weinte sie haltlos, stieß ihre Verzweiflung in Lauten hervor, die an ein waidwundes Tier erinnerten. Wedeland wusste sich nicht anders zu helfen, als sie umständlich in den Arm zu nehmen. Er war Polizist, kein Seelsorger, und er musste sich in unbequemer Haltung über die Handbremse lehnen, aber es gab einfach Momente, da umarmte man einen anderen Menschen.

22

Am nächsten Morgen, völlig übermüdet, saß Wedeland Torsten Leutmann gegenüber und fragte sich, ob der junge Mann die Absicht hatte, den Kopf jemals wieder zu heben. Bislang hielt er ihn trotzig gesenkt, als wäre es eine tödliche und persönliche Beleidigung, dass sie ihn herbeizitiert hatten, und irgendwo war es das ja auch – er war hier, weil er war, wie er war. *Komplett neben der Spur*, wie es Thorwart ausgedrückt hatte. Der saß neben Wedeland und stellte seine Fragen in zunehmend gereiztem Ton.

»Herr Leutmann«, sagte er und beugte sich vor. »Wären Sie bitte so freundlich, uns unsere Fragen zu beantworten. Danach können Sie wieder gehen.« Ein Versprechen, das Thorwart nur allzu gerne widerrufen würde, sollte Leutmann sich auch nur mit einer Silbe in Widersprüche verstricken.

Torsten Leutmann hob, zu Wedelands Überraschung, zögernd den Kopf. »Und ich darf danach wirklich gehen? Ich bin nicht verhaftet oder so?«

Auf seinem Gesicht waren seine Gefühle mehr als deutlich abzulesen. Der junge Mann versuchte sie zu verbergen, doch die Angst troff ihm aus jeder Pore. Wedeland war sich nur nicht sicher, ob er sich davor fürchtete, überführt zu werden, oder ob es schlicht die Situation war, die ihm Angst einjagte. Es gab auch Menschen, die so daran gewöhnt waren, auf der untersten

Stufe zu stehen, dass sie sich stets in einem Zustand der Erwartung befanden, des nächsten Schlags, des nächsten spöttischen Worts, der nächsten Niederlage.

»Sicher«, sagte Thorwart. »Sie reden mit uns. Dann gehen Sie nach Hause, und wir lassen Sie in Ruhe.«

Leutmann verzog das Gesicht, als hätte er Schmerzen, aber es sollte wohl widerwillige Zustimmung ausdrücken.

»Als Sie Sascha Götz an dem fraglichen Tag getroffen haben«, fuhr Thorwart fort, »ist Ihnen da am Strand etwas aufgefallen? War da irgendetwas ungewöhnlich? Anders als normalerweise?«

»Was ist schon normal?« Leutmann zog die Nase hoch. »Nichts ist normal. Ich bin nicht normal. Die Welt ist nicht normal.«

Großer Gott. Wedeland unterdrückte ein Seufzen. So ein haarsträubender, niederschmetternder Fall, und ausgerechnet jetzt musste sich ihr Verdächtiger als Gelegenheitsphilosoph entpuppen.

Thorwart hatte ähnlich wenig Verständnis für Leutmanns Gefasel. »Ich bin mir sicher, Sie wissen ganz genau, was wir meinen. Es war noch früh am Tag, der Strand kann noch nicht so voll gewesen sein. Haben Sie jemanden gesehen, der Sascha Götz und die Kinder angesprochen hat? Oder sie beobachtet hat?«

»Nein.«

»Hatten die Kinder Streit? Untereinander oder mit Frau Götz?«

»Reden Sie nicht so über sie.«

»Wie bitte?«

»Sie sollen nicht so über sie reden. Über Sascha.«

Franz Thorwart blickte kurz zu Wedeland herüber.

»Was meinen Sie damit? Ich habe nichts Schlechtes über Frau Götz gesagt.«

»Sie sollen nicht so über sie reden. So als wäre sie schuld. Als hätte sie diesem Mädchen etwas angetan. Das wollten Sie doch damit sagen, oder?«

»Das wollten wir ganz sicher nicht damit sagen.«

»Sie hat nicht mit ihnen herumgestritten. Sie hat sie nicht angeschrien. Sie war ...« Torsten Leutmann zögerte. »So ist sie nicht.«

»Sie kennen Sascha Götz doch gar nicht. Sie sind ihr nur ein einziges Mal begegnet. Wie können Sie wissen, wie sie ist?« Thorwart klang zunehmend ungeduldig.

Leutmann runzelte die Stirn. Er wirkte nun nicht mehr eingeschüchtert, eher so, als nähme er die beiden Ermittler, die sich abmühten, ihm etwas zu entlocken, nicht mehr ernst. »Ob man einen Menschen kennt oder nicht, hängt nicht davon ab, wie oft man ihn gesehen hat.«

Und mit dieser Bemerkung, dachte Wedeland, hat er gar nicht so unrecht. Vielleicht war Torsten Leutmann doch nicht ganz so versponnen, wie sie gedacht hatten.

Sie versuchten es weiter, immer die gleichen Fragen, nur anders verpackt. Warum war Torsten Leutmann am Strand gewesen? Hatte er Sascha Götz nach ihrer Adresse oder ihrer Telefonnummer gefragt? Hatte er sie wiedergesehen?

Weiß nicht, nein, nein, weiß nicht. Leutmann sank in seine Einsilbigkeit zurück, und irgendwann gingen ihnen die Ideen aus. Es war zum Aus-der-Haut-Fahren. Er war das, was einer echten Spur noch am nächsten kam, aber da war nichts Greifbares. Sie konnten ihn schlecht verhaften, weil er seltsam war. Doch außer seinem offenkundigen Anderssein gab er ihnen nichts. Er antwortete widerwillig und nicht besonders ausführlich, aber er widersprach sich nicht, seine Angaben waren stimmig. Irgendwann kapitulierten sie und ließen ihn gehen.

»Dieser Junge hat Sascha Götz nur ein einziges Mal gesehen«, sagte Franz Thorwart, als sie allein waren. Sein Haar war zerrauft, große dunkle Schweißränder hatten sich auf seinem grauen Hemd ausgebreitet. Wedeland wollte gar nicht wissen, wie er selbst aussah. »Er kennt sie überhaupt nicht. Und doch hat man das Gefühl, er würde jederzeit für sie durchs Feuer gehen.«

»Er ist in sie verknallt«, erklärte Wedeland. »So ungewöhnlich ist das doch nicht in dem Alter, oder?«

»Schon, aber was bedeutet das für uns?« Thorwart schaute Wedeland aus rot geränderten Augen an. »Theoretisch könnte man daraus ein Motiv konstruieren. Aber theoretisch könnte man wohl aus so ziemlich allem ein Motiv konstruieren. Ich kann bei ihm nicht unterscheiden, ob er wirklich verdächtig ist oder ob ich will, dass er verdächtig ist. Damit überhaupt jemand verdächtig ist. Rede ich Unsinn?«

Wedeland winkte ab. Auch ihm fiel es schwer, Torsten Leutmann neutral zu betrachten. Er wollte so sehr, dass etwas geschah, irgendetwas, damit sich all das nicht mehr so sehr nach nichts anfühlte. Leutmann war einfach da, war dieser bizarre Sonderling, und Wedeland fragte sich, ob das sein einziges Vergehen war. Er passte. Er war das, was sie suchten, ohne dass sie einen Hinweis darauf hatten, dass er auch getan hatte, was sie vermuteten.

Wedeland hatte das Gefühl, dass sie sich verrannten. Allerdings hatte er dieses Gefühl schon von Beginn an gehabt, von Beginn dieses gottverdammten aussichtslosen Falls an, nur dass die Hilflosigkeit ihn inzwischen regelrecht zu lähmen schien, wo sie ihn zunächst noch in einen Zustand trotzigen Widerstands versetzt hatte.

Er schloss die Augen. Er schwitzte, und ihm war übel. Sein

Nacken brannte von stundenlangem Sitzen, über Akten und vom Druck gebeugt, endlich etwas zu leisten. Gleichzeitig hasste er sich für seine Wehleidigkeit. Er war hier, er war am Leben. Er lag nicht in einem dunklen Keller, einem pädophilen Irren ausgeliefert, er trieb nicht verwesend in der kalten See, und er verrottete nicht in einem flachen, hastig ausgehobenen Grab. Er wusste nicht, was mit Friederike geschehen war, aber er wusste, dass es ihm, wie erbärmlich er sich auch fühlte, besser ging als ihr. Und das hatte er zu nutzen, um ihr zu helfen.

23

Er hatte versucht, sie zu ertränken. Die Frage, warum sie ihn nicht in Frieden ließen, warum sie ihn nicht in Frieden lassen konnten. Warum sie nicht aus seinem Leben verschwanden, warum sie ihn quälen mussten, vorführen mussten. Warum sie ihn nicht in seinem Elend lassen konnten, das immerhin *sein* Elend war.

Er hatte versucht, die Tatsache zu ertränken, dass sie überall waren. Menschen, die wie Fliegen waren, die er nicht mehr ertragen konnte, mit ihrer Abscheu, ihrer widerwärtigen Art ihm zu zeigen, dass sie mehr wert waren als er.

Er hatte versucht, mit billigem, brennendem Schnaps die Tatsache zu ertränken, dass sie weg war, dass sie ihn verlassen hatte, ohne ein Wort, ohne einen Blick.

Er lag dort, auf der Wiese, weit ab von allem, starrte in den Himmel und ließ sich forttragen von der Sonne und vom entfernten Dröhnen des Meers. Alles bewegte sich, doch es war kein ruhiges Dahingleiten, sondern ein Verwesungsprozess. Alles bewegte sich auf ein unvermeidliches Ende zu, und die Menschen sahen es nicht, sahen nicht ihr eigenes Ende kommen. Sie sahen nur, dass er anders war, nährten sich daran, dass sie sich ihm überlegen glaubten, er war der Aussätzige, der Ausgestoßene. Sie schossen ihre Blicke und Fragen auf ihn ab wie vergiftete Pfeile, damit er endlich verschwand.

Er wollte, dass sie alle tot waren. Nicht nur tot, sondern verrottet, verbrannt, verwittert. Sie sollten getilgt sein von dieser Erde, und das Gras würde über sie wachsen, über alle Spuren, die sie je hinterlassen hatten. Baumwurzeln würden sie durchstoßen, sie umschlingen, Maden würden sich an ihren Hirnen und Herzen gütlich tun, würden ihr Fleisch zersetzen, bis sie verschwunden waren, nie da gewesen, keine Spur von ihnen, kein Beweis, dass sie je gelebt hatten. Alle. Bis auf sie.

Sie sollte leben. Er malte es sich aus, die Welt als Urwald, zurückerobert von der Natur, keine Menschen, bis auf sie und ihn. Barfuß und nackt. Und frei. Der Inbegriff dessen, wie alles sein sollte, der Inbegriff dessen, was die anderen überdauern würde.

Das Bild gab ihm Gewissheit. Es war der Beweis, dass er es fühlen konnte. Dass sie zusammengehörten, dass ihre Wege sich finden, sich verschlingen würden, zwangsläufig, es gab keine andere Möglichkeit. Diese Gewissheit würde ihn tragen, solange es nötig sein sollte. Bis sie zu ihm zurückkam.

Er fühlte sich merkwürdig leicht und hohl, wie ausgefressen von einem gierigen Nagetier. Er spürte keinen Hunger, obwohl er nichts gegessen hatte, und er fühlte, wie die Wut nicht mehr in ihm war, sondern Teil von ihm wurde. Nicht mehr durch seine Adern floss, sondern in seine Knochen wanderte, in sein Mark, erkaltete und hart wurde, unauslöschlich.

Er lag dort, bis es dunkel wurde, und er wusste, dass er eine Entscheidung treffen musste. Er konnte fortgehen, nie wieder zurückkehren, alles hinter sich lassen. Die Mutter, den Vater, die Menschen, die Polizisten und all ihre Fragen. Er würde gehen, immer weiter, ohne Ziel, wäre endlich weg.

Oder er stand auf, kehrte zurück in dieses Loch von einem

Dorf, zurück in das Haus, das ihm so verhasst war, und lebte ein Leben weiter, das nie eines gewesen war.

Obwohl alles in ihm fortdrängte, gab es nur einen Weg. Er musste bleiben, musste erdulden, was sie mit ihm machten, musste die Demütigung und den Hass ertragen, damit sie ihn fand, wenn sie zurückkam. Und sie würde zurückkommen.

Als er das Haus erreichte, war es Nacht. Er ging durch den Garten nach hinten, zur Kellertür. Im Keller konnte er schlafen, auf der alten Couch, konnte den Fragen der Mutter und dem widerwärtigen Schmatzen des Vaters entgehen.

Um ihn war es ruhig. Das Haus lag still da, auch bei den Nachbarn kein Licht, kein Laut. Er spürte die Kühle des Bodens durch seine Schuhe. Etwas strich um seine Beine, er zuckte und fluchte, dann war es verschwunden, eine Katze oder sonst ein Vieh. Er trat in die Dunkelheit, ohne etwas zu treffen.

Als er vor dem Kellerabgang stand, hörte er es. Weiter hinten im Garten, im Dunkel. Ein Murmeln, eine Stimme?

Er hielt still. War es …? Er wagte nicht, den Gedanken zu Ende zu denken. Zu groß, zu unerträglich die Enttäuschung, wenn sie es nicht war, wenn sie nicht zurückgekehrt war zu ihm. Aber das Bild war süß und verlockend, Sascha, seine Sascha, blass und hoffnungsvoll, zu ihm zurückgekommen, um Schutz zu suchen. Und er würde sie beschützen, mit seinem Leben, würde sie nie wieder fortlassen.

Vorsichtig setzte er einen Schritt vor den anderen, näherte sich den verwaschenen Lauten. Da sah er sie. In einem weißen Nachthemd, auf der Erde kauernd, auf Knien. Die Gestalt bewegte sich vor und zurück, neigte sich immer wieder nach vorne, bis das Gesicht das Gras berührte.

Seine Mutter. Ihre nackten Füße ragten unter dem Nachthemd hervor, Erde auf den Sohlen.

Er verstand nun, was sie murmelte.

»Herr, vergib jenen, die sündigen und schuldig sind. Herr, vergib jenen, die sündigen und schuldig sind.«

Sie nahm ihn nicht wahr, war an einem anderen Ort.

»Herr, vergib jenen, die sündigen und schuldig sind.«

Sie unterwarf sich. Kroch zu Kreuze. Der Ekel stieg gewaltig in ihm auf. Sie war schwach, so schwach.

»Herr, vergib jenen, die sündigen und schuldig sind.«

Für wen betete sie? Betete sie, weil sie ihren Sohn retten wollte, der nicht mehr zu retten war?

»Herr, vergib jenen, die sündigen und schuldig sind.«

Oder betete sie für sich selbst?

Er stand über ihr, über der dürren Gestalt in dem dünnen weißen Hemd. Immer würde er ihr überlegen sein, das wurde ihm in diesem Moment klar. Denn er liebte. Er liebte wahrhaftig, ein Gefühl, das sie nie gekannt hatte. Sollte sie doch beten, sollte sie betteln. Sie war niemand.

»Herr, vergib jenen, die sündigen und schuldig sind.«

Er drehte sich um und ging zum Haus.

24

Der Regen lief in schrägen Spuren über das Zugfenster. Sie hatten ihr erlaubt, Hulthave zu verlassen, endlich, und sie hatte sich davongemacht. Kein Wort zu Jonathan, mit dem sie nichts zu tun haben wollte, und sie betete, dass sie ihn nie wiedersehen würde.

Draußen Grün, und Grün in Grau, Felder und ab und zu ein Baum, und nichts, was ihr sagte, dass alles nur ein Traum war. Einer von jenen Träumen, aus denen man keuchend erwacht, völlig verschwitzt, mit Abdrücken von Fingernägeln in den Handflächen.

Kein Traum. Alles war real, viel zu real. Der Geruch von Käse und hart gekochtem Ei, der sich im Waggon ausbreitete, seit eine ältere Frau ihren Proviant ausgepackt hatte. Das Geschrei der Zwillinge zwei Sitze vor ihr, die sich, schon wieder, lautstark stritten, diesmal offenbar um ein Comicheft, das beide für sich beanspruchten. Das Rattern des Zuges auf den Schienen. Die knisternden Durchsagen ohne Sinn und Verstand, nach denen sich alle immer fragend umsahen, kurz von der Furcht ergriffen, womöglich doch im falschen Zug zu sitzen.

In wenigen Stunden würde sie in Heidelberg aussteigen, am Hauptbahnhof, und dann würde sie es wissen. Ob es ihr gefolgt war, das alles, oder ob es in Hulthave geblieben war, das Leid, die Traurigkeit, das Ungewisse. Vielleicht war es auch mit in den Zug gestiegen und irgendwo zum Fenster hinausgeflattert, unter die Räder gekommen, zur Unkenntlichkeit zerfetzt. Doch sie ahnte, dass Hulthave, dass Friederike in Heidelberg mit ihr aus dem Zug klettern würde, bereit, ihr ganzes Leben düster zu färben.

Als sie auf dem Bahnsteig stand, ihren Rucksack auf dem Rücken wie eine ganz normale Reisende, die von einem ganz normalen Sommertrip zurückkehrte, hatte sie Gewissheit. Heidelberg war dunkler als zuvor. Der Himmel war dunkler, auch wenn die Sonne schien. Auf den Gesichtern der Menschen am Gleis, in der Straßenbahn, auf dem Bürgersteig lagen Schatten, selbst wenn sie lachten.

Ihr Zimmer war dunkler. Draußen war es noch hell, ein Sommerabend, an dem sie sonst die Fenster aufgerissen hätte, um den staubigen Mief ihrer Abwesenheit zu vertreiben. Aber jetzt wusste sie, dass sich dann nur die Dunkelheit von draußen mit der aus ihrem Zimmer vermischen würde, darum blieb das Fenster zu.

Ihre Mitbewohner waren noch in den Ferien. Martina war zu ihrer Familie nach Dortmund gefahren, wo sie wie jedes Jahr acht Wochen lang in einer Fabrik arbeitete. Simon und Jürgen hatten sich entschieden, per Interrail durch Europa zu reisen, auch wenn, so hatte Martina gewitzelt, sie vermutlich am erstbesten italienischen Strand hängen bleiben würden, egal wo, Hauptsache, es war warm und es gab kaltes Bier. Die beiden wollten erst in ein paar Wochen wieder in Heidelberg sein, kurz vor Beginn des Semesters, und so hatte Sascha die Wohnung für sich.

Sie öffnete alle Türen und ging durch die Räume, staubig und unordentlich bei Martina und Jürgen, staubig und akkurat aufgeräumt bei Simon. Lediglich eine Ecke seiner Weltkarte hatte sich von der Wand gelöst. Es musste passiert sein, nachdem er abgereist war; niemals hätte er es so gelassen. Vorsichtig hob sie die Stecknadel vom Boden auf und pinnte das Poster wieder fest. Sie sah sich um. Die dunkelroten Webvorhänge vor dem Fenster, der bunte Flickenteppich auf dem Fußboden, die Plattensammlung, ganz ansehnlich, aber bei weitem nicht so ausufernd wie die von Jürgen.

Simon war nicht so, nicht so fanatisch, vielleicht einfach nicht so begeisterungsfähig. Er war ordentlich und freundlich, so beruhigend normal, dass Sascha manchmal gerne neben ihm saß und zusah, wie er schwieg und lächelte.

Auf dem Schreibtisch lagen die Unterlagen des letzten Semesters. Keine Bücher, die waren längst abgegeben, damit keine Mahngebühren anfielen, aber Heftordner, sorgfältig beschriftet, Rechnungswesen, Makroökonomie, Wirtschaftspsychologie.

Auf einmal hatte sie Sehnsucht nach ihm. Und nach Jürgen und Martina und nach sich selbst, wie sie vorher gewesen war. Sie hatte Sehnsucht nach Nudeln mit Sauce, danach, dass keiner abspülen wollte, nach sinnlosem Gerede über die Welt im Großen und im Kleinen, über Professoren, Prüfungen und neue, attraktive Tutoren. Vorbei.

Sie legte sich auf Simons Bett und rollte sich zusammen. Die Decke roch nach nichts außer dem billigen Waschmittel, das sie in der WG benutzten, aber wenn sie sich konzentrierte, war da noch ein Hauch von etwas anderem. Ein Hauch altes Leben.

Als sie erwachte, war es draußen schon dunkel. 23:10 Uhr verkündete Simons Leuchtwecker, 23:12. Die Nacht lag vor ihr wie eine Prüfung, für die sie nicht gelernt hatte, bedrohlich und unüberwindbar. Kein gutes Ende in Sicht.

Sie beschloss, es nicht darauf ankommen zu lassen.

In der Diskothek war es stickig, heiß und voll. Heidelberg war in den Semesterferien nicht so belebt wie in den anderen Monaten, dennoch gab es genügend Menschen – Sprachschüler, Daheimgebliebene, Touristen –, zwischen denen man untertauchen, sich selbst verlieren und, mit ein bisschen Glück, auch vergessen konnte. Sie tanzte. Wie eine Verrückte tanzte sie, stampfte mit den Füßen auf, und es war ihr gleich, dass manche, vor allem Frauen, sie komisch von der Seite ansahen, schau mal, die da, die spinnt doch.

Als sie sich im Spiegel des Waschraums sah, brauchte sie einen Moment, um sich zu erkennen. Das durchgeschwitzte Top mit den dünnen Trägern, die blasse Haut, nur die Wangen waren rot, das krause Haar, die dunklen Augen. Das war sie, Sascha, und doch war etwas anders. Zielloser wirkte sie, und ein wenig so, als könnte man ihr die Einsamkeit ansehen. Unsinn, dachte sie. Niemand sieht dir etwas an. Und dann fragte sie sich, ob das richtig war. Dass man nichts sah. Dass ihr nichts ins Gesicht geschrieben stand, nichts von ihrer Schuld oder ihrer Traurigkeit. Dass alles war wie vorher, äußerlich zumindest, aber wer wusste schon, ob nicht irgendwann das Neue, Hässliche aus ihrem Inneren nach außen dringen würde, durch ihre Haut. Womöglich wäre es sogar eine Erleichterung, denn dann wüsste es jeder.

Später küsste sie einen Mann, dessen Namen sie nicht richtig verstanden hatte. Er war weder schön noch hässlich, weder dick noch dünn. Er war da, genau wie sie. Sie standen in dem schmalen Flur, der zu den Toiletten führte, eine Kante der Wandvertäfelung bohrte sich in ihre Rippen, und es roch süßlich nach Kloputzmitteln. Sie küssten sich wild, und gerade als sie dachte, dass sie es nicht mehr aushielt, biss sie ihn in die Lippe.

Der Mann fuhr zurück und fluchte. Er betastete seinen

Mund und starrte dann ungläubig auf seine blutigen Finger. »Sag mal, bist du bescheuert, oder was?« Anklagend sah er sich um, ungläubig.

Sascha drängte sich an ihm vorbei, schlug seine Hand weg, die nach ihrem Oberarm griff. Sie rannte los, rempelte sich durch die Körper auf der Tanzfläche, bis sie draußen war und endlich atmen konnte. Sie rannte weiter, die Straße entlang, über die Kreuzung und um so viele Ecken, dass sie gar nicht mehr wusste, wo sie war, bis der Neckar vor ihr auftauchte.

Einige Jugendliche saßen auf einer Bank am Ufer und lachten so laut, wie man es nur tut, wenn man betrunken ist. Einer von ihnen versuchte, auf der Rückenlehne zu balancieren, und stürzte nach hinten. Die anderen kreischten und zerrten ihn hoch, dann zogen sie ab, und es war still. Sie fröstelte, die Luft am Fluss war kühl, und ihre Jacke lag noch auf einer der Fensterbänke in der Diskothek. Sie schwang die Beine über das Ufergeländer und blieb auf ihm sitzen. Drüben lagen die Villen, kein erleuchtetes Fenster, hinter ihr rauschte ab und an ein Auto vorbei, und plötzlich war sie sich ihrer selbst so schrecklich bewusst. Spürte, wie die Schwerkraft sie nach unten zog, wie ihre Haut in der kühlen Luft erkaltete, wie ihre Lunge und ihr Herz sich zusammenzogen, mit jedem Atemzug. Sie war da. Über ihr lag ein Himmel ohne Grenzen und um sie eine Stadt im Schlaf, die morgen erwachen würde und am nächsten Tag wieder, und sie mit ihr. Sie würde aufstehen, essen, Schmerz fühlen, älter werden, sich verlieben, tanzen und zu Weihnachten Geschenke auspacken, und nichts davon würde Friederike auch tun. Absolut nichts.

Friederike war tot. Zum ersten Mal sprach sie diese Worte in Gedanken aus. Vorher hatte sie es so formuliert: Friederike war verschwunden. Dann: Sie wurde vermisst. Aber in Wahrheit wusste sie, dass Friederike nicht mehr am Leben war. Es war keine plötzliche Erkenntnis, eher eine Gewissheit, alt und vertraut, als hätte sie jahrelang in den schlierigen Untiefen ihres Bewusstseins gelegen und wäre jetzt an die Oberfläche gestiegen, in moorigen Blasen. Sie wollte ja Hoffnung haben. Sie wollte auf Nachricht von der Polizei warten, auf die eine Schlagzeile in der Zeitung, die erlösenden Worte. *Sie ist wieder da.*

Aber sie würde sie nicht hören. Nicht lesen. Sie wagte sie auch nicht zu denken. Denn Friederike war tot. Tot war nicht etwas, das einmal geschah und dann nie wieder. Tot war nicht etwas, das irgendwann aufhörte. Tot war für immer.

Friederike ist tot. Sie sprach die Worte nun laut aus, teils um zu sehen, was es mit ihr machte, ob es sie erleichterte, befreite. Teils um sich selbst zu quälen, sich Salz in die Wunden zu reiben.

Friederike ist tot. Die Worte nahmen in ihrem Kopf einen ganz eigenen Rhythmus an, gewispert wie ein Mantra, untermalt von einem leisen Klingeln, das ihr von der ohrenbetäubenden Musik geblieben war.

Friederike ist tot.

Sascha starrte in das dunkle Wasser, bis es hell wurde.

Die folgenden Tage waren eine flache Fassade ihres alten Lebens. Sie stand morgens auf. Sie aß, voller Verachtung. Sie schlief und schlief und schlief. Es kam ihr lächerlich vor, aber sie tat es, weil sie nicht wusste, was sie sonst tun sollte. Wie reagierte man, wenn alles aus dem Ruder gelaufen war? Man machte einfach weiter, weil nicht viel anderes blieb.

Sie kaufte ein. Sie putzte. Sie sprach mit den anderen, als sie nach Heidelberg zurückkehrten, nicht viel, aber so viel wie nötig. Fragen blockte sie ab, bis die anderen irgendwann aufhörten, sie zu stellen. Sie versuchte zu lernen. Sie las lächerlich bedeutungslose Texte für lächerlich bedeutungslose Kurse.

Dann stand sie, zum ersten Mal seit dem Grauen, wieder in der Eingangshalle des Instituts. Sie hatte das Gebäude geliebt, hatte geliebt, dass es so respekteinflößend war, so altehrwürdig und streng. Hatte all das Wissen geliebt, das es in sich barg, nicht irgendwelche Zahlen und Statistiken, sondern die Geschichte der Kunst, erhaben und edel.

Doch jetzt war es nur noch irgendein Gebäude, in dem es nach nasser Wolle roch; es war grau und regnerisch draußen. Das Semester hatte offiziell noch nicht begonnen, sie war nur wegen einer Nachprüfung hier, und doch hasteten überall Menschen durch die Gänge, schwere Ordner und Bücher an die Brust gedrückt, die Blicke so eilig wie ihre Körper. Jeder musste dringend zu einem Ort, an dem er noch nicht war.

Sie suchte sich Lücken, die Treppe hinauf und den Gang entlang, bis zu dem Raum, in dem die Prüfung stattfinden sollte. Sie war zu früh. Außer ihr waren nur zwei andere Studentinnen da, die ihr kurz zunickten und sich dann wieder in ihre Unterlagen vertieften.

Sie war nicht nervös. Normalerweise kribbelten ihr vor einer Prüfung die Finger, und erst wenn sie den Stift in die Hand nahm und zu schreiben begann, konnte sie klar denken. Dieses Mal war es anders. In ihr war dasselbe stumpfe Wattegefühl wie in den vergangenen Tagen, Wochen. Es füllte alles aus, presste sich von innen gegen sie, ließ keinen Platz für irgendetwas anderes. Vorsichtig, damit der Stuhl nicht knarrte, setzte sie sich hin, kramte Papiere hervor, ohne sie zu lesen, nur damit ihre Augen etwas hatten, woran sie sich festhalten konnten.

Der Raum hatte sich inzwischen gefüllt, mit Menschen und konzentriertem Schweigen. Der Dozent trat ein, mit ihm eine

Hilfskraft. Sie verteilten die Aufgabenbögen, die Abgabezeit wurde an die Tafel geschrieben. Rings um sie beugten sich ihre Kommilitonen eifrig über ihre Tische. Eine junge Frau rechts von ihr schien sich für Augenblicke in eine meditative Stille zu begeben, bevor sie mit ruhiger Hand nach ihrem Stift griff.

Sascha tat nichts dergleichen. Sie fuhr mit den Fingerspitzen über das leere Blatt. Weiß war es nicht, eher unregelmäßig hellgrau, wegen der Umwelt und so. Und seine Oberfläche war nicht glatt, sondern spröde, mit vielen kleinen Erhebungen. Vielleicht hätte jemand, der blind war, etwas daraus lesen können. Zufällige Botschaften, ohne Sinn.

Probeweise nahm sie den Kugelschreiber in die Hand, aber schreiben wollte er nicht. Dabei waren die Antworten in ihrem Kopf, irgendwo da drinnen, und sie hätte sie fangen und ans Licht zerren können. Aber da war etwas, eine schlichte Frage, die sich dem in den Weg stellte, unüberwindbar.

Warum?

Warum sollte sie das Blatt mit den Prüfungsaufgaben durchlesen? Warum ihre Antworten zu Papier bringen? Warum nervös auf die Uhr starren, bis der Dozent in die Hände klatschte? Warum ängstlich den Aushang am schwarzen Brett des Fachbereichs abwarten, um sich zu freuen, zu fluchen, erleichtert aufzuatmen?

Danach würde nichts kommen. So wie davor nichts gewesen war. Einzig diese alles füllende Leere, die ihr anfangs die Luft zum Atmen aus dem Brustkorb gepresst hatte, bis nichts mehr in ihr war, und die sie immer noch umgab, ihr persönliches Vakuum, in das kein Klang, kein Wort, kein Lächeln vordrang.

Ein Schatten fiel auf sie. Dr. Brüche war neben sie getreten. »Sie gedenken nicht, auf eine der Fragen noch zu antworten?« Sie schüttelte den Kopf. Nicht, dass sie eine Wahl gehabt hätte.

Ihre Finger fühlten sich an, als wären sie mit gehärtetem Lehm gefüllt, bis zum Platzen gefüllt, und würde sie die Hand jetzt beugen und zu schreiben beginnen, so würde er zu Staub zerrieben und unter ihren Nägeln hervorrieseln.

»Wenn Sie nichts schreiben wollen, können Sie Ihr Blatt auch abgeben.« Dr. Brüches gedämpfte Stimme hallte durch den Raum, und das Rascheln, das folgte, sagte Sascha, was hinter ihrem Rücken geschah. Dass sie alle aufsahen, die Hälse reckten. Sich fragten, was mit ihr los war, als ob es auch nur einen von ihnen wirklich interessierte.

Sie stand auf und griff nach ihren Sachen. Die anderen hatten ihre Blicke schon wieder gesenkt, noch bevor sie zur Tür hinaus war.

Als sie in die WG kam, war nur Simon da. Er streckte den Kopf aus der Küche, als sie die Wohnungstür ins Schloss fallen ließ, und rief ihr zu, dass er gekocht habe. Es roch gut, und zum ersten Mal seit Langem spürte sie richtigen Hunger. Seit dem Sommer hatte sie Kilo um Kilo abgenommen. Essen hatte seinen Reiz verloren, alles schmeckte gleich und stumpf in ihrem Mund. Der Hunger war irgendwann auch verschwunden, nachdem sie ihn lange genug ignoriert hatte, aber jetzt zog sich ihr, bei dem Geruch von würziger Ratatouille, schmerzhaft der Magen zusammen.

Sie ging in die Küche und setzte sich an den Tisch. Simon hatte schon einen zusätzlichen Teller aus dem Schrank geholt, ihn wohl mehr aus Höflichkeit vor ihr platziert. Denn als sie sich tatsächlich Reis und Gemüse auf den Teller häufte, starrte er sie verwundert an, überrascht, sie nach Ewigkeiten zum ersten Mal wieder mit etwas anderem als einem hastig zerbissenen Knäckebrot zu sehen. Sie mied seinen Blick. Der herbe Geruch der gehackten Kräuter, die er ihr reichte, der dampfend heiße Tomatensud, all das schien sie zu umnebeln, zu überwältigen. Und auch wenn sie sich schuldig fühlte, auch wenn es nicht richtig war, sie musste essen, ihr Körper schrie geradezu nach Nahrung, und es war, als würde all die gesammelte Schwäche, die Kraftlosigkeit der vergangenen Monate sie auf einmal überrollen. Wenn sie jetzt nicht aß, würde sie vom Stuhl fallen und sterben.

Es schmeckte unglaublich gut. Süß und sauer und salzig, nach Frankreich und Sommer, und sie aß ohne nachzudenken, ohne innezuhalten, bis der Teller leer war. Simon beeilte sich, ihr mehr aufzutun. Er lächelte leise, während sie kaute und schluckte und kaute und schluckte.

Als sie satt war, kamen die Tränen. Sie hatte seit den Tagen unmittelbar nach Friederikes Verschwinden nicht mehr geweint, und jetzt endlich kamen die Tränen. Sie schluchzte nicht, sie schrie nicht, die Tränen liefen einfach, tropften und rannen ihr in den Kragen. Sie weinte ihren Pullover nass und den von Simon, als er sie in den Arm nahm. Sie weinte, als er sie in ihr Zimmer brachte, ins Bett legte und zudeckte. Sie weinte, als er sich auf die Bettkante setzte und ihr unbeholfen über den Rücken streichelte. Sie weinte immer noch, als er schließlich neben ihr einschlief. Sie lehnte ihren Kopf an seinen und atmete seine Wärme ein. Irgendwann hörten die Tränen auf zu laufen, und sie lag nur noch da, starrte ins Nichts und dachte, dass es das nun war. Ihr Leben, mit all der Traurigkeit. Ihr Schicksal hatte diese Wendung genommen, ab vom hellen Weg und hinein ins Dunkel. Doch wer sagte, dass sie nicht eines dieser Lebewesen sein konnte, die ohne Licht existierten? Vielleicht konnte sie es. Vielleicht konnte sie es nicht.

Mit brennenden Lidern schlief sie ein.

25

Draußen wurde es dämmrig. Ulrich Wedeland starrte knapp am Fenster vorbei an die Wand seines Büros und fragte sich wohl zum hundertsten Mal, wer sich die unsagbar hässlichen Motive für den örtlichen Sparkassenkalender ausgedacht hatte. Es hing noch der Monat November vom Vorjahr, und der kitschige Sonnenuntergang über vereister See leuchtete in unwirklichen Farben, mit einem satten Fliegenschiss mitten im Orange.

Das Telefon klingelte, und er ließ es klingeln. Es klingelte erneut. Er hob ab, nur damit das elende Geläute aufhörte. Zum Dank durfte er sich von Malin anhören, dass sie schon seit Stunden versuche, ihn zu erreichen, und dass sie, wenn er nicht bald auftauche, allein zum Brahms-Abend gehen müsse. Das war der Nachteil davon, dass er, nach Wochen in Hulthave, wieder von Wehrich aus ermittelte. Er konnte abends direkt nach Hause gehen und wurde dort auch erwartet, und wehe, wenn er sich verspätete oder kein gebührendes Interesse zeigte.

Wedeland sagte Malin, sie solle gehen. Sie widersprach nicht, im Gegenteil, er hatte fast das Gefühl, dass sie ein wenig erleichtert klang. Er konnte es ihr nicht verdenken. In den vergangenen Wochen war er nicht der einfachste aller Ehemänner gewesen. Andererseits hatte es ihm Malin auch nicht gerade leichtgemacht, und überhaupt war es schon lange her, dass sie es sich gegenseitig leichtgemacht hatten. Wie lange war zu lange? Das war die Frage, die er sich stellen musste, irgendwann, wenn er gerade mal nicht todmüde war. Wenn er gerade nicht damit beschäftigt war, so zu tun, als hätte er alles im Griff. Wenn er nicht gerade überlegte, welcher Fehler dazu geführt hatte, dass Friederike immer noch verschwunden war.

Im Kommissariat hatten sie den Nachmittag genutzt, um zu sichten, was sie hatten. Und sie hatten, wie Ernst Bechtold in großer Runde anmerkte, unglaublich viel und zugleich unglaublich wenig. Die Presse sprach, etwas unfair, von einem Totalversagen der Ermittler und fragte vollmundig, ob die Polizei noch in der Lage sei, »unsere Kinder« zu schützen. Wedeland hielt sich lieber an Bechtolds Formulierung, wenigstens an den ersten Teil. Ja, sie hatten viel. Sie hatten halb Hulthave umgewälzt auf der Suche nach Friederike. Sie hatten die Feriengäste, die sich zum Zeitpunkt von Friederikes Verschwinden in der näheren Umgebung aufgehalten hatten, überprüft, so genau es bei der schieren Masse an Menschen eben ging. Sie hatten Torsten Leutmann noch einmal befragt, genau wie, aus reiner Verzweiflung, den alten Caspari. Thorwart hatte einen Tankstellenbesitzer aufgetan, der wegen Kindesmissbrauch vorbestraft war. Er lebte achtzig Kilometer von Hulthave entfernt, hatte jedoch zugegeben, in der fraglichen Zeit im Nachbarort gewesen zu sein, bei einer Damenbekanntschaft, wie er es ausgedrückt hatte, nur hatte ihm diese Damenbekanntschaft auch ein Alibi verschafft.

Überregional gab es keine ähnlichen Fälle, selbst wenn sie nicht so recht wussten, nach welchen Parallelen sie eigentlich suchen sollten. Friederike blieb verschwunden, spurlos, es gab keine ersichtliche Vorgehensweise des Täters, keine Spuren, keine Leiche, die sie mit anderen Opfern hätten vergleichen können.

Die französische Polizei hatte kurz für Aufregung gesorgt, bis sich die Meldung als Verwechslung herausstellte – das aufgegriffene Mädchen war nicht Friederike aus Deutschland, sondern Friederike aus Österreich, elf Jahre alt und ihren Großeltern im Mittelmeerurlaub ausgebüxt.

Auch die Spur des toten Schafs war im Sande verlaufen. Sie hatten drei Achtzehnjährige ausfindig gemacht, die sich zu dieser widerwärtigen Sache bekannten, sie gaben an, das Schaf aus Neugierde getötet und gehäutet zu haben. Hatten es zerlegen und Gott weiß was damit anstellen wollen, doch die Polizei hatte den Kadaver gefunden, bevor sie ihr Experiment hatten vollenden können. Sie gaben einander ein Alibi, was nichts heißen musste, doch sie konnten ihnen nichts nachweisen. Wedeland glaubte mittlerweile an ihre Unschuld, er war überzeugt, dass die drei nicht klug genug waren, ein so gewaltiges und schreckliches Verbrechen zu begehen, ohne sich selbst zu widersprechen, zu belasten oder anderweitig zu verraten.

Natürlich hatten sie Friederikes Eltern noch einmal genauer unter die Lupe genommen. Sie hatten die Betreuerinnen und Betreuer erneut überprüft, wieder und wieder. Ohne Erfolg.

Ja, sie hatten viel. Berge an Material. Wedeland hatte das Gefühl, dass sie unter ihnen erstickten, es war einfach zu vieles, was man übersehen konnte, zu vieles, das keinen Sinn ergab, weil man es nicht im richtigen Zusammenhang sah, zu vieles, das ihnen die Sicht verstellte auf das, was vielleicht wirklich wichtig war.

Wedeland hasste das Gefühl, das sich in ihm breitmachte, schon seit Tagen. Resignation. Der Eifer war verflogen. Als wäre Friederike schon tot. Als wäre die Schlacht schon verloren. Natürlich ließ sich der Adrenalinspiegel, ließ sich diese Dringlichkeit nicht dauerhaft aufrechterhalten. Aber ein wenig Hoffnung mussten sie sich doch bewahren.

Resignation. Als wäre sein ganzer Körper davon befallen. Er kämpfte dagegen an, versuchte die Schwere, die Erschöpfung aus seinen Gliedmaßen, seinem Hirn zu vertreiben, doch vergeblich. Er konnte sich selbst nicht mehr davon überzeugen, dass es um jede Sekunde ging, und wenn er sich selbst nicht mehr davon überzeugen konnte, wie sollte er die Kollegen überzeugen?

Es klopfte leise. Er wünschte sich, dass es niemand war, der etwas von ihm wollte. Eine Entscheidung, eine Anordnung, eine Idee, irgendetwas.

Evelyne Tauber schaute zur Tür herein, die Augen gerötet, die Bluse zerknittert. Die Brille, die sie seit Kurzem trug, hatte sie ins unordentliche Haar hochgeschoben.

»Störe ich?«

Wedeland winkte sie herein. Sie ließ sich auf seinen Besuchersessel nieder, nahm die Brille aus ihrem Haar, setzte sie auf, setzte sie wieder ab.

Wedeland wartete, doch sie fing nicht an zu sprechen. Schließlich räusperte er sich. »Also, was ist?«

Sie seufzte und beugte sich nach vorn. »Paul Jeremias.«

»Was ist mit ihm? Hat er versucht, sich an eine Mitarbeiterin heranzumachen? Hat sich jemand beschwert?«

»Nein – oder vielmehr, ich weiß es nicht. Könnte schon sein, aber deswegen bin ich nicht hier.«

Wedeland erinnerte sich, dass zwischen Evelyne Tauber und Paul Jeremias einmal so etwas wie ein Funke gewesen war, nichts Greifbares, doch für alle sichtbar. Er selbst hatte einmal in der Kantine mitbekommen, wie drei Kollegen gewettet hatten, ob Jeremias Evelyne Tauber wohl herumkriegen würde oder nicht. Er erinnerte sich auch daran, dass er die Augen geschlossen und sich gewünscht hatte, dass seine Mitarbeiterin so klug war, sich niemals auf ihn einzulassen.

»Weswegen dann?«

»Jeremias ist zurzeit – ich habe das Gefühl, er macht Stimmung.«

Wedeland verstand nicht. »Für was oder wen denn?«

»Nein, nicht für. Gegen.«

Wedeland zögerte. »Gegen mich?«

Evelyne spielte mit ihrer Brille. »So in etwa kommt das hin, ja. Er verbreitet Unruhe. Sagt, dass wir auf der falschen Fährte sind. Dass wir wieder und wieder Material durchkämmen, das wir schon unzählige Male geprüft haben, statt endlich neue Ansätze in Betracht zu ziehen.«

Wedeland schwieg. Er erinnerte sich daran, dass Jeremias ihn mehrmals auf die Möglichkeit hingewiesen hatte, dass hinter Friederikes Verschwinden das organisierte Verbrechen stecken könnte, ein Ring von Kinderhändlern, womöglich aus dem Ausland. Eine Möglichkeit war es zweifellos, mehr aber auch nicht, und das hatte er ihm gesagt. Irgendwann hatte Jeremias es aufgegeben, diesen Gedanken weiterzuverfolgen, aber offenbar nur vordergründig.

»Was denken Sie?«, fragte Wedeland.

»Ich bin nicht der Ansicht, dass Friederike in die Hände von Kinderhändlern geraten ist, falls Sie das meinen. Davon abgesehen wollte ich nur, dass Sie Bescheid wissen. Die Leute sind inzwischen völlig ausgelaugt. Das Letzte, was sie brauchen, ist jemand, der ihnen sagt, dass alles, was sie tun, für die Katz ist.«

Es war Evelyne anzusehen, wie unwohl sie sich in ihrer Rolle fühlte. Sie war niemand, der andere anschwärzte, gleichzeitig schien sie sich ernsthaft Gedanken zu machen, was es bedeuten könnte, wenn Jeremias die anderen beeinflusste.

Wedeland bedankte sich bei ihr und wünschte ihr einen schönen Abend, ohne ernsthaft anzunehmen, dass sie tatsächlich nach Hause gehen würde. Er vermutete, dass sie sich wieder an ihren Schreibtisch setzen und weiterarbeiten würde, bis in die Nacht hinein, so wie sie es seit Friederikes Verschwinden ständig getan hatte.

Als er Paul Jeremias zu sich rief, hoffte er insgeheim, dass dieser auf dem Sprung war und sich mit Verweis auf eine Verabredung aus der Affäre ziehen würde. Nichts dergleichen. Er kam herein und setzte sich.

»Ich glaube, ich muss mich entschuldigen.« Wedeland hatte nicht lange darüber nachgedacht, was er zu seinem Mitarbeiter sagen würde; er wollte das Gespräch bloß hinter sich bringen. Doch aus einer spontanen Eingebung heraus wählte er einen defensiven Anfang. »Ich habe Ihre Ansätze nicht ernst genug genommen. Wir können sie gerne noch einmal durchgehen und …«

»Hat Evelyne mit Ihnen gesprochen?«

Wedeland beschloss, darüber hinwegzusehen, dass sein Kollege ihn unterbrochen hatte. »Sie hat mich wissen lassen, dass Sie unzufrieden sind mit dem Gang der Ermittlungen. Ich kann das verstehen. Doch Sie hätten diese Unzufriedenheit mir gegenüber äußern sollen, nicht gegenüber Ihren Kollegen.«

»Darf ich Sie darauf hinweisen, dass ich das getan habe? Sogar mehrfach.«

»Dennoch ist keinem geholfen, wenn Sie dadurch unter den Kollegen für Unruhe sorgen.«

»Es tut mir leid, wenn es so ist. Doch ich sitze nicht einfach da und halte meinen Mund, während die Spur immer kälter wird. Wir haben viel zu viel Zeit damit verschwendet, jeden Stein dreimal umzudrehen. Wenn darunter nichts ist, dann ist da verdammt noch mal nichts.«

»Erstens sind Sorgfalt und Gründlichkeit die Grundpfeiler unserer Arbeit. Das möchte ich an dieser Stelle nicht unerwähnt lassen. Und zweitens sollten wir das Gespräch jetzt beenden, wenn Sie nicht willens sind, in einem angemessenen Ton mit mir zu sprechen. Ich habe Ihnen in der Vergangenheit viel Freiraum gelassen, aber ich erwarte einen gewissen Respekt.«

Jeremias schien etwas erwidern zu wollen, doch dann presste er nur die Lippen zusammen und stand auf.

»Wir alle stehen unter enormem Druck. Ich verbuche das mal darunter. Und jetzt machen Sie Feierabend.«

Jeremias wandte sich zur Tür, drehte sich aber noch einmal um. »Ich weiß, ich sollte jetzt besser meinen Mund halten. Das wäre mit Sicherheit besser für mich und meine Karriere. Aber ich kann das nicht mit ansehen. Wir haben bislang nichts erreicht. Nichts! Friederike ist vermutlich tot, aber was, wenn sie noch lebt? Was, wenn wir sie noch retten könnten, wir stattdessen aber Staub fressen und Akten über Akten anlegen? Was, wenn sie wartet, dass jemand kommt und ihr hilft, während wir hier Kopien von Kopien machen, weil es so Vorschrift ist?«

Wedeland erhob sich schwer. Er spürte, wie das Blut in seinen Schläfen pochte. »Wollen Sie damit andeuten, dass ich hier Dienst nach Vorschrift leiste, weil ich ohnehin davon ausgehe, dass Friederike tot ist?«

»Ich will damit sagen, dass Sie's verbockt haben, Wedeland. Auch wenn Sie's nicht hören wollen: Ein kleines Mädchen ist tot, weil Sie nicht die Eier haben, was zu riskieren. Mal was anderes zu tun, als das Handbuch für Kommissare zu befolgen.«

»Raus!« Wedeland hörte, wie seine eigene Stimme sich überschlug. »Sofort raus aus meinem Büro.«

»Die Wahrheit wollen Sie nicht hören, oder? Die Wahrheit ist, dass ein kleines Mädchen in einem Scheißkeller verscharrt ist. Und wenn Sie damit nicht klarkommen, dann sind Sie ein noch schlechterer Polizist, als ich dachte!« Jeremias' Gesicht war rot angelaufen, er hatte jegliche Beherrschung verloren. Die Kollegen, die herbeigeeilt waren, zogen ihn aus dem Büro.

Wedeland sank zurück in seinen Sessel. Er hatte Schwierigkeiten, Luft zu bekommen und rang nach Atem. Seine Brust fühlte sich eng an, immer enger, und er fragte sich, ob es das nun gewesen sein sollte. Ein Herzinfarkt, weil jemand es wagte, ihn mit seinen Fehlern, seinem eigenen Versagen zu konfrontieren. Gott, wie erbärmlich. Konnte es etwas Armseligeres geben, einen armseligeren Abgang als diesen? Die Maserung des Schreibtischs verschwamm vor seinen Augen.

Dann, ganz plötzlich, löste sich der Druck, und er konnte wieder atmen. Er holte Luft, vorsichtig, tastend. Er fuhr sich über die Stirn, fühlte kalten, öligen Schweiß und ließ dann den Kopf gegen das Polster seines Stuhls sinken. Er würde nicht sterben, er würde weiterleben, weiterleben mit der Tatsache, dass er Friederike nicht hatte retten können. Da mochte er Jeremias tausendmal hinauswerfen, letzten Endes hatte er recht. Er, Ulrich Wedeland, hatte Friederike im Stich gelassen.

Evelyne Tauber klopfte leise an den Rahmen der offenen Tür. »Geht es Ihnen gut? Meine Güte, Sie sehen ja schrecklich aus. Sie sind komplett grau im Gesicht. Wollen Sie ein Glas Wasser?«

Wedeland winkte ab. Er stand auf, brauchte ein klein wenig

zu lange, um sein Gleichgewicht zu finden, und hoffte, dass seine Kollegin nichts gemerkt hatte.

»Ich gehe nach Hause«, sagte er. »Und Sie sollten das auch tun.«

»Sind Sie sicher, dass Sie …?«

»Ja, ich bin sicher.«

Er nahm seinen Mantel vom Haken und ging an ihr vorbei. Er war ihr dankbar, dass sie nicht versuchte, ihn über den Streit auszufragen, sondern ihn einfach gehen ließ.

Draußen, an der frischen, kalten Nachtluft, wurde Wedeland wieder sicherer auf den Beinen. Er wusste, was er brauchte. Kein Glas Wasser, sondern etwas Richtiges.

An den Tresen seiner Lieblingskneipe gelehnt, umgeben von wohltuend desinteressierten Menschen, trank er den Gedanken an Friederike weg, schwemmte Paul Jeremias und all die anderen aus seinem Kopf, trank, bis sein Hirn in einer dickflüssigen Suppe schwamm und zufrieden schwappte. Es war dumm, das war ihm klar, aber es war notwendig, und er nahm die Schmerzen, die folgen würden, großmütig in Kauf.

Als er am nächsten Morgen erwachte, wie durch ein Wunder in seinem eigenen Bett, war ihm sterbenselend. Er erinnerte sich dunkel daran, in eine Hofeinfahrt gekotzt zu haben, und auch jetzt stieg erneut Übelkeit in ihm hoch. Mit bloßer Willenskraft unterdrückte er den Würgereiz, der ihn in der Kehle kitzelte. In seinen Schläfen hämmerte es, sein Gesicht fühlte sich widerlich pelzig an.

Kurz war er in Versuchung, liegen zu bleiben, Malin zu bitten, die Vorhänge wieder zu schließen. Ihre tadelnde Präsenz zu ertragen, bis sie das Haus verließ. Sich dann umzudrehen und weiterzuschlafen.

Aber er tat es nicht. Er wuchtete sich in eine sitzende Position, wartete, bis sich der Raum nicht mehr drehte, und hievte sich dann aus dem Bett. Er würde sich unter die Dusche stellen, bis sein Kopf klarer wurde, er würde sich anziehen, er würde ins Büro gehen. Er würde weitermachen.

Das konnte Jeremias ihm nicht vorwerfen. Dass er erfolglos blieb, ja, auch dass er Fehler gemacht hatte. Aber nicht, dass er aufgab.

Teil II
2012

26

Es war ein milchiger Tag. Der Wind nutzte die Gischt, um die Grenze zwischen Wasser und Luft zu verwischen, und selbst die Möwen, so schien es, wollten ihren apokalyptischen Auftritt nicht verpassen. Sie schrien bedrohlich, als Sören Witte an den Strand kam.

Er sah die dunkle Gestalt sofort. Er sah sie im feuchten Sand liegen, dort, wo die Wellen sie gerade noch erreichten, mit letzter Kraft an ihr leckten. Er sah, als er sich vorsichtig näherte, die dunklen Haare, hell vom Sand, verfilzt von den Wellen. Das schwarze Kleid, das den eher kleinen, korpulenten Körper bis zu den weißen Waden umhüllte, und die Füße, die nackt waren. Er ging noch näher heran, bis auf einige wenige Meter. So nahe, dass er die blutleeren, zu Fäusten geballten Hände erkennen konnte, die zierliche goldene Uhr am rechten Arm. Nicht nahe genug jedoch, um wahrzunehmen, dass ein leiser Atem über die Lippen der Frau glitt und Wasser und Sand streifte, dass sich ihr Brustkorb kaum merklich hob und senkte. Nein, er nahm ganz selbstverständlich an, dass die Gestalt tot war, denn das gab es ab und zu in Hulthave, Seehunde wurden angespült, Hunde, mal ein Wal und mal ein Mensch, wenn auch äußerst selten. Aber tot waren sie alle.

Also hielt Sören Abstand, wie er es aus dem Fernsehen kannte, um keine Spuren zu zerstören. Bestimmt konnte es an einem

Körper, vom Meer halb verdaut und wieder ausgespuckt, keine Fasern oder Fingerabdrücke mehr geben, das Wasser hatte gewiss alles gründlich abgespült. Doch man wusste nie, darum blieb er in sicherer Entfernung stehen und kramte sein Handy hervor. Sein Freund Erik Harms war bei der Polizei Hulthave. Außerdem musste er die Feuerwehr informieren. Barg nicht die Feuerwehr Wasserleichen?

Pflichtbewusst erledigte er die Anrufe. Dann stand er mit den Händen in den Taschen da und wartete darauf, dass etwas geschah.

Die Frau dort im Sand war bestimmt einmal hübsch gewesen. Er konnte ihr Gesicht nicht sehen und wollte es auch gar nicht, wer wusste schon, wie es ausschaute, muschelbesetzt vielleicht und von Fischen halb zernagt. Aber ihre rundliche Figur, die sich wie eine Hügelkette aus dem nassen Sand erhob, gefiel ihm. Er mochte Frauen, an denen etwas dran war, die einen kräftigen, runden Hintern hatten, der wackelte und vibrierte, wenn sie nur nickten. Oder, noch besser, wenn sie nur dastanden und gar nichts machten. Sicher war die Frau dort am Ufer so eine gewesen.

Obwohl weit und breit niemand unterwegs war, obwohl seine Mutter nicht anwesend war, um seine Gedanken zu lesen, wie sie es immer tat, wurde Sören Witte rot. Dort vorn lag eine Leiche, und er hatte erotische Gedanken! So etwas gehörte sich nicht, vielleicht war es sogar strafbar.

Als die Männer der Freiwilligen Feuerwehr eintrafen, starrte Sören Witte ihnen angestrengt entgegen, froh, nun endlich nicht mehr der Einzige am Strand zu sein, der einzige Lebende, um genau zu sein.

Enno war der Erste, der Sören erreichte. Enno, ein Border-

Collie-Mischling, war kein richtiger Rettungshund; er gehörte Mischa Bach, einem der Feuerwehrmänner, und durfte ab und an mit zu einem Einsatz, das hatte Markus Sorge, der Chef der Truppe, erlaubt. Nicht aus praktischen Gründen, der Hund hatte keine speziellen Begabungen und war auch nicht besonders klug, sondern damit er etwas erlebte und zu Hause nicht die Couch zernagte. An diesem Tag aber tat Enno, zum ersten Mal in seinem Leben, etwas Nützliches.

Er blieb kurz stehen und legte den Kopf ein wenig schief. Dann wetzte er zu der Gestalt am Wasser und begann wie von Sinnen zu kläffen. Aufgeregt warf er sein Hinterteil hin und her, und der Sand spritzte in alle Richtungen. Mischa Bach rannte hinterher, Enno verfluchend und seinen Namen brüllend, doch sein Hund hörte nicht. Selbst als Mischa ihn nach einem unbeholfenen Sprint über den Sand erreichte, ihn mit einem kräftigen Ruck am Halsband zurückriss, gab Enno keine Ruhe. Er winselte, wühlte im Sand, in dem verzweifelten Versuch, wieder zu der regungslosen Frau zu gelangen. Mischa Bach war es schließlich, der, verwundert über die Reaktion seines Hundes, genauer hinschaute. Er sah das Gesicht der Frau, das zwar blass war, aber nicht totenbleich. Sah die kleine Schürfwunde hinter ihrem Ohr, aus der frisches, hellrotes Blut sickerte. Das leise Zittern ihrer Lippen.

Er suchte und fand ihren Puls. Und dann wusste er, was zu tun war.

27

Das Handy von Erik Harms schrillte durchdringend. Da der Vibrationsalarm eingestellt war, klingelte es nicht nur, sondern ratterte auch unnachgiebig über die Glasplatte seines Nachttischs und räumte ein gerahmtes Bild mit ab, als es über die Kante zu Boden fiel. Leise fluchend zog er seinen Arm unter Selmas Hüfte hervor und rollte sich herum. Das Handy ratterte noch immer und kreiselte jetzt durch einen See kleiner spitzer Scherben. Das Bild von Nele war zu Bruch gegangen.

Eilig angelte er sich das Handy, drückte den Ton weg und schwang die Beine aus dem Bett. Obwohl er einen großen Bogen um die Scherben machte, bohrte sich ein kleiner Splitter in seine Ferse. Schimpfend humpelte er in den Flur. Erst als er die Schlafzimmertür hinter sich zugezogen hatte, nahm er das Gespräch an. Was Sören Witte, der nicht der Eloquenteste war, ihm berichtete, klang verworren, aber es genügte, um Erik Harms in Bewegung zu versetzen.

Als er ins Schlafzimmer zurückkam, saß Selma aufrecht im Bett, die kurzen blonden Haare zerzaust, die muskulösen Arme um die nackten Beine gelegt. Es war eine fast schon anmutige Pose, vom kühlen Nachmittagslicht beschienen. Er lächelte. Selma war ganz und gar nicht der Typ für anmutige Posen, und sie hätte sich schrecklich geärgert, wenn er ihr gesagt hätte, wie bezaubernd sie in diesem Moment aussah. »Ich muss los«, sagte er stattdessen, und sie nickte nur. Es schien sie nicht weiter zu stören, dass ihr gemeinsamer Sonntag so abrupt ein Ende fand. Es wurmte ihn ein wenig, dass sie so gleichmütig reagierte, schließlich schafften sie es viel zu selten, sich ein wenig Zeit zu stehlen, all die Heimlichtuerei war ein organisatorischer Kraftakt.

Gleichzeitig war er froh, dass sie nicht fragte, was los war, denn er war sich selbst nicht sicher, was genau ihn am Strand erwartete. Sören hatte etwas von einer Frau erzählt, einer toten Frau, aber so recht konnte man Sörens Geschichten nie trauen. Um zu wissen, was tatsächlich geschehen war, würde er sich selbst ein Bild von der Sache machen müssen.

Schweigend zogen sie sich an und gingen gemeinsam zur Tür.

»Fünf Minuten?«

Selma nickte. Sie würde fünf Minuten nach ihm die Wohnung verlassen. Er bezweifelte, dass dieses Vorgehen wirklich einen Unterschied machte – der alte Herr Kolb, der unten im Haus wohnte, war halb blind und definitiv komplett taub; seinetwegen mussten sie sich ganz sicher keine Gedanken machen. Die Nachbarinnen aus den umliegenden Häusern wiederum, allesamt unangenehme, aufdringliche Vollzeitmütter, hatten Selma und ihn vermutlich ohnehin längst durchschaut. Er musste darauf hoffen, dass sie, die nicht aus Hulthave stammten, niemanden kannten, der jemanden kannte, der Patrick erzählen würde, was zwischen ihnen beiden lief.

Er zog Selma noch einmal an sich, sog ihren verschwitzten, süßen Geruch ein und küsste sie auf ihr Streichholzhaar.

»Mach's gut!«

»Mach ich. Versprochen.«

Wie oft hatte er schon überlegt, ob er nicht endlich einmal

etwas anderes sagen sollte. Nicht immer »Mach's gut« oder »Wir sehen uns«. Vielleicht, dass er sie vermissen würde. Oder dass er sie liebte? Er wusste ja selbst nicht, ob das stimmte. Es hatte einmal gestimmt. Aber jetzt? Es war einfach zu kompliziert. Kopfschüttelnd zog er die Tür hinter sich zu.

28

Er stand am Fenster und sah hinaus. Keine Menschen, nur ein Hund, den er nicht kannte, und das war ungewöhnlich. Er kannte hier alle, Menschen, Vierbeiner, sogar die Möwen waren immer dieselben. Eine war darunter mit einem abgebrochenen Schnabel, und sie tat ihm nicht leid.

Unten Stille. Keine Mutter mehr, und auch kein lärmender Fernseher, mit dem sie anfangs den Vater ersetzt hatte, der tot war. Nun war es ruhig, nun war auch sie weg, für immer. Er war allein. Kein Gerede, kein Geschrei mehr, und er fand es gut so.

Der Vater war so gestorben, wie er gewesen war. Hässlich. War nicht einfach eines Morgens im Bett geblieben, schlafend und in Wahrheit tot, nicht einfach umgekippt am Tresen, sauber und leicht zu beseitigen. Nein, der Vater hatte den Tod und die Krankheit und das Dreckige ins Leben zerren müssen, hatte sie alle kontaminiert mit seinem Husten und dem Erbrechen, dem Gestank und dem Gestöhne. Jeden Tag. Jeden Morgen, jeden Abend, immer der gleiche Klang. Sterben machte Lärm, und gerochen hatte es wie in einem faulenden Abwasserrohr bei Sommerhitze. Gehasst hatte er es, gehasst hatte er ihn, am Ende so sehr, dass seine Hände gejuckt hatten von dem Drang, sich um den dünnen gelben Hals zu legen und zuzudrücken, bis nichts mehr dazwischen war. Einzig der Widerwille gegen jede

Berührung hatte ihn davon abgehalten. Nicht mit der Kneifzange hatte er ihn anfassen wollen, und der wahre Albtraum war es gewesen, wenn die Mutter ihn gezwungen hatte, den Vater zu stützen und ihn mit ihr ins Schlafzimmer zu schleifen, wenn er zu schwach zum Gehen gewesen war.

Egoismus. Der reine Egoismus war das gewesen. Im Bett hätte er liegen bleiben können, wo ihn keiner sah und er keinen belästigt hätte. Aber nein, hervorschleppen hatte er sich müssen, sich in der Küche und im Wohnzimmer breitmachen, mit seinem Geruch die Luft zersetzen müssen, sodass man nicht atmen konnte. Und lüften hatte man auch nicht gedurft. Irgendwann hatte sich Torsten nur noch abends oder am frühen Morgen aus seinem Zimmer nach draußen geschlichen, um sich irgendwo etwas zu essen zu kaufen oder zu schnorren. Oder er war gleich ganz weggeblieben, einen Tag, zwei Tage, damit sein Körper die Verwesung ausscheiden konnte. Oft hatte er am Wasser gestanden, die nackte Brust im kalten, nassen Wind, die Hände fast erfroren, der Kopf nicht mehr zu spüren, weil er nur so das Gefühl hatte, gereinigt zu werden von dem vielen Tod um ihn herum. Das und die Frau, die irgendwann in dieser Zeit angefangen hatte, da zu sein. Swantje hatte sie geheißen, und er hatte sie so abstoßend gefunden, dass er manchmal fast brechen musste. Andererseits hatte sie sich bereitwillig ausgezogen, wenn er es wollte, und sich aufs Bett gelegt.

Er hatte sie in der Kneipe kennengelernt, und es war nicht mehr als eine Beobachtung, wenn er sagte, dass sie die Übriggebliebene gewesen war. Übrig von der Saison, übrig, nachdem alle anderen die hübscheren, netteren, lustigeren Mädchen unter sich aufgeteilt hatten. Swantje war übrig geblieben, und er hatte sie sich eben genommen. Es gab keinen Grund, daraus ein Geheimnis zu machen. »Nicht dass du schön wärst«, hatte er zu ihr gesagt, wenn sie seine Hand nehmen wollte. »Nicht dass du schön wärst.« Gelacht hatte sie dann, mit zitternder Lippe.

Sie hatte ihn gemocht, aus welchen Gründen auch immer, sie hatte am Anfang sogar dem Vater die Hand gegeben, wenn sie in das Haus gekommen war, bis sie bemerkt hatte, dass er sie dann nicht anrührte, auch wenn sie sich die Hände wusch.

Also hatte sie es gelassen, dem Vater nur noch zugenickt, dabei sogar zur Seite geblickt, in der Erwartung, dass er sich dann in ihren Fleischfalten versenken würde, und das tat er. Es hatte funktioniert, solange er nicht dachte, nur nicht nachdachte.

Danach, am Fenster, mit einer Zigarette, war jedes Mal in Wellen der Ekel über ihn gekommen. Dann, wenn sie dort auf seinem Bett lag, nackt und falsch und fett, verschmiert mit seinen Säften, schwer atmend, Milliarden Lichtjahre von der Frau entfernt, die in seinen Gedanken lebte, die er wegsperrte, damit sie all das nicht sah, damit sie nicht besudelt wurde von all dem Dreckigen. Er durfte nicht einmal ihren Namen denken, den sanften, den summenden, um nicht ihr Andenken zu beflecken, das so rein war. Dennoch entschlüpfte ihm wieder und wieder die Erinnerung an sie, entglitt ihm und tanzte durch seinen Kopf. Sie sah ihn, sah sie, sah, was sie getan hatten, und sie lachte. Lachte ihn aus mit ihrer Wasser-und-Wellen-Stimme, bis er wütend wurde, was Swantje, immerhin, meist sofort bemerkte. Sie zog sich dann rasch an und verschwand.

Er hatte nie gewusst, wo sie wohnte, es hatte ihn auch nicht interessiert. Sie war einfach aufgetaucht, und er hatte die Tür geöffnet oder nicht. Manchmal blieb sie Tage weg, selten zwei Wochen. Einmal hatte er sie im Nachbarort gesehen, genauer gesagt in der Kneipe dort, auf dem Männerklo, neben dem

Waschbecken, mit den Händen von irgendeinem Typen zwischen ihren Oberschenkeln.

Er hatte es sich kurz angeschaut und war wieder gegangen, ohne zu pissen. Er war nicht wütend gewesen, er hatte sich nur gewundert, dass es jemanden gab, der sich selbst genauso sehr hasste wie er es tat. Aber vielleicht war der Typ auch schlicht sturzbetrunken gewesen.

Als sie das nächste Mal zu ihm gekommen war, hatte er sie nicht hereingelassen, aber danach war alles so gewesen wie zuvor. Er hatte sie gevögelt, in seinem hässlichen Zimmer, halb erstickt von ihrer haltlosen Haut und ihrem Geruch nach billigem Deodorant. Von unten hatten sie den Vater husten hören und die Mutter jammern, und er hatte sein Leben mit einer solchen Intensität gehasst, dass es wie ein Schmerz gewesen war, der sich durch seinen Darm nach oben bohrte, wo er in der Speiseröhre zu einem bitteren Geschmack wurde.

Es war schwer zu sagen, wann der Vater wirklich gestorben war, denn das Sterben hatte so unfassbar lange gedauert, und Torsten hatte nie gewusst, ab welchem Tag mehr Tod als Leben in ihm war. Es hatte ihn auch nie so richtig interessiert. Interessant wurde es erst, als gar kein Leben mehr da war, als der dürre Dr. Cosel sein trauriges, leidvolles Kopfschütteln demonstriert hatte, der Endpunkt, der Anfangspunkt, endlich.

Gelacht hatte er, und noch mehr, als Dr. Cosel das auf unbewältigte Gefühle geschoben hatte, und die Mutter hatte genickt, obwohl sie es besser wusste.

Irgendwann danach war Swantje nicht mehr aufgetaucht. Er hatte sie noch gesehen, bei der unerträglichen Beerdigung mit all den unerträglichen Menschen und ihren falschen Beteuerungen. Swantje hatte in der Kirche ganz hinten gestanden. Als er, mit der klammernden Mutter am Arm, durch die Tür gekommen war, hatte sie ihm einen Blick zugeworfen. Er hatte erst nicht so recht gewusst, was in ihm lag, bis es ihm, mitten in einem der gestammelten Gebete, eingefallen war: Lüsternheit. In ihrem Blick hatte Lüsternheit gelegen.

Danach hatte er sie nicht wiedergesehen. Die Mutter hatte ein-, zweimal nach ihr gefragt, später nicht mehr. Jetzt, nach all den Jahren, dachte er nicht mehr an sie, er hatte seinen Kopf von ihr gereinigt, unter großen Anstrengungen, hatte ihre Fingerabdrücke von seinem Körper getilgt, ganz akribisch, um wieder würdig zu sein, falls er es jemals gewesen war. Er wusste nicht, ob er Sascha je wiedersehen würde, ob sie überhaupt noch lebte. Aber er wusste, dass er verrückt werden würde, wenn er die Hoffnung verlor, dass sein Leben vielleicht doch einen Sinn hatte. Das durfte er nicht, sonst würde er, das wusste er ganz sicher, den Verstand verlieren und alles, was ihn hielt. Und er würde alle töten, zumindest aber sich selbst.

29

Das Auto machte Zicken, wollte mal wieder nicht anspringen, doch schließlich konnte Erik Harms es, mit einer Mischung aus Flüchen und Zuspruch, in Gang bringen. Als er am Strand eintraf, sah er schon von weitem die dunkle Traube von Menschen unten am Wasser. Er erkannte Markus Sorge und seine Männer, Sören musste sie ebenfalls gerufen haben. Er war kaum ein paar Schritte gegangen, als er hörte, wie hinter ihm jemand atemlos seinen Namen rief. Ada Schilling, einst Ärztin in Hulthave und jetzt im Ruhestand, tauchte neben ihm auf, die unvermeidliche braune Ledertasche unter dem Arm. Ada war schon über siebzig, doch er musste sich anstrengen, mit ihr Schritt zu halten.

»Haben sie dich gerufen?«

Ada nickte. Sie hob ihre Arzttasche empor. »Auf meine alten Tage … Dr. Cosel ist seit gestern im Urlaub. Ich habe gesagt, ich kann ihn vertreten. Dachte eher an aufgeschlagene Knie oder fiebrige Kinder. Nicht an so was!« Sie zeigte nach vorne, wo am Boden, zwischen den Männern von der Freiwilligen Feuerwehr, das Blitzen einer Wärmefolie zu erkennen war. Das eifrige Winseln eines Hundes wurde ihnen vom Wind um die Ohren geschlagen.

Noch bevor sie die Männer erreichten, traten diese beiseite und gaben den Blick frei. Eine Frau lag am Boden, leblos. Ada sog scharf die Luft ein und kniete sich in den Sand.

»Wir haben den Puls gefühlt«, warf Markus Sorge eilig ein, sein grobes Gesicht vom Wind gerötet, die strähnigen blonden Haare verweht. »Er ist schwach, aber vorhanden. Ansprechbar ist sie nicht.«

Ada nickte kaum merklich. »Wann ist der Krankenwagen da?«

»In etwa zehn Minuten.«

Erik starrte auf die Frau zu seinen Füßen. Er sah nasses schwarzes Haar auf weißer Haut. Grauen, groben Sand, der in dunklen Flecken an ihr klebte. Sie roch nach Meer, salzig und ungestüm, als hätte sie ein Jahr, wenn nicht gar ihr ganzes Leben in diesem kalten Wasser verbracht, zwischen Muscheln, Fischen und Algen. Vielleicht gehörte sie überhaupt nicht aufs Festland. Vielleicht würde sie sich gleich all den wohlmeinenden Händen entwinden und zurück ins Meer stürzen, davonschwimmen, blasse Haut und dunkles, nasses Haar in Fächern, das zwischen den Wellen verschwand, auf Nimmerwiedersehen, und sie alle würden sich wundern und sich fragen, ob das nun wirklich geschehen war.

Er schüttelte das Bild ab. Er war Polizist, kein Dorfschreiber. Visionen, romantisch verklärte noch dazu, halfen ihm nicht weiter. Er zwang sich zu einem professionelleren und vor allem sachdienlicheren Blick. Die Frau hatte helle Haut, stammte ihrem Äußeren nach vermutlich aus Mitteleuropa. Vielleicht war sie sogar Deutsche. Vielleicht war sie von einer Fähre oder einem Ausflugsschiff gestürzt und an Land geschwommen, nur um am Ufer völlig entkräftet zusammenzubrechen. Vielleicht war sie auch gar nicht aus dem Wasser gekommen, sondern nur dorthin gebracht worden. Oder sie hatte versucht, sich umzubringen. Er musste alle Möglichkeiten in Betracht ziehen – vor allem aber musste er die Kollegen informieren. Sie brauchtes die Spurensicherung, vor Ort und im Krankenhaus. Auch wenn noch nicht feststand, ob es sich überhaupt um ein Verbrechen handelte, war das hier wohl ein Fall für die Kriminalpolizei. Er ärgerte sich, dass er schon bald zum Zuschauen würde verdammt sein. Wenn schon mal etwas Bemerkenswertes passierte, hier, in Hulthave.

Als der Krankenwagen eintraf, war die Erleichterung aller Anwesenden mit Händen greifbar. Die Verantwortung konnte endlich abgegeben werden, das Schicksal der Frau lag nicht mehr in den Händen der Hulthavener.

»Und nun?« Markus Sorge trat neben ihn. »Unser Job ist erledigt. Wie macht ihr jetzt weiter … mit ihr?«

Erik legte die Stirn in Falten. »Kann ich nicht so genau sagen. Die Kollegen von der Kripo werden übernehmen, schätze ich. Aber wie es dann weitergeht – keine Ahnung.« Das entsprach der Wahrheit. Einen vergleichbaren Fall hatte es in Hulthave noch nicht gegeben.

Er beobachtete, nachdem Sorge zurück zu seinen Leuten gegangen war, wie die Sanitäter sich zur Abfahrt bereit machten, sah, wie zwei seiner Kollegen von der Polizei Hulthave eintrafen. Er winkte ihnen zu, dann kletterte er kurz entschlossen in den Krankenwagen und nickte in die Runde.

»Erik Harms. Polizei Hulthave. Kann ich mitfahren?«

Einer der Sanitäter zuckte gelangweilt mit den Schultern und wandte sich wieder der Nixe zu. Nixe. Die Frau, wenn sie überlebte, hatte ihren Namen weg. Zumindest in Hulthave würde sie nie wieder jemand anderes sein.

Als Erik Harms nach Hause kam, war er müde und hungrig. Seine Wohnung war kühl, kein Licht brannte, kein Tellergeklapper war zu hören. Nur ein zerwühltes Bett und die Scherben des Bilderrahmens im Schlafzimmer, die ihn empfingen.

Er duschte, bis seine Haut rot und heiß war, und rührte sich danach aus Suppenpulver und Wasser, das wohl nicht heiß genug gewesen war, eine klumpige Brühe zusammen. Als das Telefon klingelte, schrak er zusammen, obwohl er darauf gewartet hatte.

»Nele, mein Spatz!«

»Papa! Papa!« Seine Tochter redete drauflos, und er ertappte sich dabei, dass es ihm schwerfiel, ihr zu folgen. Er lauschte nicht auf das, was sie erzählte, sondern blieb mit seinen Gedanken an ihrer Stimme hängen, klein und voller Höhen, wie gemacht, um zu singen und zu lachen und Dinge mit viel Spucke in sein Ohr zu flüstern.

»Papa?«

»Ich hör dir zu, mein Liebling! Wie war deine Ballettaufführung?«

»Supertoll!«

Nele war fünf und liebte Ballett, völlig unberührt davon, dass sie keinerlei Talent dafür zu haben schien. Ihr fehlte die Koordination, zumindest fehlte sie ihr noch, aber Erik kümmerte das nicht. Wenn seine Tochter tanzte, dann war die Welt wunderbar, und er weinte hemmungslos.

»Mama mag mit dir reden«, quakte es jetzt aus dem Hörer. »Tschüss, Papa, tschüss!« Dann ein hörbar feuchter Kuss, und es war kurz still.

Erik merkte, wie sich seine Schultern verspannten. Wenn Maren mit ihm reden wollte, bedeutete das nie etwas Gutes. Die Trennung von ihr war Jahre her, fast vier mittlerweile, aber er konnte sie immer noch nicht ausstehen, ihre Stimme, ihre ungerechte Schönheit, die Tatsache, dass sie sich wie ein echtes Arschloch verhalten hatte, vom Tag ihrer Trennung an.

»Erik?«

Maren klang atemlos und sexy wie immer, und er hasste sie gleich noch ein bisschen mehr. Sie konnte es nicht lassen, jedem unter die Nase zu reiben, dass sie toll aussah und jünger als den Jahren nach. Maren war der Typ Mensch, der auf jedem Foto wirkte, als wäre er genau für dieses Bild auf die Welt gekommen, genau für dieses Licht, für diese Pose. Aber nicht für das echte Leben.

»Erik?«

»Ich bin dran.«

»Gut. Erik, hallo. Wie geht es dir?«

»Bestens, danke. Abgesehen davon: Warum sagst du mir nicht einfach, was los ist?«

»Wie kommst du darauf, dass etwas los ist?«

»Normalerweise spricht nur Nele mit mir, es sei denn, es ist was. Also: Was ist?«

Maren seufzte, und es klang, natürlich, theatralisch.

»Sebastian und ich ... und Nele eben, wir ziehen nach Zürich.«

Er spürte, wie sich das Blut in seinen Adern ausdehnte, wie seine Haut heiß wurde und sein Sichtfeld eng.

»Erik, wir wollen heiraten und dann nach Zürich gehen. Nächstes Jahr erst, aber Sebastian kriegt dort einen besseren Job, dieselbe Firma, nur ein anderer Standort. Und ich kann auch wieder arbeiten, die würden mich nehmen, am Empfang. Sicher, das ist für dich schwierig, aber jetzt wohnen wir doch auch schon recht weit auseinander, und es klappt prima ...«

Sie redete, schwafelte, nur damit er weiter schwieg. Er umklammerte das Telefon mit aller Kraft, hörte das Plastik knirschen. Nur langsam wurde sie leiser, unsicherer, und schließlich ehrlicher.

»Erik, klar, es ist beschissen. Bonn ist schon weit. Ich weiß das. Aber ich kann mir diese Chance nicht entgehen lassen, und Sebastian auch nicht.«

Er sagte immer noch nichts.

»Hör mal, das heißt doch nicht, dass du Nele nicht mehr siehst. Du kannst uns jederzeit besuchen. Und wenn Nele alt genug ist, kann sie in den Ferien alleine zu dir fliegen.«

»Das könnt ihr nicht tun.«

»Erik, darum geht es nicht. Nicht mehr. Wir haben uns entschieden, und wir machen das so.«

»Du kannst nicht ohne mein Einverständnis ihren Wohnort ändern. Dass ich Bonn zugelassen habe, war schon ein großes Entgegenkommen meinerseits. Damit wir uns nicht streiten, damit Nele nicht von dem Gezerre um sie verunsichert wird. Aber Zürich – das erlaube ich nicht.«

»Fang jetzt nicht so an!« Augenblicklich war das süße Verständnis aus ihrer Stimme verschwunden. Wie immer, wenn sie die Erfüllung ihrer Träume und Wünsche in Gefahr sah. Es hatte ihn stets fasziniert, wie schnell der Lack ab war, der schöne, der glänzende, und ihre grobe Seite zum Vorschein kam. »Du kannst nicht über mein Leben bestimmen.«

»Und du kannst nicht über Neles Leben bestimmen. Das tun wir immer noch gemeinsam. Du brauchst mein Einverständnis, um mit ihr umziehen zu können, und das bekommst du nicht, es sei denn, ihr zieht näher zu mir. Hast du mich verstanden?«

Er hörte sich selbst schreien, er war so wütend, auf Maren, auf sich, dass er sich so hatte hinreißen lassen. Sicher zog sich Nele gerade die Bettdecke über den Kopf, in ihrem schicken Kinderzimmer in Bonn, und weinte.

Er schaute auf das Telefon in seiner verschwitzten Hand, dann legte er auf. Er würde nicht mehr herumschreien. Er würde den richtigen Weg gehen, ruhig und ordentlich. Sachgerecht. Er würde seine Anwältin anrufen, und sie würde alle notwendigen Schritte einleiten, mit Anträgen und Formularen und Beglaubigungen. Und niemand würde Nele noch weiter von ihm fortbringen.

Der Film war dämlich, geradezu grenzwertig dämlich, aber er starrte trotzdem auf den Bildschirm, auf die Frau mit den unwahrscheinlich großen Augen und ihren bebrillten, leicht zerstreuten Liebhaber. Der versuchte ihr gerade zu erklären, dass die Reise nach Paris ihre letzte Chance sei, aber sie schien nicht verstehen zu wollen, oder sie war wirklich so dumm.

Er zerrte die Fernbedienung unter seinem Hintern hervor und stellte den Ton lauter, dann machte er sich das nächste Bier auf. Es schmeckte unwahrscheinlich traurig; warm und erbärmlich. Was ein Mann eben trinkt, der an einem Sonntagabend allein auf der Couch sitzt, während sein Kind in die Schweiz verfrachtet wird und seine große Liebe mit seinem ältesten Freund schläft, der gleichzeitig ihr Verlobter ist.

Nein, Selma war nicht seine große Liebe, das war gelogen. Oder zumindest übertrieben. Aber sie war immerhin die Frau, deren Bild sich in Sekundenschnelle in seinem Kopf materialisieren konnte, egal aus welcher Zeit. Eine achtzehnjährige Selma, die mit zerzausten, kükenblonden Haaren aus einem Zelt kriecht und nur einen viel zu großen Pullover trägt. Die Beine sind nackt, gebräunt und nackt, und sie weiß, dass sie schön ist und dass er sie begehrt, und dann wird ihm klar, dass es Patricks Zelt ist, aus dem sie herausklettert. Eine Selma mit kurzfristig erdbeerpink gefärbten Stachelhaaren, die über einer Kloschüssel hängt und kotzt und ihn dann doch noch küsst. Er kann die ganze Zeit nur daran denken, wie gut und scheiße zugleich sie schmeckt. Eine Selma, die an seinem Küchentisch sitzt und weint und ihn fragt, ob er sie in den Arm nimmt, und als er es tut, schreit sie ihn an. Eine Selma, die endlich ein erstes süßes Mal mit ihm schläft und danach panisch wird und sich an der Bettkante die Stirn blutig schlägt. Selma in allen Facetten, von einem Prisma zersplittert und ganz bunt. Selma in jedem Winkel seines Hirns. Er hatte ihr nie gesagt, dass er sie liebte, weil er es letztlich nicht wusste, aber jetzt war es ihm wieder eingefallen, wie ein alter Witz. Er musste sie anrufen.

Das Telefon fand er unter der Programmzeitschrift, die Nummer kannte er auswendig.

»Ja, hallo?«

Selma klang freundlich und unverbindlich, das bedeutete, dass Patrick in der Nähe war, aber das war ihm auf einmal egal.
»Liebling, bitte. Können wir uns sehen?«

»Äh, hallo Lene. Klar, übermorgen Nachmittag, das klappt.« Pause. Und dann gezischt: »Bist du wahnsinnig? Was soll das?«

»Es funktioniert so nicht mehr, okay? So geht das nicht mehr. Komm zu mir und wir reden über alles, und dann geht es irgendwie weiter, weil es doch weitergehen muss, oder nicht?«

»Wie viel hast du getrunken?«

»Komm einfach. Und nein, ich bin nicht betrunken, zumindest nicht sehr. Komm, und wir kriegen das alles hin, ich verspreche es dir. Hab ich je etwas versprochen und es nicht gehalten? Sag's mir, hab ich?«

Die Wahrheit war, dass er ihr schlicht und ergreifend noch nie etwas versprochen hatte. Und er fragte sich, ob das vielleicht das Problem war. Dass sie gewollt hätte, dass er ihr etwas versprach, das große Glück, ein Kind, ein Reihenhaus, auch wenn sie immer so tat, als brauchte sie nichts davon – und erst recht keine Versprechungen.

»Was willst du hinkriegen? Da ist nichts hinzukriegen. Wir

waren uns doch einig, dass es ist, was es ist. Nicht mehr. Bitte ...«
Er konnte förmlich hören, wie sie sich umsah, nach Patrick, danach, ertappt zu werden. »Mach das jetzt nicht kaputt.«

»Aber ich brauch dich hier, jetzt, verstehst du das nicht? Ich brauch sonst nie was, aber jetzt kann ich nicht mehr. Ich bitte dich doch nicht um viel, nur um eine Stunde. Eine Stunde! Oder eine halbe!«

Er hörte, dass er bettelte, dass es erbärmlich war, und dann sagte er es, trotz allem, trotz ihrer Leben, die zwischen ihnen standen wie eine Mauer.

»Ich liebe dich.«

Schon während er es aussprach, hörte es sich falsch an. Er schämte sich, aber zugleich war es auch wahr, zumindest in diesem Augenblick hätte es nicht wahrer sein können.

»Herrgott.« Er hörte ihren Atem, in die Hand gepresst. »Ich hab dafür keinen Nerv. Du kommst aus dem Nichts mit so was an und erwartest – ich weiß eigentlich gar nicht, was du erwartest. Was willst du?« Ihren Worten war anzuhören, dass sie die Geduld verlor, dass sie nicht mehr wollte, ihn nicht mehr und erst recht nicht dieses peinliche Gespräch.

Es war für einen Moment still. Dann sagte er: »Maren will mit Nele nach Zürich ziehen.«

»Verdammt. Das tut mir leid.« Sie klang ehrlich traurig, traurig für ihn, doch da war noch etwas in ihrer Stimme, etwas zwischen den Buchstaben, das unter ihrem Atem dahinfloss. Enttäuschung. Selma war enttäuscht, von ihm, von allem, davon, dass es ihm mal wieder nicht um sie ging, nicht richtig.

»Erik, hörst du? Es tut mir leid.«

Jetzt, endlich, liefen ihm die Tränen übers Gesicht, und weil es ohnehin schon egal war, ließ er sie laufen.

»Nicht weinen, bitte. Hör auf damit.«

Aber er konnte nicht aufhören, und weil er wusste, dass sie nicht kommen, sie nicht plötzlich vor seiner Tür stehen würde, warm und lebendig, legte er, zum zweiten Mal an diesem Abend, einfach auf.

Am Montag wollten die Kollegen alles von ihm wissen, aber es gab nichts zu erzählen. Ja, er hatte die Nixe gesehen, und nein, Näheres habe er bislang nicht zu hören bekommen. Die Nixe hatte, während er im Krankenhaus gewesen war, das Bewusstsein noch nicht wiedererlangt. Und ob die Spurenanalyse etwas ergeben hatte – wer wusste das schon. Ihn zu informieren stand sicher nicht sehr weit oben auf der Liste der Kollegen von der Kripo Wehrich. Er hoffte, dass seine einsilbigen Antworten die Kollegen vertreiben würden, und irgendwann schien er Erfolg zu haben.

In seinem Kopf schwirrten andere Gedanken, Gedanken an Nele, an Maren, an Selma und an alles, was in seinem Leben schiefließ. Er war so in sich versunken, dass er auf den Bildschirm starrte, ohne zu sehen, und er bemerkte seinen Kollegen Benedikt erst, als der direkt neben ihm stand.

»Ob du einen Kaffee willst, hab ich gefragt.« Benedikts dröhnende Stimme, die er seinem gewaltigen Resonanzkörper verdankte, hallte in Eriks Kopf nach. Gequält schaute er sich um, sah, wie Benedikt ihm eine dampfende Tasse hinhielt. Dann blickte er auf seinen Schreibtisch, wo der Kaffee vom Morgen, kalt und teerartig, vor sich hin gelierte, und gab sich einen Ruck.

»Na dann her damit«, sagte er, obwohl ihm klar war, dass er nun nicht mehr um ein Gespräch herumkam.

»Bitte, gerne, jederzeit.« Benedikt, ein süffisantes Lächeln im runden, bärtigen Gesicht, reichte ihm die Tasse und richtete sich dann zu seinen vollen eins neunzig Körpergröße auf.

»Beschissen siehst du aus, wenn ich das sagen darf.«

»Darfst du nicht.« Erik nippte am Kaffee und fluchte. Er hatte sich die Lippen verbrannt.

»Ist doch klar, dass der heiß ist, du Vollidiot.« Benedikt kannte keine Gnade. »Und wenn du beschissen ausschaust, dann sag ich dir das. Ist es wegen der Nixe?«

»Was?«

»Ob du wegen der Sache am Strand so fertig aussiehst. Hat dich das so mitgenommen?« Der spöttische Unterton war nicht zu überhören.

»Nee.« Erik versuchte sein Glück noch einmal mit dem Kaffee und schaffte immerhin zwei kleine Schlucke. »Nee, so schlimm war das nicht. Ich meine, schlimm schon, also die arme Frau und so. Aber nachdem wir sie ins Krankenhaus gebracht haben, konnte ich sowieso nicht mehr viel machen. Befragen konnte ich sie ja schlecht, sie war nicht bei Bewusstsein. Morgen fahre ich noch mal hin, gucken, ob sich ihr Zustand geändert hat. Sollen sich die Kollegen aus Wehrich nicht so anstellen. Und gerade schaue ich die Vermisstenmeldungen durch, einfach weil's mich interessiert, aber bislang noch nichts. Keine weibliche Person, die ansatzweise auf die Nixe passen würde.« Er ärgerte sich, dass er den reißerischen Beinamen auch schon verwendete. Wer war er, die *Bild*-Zeitung?

»Und international?« Benedikt lehnte sich gegen Eriks Schreibtisch, der bedenklich ächzte.

»Wäre mein nächster Schritt.« Vorsichtig versuchte Erik seinen Stuhl wieder Richtung Bildschirm auszurichten, um das Gespräch unauffällig zu beenden, aber Benedikt war, wie er selbst gerne sagte, nicht von gestern. Er verschränkte die Arme vor seinem gewaltigen Brustkorb.

»Also?«

»Also was?«

»Na, wenn es die Nixe nicht ist, die dir zu schaffen macht, was dann?«

Erik seufzte. Er wusste, dass er verloren hatte. Benedikt würde ihn nicht mehr aus seinen Klauen lassen. Er mochte aussehen wie ein freundlicher Bär, aber hatte er einmal Blut geleckt, ließ er nicht locker. Teilweise war das der Grund, warum er ihm manchmal furchtbar auf die Nerven ging. Teilweise war es aber auch der Grund dafür, dass Benedikt mittlerweile nicht mehr nur ein Kollege war, sondern so etwas wie ein Freund.

»Du kannst es nicht mal gut sein lassen, oder?«

»Nee.« Benedikt schien sehr zufrieden mit sich. »Kann ich nicht. Also, sag. Ich hab nicht ewig Zeit«, und dabei sah er ganz so aus, die Arme verschränkt, die Augen halb geschlossen, die linke Hinterbacke schwer auf Eriks Schreibtisch, als hätte er sehr wohl alle Zeit der Welt.

Erik gab auf, endgültig. »Es ist wegen Nele. Genauer gesagt wegen Maren. Sie will mit der Kleinen nach Zürich ziehen.«

Er erzählte Benedikt die komplette Geschichte, und auch nachdem Benedikt ihm mehrfach versichert hatte, dass Maren eine egoistische, rücksichtslose, unmögliche Person sei und dass er sich das nicht gefallen zu lassen bräuchte, fühlte er sich nicht besser.

Danach versenkten sie sich gemeinsam in den Fall der gestrandeten Frau, der zwar rein formell nicht ihrer war, aber immerhin Ablenkung bot. Es war wenig los, und abgesehen von einem gestohlenen Fahrrad und einer Anzeige wegen Beleidigung hielt sie nichts davon ab, sich der mysteriösen Nixe zu widmen. Sie durchforsteten die Datenbanken, sämtliche Vermisstenanzeigen, ohne Ergebnis. Ein Anruf in der Klinik erbrachte nichts Neues, die Patientin sei noch nicht aufgewacht, wurde ihnen mitgeteilt. Und nein, keine Angehörigen hätten sich gemeldet, kein besorgter Ehepartner, der die Krankenhäuser abtelefonierte.

»Denkst du, was ich denke?«, fragte Benedikt irgendwann und kreiselte mit seinem Schreibtischstuhl um die eigene Achse, den Kopf in den Nacken gelegt.

»Hoffentlich nicht.« Erik schnaubte und schob sich vom Schreibtisch weg. »Ich will gar nicht wissen, was in deinem kranken Hirn vorgeht, geschweige denn will ich das Gleiche denken.«

»Langweiler.« Benedikt ließ sich die Laune nicht verderben. »Ich denke«, er streckte einen nikotingelben Zeigefinger in die Luft, »dass wir, wenn es momentan etwas über die Frau gäbe, es gefunden hätten. Ergo gibt es momentan nichts im System, ergo werden wir unsere Neugierde heute also ohnehin nicht mehr befriedigen können.« Er ließ die Knöchel seiner im Nacken verschränkten Hände knacken. »Was mich zu meiner Schlussfolgerung bringt: Feierabend. Wenn es deine geschundene Seele zulässt, lade ich dich zum Essen ein. Auf Tiefkühlpizza bei mir, wenn's genehm ist.«

Erik zuckte mit den Schultern, aber er wusste, dass es dumm gewesen wäre abzulehnen. Ein Abend in Gesellschaft war das Beste, was ihm passieren konnte in Anbetracht der Leere in seinem Kühlschrank und in seinem Kopf.

30

Die Frau schlug die Augen auf. Nicht mit einem geschmeidigen Schwung. Nein, die Lider waren verklebt und krustig, und sie musste heftig blinzeln, um sie zu öffnen. Und dann schaute sie nicht einmal verklärt und zart, wie es von ihr zu erwarten gewesen wäre, von einer Frau, die auf so romantischem Wege nach Hulthave gelangt war – und romantisch war es ja, liebevoll an Land gerollt von kalten Wellen. Stattdessen starrte sie. Sie starrte, fixierte aber nichts, nur die Luft über Kiras Kopf. Sie hob die Hand, wohl um sich die Augen zu reiben, denn das Licht schien sie zu blenden, aber der Infusionsschlauch verhedderte sich und riss sie aus der Bewegung. Sie gurgelte einen kurzen Schmerzenslaut, kratzig und tief. Sie sah erbärmlich aus.

Kira trat näher an das Bett, versuchte den Blick der Frau zu fangen, der nun über Wände und Decke irrte. Schließlich gelang es ihr. Sie lächelte, so beruhigend sie nur konnte, und sprach ganz sanft. »Hallo. Mein Name ist Kira. Können Sie mich verstehen?«

Die Frau brauchte offenbar einige Augenblicke, um die Worte zu verarbeiten. Dann nickte sie leicht. Ihre durchscheinenden Lider flatterten nervös. Kira drückte vorsichtig ihre Hand, die rechte, die ohne Nadel und Schlauch, und sie fühlte sich kalt an, wie Alabaster. »Ganz ruhig. Alles ist in Ordnung.

Alles ist gut. Sie sind in der Klinik in Wehrich. Können Sie mir sagen, wie Sie heißen?« Ein verständnisloser Blick war die Antwort. »Ihr Name. Können Sie mir sagen, wie Ihr Name lautet?« Die Frau wurde noch ein wenig blasser. Jetzt war sie so bleich, wie man nur sein konnte, wenn man noch einen Tropfen Blut in sich hatte. Sie wirkte nahezu durchsichtig, und blaue Adern zogen sich in zarten Netzmustern über ihre Arme.

»Nein.« Es war das erste Wort, das sie sprach. Ein verwundertes, vorsichtiges Nein, das kratzig und borstig über ihre Lippen kroch. Fast schien sie beim Klang ihrer Stimme selbst zu erschrecken.

»Entschuldigung?« Kira drückte die Hand der Patientin unwillkürlich fester.

»Ich kann nicht … Ich …« Noch mehr Gekratze. Die Stimmbänder der Patientin mussten völlig ruiniert sein.

»Sie wollen lieber nicht sagen, wie Sie heißen?«

Die Frau bewegte den Kopf langsam von einer Seite zur anderen. Ihr dunkles Haar malte wirre Muster auf das weiße Kissen. »Nein. Ich … ich glaube, ich weiß es nicht«, sagte sie, ungläubig. »Ich weiß es einfach nicht. Da ist nichts.«

Kira atmete scharf ein. »Sie erinnern sich nicht an Ihren Namen?« Die Frage rutschte ihr heraus, und sie bereute sie sofort. Sie hatte sich erschrocken, aber es war schlicht unprofessionell, das auch zu zeigen. Sie sah, wie die Panik in der Frau aufstieg. Die Brust hob und senkte sich jetzt unregelmäßiger, ruckartiger.

»Ruhig. Ganz ruhig. Wir bekommen das hin. Alles wird sich fügen. Hören Sie mich?« Aber die Patientin hörte sie nicht mehr.

Dr. Salik und seine Kollegin Dr. von Eyb führten erste Untersuchungen durch, beugten sich murmelnd über ihre Unterlagen und stellten viele, sehr viele Fragen, die die bleiche Patientin in immer tiefere Verwirrung stürzten. Die beiden Ärzte blieben ruhig und freundlich, ließen sich nichts anmerken, dabei war ihnen klar und Kira, und ganz sicher auch der Frau im Krankenbett, dass hier etwas nicht stimmte. Schließlich komplimentierten sie sich selbst zur Tür hinaus, so wie es Ärzte gerne tun, wenn sie keine Nachfragen wünschen, weil sie keine Antworten haben: »Machen Sie sich keine Gedanken. Kira wird sich um Sie kümmern. Nicht wahr, Kira?« Und Kira nickte und folgte ihnen.

Als sie auf den Flur traten, bog ein groß gewachsener, dünner Mann um die Ecke. Er trug Uniform, wäre aber auch ohne sie sofort als Polizist zu erkennen gewesen. Der Blick. Die Haltung. Die Frisur. Es war eindeutig.

Dr. Salik, der mit seinen schwarzen Locken und dem Schnauzbart immer eine beeindruckende Erscheinung abgab, wandte sich dem Fremden zu wie einem beliebigen Besucher, der auf der Suche nach einem Onkel oder der Großmutter von Station zu Station irrte. »Kann ich Ihnen helfen?«

»Erik Harms, Polizei Hulthave«, stellte der Mann sich vor. Umständlich nestelte er seinen Ausweis hervor, nur um ihn gleich wieder einzustecken. »Ich bin wegen dieser Frau hier. Die vom Strand.«

Dr. von Eyb, schmal und mit vielen kleinen Fältchen im braun gebrannten Gesicht, verdrehte genervt die Augen. Sie hasste unpräzise Aussagen. »Die Frau vom Strand, wie Sie sie nennen, ist aufgewacht.« Sie schob ihre Brille hoch ins tadellos gefärbte dunkelblonde Haar.

»Sie ist wach?« Der Polizist schien erfreut, aber etwas überrumpelt. »Wie geht es ihr?«

Von Eyb wechselte einen Blick mit Kira. »Körperlich geht es

ihr gut, soweit wir das derzeit sagen können. Es werden weitere Tests vonnöten sein.«

»Tests? Was für Tests?«

Der Polizist verstand offensichtlich nicht, um was es ging, und von Eyb seufzte. »Sie erinnert sich derzeit an nichts.«

»Sie weiß nicht, was passiert ist? Wie sie an den Strand gelangt ist?«

»Ich glaube, Sie verstehen mich falsch. Ich meine, sie erinnert sich an gar nichts. Nicht an das, was ihr zugestoßen ist. Nicht an die Zeit davor. Nicht an ihr früheres Leben. Und auch nicht an ihren Namen.«

»Sie hat ihr Gedächtnis verloren? Das ganze Gedächtnis?«

»Wenn man es so ausdrücken möchte, dann ja. Sie hat, zumindest vorläufig, sozusagen keinen Zugriff auf ihr Gedächtnis. Und bevor Sie fragen: Ich kann Ihnen derzeit unmöglich sagen, wie lange dieser Zustand anhalten wird.«

»Kann ich mit ihr sprechen?«

»Warum sollten Sie das? Die Frau erinnert sich an nichts. Sie wird Ihnen keine Fragen beantworten können.« Von Eyb nahm ungeduldig ihre Brille ab und rieb sie am Kittelsaum sauber. »Und Sie werden sie nur aufregen.«

»Ich möchte es zumindest versuchen, das ist schließlich meine Pflicht.« Die Stimme des Polizisten klang ungehalten.

»Aber das ist – ach, was soll's.« Dr. von Eyb winkte resigniert ab. »Was streite ich mich hier mit Ihnen herum. Kommen Sie morgen wieder. Aber nicht so früh.« Der Polizist nickte.

In Wahrheit hatte Erik Harms die deutliche Ahnung, dass es ganz und gar nicht seine Pflicht war, mit der Nixe zu sprechen; das war die Aufgabe seiner Kollegen aus Wehrich, die mit solchen Fällen sicher mehr Erfahrung hatten. Andererseits schadete es aber auch nicht, wenn er der Frau ein paar Fragen stellte. Vielleicht hatte sie ihn, unbewusst, im Krankenwagen wahrgenommen, vielleicht vertraute sie ihm. Ja, so konnte er sein Vorgehen vor sich selbst rechtfertigen. Solange er niemandem auf die Füße trat, konnte er noch ein bisschen an der Sache dranbleiben. Er war, das musste er sich eingestehen, schlicht neugierig auf die Nixe. Wie sie war, was sie sagte. Und wie es war, mit jemandem zu sprechen, der sich an nichts erinnerte. Oder, korrigierte er sich, der vorgab, sich an nichts zu erinnern. Schließlich wusste man nie.

Als es an der Tür klingelte, stand Erik vor dem Toaster und wartete darauf, dass eine einsame Scheibe Brot heraussprang.

»Hey.« Selma sah ihn an, mit diesem Blick, der ihm immer gleich einen Kloß im Hals machte und einen Knoten in den Magen.

»Hey.« Er trat zurück und ließ sie herein. Ihm fiel auf, dass er nur T-Shirt und Unterhose trug, bloß um sich gleich darüber zu wundern, dass ihm das unangenehm war. Vor ihr, vor Selma, die ihn schließlich sonst nackt sah, ihn unzählige Male nackt gesehen hatte. Er fragte sich, ob sie sich vielleicht schon viel fremder geworden waren, als er gedacht hatte, und allein der Gedanke machte ihn traurig.

»Wie geht es dir?« Selma schaute ihn prüfend an.

Er konnte ihren Ton nicht deuten. Ein bisschen klang er nach Grundschullehrerin, die einen Schützling nach seinem aufgeschlagenen Knie befragte – besorgt, bemüht, aber nicht sonderlich involviert.

»Es geht. Ich meine, es geht ganz gut. Ich komme zurecht.«

Im Hintergrund ploppte der Toaster.

»Hmm.« Selma versuchte ein Lächeln. »Das ist gut, oder?«

»Ja.«

»Hmm.«

Sie wusste nicht, was sie sagen sollte. So weit waren sie schon gekommen. Er verfluchte sich und das verdammte Telefonat.

»Wollen wir uns nicht setzen?«

Wer war er, ein Bankberater? Ein Küchenverkäufer?

Unbeholfen wies er in Richtung Wohnzimmer, und sie tat ihm immerhin den Gefallen, sich ohne weitere Umstände auf der Couch niederzulassen.

»Erik«, begann sie und knetete ihre Knöchel. Hätte sie lange Haare gehabt, hätte sie bestimmt mit einer Strähne herumgespielt, aber Selma hatte ihr Selma-Haar. Das ihn immer am Kinn kitzelte, wenn sie sich an seine Brust schmiegte, mit verschwitztem Nacken und schnellem Atem. Und wenn sie dann ihre Arme um ihn schlang, ihre schlanken und starken Arme, dann fühlte es sich an, als ob …

»Hörst du mir zu?« Selma klang ungeduldig.

»Was?«

»Erik, du bist überhaupt nicht richtig da. Reiß dich zusammen, ja? Ich hab mir wirklich viele Gedanken gemacht, und ich will das jetzt loswerden.«

Das klang nicht gut. Aber es war offensichtlich, dass Selma sich nicht bremsen lassen wollte.

»Es tut mir leid. Red weiter.«

»Also, ich denke, du hattest recht, neulich am Telefon. Es geht so nicht. Es kann so nicht weitergehen. Das konnte es ja eigentlich noch nie, aber jetzt – jetzt stelle ich mich der Tatsache, dass es so nicht funktioniert, verstehst du?« Sie atmete durch. »Ich habe mich von Patrick getrennt.«

Für einen Moment fühlte sich alles in ihm taub an, dann begann es wie verrückt zu kribbeln.

»Du hast was?«

»Mich von Patrick getrennt. Und außerdem möchte ich, dass wir, du und ich, uns nicht mehr sehen. Das muss ein Ende haben, beides.«

»Was?«

So schnell wie sie da gewesen war, die Hoffnung auf ein stinknormales, wahnsinnig glückliches Leben mit Selma, so schnell war sie verflogen.

»Selma, das kann nicht dein Ernst sein. Seit Jahren bitte ich dich, Patrick zu verlassen. Und jetzt ...«

»Das stimmt so nicht. Du hast mich nie darum gebeten, mich von Patrick zu trennen. Zumindest nie, wenn du nüchtern warst.«

»Aber du wusstest, dass ich mit dir zusammen sein will. Du wusstest, dass ich dich will. Und der einzige Grund, warum das nicht ging, war Patrick. Und jetzt trennst du dich von Patrick und von mir? Bist du verrückt geworden?«

Selma stand auf. »Ich bin nicht verrückt geworden.«

Tatsächlich wirkte sie sehr gefasst und aufgeräumt.

»Mir ist nur klar geworden, dass ihr, wenn ich mich schon nie zwischen euch entscheiden konnte, vielleicht beide nicht richtig für mich seid.«

Da war es. Das Ende, so dahingesagt. Er fühlte sich plötzlich unglaublich erschöpft. Er kämpfte sich auf die Beine und ging in den Flur.

»Erik?« Selma kam aus dem Wohnzimmer hinter ihm her. »Möchtest du nicht – ich meine, kannst du nicht irgendwas dazu sagen? Du kannst doch nicht nichts sagen, immerhin geht es um uns, oder nicht?«

Er zuckte mit den Schultern und öffnete die Tür.

»Erik?«

»Geh einfach.«

»Erik, bitte.«

Er öffnete die Tür ein Stück weiter.

»Also gut.« Sie schob den Riemen ihrer Handtasche über ihre Schulter und drückte sich an ihm vorbei. Für einen Moment, einen winzigen nur, wandte sie sich ihm zu, schien zu glauben, dass er sie zum Abschied küssen wollte, aber er tat nichts dergleichen. Er sah ihr noch nicht einmal nach.

Er drückte die Tür ins Schloss und war so müde wie noch nie in seinem Leben.

Am nächsten Morgen sah er sich selbst im Rasierspiegel in die Augen und beschloss, dass er nicht mehr an Selma denken würde. Zumindest für eine Weile, oder, um mit kleinen Schritten zu beginnen, für einen Tag. Er würde sich ganz auf die Arbeit konzentrieren, und Selma würde er ausschließen aus seinen Gedanken, tut mir leid, kein Zutritt, bitte, geh weiter.

Es gelang ihm immerhin bis zur Mittagspause. Er saß über ein Wurstbrötchen gebeugt an seinem Schreibtisch, als Benedikt vorbeikam und beim Blick auf Erik innehielt. »Ach Gott«, sagte er und zerfurchte seine wulstige Stirn. »Du siehst ja noch grauenhafter aus als gestern.« Er zog sich einen Stuhl heran.

»Na danke.« Erik kaute verbissen an seinem Brötchen herum, entschlossen, nichts zu sagen, was er nicht sagen musste.

»So schlimm? Mit Nele, meine ich. Es ist doch noch nichts entschieden, oder?«

»Nein, noch nicht.«

»Na, dann zieh nicht so ein Gesicht. Du kriegst das hin! Du suchst dir einen guten Anwalt, und dann machst du Maren und diesen aufgeblasenen Vollidioten fertig. Aber du kannst doch nicht schon vorher herumlaufen, als wäre alles verloren.

So wird das doch nie was, mein Alter. Oder willst du etwa jetzt schon aufgeben?«

»Nein, will ich nicht«, sagte Erik und legte den Rest seines Brötchens zurück auf den Teller. Es schmeckte wie Pappe, und Hunger hatte er ohnehin keinen.

»Und warum hockst du dann hier wie ein Häufchen Elend? Wo ist dein Kampfgeist?«

»Selma hat mit mir Schluss gemacht. Gestern.« Nun war es doch raus.

Ein Drucker fiepte in die Stille hinein, die sich zwischen ihnen auftat.

»Mensch.« Benedikt griff sich den letzten Bissen des Wurstbrötchens, mit besorgtem Gesichtsausdruck. »Bei dir kommt es ja gerade knüppeldick. Tut mir echt leid, Mann.«

Erik zuckte nur mit den Schultern.

»Hat sie gesagt, wieso?«

»Hat sie, aber es ergibt keinen Sinn. Zumindest für mich nicht. Sie hat nämlich auch mit Patrick Schluss gemacht. Wir wären beide nichts für sie.« Er hob abwehrend die Hände, als Benedikt schnaufend zu einem »Ja, aber ...« ansetzte.

»Frag nicht mich. Frag sie. Ich habe keine Ahnung, warum sie mich jahrelang mit der Begründung hinhält, dass sie Patrick unmöglich verlassen kann, um dann uns beide auf einen Schlag abzuservieren.«

»Was für eine Scheiße.«

»Du sagst es.«

Sie starrten beide stumm vor sich hin, und es fühlte sich sogar ein wenig tröstlich an.

Als Erik schließlich zur Befragung der Nixe aufbrach, schloss sich Benedikt stillschweigend an. Erik war sich nicht sicher, ob er nur ein Auge auf ihn haben wollte, ihn, den Sitzengelassenen, den am Boden Zerstörten, oder ob es Neugierde war, die ihn trieb. Vermutlich war es eine Mischung aus beidem, aber unabhängig davon, war Erik wider Erwarten froh über die Gesellschaft.

Die Schwester am Empfang schickte sie zum Zimmer der Nixe, wo sie allerdings vor der Tür auf Dr. Salik warten sollten.

»Und nicht ohne ihn reingehen, verstanden?«

»Versprochen«, brummte Benedikt und stapfte hinter Erik zum Aufzug.

Dr. Salik ließ sich Zeit, und so standen sie eine Weile vor dem Zimmer mit der vanillegelben Tür und beobachteten das leise und gehetzt arbeitende Pflegepersonal, das den Patienten Bettschüsseln und Laken brachte, Wasser und Tee verteilte und zwischendurch eine verwirrte alte Dame einfing, die darauf beharrte, dass sie dringend nach Hause müsse.

Als Dr. Salik endlich auftauchte, wirkte er übermüdet und gestresst. Die Augen unter seinen dunklen Locken waren rot und verquollen, und auf seinen Wangen zeigte sich ein deutlicher Bartschatten.

»Die Herren von der Polizei?«, fragte er, obwohl das offensichtlich war, und beide nickten pflichtschuldig.

»Ich weiß ja nicht, warum Sie mit unserer Patientin sprechen wollen. Sie wird Ihnen weder zu ihrem Hintergrund etwas sagen noch zu den Ereignissen, die dazu geführt haben, dass sie am Strand gefunden wurde. Entweder weil sie es nicht kann oder weil sie nicht will.«

»Sie können nicht einschätzen, ob sie lügt oder sich tatsächlich nicht erinnert?« Benedikt blickte skeptisch drein.

Dr. Salik strich über seinen Schnauzbart. »Ich bin kein Experte, was das betrifft. Natürlich werden wir Kollegen hinzuziehen, die auf diesem Gebiet mehr Erfahrung haben, aber wir können die Frau schlecht foltern, um die Wahrheit herauszufinden, oder ihr den Schädel öffnen, um zu prüfen, ob da wirklich was nicht stimmt. Wir schauen von außen drauf. Da gibt es keine einhundertprozentige Sicherheit.«

»Und was könnte der Grund für den Gedächtnisverlust gewesen sein, wenn es denn tatsächlich einer ist?« Benedikt schien nicht gewillt lockerzulassen.

Der Arzt seufzte und warf, nicht gerade dezent, einen Blick auf die Uhr an der Wand. »Wir wissen derzeit nicht, was der Auslöser war. Die Frau ist, soweit wir das bislang absehen können, körperlich unversehrt und noch verhältnismäßig jung, geschätzt Anfang bis Mitte dreißig. Keine Anzeichen für eine organische Ursache wie etwa ein Schädel-Hirn-Trauma oder eine Infektion. Drogenmissbrauch kann in solchen Fällen eine Rolle spielen, aber auch darauf deutet nichts hin. Es bleibt die Frage, ob ein seelisches Trauma vorliegt. Übrigens ist keineswegs gesagt, dass die Situation auf unbestimmte Zeit so bleiben muss. Ihr Gedächtnis kann vollständig oder in Teilen zurückkehren, heute oder übermorgen oder erst in drei Monaten.«

Benedikt holte Luft, als wollte er noch eine Frage stellen, doch mit einer eleganten Handbewegung schnitt ihm Dr. Salik das Wort ab. »Sie müssen mich entschuldigen. Ich wollte eigentlich bei dem Gespräch dabei sein, aber ich fürchte, dafür reicht meine Zeit nicht.« Er winkte der hübschen schwarzhaarigen Schwester zu, die gerade aus dem Bereitschaftszimmer auf den Flur trat. »Kira? Bitte begleiten Sie die beiden Herren von der Polizei zu unserer Patientin vom Strand. Sie wissen schon, nicht länger als fünf Minuten. Ich verlasse mich auf Sie.«

Die Schwester nickte, wenn auch, wie Erik Harms an dem Zug um ihren Mund erkannte, etwas widerwillig. Sie hatte sicher Besseres zu tun, als für zwei lästige Polizisten den Babysitter zu spielen. Sie sah kurz auf die zierliche Uhr, die an einer Kette um ihren Hals hing, und winkte sie dann mit einer Bewegung, die keinen Widerspruch duldete, in das Zimmer hinter der gelben Tür.

Erik Harms sah sich um. Der Raum litt unter der gleichen Krankheit wie jeder seiner Art: unter dem ehrenwerten, wenn auch zu routinemäßigem Scheitern verurteilten Bestreben sämtlicher Krankenhausverwaltungen, eine gemütliche Atmosphäre zu schaffen, in der sich jeder Patient wohlfühlte und wenigstens für eine Weile vergaß, dass er eine zerfressene Lunge, ein dreifach gebrochenes Schienbein oder ein schwaches Herz hatte. Blassgrüne Vorhänge, gelbe Wände, impressionistische Drucke mit viel fröhlichem Orange, dazu fast schon verzweifelt optimistische Zitate, ordentlich gerahmt. Und dennoch quoll aus allen Ritzen der Tod, kroch aus dem Stoff der Vorhänge und den Poren der Betonwände der Geruch nach Urin und Blut und Fäulnis. Ein solches Zimmer war nicht nur ein Ort des Krankseins und Sterbens, es war etwas viel Schlimmeres. Es war ein Ort, der nicht zeigen wollte, was er war. Eine Falle. Der Raum versprach ein normales, unbeschwertes Leben, und doch wartete in ihm, letztendlich, der Tod.

Es schauderte Erik Harms. Er versuchte, das Zimmer und seine wenig subtile Botschaft zu ignorieren, um sich auf die junge Frau im Bett zu konzentrieren. Sie war die einzige Patientin in dem Raum. Blass lag sie da, wenngleich etwas weniger blass als am Strand, die Haare waren entwirrt und natürlich nicht mehr nass. Mit dem dunklen Zopf, einem Krankenhaushemd und ohne Sand sah sie ganz normal aus, kein bisschen nixenartig, und auch der Ton, den sie jetzt anschlug, war nicht sirenenhaft, sondern von dieser Welt.

»Guten Tag«, sagte sie. »Wer sind Sie?«
Erik Harms war überrascht, wie selbstbewusst sie klang.
»Äh, guten Tag. Mein Name ist Erik Harms, und das ist Benedikt Zöllner. Wir sind von der Polizei Hulthave.«
Ihr Gesichtsausdruck blieb unergründlich. »Hulthave?«
»Dort wurden Sie gefunden.«
»Aha.«
Die Nixe thronte kühl in ihrem Bett, inmitten von Schläuchen, als wäre sie die Königin von Saba, der es die Reverenz zu erweisen galt. Sie verhielt sich nicht wie eine Frau Niemand, die ohne Namen und nennenswertem Besitz vom Wasser an Land gespuckt worden war. Mit durchdringendem Blick sah sie ihn an, sah, wie er nicht weiterwusste. Sie kam ihm nicht entgegen, ließ ihn zappeln, und es war Benedikt, der ihn rettete, wenn auch nicht besonders elegant.

»Frau – äh, also Entschuldigung …« Erik wusste, dass sein Kollege innerlich die deutsche Sprache verfluchte, die keine namenlose Anrede kannte, mit Ausnahme des unsäglichen Fräuleins. »Wir sind hier, um Ihnen ein paar Fragen zu stellen.«
Die Nixe hob eine Augenbraue, die linke.
»Wir wissen natürlich, dass Sie sich an nichts erinnern, aber …«
Was hatten sie gedacht, was das Gespräch ergeben würde? Dass die Nixe plötzlich wieder alles parat hatte, nur aufgrund ihrer überaus präzisen Fragen? Dass sie ihnen eine Geschichte über die Mafia erzählte, von einer stürmischen Nacht, in der sie über Bord einer Luxusyacht ging, oder die eines ganz normalen Streits zwischen ihr und ihrem Ehemann, der eskaliert und in Alkohol ertrunken war, nur um mit einem vollumfänglichen Blackout und am Strand von Hulthave zu enden? Nein. Vermutlich nicht.

Benedikt fuhr fort, es war ihm anzuhören, dass er das Gefühl hatte, sich rechtfertigen zu müssen. »Wir sehen es dennoch als unsere Pflicht an, mit Ihnen zu sprechen. Ihre Seite der Geschichte zu hören.«

»Meine Seite der Geschichte?« Die Nixe klang jetzt etwas weniger forsch. »Ich weiß nicht, was ich dazu beitragen kann, doch wenn Sie meinen ...«

»Was ist das Letzte, an das Sie sich erinnern?« Erik Harms war ein wenig stolz auf die Formulierung, die kein Ausweichen zuließ.

»Das Letzte? Wie ich hier im Krankenhaus aufgewacht bin. Gestern.«

»Und davor?«

»Nichts.«

»Nicht einmal Bruchstücke?«

»Wenn ich es doch sage.«

Sie probierten noch einige Varianten ihrer Frage, doch die Nixe blieb, wenig überraschend, bei ihrer Aussage, dass sie sich nicht entsinne. Nicht einmal ansatzweise.

Schließlich reichte es der Krankenschwester, und sie scheuchte sie aus dem Zimmer. Draußen auf dem Flur atmete Benedikt Zöllner hörbar durch. »Extrem seltsame Frau, extrem seltsame Geschichte. Hast du ebenso den Eindruck, dass sie lügt? Oder will ich das nur glauben, weil sie mir so unsympathisch ist?«

Erik Harms hob die Schultern. »Was haben wir eigentlich erwartet? Ich glaube, sie ist völlig verunsichert, was schließlich nicht weiter verwunderlich wäre. Sie versucht nur, ihre Verwirrung zu überspielen, das lässt sie so abweisend wirken.«

Sie wandten sich zu den Aufzügen, beide gierig darauf, dem Krankenhausmief zu entkommen.

»Also, mir tut sie leid«, sagte Harms. »Was für ein Horror. Man wacht auf – und die komplette Festplatte ist gelöscht. Da wäre auch ich nicht gerade die angenehmste Gesellschaft.«

»Aber wärst du dann nicht eher am Boden zerstört? Ich hatte mit Tränen und Verzweiflung gerechnet, aber nicht mit dieser ... Attitüde.«

Am Ende des Flurs öffneten sich die Aufzugtüren, ein Mann und eine Frau stiegen aus.

»Mist«, entfuhr es Benedikt. »War ja klar.«

»Was?«

»Das da vorne sind Stracke und Bovius. Von der Kripo.«

Jetzt erkannte auch Erik Richard Bovius, einen altgedienten Kommissar der Wehricher Kripo. Mit der kräftigen, fast quadratischen Figur, den grauen Topfkratzerhaaren und seinem dunkelgrünen Wettermantel, den er grundsätzlich trug, war er unverwechselbar. Die Frau dagegen hatte er noch nie gesehen. Sie hatte dickes rotes Haar, das ihr bis über die Schultern fiel, und war sehr schmal. Sie sah aus wie eines dieser Models, die unglaublich erfolgreich waren, ohne dass man sie so richtig als hübsch bezeichnen konnte.

»Zöllner. Harms.«

Bovius war inzwischen nahe genug bei ihnen, um seine Hand zum Gruß auszustrecken, und nahe genug, um zu offenbaren, dass er Krümel in seinem Bart spazieren trug. Erik Harms tippte auf Ei, als er Bovius begrüßte.

»Das ist Elisa Stracke.« Bovius donnerte der zierlichen Rothaarigen seine Hand auf die Schulter; sie ertrug es, ohne auch nur zu zucken.

»Wir kennen uns«, erklärte Zöllner. Erneutes Händeschütteln, und schließlich: »Frau Stracke, das ist mein Kollege Erik Harms.«

Die Hand von Elisa Stracke fühlte sich kühl und leicht an. Harms musste unwillkürlich daran denken, dass sie eindeutig die bessere Nixe abgegeben hätte. Ihr langes rotes Haar schien wie dafür gemacht, sich im seichten Wasser in schwarzen Algen zu verfangen, die langen weißen Finger in einen modrigen Fetzen Fischernetz gekrallt.

Bovius unterbrach seine morbiden Gedanken. »Ich nehme an, Sie sind wegen unserer Meerjungfrau hier?«

»Na ja, da wir sie ja quasi gefunden haben und da mein Kollege der Erste vor Ort war, dachten wir …« Benedikt gab sich redliche Mühe, doch Bovius blieb, wie zu erwarten, unbeeindruckt.

»Wir begrüßen natürlich Ihr Engagement, aber wie Sie sicherlich wissen, haben wir den Fall übernommen. Also, besten Dank, aber wir schaffen das durchaus ohne Ihre Hilfe«, beschied er knapp und mit einem süffisanten Lächeln.

Benedikt legte seine Stirn gekonnt in tiefe Falten und setzte zu einer Replik an, doch Bovius winkte ab.

»Keine Sorge, Zöllner. Wir wissen, was wir tun.«

Daran zweifelte Erik Harms nicht.

Bovius richtete seinen massigen Körper neu aus, nickte zum Abschied und steuerte dann, mit Elisa Stracke an seiner Seite, zügig auf das Zimmer der Nixe zu.

Auf dem Weg zum Auto motzte Benedikt vor sich hin, bis Harms ihn unterbrach.

»Bovius hat recht. Und uns war klar, dass es so laufen würde. Oder hast du gedacht, wir kommen damit durch?«

»Trotzdem ist es scheiße, wie's läuft. Wenn es einmal interessant wird … Regt dich das gar nicht auf?«

»Ganz ehrlich, es gibt gerade genug andere Sachen, die

mich aufregen. Du erinnerst dich? Und abgesehen davon …«
Erik Harms wühlte die Autoschlüssel aus seiner Jackentasche.
»Ich habe das Gefühl, dass uns die Nixe noch mehr als genug beschäftigen wird.«

»Wie meinst du das?«

»Keine Ahnung. Nur so ein Gefühl. Ich glaube nicht, dass die Sache für uns schon gegessen ist. Und es hält uns ja auch niemand davon ab, das Geschehen aus der Ferne zu verfolgen, oder?«

Aus irgendeinem Grund war er sich sicher, dass die Geschichte längst nicht beendet war. Eine Nixe verschwand nicht einfach so. Sie mochte aus dem Nichts auftauchen, aber wenn sie da war, dann war sie da.

31

Drei Wochen später war die Nixe nicht nur zurück in Erik Harms' Leben, sondern bevölkerte auch die Kioskauslagen der ganzen Republik.

Benedikt, mit vom Wind gerötetem Gesicht und nassen Haaren, marschierte zur Tür herein und warf eine Ausgabe der regionalen Boulevardzeitung auf Eriks Schreibtisch.

»Hast du das gesehen?«

Auf der Titelseite war die Nixe abgebildet, mit dunkel gefleckter Haut, dort, wo Regentropfen sich ins Papier gesaugt hatten. Direkt daneben war das körnige Foto eines kleinen Mädchens abgedruckt. Erik Harms sah genauer hin, er kannte das Kind nicht.

Es war zart, mit braunen Haaren und einem zögerlichen Lächeln im Gesicht. Die Schlagzeile, die über beiden Bildern stand, war reißerisch und nichtssagend: »Das Mysterium von Hulthave«.

»Was bedeutet das?« Erik sah seinen Kollegen fragend an. »Hast du diesen Quatsch gelesen? Um was geht's da überhaupt, wer ist das Mädchen?«

»Dieser Quatsch«, erklärte Benedikt, »steht noch auf den Titelseiten von mindestens zwei anderen Zeitungen. Und das Mädchen ist Friederike Baumgart. Sie ist mit sechs Jahren vom Hulthavener Zeltplatz verschwunden. 1987 war das. Erinnerst du dich an den Fall? Du musst damals so um die fünf, sechs Jahre alt gewesen sein.«

Benedikt stammte, im Gegensatz zu Erik, nicht aus Hulthave. Erst vor einigen Jahren hatte es ihn in die Provinz verschlagen.

»Ich erinnere mich dunkel. Das ganze Dorf, eigentlich die ganze Region war in Aufruhr. Ich glaube, die Kleine war damals mit einer Jugendgruppe hier. Dann wurde sie entführt oder lief weg, jedenfalls suchten alle wie verrückt nach ihr. Man hat sie nie gefunden, oder vielleicht doch? Ich bin mir nicht sicher.«

»Man hat sie nicht gefunden. Steht alles hier drin.« Benedikt klopfte auf die Zeitung. »Keine Spur von der Kleinen, seit fünfundzwanzig Jahren.«

»Okay. Aber was hat das mit der Nixe zu tun? Und warum ist die überhaupt in der Zeitung? Wusstest du, dass die mit dem Fall an die Presse gehen wollten?«

»Nee, gewusst hab ich es nicht, aber gedacht habe ich es mir. War ja der logische nächste Schritt. Als wir zuletzt nachgehakt haben, waren sie keinen Meter weitergekommen, wie auch, wenn die Nixe sich immer noch nicht erinnern kann und sie keiner vermisst. Da hätten sie den Fall ebenso uns überlassen können. Also haben sie sich an die Öffentlichkeit gewandt, im Artikel steht was von einer Pressekonferenz, die Bovius gegeben hat.«

Erik Harms sah immer noch nicht klarer. »Und wie hängt das mit diesem Mädchen zusammen, mit dieser Friederike?«

»Unsere lieben Qualitätsjournalisten haben sich diese Verbindung wohl selbst zusammengebastelt. Haben in ihren Archiven gegraben, nach etwas, das den Braten ein bisschen fetter macht. Unter dem Stichwort ›Hulthave‹ stößt man automatisch auf den Fall Friederike Baumgart. Ein kleines Mädchen verschwindet, wird nie gefunden. Und fünfundzwanzig

Jahre später taucht an demselben Ort eine Frau auf, die keinen Schimmer hat, wer sie ist. Die in etwa so alt sein dürfte wie Friederike Baumgart heute. Na, klingelt's?«

Erik starrte seinen Kollegen an. »Die glauben doch nicht im Ernst, dass die zwei Fälle miteinander in Verbindung stehen? Dass die Nixe und Friederike ein und dieselbe Person sind?«

»Ob sie's nun wirklich glauben oder nicht, das sei dahingestellt. Aber sie machen damit Auflage, dass sie es ihre Leser glauben lassen. Überleg mal – eine hübsche junge Frau ohne Gedächtnis. Eine echte Schlagzeile! Eine hübsche junge Frau ohne Gedächtnis, der man unterstellen kann, sie sei vielleicht vor fünfundzwanzig Jahren entführt worden und jetzt plötzlich wiederaufgetaucht – das ist mehr als eine Schlagzeile, das ist ein Knüller. Da kann man endlos dran herumstricken, immer wieder neue Theorien entwickeln, was damals wohl passiert ist. Das füllt ganze Seiten, über Wochen. Ich wette mit dir, alle Zeitungen, die den Baumgart-Fall bislang nicht auf dem Schirm hatten, werden in den nächsten Tagen nachziehen.«

»Das ist ja völlig hirnverbrannt.« Erik Harms zog die Zeitung näher zu sich heran und las die Zeilen unter den beiden Bildern. »Könnte darauf hindeuten, lässt vermuten, wirft Fragen auf ... die labern doch nur rum!«

Benedikt zuckte mit den Schultern. »Und? Wen interessiert's? Ist ja nicht deren Problem, wenn Leute den Unsinn für bare Münze nehmen. Sie behaupten ja nicht, dass es so ist. Sie sagen nur, dass es so sein könnte. Und das ist nichts Neues, oder?«

»Dennoch ist das ziemlich dreist. Den Fall dieses Mädchens ans Licht zu zerren, um so mehr Auflage zu machen. Die Eltern von Friederike Baumgart leben vermutlich noch – wie werden die sich fühlen, wenn sie das lesen?«

Benedikt gab Erik recht, blieb aber standhaft bei seiner Position, dass das Verhalten der Presse wenig überraschend sei. Viel wichtiger sei aber, erklärte er, der Effekt der Berichterstattung. Vielleicht würde sich jemand melden, der die Nixe kannte. Vielleicht würde mithilfe von Friederike Baumgart als Aufmacher der entscheidende Tippgeber erst auf die Sache aufmerksam werden.

Erik Harms fand, dass das eine gewagte These war. Doch immerhin in einer Sache war er sich mit Benedikt einig: Je schneller die Nixe ihren Namen und ihre Geschichte zurückbekam, desto besser.

32

Der Tee brannte bitter und heiß in ihrer Kehle. Der süßliche Geruch der schmelzenden Butter auf dem Tisch trat auf einmal überdeutlich hervor, so wie das Knistern des fast lautlos eingestellten Radios. Sie hörte das Ticken der Uhr, das Trappeln von kleinen Schritten im Treppenhaus. Sie roch den gärenden Apfel im Obstkorb und den Essig der vertrockneten Fliegenfalle auf dem Fensterbrett. Sie roch ihre eigene Kleidung, ihre Haut, sie hörte ihre Organe arbeiten und ihre Haare knistern.

Alles war da, in diesem Moment, und alles war weg.

Dort stand es, in der Zeitung, die Ulf achtlos hatte liegen lassen, die schreiende Schlagzeile in Großbuchstaben, ein dicker Fettfleck genau daneben.

IST DIE KLEINE FRIEDERIKE ZURÜCKGEKEHRT?

Das stand dort. Es stand dort tatsächlich, es war keine Einbildung.

IST DIE KLEINE FRIEDERIKE ZURÜCKGEKEHRT?

Wieder und wieder las sie es, bis die Buchstaben vor ihren Augen zu verschwimmen begannen.

IST DIE KLEINE FRIEDERIKE ZURÜCKGEKEHRT?

Und darunter, kleiner: *Der mysteriöse Fall der Unbekannten mit Gedächtnisverlust: Gibt es eine Verbindung zum Schicksal von Friederike Baumgart?*

Im Jahr 1987 verschwindet die kleine Friederike aus einem

Ferienlager in der Ortschaft Hulthave. Über ihren Verbleib ist bis heute nichts bekannt. Fünfundzwanzig Jahre später retten tapfere Helfer in Hulthave eine junge Frau aus den Wellen. Sie erinnert sich an nichts, weiß nicht einmal ihren Namen. Niemand hat sie je gesehen. Sie ist so alt, wie Friederike es heute wäre. Ihr Haar: dunkel, wie das von Friederike. Ist das alles nur ein grausamer Zufall? Welches Geheimnis birgt das kleine Städtchen am Meer?

Mit tauben Händen drehte sie die Zeitung. Da, auf der unteren Hälfte, war ein Bild. Eine Frau, dunkle lange Haare, graue Augen. Das Gesicht kindlich, ein wenig rundlich, aber der Ausdruck durchaus erwachsen.

Ihr Herz zog sich zusammen, dass es schmerzte. Das Atmen tat weh, das Denken tat weh, das Existieren.

Der Anblick allein war qualvoll. Auch wenn es nicht Friederike war, nicht Friederike sein konnte, denn so etwas gab es nicht, nicht nach all den Jahren. Der Anblick allein. Dass sie so hätte aussehen können, wenn sie nur hätte erwachsen werden dürfen. Der Gedanke, wie sie wäre, welcher Mensch sie geworden wäre, vielleicht so wie auf dem Bild, vielleicht ganz anders.

Und wenn sie es doch war? Wenn es ein Wunder war, wie es manchmal Wunder gab, selten genug, um sie niemals zu erwarten, niemals auf sie zu hoffen?

Ihre Gedanken rotierten um zahlreiche Achsen. Was wenn, was tun, was denken, was nicht, und immer wieder: warum. Warum jetzt, warum sie? Und wann war es endlich vorbei? Es war viel, so viel, und sie musste ihren Kopf mit beiden Händen umfassen, um ihn zu spüren, um zu spüren, dass er eine fest umgrenzte Einheit war und keine zerfließende Masse.

Irgendwie schaffte sie es in ihr Bett, hielt sich krampfhaft am Laken fest und versuchte, Ruhe in ihren Körper zu atmen. Jetzt war es passiert. Es war zurück. Alles war wieder da, saugte sich sacht und unnachgiebig an dem bisschen Leben fest, das sie sich aufgebaut hatte, hier, in Berlin, weit ab von allem. Friederike hatte sie wiedergefunden.

»Mama?« Ihr Sohn riss sie in die Gegenwart zurück. »Mama, wir müssen los. Stehst du auf?« Er klang ängstlich, aber es lag noch etwas anderes in seiner Stimme. Widerwille. Abscheu. Die unausgesprochene Frage, wann sie sich endlich zusammenreißen würde, verdammt noch mal. Sie konnte es ihm nicht verübeln. Er hatte recht. Ihr wunderbarer, einzigartiger, starker Sohn hasste sie. Nicht immer, aber manchmal bohrte er sich aus seinem Bauch an die Oberfläche, dieser traurige, verwunderte Hass, mit dem er nicht umgehen konnte, und dann tat es ihm gleich wieder leid. Sie verstand ihn so gut.

»Karina will dir gerne Tschüss sagen.«

»Natürlich, mein Schatz.« Ihre Stimme klang fremd in ihrem Kopf.

Sie musste aufstehen. Und sie schaffte es. Sie stand auf, drückte Küsse auf verkniffene Kindergesichter und fuhr durch noch vom Föhnen warmes Mädchenhaar. Sie schloss die Tür hinter den beiden, und weil sie das geschafft hatte, sagte sie sich, dass sie noch mehr schaffen konnte, und räumte das Frühstücksgeschirr weg. Ein Schritt nach dem anderen. Sie funktionierte, aber in ihrem Kopf nahm der Sturm nicht ab, und sie fragte sich, wie lange sie sein Rauschen und Dröhnen würde ertragen können.

33

Seit dem großen Coup der Boulevardpresse waren zehn Tage vergangen, ohne dass die Nixe auch nur einen Schritt ihrer wahren Identität nähergekommen war. Sie war noch immer die Frau ohne Gedächtnis, die mysteriöse Unbekannte, wahlweise die schöne Unbekannte, und es zeichnete sich bislang nicht die geringste Änderung an diesem Zustand ab. Keine der Zeitungen hatte ansatzweise etwas zur Klärung beigetragen, stattdessen taten sie ihr Möglichstes, die Hysterie und die allgemeine Verwirrung weiter anzuheizen.

Und natürlich waren die Journalisten angereist. Nicht in Massen wie bei einer Prominentenhochzeit oder einer Naturkatastrophe, aber sie waren nach Hulthave gekommen, hatten bohrende Fragen gestellt, nach Friederike und der Nixe. Aufstrebende, pickelige Möchtegern-Journalisten, von Provinzblättern und Regionalsendern ausgesandt, die endlich einmal eine Story mit Reichweite am Haken hatten, aber ebenso ein paar gestandene, blond gesträhnte Reporterinnen von größeren Privatsendern. Im Ort hatte es Aufruhr gegeben, genüsslichen Aufruhr größtenteils, endlich passierte mal was außerhalb der Saison, endlich gab es etwas, worüber man reden konnte.

Doch all das Gerede und Geraune änderte nichts daran, dass die Nixe die Nixe blieb, ohne Namen, ohne Familie. Und auch die Kollegen von der Kriminalpolizei, das hatte man Erik

Harms auf Nachfrage mitgeteilt, hatten weiterhin keine plausible Erklärung.

Er legte den Hörer auf und wandte sich zu Benedikt Zöllner um. »Nichts haben die. Nichts.«

»Wundert mich nicht.« Benedikt wühlte in einer offenkundig leeren Chipstüte herum, dann drehte er sie um, um sich die letzten Krümel zu sichern. »Kein bisschen.«

»Schmollst du noch, weil sie uns in unsere Grenzen verwiesen haben?«

»Ich schmolle nicht. Ich bin empört.« Benedikt starrte betrübt auf das klägliche Häufchen Brösel auf seiner Hand.

Erik Harms sah auf die Uhr. »Dann sei empört. Ich muss übrigens demnächst los. Willst du mit?«

»Zu dem mysteriösen Termin mit dieser Ärztin? Nee, mach du mal. Weißt du inzwischen, was sie von dir will?«

»Keine Ahnung.«

Dr. von Eyb hatte, recht überraschend, um ein Gespräch mit Erik Harms gebeten. Sie hatte nicht im Geringsten angedeutet, um was es dabei gehen sollte, doch er hatte kein gutes Gefühl bei der Sache. Die Ärztin war am Telefon sehr viel freundlicher gewesen als bei ihrem Treffen in der Klinik, und plötzliche Freundlichkeit, diese Erfahrung hatte Erik Harms schon oft gemacht, war immer ein Grund zur Vorsicht.

Als das Krankenhaus vor ihm auftauchte, wurde ihm bewusst, wie vertraut es ihm inzwischen war. Dunkelbraune Fensterrahmen, grauer Waschbeton und dann die modernen, würfelförmigen Anbauten in grellem Weiß, mit Akzenten in Apfelgrün und Hellblau. Die einzelnen Teile des ausufernden Gebäudes waren so ausnehmend hässlich, dass er sich jedes Mal fragte, wie hier überhaupt jemand gesund werden konnte.

Auf dem Weg zur Station H versuchte er, den Blick gesenkt zu halten. Es war nicht so, dass er Blut oder Verletzungen nicht sehen konnte; er legte einfach keinen gesteigerten Wert darauf. Im Aufzug nickte ihm eine alte Frau freundlich zu. Er nickte zurück, wobei er sich angestrengt bemühte, nicht auf den dicken, gelblich verfärbten Verband an ihrem Arm zu schauen und auf die geschwollenen Finger, die daraus hervorlugten.

Als er die Station erreichte, war er vier Minuten zu früh. Dr. von Eyb wartete dennoch schon auf ihn, sie lotste ihn eilig in ihr Büro. Das muffige und vollgestopfte Kabuff wollte nicht so recht zu ihr passen.

»Kaffee?« Die Ärztin schwenkte eine Thermoskanne und deutete auf ein Regalbord, auf dem saubere Tassen standen. Er lehnte höflich ab und sah zu, wie sie sich ihre Tasse randvoll goss, nur um dann beim ersten Schluck angewidert das Gesicht zu verziehen.

Sie wirkte müde unter ihrer Golfplatzbräune, die dunkel umrandeten Augen machten sie zusätzlich blass.

»Harte Nacht?«, fragte er und war sich im selben Moment nicht sicher, ob diese Bemerkung unhöflich war.

Sie zuckte nur mit den Schultern. »Die meisten Nächte hier sind hart. Aber es stimmt, diese hatte es in sich. Nach unserem Gespräch fahre ich nach Hause und schlafe mich aus.« Ihr Handy zirpte, was Dr. von Eyb jedoch ignorierte. Stattdessen beugte sie sich nach vorne und faltete die Hände.

»Herr Harms, wie Sie sich denken können, geht es um unsere Patientin ohne Namen. Wobei sie sich selbst einen neuen Namen ausgesucht hat, für den Übergang, damit wir sie irgendwie ansprechen können. Sie nennt sich nun Regina Schwarz, warum, weiß ich nicht genau, der Name scheint ihr einfach zu gefallen. In jedem Fall ist Frau Schwarz nun seit längerer Zeit bei uns. Körperlich fehlt ihr nichts, wir können ihr nicht helfen. Diverse Kollegen, alles Koryphäen, haben sich mit Frau Schwarz beschäftigt, ohne Erfolg. In die Psychiatrie werden wir sie kaum stecken, schließlich ist sie vollkommen klar und bestens in der Lage, sich selbst zu versorgen. Sie stellt weder eine Gefahr für sich noch für andere dar. Ob sie lügt oder die Wahrheit sagt, wenn sie behauptet, dass sie sich nicht erinnert«, die Ärztin hob die knochigen, gebräunten Hände, »wer weiß das schon. Wir jedenfalls nicht. Wir haben keine Möglichkeit, ein definitives Urteil zu fällen.«

Sie zog die Augenbrauen hoch. »Wenn Sie mich fragen, dann glaube ich, dass sie simuliert. Ich nehme ihr nicht ab, dass sie nichts mehr weiß. Ich vermute, dass sie Schlimmes durchgemacht hat, das ja, vielleicht hat sie allen Grund dazu, ihr altes Leben hinter sich zu lassen. Aber Gedächtnisverlust? Nein. In dieser Ausprägung kommt so etwas ungemein selten vor.«

Sie sah ihn an, und Harms fragte sich, ob sie erwartete, dass er Stellung bezog, aber sie redete bereits weiter.

»Wie gesagt, wir hier können nichts weiter für sie tun, zumal sie, der Situation geschuldet, nicht krankenversichert ist.« Sie räusperte sich unbehaglich. »Kurz: Unter normalen Umständen hätten wir Frau Schwarz längst nach Hause geschickt. Nur dass sie kein Zuhause hat. Wir gehen selbstverständlich den offiziellen Weg über die Sozialbehörden. Versuchen, ihr einen Platz in einer betreuten Wohngemeinschaft zu organisieren oder eine kleine, vom Amt bezahlte Wohnung. Aber das kann dauern, so einen Fall haben die auch nicht alle Tage. Ich meine, einen Fall, bei dem gar nicht klar ist, ob die betreffende Person überhaupt Ansprüche hat. Und welche Behörde für sie zuständig ist. Frau Schwarz spricht zwar Deutsch, aber ist sie deutsche Staatsbürgerin? Dürfte sie hier arbeiten, wenn sie denn wüsste, was ihr

Beruf ist, sofern sie einen hat? Wir können nicht abwarten, bis das alles geklärt ist. Frau Schwarz lebt hier quasi auf unsere Kosten, so hart das klingen mag. Und das kann sich die Klinik nicht leisten.«

»Gibt es für solche Fälle nicht irgendwelche Gelder?« Erik Harms mochte nicht so recht glauben, dass keine Regelung, kein Paragraf für eine derartige Situation existierte – es gab für alles einen Paragrafen.

»Solche Fälle sind äußerst selten. So selten, dass keiner recht weiß, was das korrekte Vorgehen wäre, und die Ämter schieben sich gegenseitig den Ball zu, niemand will zuständig sein. Der Status von Frau Schwarz ist völlig ungeklärt.« Sie sah nun einigermaßen ratlos drein. »Natürlich könnte man sie in einer Auffangstation, in einem Wohnheim für Obdachlose unterbringen, aber das sind ja wohl eher Lösungen, die man Frau Schwarz ersparen möchte.« Dr. von Eyb hob die Schultern. »Sehen Sie? Es bleibt nicht viel Spielraum. Wir wollen sie nicht auf die Straße setzen, aber wir können sie auch nicht ewig hierbehalten. Und da dachte ich …«

Er legte den Kopf schräg und sah sie unschuldig an. »Da dachten Sie …?«

Die Ärztin holte tief Luft. »Ich dachte, da sie ja in Hulthave aufgefunden wurde, dass Sie … also nicht Sie als Polizei, sondern Sie als Hulthavener Bürger, nun ja, vielleicht Flagge zeigen wollen. Nicht Sie allein, nicht dass Sie mich missverstehen, sondern die Gemeinschaft.«

»Weil wir sie gefunden haben, sollen wir sie jetzt zurücknehmen?«

»So meinte ich das nicht. Nicht wörtlich. Aber im Grunde …«

»Im Grunde wollen Sie sie loswerden und hoffen, dass wir in Hulthave gutmütig genug sind, sie aufzunehmen.«

»So in etwa.« Dr. von Eyb seufzte, als wäre ihr eine Last von den Schultern gefallen.

Nach einem kurzen, unbehaglichen Schweigen erklärte er ihr, dass er das auf die Schnelle nicht entscheiden könne, schon gar nicht allein, aber er werde sehen, was er tun könne. Damit begnügte sich die Ärztin, etwas anderes blieb ihr auch kaum übrig.

Sie begleitete ihn den Flur entlang, auf dem ein Pfleger geduldig auf einen alten Mann einredete, der sich an einem Wasserspender festklammerte.

Sie verabschiedeten sich vor den Aufzügen. Im Gehen wandte sich Dr. von Eyb noch einmal um. »Glauben Sie das, was in der Zeitung steht?«

»Sie meinen grundsätzlich?«

»Ich meine das Mädchen, das in den Achtzigern verschwunden ist. Verrückte Geschichte, oder?«

»Vollkommen verrückt.«

»Ich wollte damit auch nicht zum Ausdruck bringen, dass sie es ist«, beeilte sie sich zu sagen. »Es ist nur so ein Zufall, dass ausgerechnet in Hulthave …« Sie hatte den Faden verloren und sah Harms mit schmalen Augen an. »Ach, vergessen Sie's. Wir hören voneinander, ja?«

Er nickte und war froh, als die Türen des Aufzugs sich vor ihm öffneten.

»Sie will was?« Benedikt verschränkte die Arme vor seinem ausladenden Bauch.

»Sie will, dass die Nixe zurück nach Hulthave kommt und wir sie – ja, was denn nun? Aufnehmen, beherbergen, irgendwie so was. Sie sagt, es sei auf jeden Fall zeitlich beschränkt. Aber was heißt das schon? Zwei Jahre sind auch ein beschränkter Zeitraum. Wer weiß, wie lange das dauert, bis die geklärt haben, was mit ihr geschehen soll und wer dafür überhaupt zuständig ist.«

»Ist ja ein Ding. Und nun?«

»Keine Ahnung. Recht hat sie ja, zumindest in einer Sache: Irgendwo muss Regina Schwarz, wie sie sich jetzt nennt, unterkommen. Man kann sie schlecht auf die Straße setzen, ohne Geld, ohne alles.«

»Ach, und dann ausgerechnet hier? Ausgerechnet wir?«

»Na ja, das ist genau das, was jeder sagen könnte.«

»Schon klar. Und was hast du jetzt vor?«

»Mich erst mal umhören. Wie die Stimmung so ist. Beim Bürgermeister und so, vielleicht bei den Vereinen. Man könnte ein Fest machen, wo man spenden kann, mit Tombola.«

»Und du denkst, da gibt jemand was?«

»Warum nicht? Sie ist ohne Zweifel bedürftig. Sie hat absolut nichts.«

»Klar, das will ich auch gar nicht bestreiten. Ich denke nur, dass sie so gar nicht … bedürftig wirkt. Eher so, als wäre sie wer. Und es gibt einige, die ihr nicht glauben. Dass sie sich an nichts erinnert, meine ich. Die vermuten, sie sei eine Hochstaplerin.«

»Na ja, die müssen dann ja nicht kommen. Oder sie kommen und spenden nichts.«

Benedikt schwieg und ließ den Rest Kaffee in seiner Tasse kreiseln wie teuren Whisky. Dann fragte er: »Glaubst du ihr?«

Erik Harms hob die Schultern, zum gefühlt tausendsten Mal seit dem Auftauchen der Nixe. Es war, als wäre dies sein Dauerzustand: Ahnungslosigkeit.

»Keine Ahnung. Wenn sie lügt, lügt sie ziemlich gut. Doch selbst wenn sie nicht die Wahrheit sagt, wenn sie weiß, wie sie heißt, wo sie her ist und wie sie an den Strand gelangt ist – bedeutet das dann automatisch, dass sie ein schlechter Mensch ist? Eine Betrügerin ist sie in diesem Fall, das ja, aber vielleicht hatte sie allen Grund, aus ihrem alten Leben zu verschwinden. Womöglich ist sie vor einem gewalttätigen Mann geflohen, vor einem Schicksal als Drogenmuli, was weiß ich.«

Nun war es an Benedikt, mit den Schultern zu zucken. »Ich bin mir auch nicht sicher, was ich denken soll. Aber vermutlich hast du recht: Unabhängig davon, was wir glauben, können wir sie nicht auf die Straße setzen. Also, lass krachen, du Samariter. Ich setz mich an meinen Aktenstapel.«

34

Zwei Tage später parkte Erik Harms seinen Wagen auf dem Krankenhausparkplatz, dort, wo er ihn immer abstellte. Er war etwas nervös. Er war es gewohnt, aufgeregte Touristen zu beruhigen, denen man am Strand das Portemonnaie geklaut hatte, und er konnte mit Menschen umgehen, die unter Schock standen, die nach einem Unfall hysterisch wurden oder in einen tranceartigen Zustand abglitten. Aber noch nie hatte er einem Menschen, der nichts hatte, noch nicht einmal eine Identität, dabei geholfen, sich in der Welt neu zurechtzufinden.

Überraschend schnell hatten sich in der Gemeinde gute Seelen gefunden, die Regina Schwarz bei ihrem Start in ein möglichst normales Leben unterstützen wollten. Erik Harms war sich nicht sicher, ob sie das aus reiner Nächstenliebe taten. Vielleicht wollten sie sich auch nur einen guten Platz für das fortdauernde Drama rund um die hübsche Unbekannte sichern. Aber immerhin gab es nun einen Ort, an dem die Nixe wohnen, ein wenig Geld, von dem sie leben konnte, bis sie, irgendwann, auf eigenen Füßen stand. Oder bis ihre Erinnerung wiederkehrte und sie in ihr ursprüngliches Leben zurückkehren konnte.

Sie saß auf dem Bett, eine kleine Reisetasche aus Kunstleder auf dem Schoß, bereit zum Aufbruch. Er musterte sie. Dieses wilde, der Natur entsprungene Wesen war jetzt eine ganz normale Frau. Eine zwar, nach der man sich im Supermarkt oder im Bus umdrehte, weil sie irgendwie besonders war, aber kein Fremdkörper, keine Andersartige, die für großen Auflauf und Getuschel sorgte.

Ihre Haare hatte sie gescheitelt und straff hinter die Ohren geklemmt, seriös, fast schon geschäftsmäßig. Zum schwarzen Rock trug sie einen dunkelroten voluminösen Strickpullover mit weitem Rollkragen sowie vernünftige Stiefel. Die Kleider waren Spenden von Krankenhausmitarbeiterinnen, schließlich konnte die Nixe nicht Tag für Tag in ihrem schwarzen Kleid herumspazieren. Sogar eine Uhr hatte sie am Handgelenk, zierlich und aus mattem Silber. Sie nestelte daran herum, versuchte, die Zeit zu verstellen.

Sie stellte sich ihm vor, in aller Förmlichkeit. Regina Elisabeth Schwarz, sogar mit zweitem Vornamen. Sie stellte sich vor, obwohl sie sich doch bereits begegnet waren. Nicht die Bekanntschaft war neu, der Name war neu, das Leben, die Identität. Er hörte, wie ihr der Name von der Zunge ging, fast ein wenig zu glatt, als hätte sie ihn nächtelang geübt, und vielleicht hatte sie das auch getan. Regina, Regina, Regina Schwarz, heimlich gemurmelt unter der Bettdecke, um Zunge und Lippen daran zu gewöhnen, damit sie im entscheidenden Augenblick nicht bockten und stolperten.

»Regina. Ein hübscher Name«, bemerkte er und kam sich komisch vor. So etwas sagte man doch normalerweise zu Eltern, die stolz ihren speckfaltigen Nachwuchs präsentierten, nicht zu Menschen, die sich gerade eine neue Identität zugelegt hatten. Außerdem fand er Regina ein wenig unpassend. Die Königin. Nicht dass er sich diese Frau nicht als Königin vorstellen konnte, mit ihrem dunklen Haar und ihrer blassen Haut.

Aber dennoch – sie war gerade erst aus dem Wasser gekommen, bleich und nass und fast tot, mit nicht mehr Leben in sich als ein Bündel Seegras. Und jetzt war sie die Königin. Er verstand, was sie sich dabei gedacht hatte, aber insgeheim hätte er sich etwas Bescheideneres gewünscht. Eva vielleicht, oder Mila. Regina also.

Regina hatte offenkundig das Gefühl, sich erklären zu müssen: »Die Schwestern haben mir bei dem Namen geholfen. Ich fand Marie auch schön. Aber vielleicht bin ich dafür etwas zu …«

Er sah sie fragend an. »Etwas zu …?«

»Zu alt. Ich weiß nicht. Wenn ich eine Tochter hätte, würde ich sie so nennen. Vielleicht habe ich ja eine Tochter, die Marie heißt. Oder einen Sohn, Marius.« Sie dachte nach. »Vielleicht habe ich drei Kinder, oder vier. Vier schlecht erzogene Mädchen, die immer auf den Betten hüpfen, obwohl sie es nicht dürfen. Oder drei brave Jungs, die …« Sie unterbrach sich, klappte abrupt den Mund zu. Es war, als bereute sie ihre Worte. Als hätte sie bereits zu viel gesagt, zu viel von sich preisgegeben, dabei war es doch nicht wirklich über sie. Es war fiktiv, ein Leben vom Reißbrett ihrer Gedanken, nicht ihres, nicht wirklich.

Im Auto, unterwegs nach Hulthave, sagte keiner von ihnen ein Wort. Erik Harms schwitzte, die Heizung war voll aufgedreht, aber er traute sich nicht, sie abzustellen. Regina Schwarz war immer noch so blass, die Lippen mit einem Blaustich, bestimmt fror sie. Oder, dachte er, sie schwitzt und traut sich nicht, etwas zu sagen. Heiß genug war es ja.

Auf der Suche nach etwas, das die Stille übertönte, drehte er das Radio an. Einer dieser ewig gleichen, ewig gesichtsloscn Sender. Irgendeine junge Sängerin mit mäßiger Stimme sang von einer Party, von einem Typen, den sie nicht vergessen konnte. Absoluter Schwachsinn.

In den Refrain hinein sagte Regina Schwarz: »Ich glaube, ich sollte mich bedanken.« Er wartete, während sie noch nach den richtigen Worten suchte. »Es ist sehr freundlich von Ihnen. Von Ihnen allen, dass Sie mich aufnehmen.« Sie starrte aus dem Seitenfenster, sah ihn nicht an. »Es gibt ja sonst keinen Ort, wo ich hingehen könnte«, fügte sie hinzu, überflüssigerweise, als wüsste er nicht genauso gut wie sie, dass sie eine Heimatlose war.

Er schaute zu ihr hinüber: »Noch nichts?« Genauso gut hätte er sagen können: »Immer noch nichts?« Es klang wie ein Vorwurf, doch sie schien es ihm nicht übel zu nehmen.

»Erinnerungen, meinen Sie? Nein. Keine Erinnerungen. Nicht die kleinste. Nicht mal Bruchstücke. Die Ärzte wissen ... sie wissen nicht weiter. Das sagen sie so nicht, aber man merkt es. Sie haben versucht, was man versuchen kann, so habe ich das verstanden. Ich soll es mit Hypnose probieren, und das werde ich auch.«

Er fragte sich, ob es nur Einbildung war oder ob er tatsächlich einen Einschlag in ihrer Stimme hörte, einen Dialekt, einen Akzent. Irgendwie besonders klang ihre Aussprache, und ihre Satzmelodie war anders, als es sein Ohr gewohnt war. Vielleicht machte es Sinn, einen Sprachforscher hinzuzuziehen, falls es nicht schon geschehen war. Er hatte noch nie mit einem gearbeitet, aber sicher gab es Experten, die auf regionale Färbungen spezialisiert waren.

»Ich werde alles ausprobieren, was man mir vorschlägt«, fuhr Regina fort, als hätte sie seine Gedanken erraten. »Gleichzeitig kann ich nicht glauben, dass das alles sein soll. Ich meine«, sie senkte den Kopf, starrte auf ihre Fingernägel, »wie kann das alles sein? Das ist doch ... unglaublich, oder? Die schlimmsten Krankheiten können geheilt werden, aber keiner schafft es in meinen Kopf.«

Sie seufzte, und er seufzte mit ihr. Er kannte den Stand der Ermittlungen. Niemand hatte etwas gesehen, es gab keine Zeugen, keinen Tatort. Es lagen noch nicht einmal Hinweise vor, dass es sich überhaupt um ein Verbrechen handelte. Aber unabhängig davon blieb die Frage, warum niemand sie vermisste. Oder, korrigierte er sich im Stillen, warum niemand sie genug vermisste, um sich zu melden. Gab es vielleicht jemanden, der froh war, dass sie verschwunden war, vom Erdboden verschluckt und weit entfernt wieder ausgespuckt?

»Ich glaube, alle machen wirklich viel. Das glaube ich wirklich. Sie tun, was sie können. Sie bemühen sich. Die Schwestern waren so nett. Und die Ärzte. Aber jetzt ... jetzt ist offiziell niemand mehr für mich zuständig.« Die letzten Worte sprach sie distanziert, als wollte sie sie nur mit der Pinzette anfassen, die Finger in Schutzhandschuhen. »Keiner ist für mich zuständig. Können Sie sich das vorstellen? Ich bin so etwas wie ein falsch geparktes und dann vergessenes Auto. Der zurückgebliebene Koffer im Zug. Das Loch im Zaun zwischen zwei Behörden. Jeder hofft, dass das Problem von allein verschwindet. Dass ich verschwinde.« Sie zerrte an den Strickärmeln ihres Pullovers, bohrte Finger in die Maschen.

Schließlich sagte sie: »Entschuldigen Sie. Ich klinge verbittert und peinlich.«

Er beeilte sich, mit dem Kopf zu schütteln. »Jeder kann das verstehen, Regina. Es ist nicht die einfachste Situation, in der Sie sich befinden.«

»Trotzdem, ich sollte nicht undankbar sein.« Sie sah ihn

von der Seite an. »Ich möchte nicht undankbar sein. Also … danke.«

»Das sagten Sie bereits.« Er versuchte ein Lächeln, damit alles weniger förmlich wurde. Sie lächelte nicht zurück.

Er parkte den Wagen vor der Pension. Das Schild mit der Aufschrift »Zur Möwe« leuchtete in den trüben Spätherbstnachmittag hinein. Nie hatte er verstanden, warum jemand seine Pension, sein Restaurant oder überhaupt irgendetwas nach einer Möwe benennen wollte. Möwen waren plumpe, verschlagene Viecher, nichts als Federn und Fett, aber scheinbar hatten es sich die Küstenbewohner geschlossen in den Kopf gesetzt, die Tiere als eine Art Regionalheiligtum zu betrachten. Sie zu ehren, mit Postkarten, Teetassen, Leuchtschildern eben.

Heidrun, die Besitzerin der Pension, kam ihnen entgegen. Willkommen, willkommen, mit unsicherem Lächeln und vielen kleinen Gesten, die geradewegs aus einem Lehrbuch für Hoteliers stammen mussten, Kapitel eins, Absatz eins, Grundlagen.

Heidrun Schiffmann führte die Pension schon seit über zwanzig Jahren, sieben davon, seit dem Tod ihres Mannes, sogar allein. Sie wusste, wie man Gäste empfing, aber Regina, die Nixe, machte wohl auch sie nervös. Sie griff nach der kleinen Reisetasche, aber die trug natürlich er die Treppe hinauf, in das kleine Studio, das modern und dabei unglaublich hässlich war.

Heidrun entschuldigte sich und verschwand, und auch er dachte, dass es Zeit war zu gehen. »Ich sollte Sie besser alleine lassen …«

»Nicht nötig.« Sie fiel ihm fast ins Wort, so sehr beeilte sie sich. »Ich meine, bleiben Sie ruhig noch hier. Ich …« Sie blickte sich um. »Ich könnte uns Tee machen. Früchtetee?«

Auf der Anrichte der kleinen Küchenzeile stand ein Wasserkocher, daneben ein Körbchen mit Teebeuteln und löslichem Kaffee in Portionspackungen.

Er freute sich, fühlte sich aber zugleich auch ein wenig benutzt. Sie wollte gar nicht, dass er bei ihr blieb. Sie wollte, dass irgendjemand bei ihr blieb, weil sie niemanden auf der Welt hatte. Keinen einzigen Menschen, zumindest keinen, von dem sie wusste. Nur deswegen wollte sie ihm Tee kochen, mit ihm sprechen. Mit ihm selbst hatte es nichts zu tun. Er wusste, dass es albern war, so zu denken. Und dass hier ein Mensch war, der einen anderen brauchte, der einfach nett zu ihm war. Ihm half, wieder einen Einstieg zu finden in das, was man gemeinhin Leben nannte. Also blieb er.

Sie hatte ihm das Du angeboten, und er hatte es akzeptiert. Jetzt hockte sie auf der Couch mit ihrer Teetasse, die Beine untergeschlagen, die Ärmelbündchen des Pullovers über die Hände gezogen, als Schutz gegen die Hitze des Porzellans. Er saß neben ihr, auf unangenehme Weise zu nah. Das Sofa war so weich, dass man automatisch zueinanderrutschte. Erik Harms lehnte sich weit zurück, um etwas Abstand zwischen sich und Regina zu bringen. Er schwitzte unter seinem Pullover. Auf einmal spürte er, wie sein Handy in der Tasche vibrierte; er ignorierte es.

»Wie lange wohnst du schon hier in Hulthave?«

»Äh, schon immer.« Er bremste sich gerade noch rechtzeitig, bevor er sie fragen konnte, wo sie denn aufgewachsen war.

Worüber redete man denn mit einer Person, die sich an nichts erinnerte? Man konnte nicht nach ihrer Heimat fragen, nicht nach ihrer Familie. Vielleicht nach ihrem Lieblingsfilm? Welche Bands sie mochte? Nein, auch das war ein zu heikles Thema, und er zermarterte sein Hirn noch auf der Suche nach einem unverfänglichen Ersatz, als sie zum Glück zu erzählen begann. Davon, wie es war, ihr Gesicht auf den Titelseiten von Zeitungen zu sehen. Angestarrt zu werden, weil jeder wusste, wer sie war, ohne dass jemand tatsächlich wusste, wer sie war, sie selbst eingeschlossen.

Er mochte, wie sie sprach, nicht ohne Witz, trotz der Tragik. Sie versuchte nicht mehr ganz so rigoros, ihre Verletzlichkeit zu verstecken.

»Ich kann mir vorstellen, dass es nicht leicht für dich ist«, sagte er. »So im Mittelpunkt zu stehen, noch dazu in solch einer Situation. Die Hulthavener werden zunächst auch sehr neugierig sein, davon gehe ich aus. Aber irgendwann werden sie sich an dich gewöhnt haben, und dann guckt sich keiner mehr nach dir um.«

Falls du nicht schon vorher verschwunden bist, fügte er stumm hinzu. Weil du dich erinnerst. Oder weil dich jemand erkennt und nach Hause holt. Oder weil eine Hand aus den Wolken schießt, die, die dich an den Strand gelegt hat, dich packt und wieder woanders abwirft, damit du dort die Menschen und ihren Alltag aufmischen kannst.

Und dann sprachen sie über all die Dinge, über die sie sprechen konnten, ohne dass es peinlich wurde, über die hässliche Einrichtung des Pensionszimmers, die Regina fast schon wieder komisch fand, über das Wetter und das Leben am Meer. Sie verabredeten sich zu einem Strandspaziergang, denn, so dachte Erik, jemand musste ihr ja Gesellschaft leisten und sich ein wenig kümmern, Regina war schließlich ganz allein.

Als er sich verabschiedet hatte und vor der Unterkunft in sein Auto stieg, fragte er sich, was er von Regina Schwarz zu halten hatte. Er mochte sie, ja, sie war ihm sympathisch. Dennoch war da dieses Fragezeichen, das immerzu, wie eine kleine schwarze Wolke, über ihrem Kopf schwebte. Die Frau konnte eine pathologische Lügnerin sein, eine Hochstaplerin, eine, die sich Geld und Sympathien erschlich, doch er traute seiner eigenen Intuition nicht genug, um sich ein Urteil darüber zu erlauben, ob sie nun dabei war, eine große Scharade aufzuführen oder nicht.

Er beschloss, nicht weiter darüber nachzudenken. Die Wahrheit würde irgendwann ans Licht gelangen. Und bis dahin sprach nichts dagegen, Regina ein wenig Gesellschaft zu leisten, solange er ausreichend auf Distanz blieb. Distanz, das war das Entscheidende. Er hoffte, dass sie ihm nicht abhandenkommen würde.

35

Sie stand vor der Pension, ein schwarzer Punkt in einem Meer aus November, und sie sah nicht weg, als er sich näherte. Sie fixierte ihn, ohne Scheu, starrte nicht in den Himmel oder auf ihre Füße. Sie betrachtete ihn in Ruhe, eingehend, nutzte die Minuten, die er brauchte, um die Straße entlang auf sie zuzugehen, um sich ein Bild zu machen, nochmals, von diesem seltsamen Menschen, der ihr zu helfen entschlossen war, ohne dass sie erklären konnte, warum.

Als er bei ihr ankam, schien sie sich entschieden zu haben, ihm zu trauen. Ihr Blick war weniger kühl als sonst, als hätte sich all das Meerwasser darin erwärmt. Sie lächelte sogar etwas.

»Hallo Regina«, sagte er.

»Hallo.« Sie lächelte noch ein wenig mehr, und dann machten sie sich, tief in ihre Jackenkrägen geduckt, auf den Weg hinunter zum Strand.

»Verrückt, oder?« Der Wind warf sich mit voller Wucht gegen sie, und sie schien es zu genießen, sich fallen zu lassen, ohne zu fallen. »Verrückt, dass ich hier bin«, schrie sie gegen das Tosen an. »Ich könnte tot sein. Oder leben, aber ganz woanders.«

Er wollte ihr zustimmen, doch der Wind schlug ihm seine Worte aus dem Gesicht und trug sie Richtung Wasser.

Sie hatte recht, es war verrückt. Die ganze Situation war surreal. Eine Frau, eine schöne noch dazu, die böse war und gut zugleich, ehrlich und verlogen, weil er es einfach nicht wusste. Schrödingers Nixe, hier mit ihm am Strand, und für einen Augenblick war alles andere, Selma und sogar Nele, ein bisschen weiter weg.

Als der Wind etwas nachließ, konnten sie sich unterhalten.

»Ich habe mir überlegt, dass ich unbedingt Arbeit finden muss«, sagte Regina. »Sicher, ihr unterstützt mich. Ich werde nicht verhungern und nicht auf der Straße landen. Und dafür bin ich euch sehr dankbar. Aber ich muss irgendwann auf eigenen Beinen stehen. Wer weiß, wie lange das noch andauert, diese … Ungewissheit.«

»Hast du dir denn schon überlegt, was du machen möchtest?«

»Nun, ich habe ja keine Ahnung, was ich kann. Ob ich überhaupt etwas kann. Darum wollte ich mich nach etwas umsehen, für das man keine besonderen Fähigkeiten braucht. Etwas, das jeder kann, bestenfalls. Kuchen verkaufen. Hotelzimmer putzen. So etwas. Vielleicht finde ich dadurch nach und nach heraus, worin ich gut bin.« Erwartungsvoll sah sie ihn an.

Er wollte ihr die Hoffnung nicht nehmen und nickte aufmunternd. Dass solche Jobs außerhalb der Saison eher schwer zu finden waren, darauf ging er nicht ein. Die Küste hatte zwar das ganze Jahr über einen Zulauf von Touristen zu verzeichnen, doch Jobs für ungelernte Hilfskräfte gab es vor allem in den Sommermonaten, wenn die Hotels, die Strände, die Restaurants brechend voll waren. Im Herbst und im Winter waren die meisten Stellen besetzt von denen, die nach dem Saisonende den Absprung nicht geschafft hatten.

»Ich kann mal mit ein paar Leuten reden«, sagte er, um etwas Hilfreiches beizusteuern. »Ich habe Freunde, die ein Hotel führen, und eine Großtante von mir besitzt ein Café. Nicht direkt in Hulthave, sondern zwei Dörfer weiter, aber man kann mit dem Bus dorthin fahren. Soll ich mich umhören?«

Regina nickte, aber er hatte das unbestimmte Gefühl, dass ihr dieser Vorstoß ein wenig zu weit ging. Sie schien zu zögern, als gefiele ihr nicht, dass ihre Suche nach Arbeit konkrete Formen annahm. Als wollte sie nur nach einer Stelle suchen, ohne wirklich eine zu finden, weil sie vielleicht lieber auf Kosten der Hulthavener lebte. Schließlich gebot er seinen Gedanken Einhalt. Er musste damit aufhören, in jede ihrer Regungen und Äußerungen etwas hineinzuinterpretieren.

Regina war ein Stück vorausgelaufen und stand nun, die Augen halb geschlossen, einfach da und schaute Richtung Horizont. Als er neben sie trat, wandte sie ihm ihr Gesicht zu, ausdruckslos, mit dunklen Strähnen, die auf der feuchten Haut klebten wie Abziehbildchen.

»Weißt du, an wen ich immerzu denken muss?«

Er sah sie fragend an.

»An Friederike Baumgart.«

Er musste wohl die Augenbrauen hochgezogen haben, denn sie hakte sofort nach.

»Überrascht dich das?«

»Na ja, ich hätte jetzt nicht unbedingt gedacht, dass dich ihr Schicksal beschäftigt. Du hast schließlich selbst ziemlich viel zu bewältigen.«

»Trotzdem denke ich oft an sie. Ich weiß auch nicht, warum. Aus irgendeinem Grund fühle ich mich ihr verbunden. Nicht weil die Leute sagen, ich könnte sie sein. Ich glaube nicht an diesen Irrsinn. Sondern weil ihre Geschichte genauso im Dunkeln liegt wie meine, wenn auch auf andere Weise. Sie ist verschwunden, ich bin hier. Sie ist weg, obwohl sie hier sein sollte.

Ich bin hier, obwohl es keinen Grund für mich gibt, genau jetzt, genau hier zu sein. Sie ist verschwunden, und keiner weiß, wohin. Ich bin hier aufgetaucht, und keiner weiß, woher ich kam. Niemand hat eine Erklärung, weder für ihr Schicksal noch für meines.«

Sie sah in die Wellen. »Glaubst du, dass sie jemals wiederauftauchen wird? Dass man sie findet?«

»Ich war damals zu jung, ich habe nicht viel davon mitbekommen, aber jetzt habe ich mich eingelesen. Die Kollegen haben damals gründliche Arbeit geleistet, auch wenn in den Zeitungen manchmal von einer schlampigen oder verschleppten Ermittlung die Rede war. Wenn Friederike noch am Leben gewesen wäre, davon bin ich überzeugt, hätte man sie gefunden.«

»Was genau ist eigentlich geschehen? In den Artikeln über sie und mich stand nur, dass sie 1987 aus einem Ferienlager in Hulthave verschwand und sechs Jahre alt war. Mehr aber letztlich nicht.«

»Viel mehr gibt es auch nicht. Friederike kam aus Süddeutschland, aus Baden-Württemberg. Sie war mit einer Gruppe von gleichaltrigen Kindern und einigen Betreuern angereist, und einige Tage später war sie weg.«

»Sie wurde entführt?«

»Das konnte nicht endgültig geklärt werden, obwohl es nahelag. Es ist nicht auszuschließen, dass sie davongelaufen ist. Aber dann hätte man sie oder zumindest ihre Überreste finden müssen. Es sei denn ...« Er hielt inne und blickte über das stahlgraue Wasser.

»Es sei denn, sie ist ertrunken?« Er sah aus den Augenwinkeln, wie Regina die Lippen zusammenpresste.

»Ja. Es sei denn, sie ist ertrunken. Das würde erklären, warum sie nie gefunden wurde.«

»Ertrinken muss ein fürchterlicher Tod sein. Ich kann mir nichts Schlimmeres vorstellen.«

Dann sagte Regina nichts mehr. Erik unterbrach ihr Schweigen nicht. Er ging einige Schritte in Richtung Promenade, während sie weiter über das Wasser starrte, die Hände in den Taschen ihres Mantels. Als sie wieder neben ihm auftauchte, sprach sie nicht mehr von Friederike Baumgart.

36

Sie war verrückt. Sie war ganz und gar verrückt, und sie wusste es. Fast konnte sie die Blicke spüren, in ihrem Rücken, am Hinterkopf, die deutenden Finger. Da ist sie, die Irre, die, die keinen blassen Schimmer hat, was sie da tut – wer fängt sie wieder ein? Nur dass da keiner war, die Straßen waren leer, weil es kalt war und regnete.

Sie hatte es tatsächlich getan, und sie hatte noch immer Schwierigkeiten, es zu glauben, obwohl sich der Regen auf ihrer Haut kalt und mehr als real anfühlte. Sie hatte es getan, hatte die kleine Reisetasche vom Dachboden geholt, die muffig roch und völlig aus der Mode war, mit abblätterndem Plastik am Griff. Hatte Dinge hineingetan, von denen sie glaubte, dass sie sie brauchte, wenn sie verreisen wollte. Aber es war schwierig, weil sie schon so lange Zeit nicht mehr fort gewesen war, und auch weil Brauchen ein schwieriges Konzept war. Eigentlich *brauchte* man nichts, man wollte nur Dinge, doch was sie wollte, das wusste sie seit Ewigkeiten nicht mehr.

Jetzt hing ihr die Tasche schwer am Arm, und sie schämte sich, weil sie fehl am Platz war und jeder, der wollte, sie als Fremdkörper erkennen konnte.

Sie dachte an zu Hause und schämte sich noch mehr. Sie war einfach gegangen, hatte Ulf nur einen Zettel hingelegt, nicht weil sie dachte, dass er sie nicht würde gehen lassen. Sondern, und da war sie sich sicher, weil sie sonst niemals den Willen aufgebracht hätte, in einem bestimmten Moment zu sagen: Ich muss weg. Ich gehe. Augenblick um Augenblick wäre verstrichen, und irgendwann wäre ihr Wunsch, ihr Bedürfnis zu gehen, unter der Normalität erstickt. Darum war sie – nein, sie war nicht heimlich abgehauen. Sie hatte nichts zu verbergen. Sie hatte nur versucht, es sich leicht zu machen, so leicht wie es eben ging, weil sie, und hier war sie unerbittlich gegen sich selbst, sonst doch wieder nur gescheitert wäre.

Ulf würde sie verstehen, und wenn nicht, würde er es einfach hinnehmen, darin war er gut, einer der Besten. Seit Jahren nahm er alles hin, nahm sie hin, so wie sie war, so unerträglich wie sie war. Und obwohl sie wusste, dass sie ihm dafür Dank schuldete, fragte sie sich manchmal, was wohl gewesen wäre, wenn er sich, einmal nur, aufgelehnt hätte gegen das, was sie war und was sie tat, gegen ihre Art, das Leben wie einen Schmerz zu ertragen. Vielleicht hätte sich ihr Leben dann geändert. Vielleicht wäre sie aber auch noch trauriger und leiser geworden, wer wusste das schon.

So sicher sie sein konnte, dass Ulf sie nicht verurteilen würde – er würde womöglich fragen, wieso sie hatte gehen müssen, aber sich auch ohne eine Antwort zufriedengeben –, so sehr plagte sie der Gedanke an ihre Kinder, an Karina und André. Anders als ihr Vater zeigten sich die beiden ihr gegenüber immer öfter unerbittlich und schlicht nicht gewillt, über die Dinge, wie sie waren, hinwegzusehen. Als sie jünger waren, hatten sie ihre Mutter akzeptiert, wie sie war, aus dem einfachen Grund, dass sie nicht wussten, dass Mütter eigentlich anders sein sollten. Doch sobald sie zu spüren begannen, dass sie ganz und gar nicht normal war, hatten sie sich langsam, aber stetig von ihr entfernt. Dabei spielte es keine Rolle, dass das, was sie ihnen zu geben hatte, alles, wirklich alles war, was sie geben konnte. Was zählte, war, dass es dennoch niemals genug war, niemals genug sein würde.

Dass sie nun verschwunden war, mochten es nur zwei Tage sein, würde sie nur in ihrer Überzeugung bestätigen: dass ihre Mutter nicht die Mutter war, die sie sich wünschten und die sie brauchten, ja, dass sie sich noch nicht einmal Mühe gab, diese Mutter zu sein.

Der Regen war so kalt, dass sie sich selbst nicht mehr spürte. Sie fuhr sich mit den Händen über das nasse Haar und übers Gesicht. Sie musste normal wirken, ein bisschen zumindest, und sie musste die schmerzhaften Gedanken an zu Hause für einen Moment von sich schieben. Ihre Gegenwart und ihre Zukunft, so es denn eine gab, blieben in der Schwebe, während sich die Vergangenheit aus ihrem fauligen Grab erhob und beanspruchte, gehört zu werden.

Vor ihr, im Grau, lag Hulthave. Sie hatte es tatsächlich geschafft, von dem einen Zug in den anderen zu steigen, dann mit dem Bus zu fahren, und alles, ohne hysterisch zu werden, ohne umzukehren, ohne davonzulaufen. Und jetzt war sie hier, zurück an dem Ort, der ihr Leben zu dem gemacht hatte, was es war.

Trist und ein wenig traurig wirkte er, und so gar nicht gefährlich. Ganz friedlich sogar, doch die Harmlosigkeit war trügerisch. Wenn sie blieb, würde das, was all die Jahre nur als dunkler Sumpf am Rande ihres Hirns existiert hatte, sich aufblähen und sie verschlingen, wie sie es verdiente. Und das Tröstliche daran war, dass es sich, auf eine schreckliche und perverse Art, befriedigend anfühlte. So wie ein Verbrecher nach jahrelanger Flucht endlich Frieden fand, wenn die Handschellen sich um seine Handgelenke schlossen und der Aufruhr im Kopf sich legte, weil es vorbei war, endlich vorbei, so ergab sie sich jetzt diesem Ort. Die Hoffnung, jemals wieder von ihm loszukommen, war nur ein vages Flackern am äußersten Rand ihres Sichtfelds.

»Kann ich Ihnen helfen?«

Sie fuhr zusammen. Der Mann wich einen Schritt zurück, erschrocken von ihrer Reaktion.

»Entschuldigen Sie. Ich dachte nur – Sie sehen so aus, als bräuchten Sie jemanden, der Ihnen den Weg erklärt.«

Das war eine höfliche Umschreibung dafür, dass sie verloren wirkte, so, als könnte sie sich nicht selbst helfen. Erst wollte sie den Mann ignorieren, aber dann wurde ihr klar, dass er recht hatte: Weiter als bis zur Busstation hatte sie nicht gedacht.

»Können Sie mir sagen, wie ich zum Polizeirevier komme?«

Er erklärte ihr, ein wenig umständlich, aber sehr genau, wohin sie gehen musste, ein wenig so, als wäre sie nicht die Allerklügste. Aber vielleicht meinte er es auch nur gut. Sie bedankte sich und schlug die gewiesene Richtung ein, bevor sie es sich anders überlegen konnte, bevor sie mit dem nächsten Bus floh.

Sie folgte den Anweisungen des Mannes sehr gewissenhaft. Sie würde das Revier erreichen, sie würde hineingehen und ruhig nach der jungen Frau fragen, die man am Strand gefunden hatte. Sie würde erklären, warum sie hier war, dass sie nicht auf der Suche war nach einer reißerischen Geschichte für eine niveaulose Zeitung, sondern nur Gewissheit wollte, nur die Hoffnung eliminieren wollte, die sich wie ein Parasit in ihr eingenistet hatte. Sie wollte die Frau sehen und ihr in die Augen blicken. Sie würde erkennen, was sie letztlich wusste: Dass es nicht Friederike war. Dass die Ungewissheit über ihr Schicksal bleiben würde und mit ihr die Schuld, wie eine giftige Wolke, die jeden Winkel in ihr ausfüllte und einen schmierigen Film hinterließ.

Als sie die Polizeidienststelle erreichte, war sie zum zweiten Mal innerhalb eines Tages überrascht von ihrer eigenen Entschlossenheit. Sie dachte nicht lange nach, sie übte nicht, was sie sagen wollte. Sie betrat mit Schritten, die für Außenstehende durchaus zielsicher wirken mochten, das Gebäude und sprach den erstbesten Menschen an: »Entschuldigen Sie, können Sie mir helfen?«

Keine fünf Minuten später stand sie wieder draußen im Wind. Man hatte sie nicht schlecht behandelt, sondern ihr nur freundlich, aber reserviert erklärt, dass man zu der jungen Frau, die in Hulthave aufgefunden worden war, keine Angaben machen könne. Damit hatte sie rechnen müssen, aber dennoch war da die Enttäuschung, sie spürte sie brennend hinter ihren Lidern.

Es wurde bereits leicht dämmerig. Sie musste eine Unterkunft finden, es war viel zu spät, um nach Berlin zurückzufahren, sie würde über Nacht bleiben müssen. Wer wusste schon, was am nächsten Tag geschehen würde, vielleicht lief ihr die junge Unbekannte über den Weg, oder sie erfuhr mehr, wenn sie sich unauffällig umhörte, der Ort war schließlich so klein wie der Nachrichtenwert der Nixe groß. Sascha Felicitas Götz, verheiratete Kerner, die zu ihrer eigenen Verwunderung an der Situation wuchs, wandte sich zögerlich in Richtung Meer, auf der Suche nach einer Pension. Sie würde sich ein Zimmer nehmen und dann, so Gott wollte, ein paar Stunden schlafen.

37

Er sah sie, und er sah sie nicht. Seine Augen machten etwas aus ihr, das niemand sein konnte, eine Mischung aus Leben und Tod, aus Erinnerungen, Wünschen und dem Irrsinn der Realität, und aus einer Wunde in seinem Bewusstsein bluteten Gedanken auf sie und färbten sie unsichtbar.

Aber sie war es. Silber und Gold, verblasst mit der Zeit, dunkle Augen, die nicht mehr fragten, nicht mehr wissen wollten, zu verschlossen, um zu sehen. Aber sie war es, er konnte es nicht glauben, sein Hirn lief heiß, es konnte nicht sein, konnte nicht sein, konnte nicht sein. Aber sie war es. Mager bis auf die Knochen, nicht einmal eine Ahnung von dem einst vielen Leben in ihr, nein, nur noch Müdigkeit und Scheu, in einer Hülle aus trauriger Haut. Sie hatte ihre Schönheit verloren wie man ein Portemonnaie verliert, es kommt einem abhanden, und plötzlich, später, bemerkt man, dass etwas fehlt, doch man hat keine Ahnung, wie es passiert sein könnte. Sie hatte ihre Schönheit verloren und mit ihr deren Widerhall, den lauten, klaren. Und dennoch. Man sah es ihr an. Wer sie einmal gewesen war, wie sie einmal geleuchtet hatte. Ihre Schönheit war verschwunden, aber nicht ohne Spuren. Sie hatte einen Abdruck hinterlassen auf ihr, unauslöschlich, und wer sie ansah, wie er es tat, konnte es auch erkennen.

Sie stand an der Ecke und wusste nicht wohin, und die

Finger, die sich um die Henkel ihrer Tasche krallten, waren weiß.

»Hallo«, sagte er, wie er es tausendfach gesagt hatte, immer wieder, in seinem Kopf. Hallo. Laut und blechern in die Luft geworfen.

Es war das falsche Wort, so wie jedes Wort das falsche gewesen wäre. Buchstaben glitten haltlos ab an diesem Moment, der so anders war als sein ganzes Leben. Jedes Wort wäre falsch gewesen. Das sagte er sich, bevor er sich wieder selbst geißeln konnte, denn das tat er oft, eigentlich die ganze Zeit. Dieses hast du wieder falsch gemacht und jenes. Und überhaupt, so schrie er sich an, stumm, kannst du denn nichts richtig machen? Dann fingen seine Hände an zu schwitzen, und er wünschte sich, dass es ihn nicht gab.

Sie schaute ihn an, zögerlich, aber nicht ablehnend. War es doch richtig gewesen? Sie wirkte fast ein wenig erleichtert.

»Hallo«, sagte sie, und es war mehr eine Frage. Nicht ungeduldig oder unfreundlich, schlicht eine Frage. »Äh, ich meine guten Tag.« Sie schob die Schultern hoch, der Kragen des dünnen Mantels reichte jetzt bis zu den Ohren. Sie fror wohl, und er fragte sich, warum sie keinen Schal trug, wo es doch kalt und windig war.

Sie schwieg.

Da sagte er es einfach. »Ich bin es.« Es hörte sich fast so an, wie er es sich immer vorgestellt hatte, nachts und nackt. »Ich bin es.« Seine Stimme war jetzt richtig, wie eingerastet, und nichts klang mehr fremd aus seinem Mund. Er sprach aus, was er in diesem Leben aussprechen musste, und plötzlich kam es ihm so vor, als hätten sich seine Lippen, als hätte sich seine Zunge einzig dafür aus Zellen zusammengeklumpt. Als hätten sich die Mutter und der Vater allein dafür, vor tausend Jahren, widerwillig ineinandergesteckt, damit daraus ein Mensch wurde mit einem Mund, der jetzt diese Wörter sagte. Ich bin es.

Jetzt fragten nicht mehr nur die Augen, jetzt fragte das ganze Gesicht. Der ganze dürre Körper strömte es aus, das Unwissen. Sie erkannte ihn nicht.

»Erkennst du mich nicht?«, fragte er. Er hatte Angst, dass es wütend geklungen hatte, denn sie wich einen Schritt zurück. »Nein, nein«, sagte er und streckte die Hand nach ihr aus, die Hand, die sich nicht sicher war, wo sie sie berühren sollte und wie, die sanft die Haare aus der alt gewordenen Stirn streichen wollte, aber sich nicht traute. Die Hand fiel herunter. »Nein, nein«, und es klang verzweifelt. Schon hasste er sich wieder und wünschte sich, dass ihm etwas wehtat, sein Bauch, sein Kopf oder sein Arm, einfach, weil er es verdiente.

Wenn sie jetzt geht, ist sie weg. Der Gedanke fiel fertig in seinen Kopf und füllte ihn aus. Wenn sie jetzt ging. Dann.

»Ich bin es. Torsten.«

Er war fast ein wenig stolz auf sich. Dass er sich nicht umgedreht hatte und weggerannt war. Dass er nicht stumm geblieben war.

»Torsten?«

Auch ihre Stimme war alt geworden, hatte die Selbstsicherheit und das leicht Spöttische verloren. Als wäre ihr die Jugend wie Öl aus den Fasern ihrer Stimmbänder getropft, bis sie spröde und knitterig geworden waren. Jetzt, wenn sie sprach, klang es nach Traurigkeit.

»Torsten«, wiederholte sie, wie um sich zu entsinnen. Und dann war klar, dass da nichts war, keine Erinnerung, gar nichts. Sie kannte ihn nicht, hatte ihn nie gekannt, ihn aus ihrem Hirn getilgt, und nicht einmal in diesem Moment, in dem er vor ihr stand, in dem die Bilder nur zurückzukommen brauchten, sie sie nur hereinlassen musste, erinnerte sie sich.

Er atmete und zählte. Er würde nicht wütend werden, nein, auch wenn sich die Wut schon wie ein dunkler See in seinem Kopf sammelte und das Wasser stieg und stieg, an den Hirnwänden hinauf. Er würde nicht wütend werden, auch wenn er alles Recht dazu hatte. Tage und Nächte hatte er an sie gedacht, hatte sie liebevoll durch seinen Kopf gewälzt, sie hineingerieben. Hatte an sie gedacht beim Schlafen, beim Essen, beim Atmen, beim Vögeln, beim Reden, beim Waschen, beim Kämmen, beim Brotschmieren, beim Existieren.

Er hatte an sie gedacht, so oft, dass sie in ihm war, und sie hatte nie an ihn gedacht, nie. Dieser Geiz mit Zeit, mit dem Platz in ihrem Hirn, nichts, kein Vergleich mit dem, was er ihr gegeben hatte, von sich. Sie hatte ihn draußen gelassen, wie es immer alle taten. Und er fragte sich, warum das so war, doch dann ließ er seine Eingeweide die Frage schnell wieder verschlucken, denn er kannte die Antwort.

Weil er er war. Weil er so war, wie niemand sein wollte. Daran musste er jetzt denken. Dass es niemanden auf der Welt gab, der gern er gewesen wäre. Sieben Milliarden Menschen auf der Erde, und jeder, so armselig seine Existenz auch sein mochte, war froh, nicht er sein zu müssen. Mit Ausnahme von ihm selbst, denn er musste er selbst sein, da gab es keinen Ausweg. Bis auf den einen, aber daran konnte er jetzt nicht denken, sonst würde es ihm zu viel.

Er sah nach unten auf seine Hände, sie waren der Beweis, dass er existierte und dass er nicht über sich lachen konnte wie über einen grausamen Scherz. Es gab ihn wirklich. Es gab dieses Leben wirklich, das nichts konnte außer Leid bereiten, das nichts konnte, außer sich selbst auszudehnen wie eine widerwärtige, schwach atmende Kreatur im Rinnstein, die aus unerfindlichen Gründen weiterlebte, schlichtweg, weil niemand sie tottrat.

Nicht wütend werden. Er atmete. Versuchte sie wegzuatmen, die Lust zu schreien, bis die Stimme brannte, mit Händen etwas zu zerdrücken, bis es zerbarst.

Er durfte nicht, aber der dunkle See wurde größer, trat über die Ufer, an den Rand seiner Augen, und er hörte durch das Rauschen nur ganz leise, was sie sagte.

»Ach ... jetzt erinnere ich mich.«

Eine Stimme wie aus einem anderen Raum, einer anderen Dimension. Sie holte ihn raus aus seinem Inneren, zurück an die Luft.

Sie erinnerte sich. Er mühte sich, die Worte im Inneren seines Kopfes zu fassen zu bekommen und niederzuringen, aber sie entwanden sich ihm und flatterten davon.

Sie erinnerte sich. Es hätte ihn glücklich machen, hätte ihn emporheben müssen, über die Dinge, aber da war der gemeine Zweifel, der alles zerfraß. Der Gedanke, dass sie log, aus Höflichkeit, Mitleid, Verlegenheit. Die heilige Dreieinigkeit der Gefühle, die er hasste, dabei konnte er froh sein, wenn sie ihm begegneten. Es war mehr, als er verdient hatte, aber nein, er hasste sie mit aller Gewalt.

»Ich erinnere mich«, sagte sie noch einmal. »Wir haben uns damals, am Strand ... am Strand haben wir uns getroffen, und du hast ein Foto gemacht.«

Auf ihrem Gesicht war dieser Ausdruck, der ihm die Scham ins Gesicht trieb, diese Mischung aus Erkenntnis, Wehmut und Entsetzen. Er hatte sie zurückgeworfen, hinein in den letzten Tag, bevor alles tot geworden war. Er sah, wie durcheinander sie war, wie unglaublich einsam. Es war seine Schuld, und es war unverzeihlich.

»Verzeih«, sagte er. »Verzeih. Ich wollte nicht ...«

Ja, was wollte er nicht. Sie durcheinanderbringen. Ihr den Tag verderben. Ihr das Leben verderben. Existieren. Nichts davon.

»Ach was, du hast doch ... Es ist doch ...« Sie fuhr sich mit der Hand durch das stumpf gewordene Haar, über den Hals, der immer noch schlank war, nicht mehr glatt, aber schlank. Sie ließ den Blick schweifen, und in diesem einen Augenblick fühlte er sich mit ihr verbunden wie noch nie zuvor. Sie schwamm durchs Leben, so verloren wie er, so haltlos wie er. Sie hatte keine Ahnung, was sie hier sollte, was sie hier tat, wie man sich verhielt. Sie war wie er.

Das machte ihn froh. Froh machte mutig. Froh machte Wahnsinn.

»Möchtest du mit mir einen Kaffee trinken?«

Ein fast normaler Satz, ein bisschen auswendig gelernt vielleicht, zu förmlich vermutlich, aber normal.

Sascha wirkte überrascht, sie überlegte kurz, und dann sagte sie: »Ja.« Einfach nur: Ja. Er fragte sich, was sie wohl dachte.

Sie saß da, auf der Couch, und hielt ihre Kaffeetasse wie ein Fragezeichen vor dem Körper. Was soll das alles hier? Wie bin ich nur hierhergeraten? Er sah es ihr an, was sie dachte, und er beeilte sich, etwas zu sagen, etwas Nettes, obwohl er nicht gut war in so was.

»Nichts Besonderes«, sagte er und schloss mit einer Handbewegung alles mit ein. Die Couch, das Wohnzimmer mit der dunklen, hässlichen Schrankwand, das ganze Haus, sich selbst.

»Nein, wieso, ist doch hübsch«, sagte Sascha, und er spürte einen Stich. Sie log. Nichts war hübsch hier, schon gar nicht das Wohnzimmer, so hässlich wie es die Mutter hinterlassen hatte, an dem Tag, als sie ins Heim gekommen war. Sie log, und er wollte das nicht, wollte nicht, dass sie war wie die Menschen, die er verabscheute. Schnell dachte er an etwas anderes. Dass sie schön war, trotz der Falten. Sie war schön, weil es in ihr drin war, das Schöne. Man konnte es ihr nicht herausreißen, ohne dass sie starb.

»Ist wirklich hübsch«, wiederholte sie.

Er wünschte sich, dass sie still war, und er wünschte sich noch mehr, dass sie nichts bemerkte. Von dem Tod, der noch in den Ritzen steckte, seit der Vater hier verreckt war, von dem bitteren Geruch der Mutter, der alles durchseuchte. Und von Swantje, die als faulige Luft in allen Ecken hing und nie wieder verschwinden würde.

Sie klemmte die Hände zwischen die Knie und schaute sich verlegen um. Die Kaffeetasse stand jetzt vor ihr und dampfte, sie trank keinen Schluck. Er schämte sich, für die Flecken auf der Tischplatte, für den Sprung in der Tasse, sogar für den Kaffee schämte er sich, weil er billig war, der billigste.

Er sah, wie sie zögerte. Wie sie sich fragte, was sie hier eigentlich machte, aber es nicht wagte zu gehen. Weil es unhöflich gewesen wäre, und sie war nicht unhöflich.

Krampfhaft suchte er nach Worten. Damit sie nicht ging, wollte er etwas sagen, aber die Buchstaben stolperten durch seinen Kopf, und er verhaspelte sich.

Dann endlich: »Warum bist du hier?«

Ein ganzer Satz. Kein langer und auch kein besonders kluger, aber er war komplett. Und es steckte vieles drin, was sie sich hinzudenken konnte. Wieso bist du hier? Aber auch: Warum bist du wieder hier? Warum jetzt? Was für ein Zufall! Dass wir uns begegnen! Nach so langer Zeit. Ich habe an dich gedacht! Ich habe dich nicht vergessen.

Sie lächelte eine verwaschene Version ihres Sascha-Lächelns. Und dann erzählte sie ihm, in hastigen Worten, von der Nixe, von Friederike, dass sie sie nie vergessen hatte, wie auch, dass sie sie auch nicht losgelassen hatte. Dass sie nicht hier war, weil sie es glaubte, sondern weil sie es eben nicht glaubte. Aber sie bräuchte die Gewissheit. Das sei sie ihr schuldig, der Friederike, dass ihr die Sache nicht egal sei, die Sache, von der man nicht wusste, was sie war, aber wahrscheinlich war sie der Tod.

Er hörte die Sätze an sich vorbeiflattern, fühlte die Flügelschläge im Gesicht, aber er hörte nicht richtig hin, wollte nur, dass sie sprach. Sie redete und atmete, ihr Herz schlug, ihr Blut floss, ihre Lungen dehnten sich aus, ihre Zellen teilten sich, zersetzten sich, hier, in seiner Gegenwart. Sie war in seiner Gegenwart.

Sie redete immer noch, aber er spürte, wie ihre Worte den Boden unter den Füßen verloren. Sie redete, wie man redet, wenn man nicht damit aufhören will, weil man sonst nicht mehr leugnen kann, dass man zu viel gesagt, zu viel verraten hat. Aber dann doch: Stille.

Sascha nahm endlich einen Schluck, zwei. Drehte die Tasse in ihren Händen und starrte hinein, als könnte sie darin etwas erkennen, den Sinn des Ganzen.

Sie fragte nichts. Nicht, wie es ihm ergangen war. Nicht, wie es ihm ging. Er sagte sich, dass sie es sicher wusste, dass sie in ihn hineinschauen konnte, einfach weil sie Sascha war, Sascha mit den Augen, die mehr sahen als offenbar war. Sie musste nicht fragen.

Dann ging ein Ruck durch sie. Sie stellte die Tasse ab und erhob sich. »Danke«, sagte sie. »Für den Kaffee. Aber ich gehe jetzt besser.«

Er wollte nicht, dass sie ihn verließ. Er wollte, dass sie sich unterhielten und die Zeit verflog, oh, schon so spät, wie doch die Zeit verfliegt, und dann würde sie lachen und noch ein bisschen bleiben.

Aber sie stand an der Tür. Sie würde sie öffnen und hinausgehen, ins Freie, gehen und nie wiederkommen. Dann wäre sie vorbei, die eine, einzige Chance, und das Schlimmste war, dass es danach nichts mehr geben würde, auf das er hoffen konnte. Wünsche, die in Erfüllung gehen, sind die grausamsten.

Er wollte, dass sie blieb, aber sein Kopf lieferte nichts, rein gar nichts, keine nette Bemerkung, die alles etwas auflockerte. Nichts. Doch dann, plötzlich, schickte sein Hirn, das krampfige, nutzlose Hirn, die Rettung und den Untergang zugleich, direkt auf seine Zunge. Er sagte es, bevor er denken konnte, sagte und bereute es, sagte und freute sich, denn sie hielt inne.

»Ich war dort. In der Nacht.«

Das sagte er. Sie blieb stumm und still, und er wusste, dass es jetzt so weit war, dass jetzt der Moment gekommen war, in dem sein Leben kippte und zerbrach.

Sie sah ihn nur an, ohne Worte. Schaute und schaute. Fragte nicht und fragte doch.

Ihm wurde heiß, er schwitzte, außen und in seinem Inneren, Schweiß mischte sich mit Blut und Fett. Er hätte es nicht sagen dürfen, und doch wollte er es, wollte ihren Hass lieber als das Nichts, das sie hinterlassen würde.

»Wie bitte?«

»Ich war dort.« Jetzt klang er fast trotzig. Wenn es das war, das Einzige, das ihn ausmachte, das ihn abhob, dass er ein Spinner war, ein Feigling noch dazu, dann sollte es so sein. Er drückte die Schultern durch und hob das Kinn.

Sie starrte ihn an, wusste, was er meinte. Welches Dort. Welche Nacht, denn es gab nur die eine Nacht für sie.

»Du ... du hast sie umgebracht?« Es war eine Mischung aus Keuchen und Kreischen, und sie ballte die Fäuste. »Du hast sie umgebracht?« Leiser jetzt. Es strömte aus ihr heraus, alles, alles was sie aufrecht hielt, und er sah, wie sie in sich sank, wie sie grau und unglaublich alt wurde.

»Nein, nein, um Gottes willen. Nein! So war das nicht.«

Was hatte er getan? Was hatte er sich gedacht, wieso konnte er nicht einmal klug sein? Natürlich dachte sie, dass er es gewesen sein musste, dass er ein Mörder war, der Mörder des Mädchens. Er sah die Überzeugung in ihrem Gesicht, das war Wissen, nicht Glauben, und er sah Angst. Sie ging rückwärts Richtung Tür, tastete nach der Klinke, und ihm war klar, dass es jetzt sein musste. Was immer er tat, es musste jetzt passieren, sonst war es zu spät. Sonst würde er für immer ein Mörder sein, für sie, für jeden, für alle dort draußen.

Für einen Moment war da diese Stille, die ihn lockte, die Stille, die sein konnte, wenn er es nur wagte. Zart und unwiderruflich, so erschien sie ihm, wie Schnee auf einem Grab, und seine Hände konnten ihn fast schon fühlen, den Hals. Doch er tat es nicht. Nicht, weil er es nicht konnte. Er konnte. Nicht, weil er es nicht wagte. Er hatte den Mut. Er tat es nicht, weil er nicht wollte. Weil er so nicht war. Weil nichts auf der Welt, kein Gefängnis, keine Strafe, kein Weiterleben so traurig sein konnte wie die Gewissheit, dass man seine eigene Liebe aus der Welt gerissen hatte. Er war ein trauriger Mensch, ja, aber es gab ein Maß an Traurigkeit, das selbst er nicht mehr tragen, nicht mehr ertragen konnte. Er würde sich diese Traurigkeit nicht antun, sosehr er sie vielleicht auch verdiente, und aus diesem Grund war er mit ein paar Schritten an der Tür und drückte sie mit dem Rücken fest zu.

»Nein«, sagte er. »Du darfst nicht gehen. Du musst mir zuhören, verstehst du? Einfach zuhören.«

Er sah die Furcht in ihren Augen, sah, wie sie fahrig wurde, wie ihr Blick sprang und tanzte, gierig nach Flucht. Er packte ihre Handgelenke, drückte ihren schmalen Körper gegen die Wand, da musste sie jetzt durch, auch wenn es ihm wehtat, sie so zu sehen, so verzweifelt und panisch.

»Du musst mir zuhören.«

Und er erzählte ihr von dem Abend. Warum er ihr gefolgt war, wie dumm er gewesen war und wie verliebt. Dass er sie beobachtet und alle gehasst hatte, sie und diesen Typen und sich selbst. Wie er überlegt hatte, was er tun sollte, den anderen zusammenschlagen, sie packen und mitnehmen, weit weg und nie zurück. Dass er es sich aber nicht getraut hatte, natürlich nicht, dass er stattdessen dort gekauert hatte, im Gebüsch, frierend und traurig, und sich gefragt hatte, ob sich so nun der ganze Rest seines Lebens anfühlen würde, so erbärmlich, so elend. Und er erzählte ihr, was er bislang keiner Menschenseele erzählt hatte. Was sein Geheimnis gewesen war, geronnen wie Blut, bis jetzt, und nun begann es zu fließen, floss aus ihm heraus. Er hatte in jener Nacht dort gelauert, in der Dunkelheit, ja, wie ein Verbrecher, aber er war nicht der Einzige dort gewesen. Nicht der Einzige.

Sie riss die Augen auf. Hing an seinen Lippen, hörte ihm zu, nur ihm. Er erzählte es ihr, erzählte ihr alles, was er gefühlt hatte und immer noch fühlte, und er konnte es in ihrem Gesicht lesen, wie die Angst zu Misstrauen wurde, zu Widerwillen und Wut. Wie sich etwas daruntermischte, das Mitleid ähnelte, wie die Kanten ihres Blicks sich abschliffen. Er konnte es schaffen. Er konnte es schaffen, dass sie ihm glaubte. Auf einmal wurde ihm bewusst, wie nahe er ihr war, dass sie ihn spüren konnte, riechen konnte, seinen Schweiß, seinen Atem, seine Haut. Er war ihr nahe. Näher als jemals. Näher als das Leben es für ihn vorgesehen hatte. Und er fühlte ein seltsames Gefühl, das er nicht recht benennen konnte, bis es ihm einfiel. Zufriedenheit.

38

Ulrich Wedeland saß in seinem Lieblingssessel und wartete darauf, dass das Telefon abermals klingelte. Es war sein Geburtstag, sein neunundsechzigster, und die Gratulanten waren dabei, ihre Pflicht zu erfüllen.

Drei Anrufe noch und dann wäre er durch, nach seinen Berechnungen, die auf den Erfahrungen der letzten Jahre fußten. Dreizehn insgesamt, und bisher hatte er zehnmal genickt, gedankt und freundlich bestätigt, dass man sich unbedingt einmal wieder treffen müsse, wohl wissend, dass es dazu nicht kommen würde.

Er freute sich auf die Stille nach dem letzten Gespräch, er hasste es, wenn Leute ihn anriefen, weil sie mussten, und nicht, weil sie wollten. Wenn sie es wollten, war es schon schlimm genug, dieser elendige Small Talk, immer wieder das gleiche sinnlose Gerede, hohle Phrasen. Wedeland träumte von einer Welt, in der die Menschen sagten, was sie sagen wollten, einfach zum Punkt kamen. Seufzend gedachte er der Lebenszeit, die ihn diese Art von Geplänkel schon gekostet hatte.

Ein Schluck noch und sein Whiskeyglas war leer. Er konnte aufstehen und sich erneut zwei Finger breit eingießen, oder er konnte es nicht tun und sich die nächsten Stunden wünschen, er hätte es getan, denn der Whiskey war ein guter, ein sehr guter sogar, ein Geschenk von ihm an sich selbst. Das Dumme an Whiskey war nur, dass er ehrlich machte, auch gegenüber der eigenen, geschundenen Seele. Wenn er weitertrank, würde er unweigerlich an den Punkt gelangen, an dem er die Frage nicht mehr ignorieren konnte, warum er an seinem Geburtstag alleine blieb. Sicher, sie riefen an, aber keiner kam vorbei und, noch entscheidender, keiner war schon da. Niemand war heute Morgen neben ihm aufgewacht, hatte ihn mit Blumen und Küssen überrascht oder zumindest mit einer nachtwarmen Umarmung. Nein, er war allein, und auch wenn er diese Tatsache in der Regel nicht hinterfragte, wusste er doch, welche schwarzen Höllenschlunde sich in seinen Gedanken auftaten, wenn er sie denn hinterfragte. Dann gab es kein Entrinnen mehr, für Tage nicht. Also kein Whiskey mehr für heute, sagte er sich, und versuchte vorsorglich zu vergessen, wo er die Flasche verstaut hatte.

Als das Telefon erneut klingelte, war er sich fast sicher, dass es Malin sein musste, die für eine Exfrau recht hartnäckig daran festhielt, ihm jedes Jahr zu gratulieren. Miriam, Esther, die ihm über die Scheidung hinweggeholfen hatte, Iris, die gedacht hatte, sie könne ihn von seinem Trübsinn heilen – all die Frauen aus all den Jahren waren längst aus seinem Leben verschwunden. Nur Malin vergaß ihn nicht. Sie hatten sich einvernehmlich getrennt, damals, hatten beide eingesehen, dass es wenig sinnvoll war, diese lahme, kranke Beziehung weiter durchs Leben zu schleppen. Doch genauso waren sie sich darin einig gewesen, dass man die gemeinsamen Jahre nicht vergessen, ihre Verbundenheit nicht auslöschen konnte. Und darum blieben sie in Kontakt, sprachen ab und an miteinander, vergewisserten sich, dass der andere noch lebte.

Oder war es Evelyne Tauber? Früher hatte sie stets stoisch seine Tiraden gegen Geburtstagsfeiern im Büro ignoriert und jedes

Mal einen kleinen Umtrunk organisiert, samt Blumen, einem schiefen Ständchen und, im besten Fall, ihren selbst gebackenen Scones, im schlechtesten mit fettglasierten Amerikanern aus der Cafeteria. Auch wenn diese Zeiten nun vorbei waren, so hatte Evelyne doch seit seiner Pensionierung stets daran gedacht, ihn zu seinem Geburtstag anzurufen. Normalerweise freute er sich auf ein wenig Klatsch von ihr: Wer in Rente gegangen war, wer die Leiter hinaufgeklettert oder aufs Abstellgleis befördert worden war. Letztlich all die Dinge, die Wedeland während seiner Dienstzeit nicht im Geringsten interessiert hatten, die er nun aber gerne hörte, weil sie das alte Gefühl der Zugehörigkeit wiederaufleben ließen. Über alte Fälle, vor allem über den einen alten Fall, sprachen sie dagegen nie. Sorgfältig vermieden sie es, das Thema auch nur anklingen zu lassen.

In diesem Jahr würde das jedoch schwierig werden, und darum war Wedeland vor Evelyne Taubers Anruf etwas bange. Die Schlagzeilen der vergangenen Wochen hatten an alten Wunden gerührt, und es war kaum vorstellbar, dass man ein ganzes Gespräch bestreiten konnte, ohne ihnen Rechnung zu tragen.

Wedeland war, anders als viele in seinem Beruf, kein Feind der Presse, war es nie gewesen, aber nun kam er sich betrogen vor. Er verstand, dass die Öffentlichkeit ein Recht darauf hatte zu erfahren, was in der Stadt, der Region, der Welt vor sich ging. Aber hier war gar nichts passiert, zumindest nicht das, was die Zeitungen ihren Lesern glauben machen wollten. Eine Frau tauchte auf, die sich an nichts erinnern konnte. Niemand wusste, wer sie war. Doch das hatte nichts, aber auch gar nichts mit Friederike Baumgart zu tun, die zufälligerweise vor fünfundzwanzig Jahren dort verschwunden war, wo man die Nixe gefunden hatte.

Alles, was auf der Welt geschah, musste irgendwo geschehen. Und da die Erde sich nicht ins Unendliche ausdehnte, geschahen notwendigerweise verschiedene Dinge unabhängig voneinander am selben Ort, getrennt durch Tage, Monate oder Jahre, getrennt vor allem dadurch, dass sie nichts verband.

Die Tatsache, dass das Schicksal von Friederike Baumgart um einer etwas lauteren, etwas schrilleren Überschrift willen aus den Archiven ans Tageslicht gezerrt wurde, machte ihn krank. Es gab Narben, verblasst über die Jahre, die dadurch brutal aufgerissen wurden, für nichts und wieder nichts, und die, die es traf, taten ihm leid.

Für ihn selbst machte es keinen Unterschied, ihn quälte sein Versagen ohnehin äußerst zuverlässig und gewissenhaft. Er brauchte keine Erinnerung, damit die Bilder seinen Kopf befielen wie die Maden einen Kadaver. Aber falls es Menschen gab, die es geschafft hatten, den glorreichen Zustand des Vergessens und Verdrängens zu erreichen, dann wurde ihr Bemühen mit jeder Schlagzeile weiter zunichtegemacht.

Das Telefon, das inzwischen verstummt war, klingelte abermals, jetzt, so kam es ihm vor, schriller und drängender. Als er abnahm, war am anderen Ende nicht Evelyne Tauber. Auch kein anderer ehemaliger Kollege, kein Studienfreund, keine alte Flamme aus seinem bescheidenen Repertoire an Liebschaften. Am anderen Ende war Sascha Götz.

»Herr Wedeland? Sind Sie das? Hier ist Sascha Kerner. Sie kennen mich als Sascha Götz.«

Er glaubte, sich verhört zu haben, doch sie war es. Nach all den Jahren.

»Äh, ja, hallo.« Was zur Hölle wollte sie von ihm? Zum Geburtstag wollte sie ihm wohl kaum gratulieren. Er hatte seit – er überschlug die Zeit rasch im Kopf – gut zweiundzwanzig Jahren nichts mehr von ihr gehört. Nach Friederikes Verschwinden hatte sie sich anfangs häufig, dann immer seltener gemeldet, um sich nach dem Stand der Ermittlungen zu erkundigen. Als ihre Anrufe schließlich ausgeblieben waren, hatte ihn das gewundert, denn er hatte nicht das Gefühl gehabt, dass sie sich von den Geschehnissen je würde befreien können.

»Herr Wedeland, ich rufe an, weil – ich meine, ich rufe aus Hulthave an.«

»Sie rufen – wie bitte?«

»Ich bin in Hulthave. Und es wäre gut, wenn Sie kommen könnten.«

Er wusste nicht, was er sagen sollte, und sagte darum erneut: »Wie bitte?«

»Sie sollten hier sein, in Hulthave.«

Sein Hirn war überfordert von der Aufgabe, ein passendes Gefühl für dieses so unvorhergesehene Ereignis zu produzieren. Überraschung, sicher, aber darüber hinaus? Sollte er sich ärgern, dass Sascha Götz ihn aus dem, wenn auch unbefriedigenden, so doch immerhin erträglichen Rentnerdasein riss? Sollte er Angst haben angesichts dessen, was da vielleicht auf ihn zukam? Oder sich freuen, weil endlich einmal etwas passierte, das kein Arztbesuch, kein Fernsehabend und kein Freitagseinkauf war? Wie reagiert man, wenn die Vergangenheit plötzlich hinter einer Tapetentür hervorspringt und einem muffig und schimmelüberzogen um den Hals fällt? Das Resultat seiner Unentschlossenheit war ein Gefühl der Leere. Irgendwie hohl fühlte er sich.

»Ich bin nicht sicher«, erwiderte er, um Zeit zu gewinnen, »ob ich Sie recht verstehe.«

Als sie schon wieder erklärte, sie sei in Hulthave, und es wäre gut, wenn ..., da unterbrach er sie eilig.

»Nein, das meine ich nicht. Ich höre Sie sehr gut. Ich bin mir nur nicht sicher, was Sie damit zum Ausdruck bringen möchten. Was Sie eigentlich von mir wollen. Warum sind Sie überhaupt in Hulthave? Und warum sollte ich dorthin kommen? Ein paar mehr Informationen müssen Sie mir schon geben.«

Sascha Götz schien ihm nicht mitteilen zu wollen – oder mitteilen zu können –, um was es ging, nur so viel: Sie brauche seine Hilfe. Er fand, es war reichlich viel verlangt von ihm, auf solch vage Angaben hin alles stehen und liegen zu lassen und nach Hulthave zu fahren. Gut, es gab nicht viel, was er hätte stehen und liegen lassen müssen, aber das wusste sie ja nicht. Sie musste davon ausgehen, dass er für sie sein übliches Leben unterbrach, und da erschien ihm »Ich bin in Hulthave und brauche Ihre Hilfe« doch recht dünn.

Und dennoch. Er hätte sie abwimmeln, ihr zu verstehen geben können, dass er keine Zeit, keinerlei Veranlassung hatte, sich auf den Weg zu machen. Oder, noch einfacher, er hätte ohne weitere Erklärung nein sagen und auflegen können.

Er tat es nicht. Die Gründe dafür waren recht simpler Natur: Zum einen war ihm langweilig. Er war ein alter, nutzloser Mann, der die Chance hatte, plötzlich etwas weniger nutzlos zu sein. Und wer hätte da an seiner Stelle schon die Gelegenheit verstreichen lassen? Zum anderen hörte er in ihrer Stimme etwas, das ihn zögern ließ. Es war nicht die Dringlichkeit, nicht das Flehentliche, auch wenn das, wie er zugeben musste, schmeichelhaft war. Nein, es war etwas Flüchtiges in dem, was sie sagte. So als wäre es nur jetzt, nur für kurze Zeit zu hören, um dann für immer zu verklingen. Es gab womöglich kein Morgen, kein Später. Nur jetzt oder nie. Und in einem Anfall dessen, was ihn früher zu einem ehrgeizigen und guten Polizisten gemacht hatte, sagte er zu.

Als er aufgelegt hatte, fiel ihm ein, dass er gar nicht gefragt hatte, woher sie seine Nummer hatte. Einer seiner alten Kollegen hatte wohl geplaudert, einer, der ihn nicht leiden mochte und ihm eins auswischen wollte. Oder jemand, der Mitleid hatte, mit ihm, dem alten Rentner, und ihm etwas Abwechslung gönnen wollte. Was auch immer die Absicht gewesen war, Wedeland war geneigt, dem Unbekannten dankbar zu sein.

39

Ulrich Wedeland seufzte. Aus einer Laune heraus hatte er Schuhe und Strümpfe ausgezogen, um den Sand zwischen den Zehen zu fühlen. Jetzt klebte Sandkorn an Sandkorn in einer offenen Stelle an seinem Ballen, dort, wo die neuen Slipper gescheuert hatten. Ein perfekter Kreis. Er rieb mit dem Daumen, um den Sand loszuwerden, mit dem Resultat, dass es höllisch brannte und die Körner noch fester ins Fleisch gedrückt wurden. Dann versuchte er es mit Spucke, und schließlich gab er auf.

Er ließ den Blick über das raue, graue Strandpanorama schweifen. Die Luft war feucht und kalt, der Sand klamm. Das hier war definitiv kein Ort, der sich auch nur entfernt nach Ferien anfühlte. Noch dazu war er nicht einmal von weit her angereist, es waren, wie damals, nur vierzig Minuten mit dem Auto gewesen.

Und dennoch stand er im Sand, barfuß wie ein Urlauber, und schwankte im Wind. Als ob er es nicht wahrhaben wollte, dass es von vorne anfing. Dass er nicht hier war als ruhe- und frischluftsuchender Rentner, sondern in seiner Eigenschaft als gescheiterter Kommissar, der den einen, den entscheidenden Fall nicht hatte aufklären können. Der versagt hatte, als ein kleines Mädchen seine Hilfe brauchte, auf dessen nachhaltiges Vergessen er seitdem viel Energie und Promille verschwendet hatte.

Er wandte sich nach links und ging ein Stück, den Horizont

im Augenwinkel, die Windjacke gebauscht von einer Bö nach der anderen. Er kam nur langsam voran und hörte seinen eigenen schweren Atem überlaut in seinem Kopf. Er stapfte gegen den Wind an, gegen den Sand und gegen das unbändige Verlangen, auf der Stelle umzudrehen und heimzufahren. Er wollte nicht hier sein, wollte sich nicht den Gefühlen stellen, die unweigerlich auftauchen würden. Er wappnete sich gegen die Flashbacks, gegen brutale Déjà-vu-Erlebnisse, doch noch empfand er nichts, fühlte sich nur hohl, seine Gedanken waren schal.

Weiter vorne, an der Strandpromenade, sichtete er die Leuchtschrift des Cafés. Es gab nun keinen Grund mehr umzukehren, keinen Grund, den Anruf weiter hinauszuzögern. Umständlich nestelte er aus seiner Jacke das Smartphone hervor, das er sich wenige Wochen zuvor gekauft hatte.

Er tippte so lange wahllos auf dem Display herum, bis er durch Zufall dort landete, wo er hinwollte.

»Ich bin gleich dort. Am Promenadencafé, ja. Können Sie hinkommen? Gut.«

Er drückte auf einen kleinen roten Punkt, von dem er annahm, dass es die Taste zum Auflegen war, und stopfte das Telefon zurück in seine Jacke.

Als er sich mit zerzausten Haaren und vom Wind wundgeriebenen Wangen im Café niederließ, war er der erste Gast des Tages. Ohne hinzuschauen blätterte er die laminierten Seiten der Karte durch und bestellte dann einen Kaffee und ein Stück Kuchen. »Egal was«, fügte er hinzu, um der Nachfrage der Bedienung zuvorzukommen.

»Ja, aber wir haben ...«
»Egal welche Sorte.«
Beleidigt stapfte sie davon.

Der Kuchen war sogar gut, mit Rumrosinen und einer Zitronenglasur. Als er die letzten Krümel vom Teller pickte, berührte ihn eine leichte Hand von hinten.

»Herr Wedeland?«

Er sah auf und war irritiert, nur um sich sogleich über sich selbst zu ärgern. Natürlich war das nicht mehr die Sascha Götz, die er kannte, die von damals. Keine Spur mehr von der jungen, hübschen Frau mit den blonden Locken und den dunklen Augen. Das hier war die gealterte Version, schlecht gealtert, kaputt gealtert. Eine nachlässig gekleidete magere, unsichere Frau, die in den besten Jahren hätte sein können, wenn das Schicksal sich nicht anders entschieden hätte.

Sascha Götz, das wurde ihm deutlich vor Augen geführt, hatte sich nie von den Geschehnissen in Hulthave erholt. Sie war ein Schatten ihrer selbst, der blass über Wände huschte.

Beinahe augenblicklich regte sich sein schlechtes Gewissen. Hier war sie und hatte ihr Leben der Schuld geopfert, die eigentlich gar nicht die ihre war. Er hatte versagt, nicht sie. Es war seine Aufgabe gewesen, Friederike zu retten, sie zumindest zu finden, und er hatte sie nicht erfüllt. Sie dagegen, damals fast selbst noch ein Kind, was hatte sie sich vorzuwerfen? Einen unachtsamen Moment? Doch, soweit er wusste, noch nicht einmal das. Und dennoch. Dennoch hatte sie, das stand ihr ins Gesicht geschrieben, genügend Dinge gefunden, die sie sich vorwerfen, mit denen sie sich quälen konnte, über Jahre hinweg, während er nichts Besseres zu tun gehabt hatte, als ein einigermaßen normales Leben zu führen. Sicher, ihn hatten Zweifel gequält, er hatte Nächte wachend und sich wälzend verbracht. Aber so wie Sascha Götz hatten ihn die Ereignisse von damals nicht aus der Bahn geworfen.

»Herr Kommissar?«

Wedeland erhob sich ächzend. »Hallo Frau Götz. Setzen Sie sich doch, bitte.« Er wies vage auf den Stuhl neben seinem eigenen.

»Kerner, bitte.« Sie ließ sich zögerlich nieder.

»Oh natürlich, Sie hatten es am Telefon gesagt. Bitte entschuldigen Sie.«

Sie versuchte ein Lächeln, das jedoch auf halber Strecke verunglückte. »Das überrascht Sie, nicht wahr? Dass ich verheiratet bin.«

Wedeland wollte widersprechen, aber es war einfach zu wahr. Ja, es überraschte ihn. Also zuckte er nur mit den Schultern.

»Mein Mann Ulf ist Laborant. Wir haben zwei Kinder, André und Karina.« Das Gesicht von Sascha Kerner hellte sich auf. »Möchten Sie sie sehen?« Endlich so etwas wie eine Regung, ein klein wenig Wärme in ihrem Blick. Es war offensichtlich, dass ihre Familie das Einzige war, das sie davon abhielt, in den tiefen Abgrund der Sinnlosigkeit abzurutschen. Sie war mehr als ihre Schuld, mehr als ihr Versagen. Sie hatte etwas zustande gebracht, etwas Großes, und es war ihr offenbar immens wichtig, das zu beweisen.

Sie zerrte eine abgeschabte braune Tasche unter dem Tisch hervor, schlug die Lasche zurück und kramte nach ihrem Portemonnaie.

»Hier.« Jetzt klang sie fast stolz. »Das ist Karina. Und das ist André.«

Sie schob das Foto, eselsohrig und mit hellen Flecken, über die Tischdecke. Ein unscheinbarer, etwas dicklicher Junge von vielleicht elf Jahren, mit zu viel Gel im Haar und dem Emblem einer US-amerikanischen Sportmannschaft auf dem Pullover. Neben ihm ein dünnes Mädchen, mehrere Jahre jünger als ihr Bruder, mit schwarzem, ungekämmtem Haar und einer großen Brille. Das Mädchen grinste zahnlückig, der Junge schaute missmutig – vielleicht sollte es cool wirken? – in die Kamera.

»Sie sind fabelhaft, nicht wahr? Sie sind jetzt älter, das Foto ist nicht aktuell. Aber man erkennt es trotzdem. Wie schön sie sind.« Ihre Stimme zitterte.

Wedeland konnte Kinderbildern nicht viel abgewinnen, dennoch beeilte er sich zu nicken.

»Äh, wie alt sind die beiden denn?« So etwas fragte man doch, oder nicht?

Sascha Kerner haspelte einige Daten herunter, die Finger die ganze Zeit gepresst an den Ecken des Fotos, Alter, Klassenstufe, Notendurchschnitt, alles mal zwei. Viel hätte nicht gefehlt und sie hätte Wedeland noch Kopien der Impfpässe vorgelegt.

»Entschuldigen Sie.« Sie unterbrach ihren eigenen Redefluss. »Ich weiß, ich rede zu viel über die Kinder. Es ist nur ... sie sind das Einzige ... Sie wissen schon.«

»Ja, ich weiß.«

Kurz schwiegen beide, dann fasste sich Sascha Kerner ein Herz.

»Nach Friederikes Verschwinden – ich sage immer noch nicht Tod, hören Sie das? Als ob es etwas ändern würde. Also, nach ihrem Verschwinden war es nicht leicht für mich.« Sie sah ihn an und dann auf ihre Hände. Sie starrte auf ihre zerbissenen Nägel, als wollte sie mit allen Zähnen der Welt über sie herfallen, sie zu blutigen Stümpfen nagen, ein bisschen Balsam für die Nerven. Aber sie beherrschte sich. »Ich sage, dass es nicht leicht war, weil man das so sagt. In Wahrheit war es die Hölle. Es hat mich fast umgebracht, vielleicht tut es das immer noch. Ich sage nicht, dass ich das alles nicht verdiene ...«

»Frau Kerner ...«

»Nein!« Das kam heftiger, als sie beabsichtigt hatte, sie zuckte zusammen. »Nein, bitte. Lassen Sie mich reden.«

Er lehnte sich im Stuhl zurück, auch wenn ihm die Wendung des Gesprächs nicht behagte. Eine stumme Geste, er ließ ihr Raum, wie er es in den vergangenen Jahrzehnten mit Hunderten von Zeugen und Verdächtigen getan hatte. Und sie füllte alles zwischen ihnen mit Worten.

»In den letzten fünfundzwanzig Jahren habe ich es nicht geschafft, Fuß zu fassen. Mein Studium hatte ich geschmissen, hab's nicht gepackt. Hab die Prüfungen in den Sand gesetzt. Weil es nicht ging. Und dann, irgendwie, wurde es nie wieder was. Die Ausbildung im Krankenhaus hab ich abgebrochen. Dann wieder dachte ich, zwischendurch: Jetzt wird's besser. Aber so war es nie. Es wurde nie besser. Sie war immer da, die Vergangenheit. Sogar als ich nach Berlin ging. Sie war da.«

Wedeland zog die Nase kraus, unbewusst. Sascha Kerner roch nicht gerade frisch. Ihre Haare, das fiel ihm jetzt erst auf, waren fettig, und ihre Bluse hatte gelbliche Flecken. Es war offensichtlich: Sie hielt nur eine bröckelige Fassade aufrecht, so viel wie nötig, für mehr fehlte die Kraft. Wahrscheinlich brauchte sie all ihre Reserven, um Pausenbrote zu schmieren und den Kindern morgens durchs Haar zu fahren, und für den Rest, für ihr Leben, blieb dann nicht mehr viel übrig.

Er versuchte den Geruch aus seiner Wahrnehmung zu verdrängen und sich auf ihre Worte zu konzentrieren. Sie redete jetzt schneller, noch leiser.

»Irgendwann habe ich dann aufgegeben. Hab's hingenommen. Mein Leben ist, wie es ist. Die Traurigkeit. Die Schuld, mein Gott, die Schuld.«

»Ich glaube nicht«, sagte Wedeland, »dass ein Leben ohne Schuld sein kann.« Er hob die Hände, ergeben. »Das kann ich Ihnen versichern, aus langjähriger Erfahrung. Aber wir gestehen ihr auch mehr Bedeutung, mehr Raum zu, als unbedingt notwendig wäre. Wenn wir ihr zu viel Raum geben, erdrückt sie uns.«

Sascha Kerner neigte den Kopf, das strähnige Haar fiel ihr ins Gesicht. »Wahrscheinlich haben Sie recht. Aber ich komme einfach nicht gegen sie an. Sie macht alles so wahnsinnig schwer, und sie macht mich so einsam. Als wäre ich durch sie allein. Als wären alle beschäftigt und glücklich und Teil von etwas. Und nur ich habe die falsche Abzweigung genommen und bin draußen gelandet, in der Kälte, in der Dunkelheit. Und bin nie wieder reingekommen.«

Wedeland nickte. »Ich verstehe, was Sie meinen. Aber, Frau Kerner, wenn ich etwas fragen darf ...«

»Bitte.«

»Ich würde gerne wissen, warum Sie der Meinung sind, dass Sie all das so sehr verdienen. Sie waren damals noch unglaublich jung, und Sie haben nichts falsch gemacht. Sie hatten Ihre Augen nicht überall, gut, aber wem wäre das schon gelungen? Sie haben sich nichts vorzuwerfen, nichts, was das alles«, er schloss sie und ihr Leben mit einer ungläubigen Geste ein, »rechtfertigen würde. Oder sehe ich das falsch?«

»Sie sehen es nicht falsch.« Noch ein sehnsüchtiger Blick auf die Nägel, dann schien sie sich ein wenig zu entspannen. Für Wedeland war das ein Signal. Täter entspannen sich, bevor sie gestehen. Zeugen entspannen sich, bevor sie endlich die Wahrheit sagen. Das Zögern, der Kampf war vorüber, die Entscheidung war gefallen. »Sie wissen nur nicht alles.«

Da war es raus.

Wedeland starrte sie an, fassungslos.

»Wie bitte?«

»Ich habe Ihnen nicht alles erzählt.«

Sie saß jetzt gerade, die Schultern hingen locker nach unten.

»Ich weiß. Ich weiß. Es ist zu spät, und es wird nicht mehr gut. Aber hören Sie mir zu.«

Nichts auf der Welt, nichts in seinem Leben hätte ihn davon abhalten können, ihr zuzuhören. Sein ganzes Sein, er als Mensch, als Polizist war auf sie ausgerichtet. Im Gegensatz zu Sascha Kerner vibrierte er vor Anspannung.

Und sie erzählte es ihm, endlich.

»In der Nacht, als Friederike verschwand, hatte ich Nachtwache. Das wissen Sie. Was Sie nicht wissen, ist, dass ich eine Weile abgelenkt war.« Kein Zögern, keine Pause. Die Worte wollten raus aus ihrem Grab. »Jonathan Belling, einer der anderen Betreuer, hatte die Schicht vor mir. Als ich kam, um ihn abzulösen, haben wir uns noch eine Weile unterhalten. Gut unterhalten.« Wehmut um die Augen. Wedeland tippte, dass nicht Jonathan Belling diese Trauer galt, sondern den letzten unbeschwerten Momenten ihres Lebens. »Und dann ist es passiert. Wir haben uns geküsst. Wir hatten keinen Sex, aber so etwas Ähnliches. Wir waren abgelenkt. Definitiv abgelenkt. Vielleicht fünfundzwanzig, dreißig Minuten.«

Und dann? Wedeland war sich nicht sicher, ob er die Frage ausgesprochen hatte oder ob sie ihm stumm aus den Augen gekrochen war.

»Dann ist Jonathan gegangen, um zu schlafen. Ich habe noch die Zelte kontrolliert, die Kinder gezählt. Sie waren alle da.« Sie sah ihn an. »Sie waren alle da, Herr Wedeland, haben Sie das verstanden?«

In seinen Ohren klang ihre Stimme wie das Ende der Zeit.

Sie hatte ihm nicht alles erzählt. So einfach war es manchmal. Er wütete durch die Welt, auf der Suche nach des Rätsels Lösung, nach dem passenden Steinchen, dem fehlenden Teil, der richtigen Antwort und dann – ein Mensch. Ein Mensch, der zu wenig dachte, zu viel dachte, ein Mensch, der damit beschäftigt war, Mensch zu sein. Und der alles veränderte.

»Ja. Ich hab's verstanden.« Noch klang keine Feindseligkeit durch seine Verwunderung, sie war noch nicht bis in seine Worte gelangt, aber sie brodelte tief unten in seinen Gedärmen und haarscharf unter der Schädeldecke.

Er konnte nicht einordnen, was es bedeutete. Bedeutet hätte. Hätte es sie auf die richtige Spur geführt? Hätte es einen Unterschied gemacht? Im Hinblick auf sein Vorgehen – mit Sicherheit. Er hätte sich Sascha Götz vorgeknöpft, noch öfter, in aller Härte. Vielleicht nicht, wenn sie gleich die Wahrheit gesagt hätte, aber auf jeden Fall, wenn sie nach ein paar Tagen von ihrer Lüge abgewichen wäre.

Die einzelnen Fäden, an denen sich seine Gedanken entlanghangelten, entglitten ihm. Es war zu viel, zu viel Konjunktiv, zu lange her. Nur eine Frage lag klar und leuchtend abseits des Gewirrs in seinem Kopf.

»Warum?«

Sie verstand ihn auf Anhieb. »Warum jetzt die Wahrheit?«

Sie atmete durch, zittrig, dann begannen die Tränen zu laufen, jahrzehntealt, hinter Augen gehortet. Die Tränen liefen und liefen, aber sie schluchzte nicht, sprach beherrscht, als weinte die eine und redete die andere Frau.

»Ich habe in der Zeitung gelesen, dass diese Frau gefunden wurde. Hier am Strand. Ich bin nicht dumm. Ich weiß, dass sie es nicht ist. Friederike. Das ist mir klar. Aber ich wollte sie sehen. Ich musste sie sehen, verstehen Sie? Sonst hätte ich …«

Sie stockte, zog die Nase hoch. »Es ging nicht anders. Und dann bin ich hierhergefahren. Einfach so. Allein. Um sie zu suchen. Sie zu sehen.«

»Und haben Sie …«

Sie winkte hastig ab. Keine herrische Geste, eher bittend. »Warten Sie, es fehlt noch etwas. Das Wichtigste.«

Er runzelte die Stirn, nein, runzelte das Hirn, so fühlte es sich zumindest an. Millionen von Gehirnzellen zusammengezogen, bereit loszuschlagen.

Sie log ihn an, sabotierte aus kindischer Angst eine Mordermittlung, brachte ihm dann die Wahrheit wie einen Knochen dar, knallte ihn vor seine Füße, da, friss, und das Wichtigste kam erst noch?

Sie hatte sich an seinem Blick versengt, zog den Kopf ein, aber sie wollte nicht schweigen, nicht mehr. »Ich wollte sie nur sehen. Sehen, dass sie es nicht ist. Damit das mit dieser Hoffnung nicht schon wieder anfängt. Die ertrag ich nicht mehr. Ich bin sogar hingegangen, zur Polizei, aber die konnten mir nicht weiterhelfen, haben gemeint, dass sie mir nicht sagen können, wo die Nixe ist. Doch dann, wie ich danach die Straße langgehe, Richtung Strand, gestern, da spricht er mich an.«

Wedeland starrte sie an, starrte sich in ihren Kopf. Sprich, Frau, sprich endlich.

»Seinen Namen wusste ich nicht mehr. Er hat ihn mir noch mal gesagt. Torsten Leutmann.«

In Wedelands Hirn regte sich etwas. Der Name, dieser Name. Kein neuer Name. Da war etwas, ein Protokoll, eine Befragung. Sie hatten mit Torsten Leutmann gesprochen. Sie waren an ihm dran gewesen. Am liebsten hätte er alles vom Tisch gefegt, aber er zwang sich Geduld auf, es änderte ja nichts, nicht mehr.

Sascha Kerner war jetzt weit weg, die Augen halb geschlossen, und erzählte von dort.

»Damals, am Strand, hat er mit mir geredet. Wir haben uns unterhalten, mehr nicht. Ich habe ihn sofort vergessen. Bloß er mich nicht. Er scheint etwas in mir gesehen zu haben, was weiß ich.« Ungläubiges Zucken im Mundwinkel. »Die eine, die ihn nicht verlacht, die mit ihm redet, anders als die Mädchen aus dem Dorf. Etwas in der Art, aber richtig heftig. So heftig, dass er mir wohl zum Zeltplatz gefolgt ist. Nachts. Wollte mich besuchen, mit mir durchbrennen, was auch immer er sich ausgemalt hat.«

»Moment, und das hat Ihnen Leutmann alles erzählt? Einfach so?« Wedeland hielt es kaum mehr auf seinem Stuhl. Das Blut rauschte durch seine Adern, jagte den Körper hoch wie einen Motor.

Sie sah ihn an, schonungslos gegen sich und ihn. »Ja, das hat er. Er sagte, er sei beim Zeltplatz gewesen. Hat uns gesehen. Jonathan und mich.« Sie errötete tatsächlich ein wenig, unter den Schichten von Tränen und jahrelang gehegtem Gram errötete sie wie ein Kind.

»Hat mich gehasst, wahrscheinlich, und geschämt hat er sich, weil er so dumm war. Seine Worte, nicht meine. Er wollte sich davonmachen, bevor wir ihn bemerken. Verlässt den Zeltplatz, über den Zaun rüber. Und dann sieht er das Auto.«

Das war er. Der Moment. Auf den alle gewartet hatten. Der Moment, der nie gekommen war und jetzt, zu spät, Jahrzehnte zu spät, plötzlich vor der Tür stand. Wedeland fühlte Wut und noch mehr Wut, auf das, was gewesen war, auf das, was hätte sein können.

Mühsam brachte er seine Stimme unter Kontrolle. »Ein Auto, sagen Sie. Er hat ein Auto gesehen.«

»Ja. Mehr hat er nicht gesagt. Ein Auto. Das war alles.«

Ein Auto. Wedeland stand auf und setzte sich gleich wieder hin. Er konnte nicht mehr stillhalten, es trieb ihn an, trieb ihn vorwärts, wiedererwacht. Der Instinkt. Die Pflicht. Die Gier. Es arbeitete in seinem Kopf, wie Silvesterraketen schossen die Gedanken in den Himmel, hinaus aufs offene Meer. Er konnte ihnen unmöglich allen folgen, versuchte sich auf die wesentlichen zu konzentrieren, auf die entscheidenden, aber es blieb ein Wust. Er würde Zeit brauchen, Zeit, die er nicht hatte, oder doch? Fiel ein Tag ins Gewicht, gemessen an verstrichenen, verschenkten Jahrzehnten?

Fahrig griff er in die Innentasche seiner Jacke, angelte sein Portemonnaie heraus und knallte einen Zehner auf den Tisch. Dann erhob er sich und ging hinaus, ohne ein Wort zu Sascha Kerner, die ihm hinterherschaute und sich nicht wunderte.

Der Wind peitschte ihm Tränen in die Augen. Hätte er etwas gesagt, er hätte sich selbst nicht verstanden, so laut dröhnte es um ihn herum, aber er schwieg ohnehin, schwieg gegen alles an.

Getrieben von einer Bö rollte ein Zweig über die Promenade, doch als er genauer hinsah, erkannte er, dass es die Beine einer Möwe waren, beide, säuberlich vom übrigen Körper abgetrennt, nur noch mit sich verbunden wie die Stängel von Zwillingskirschen. Um den aufkommenden Brechreiz zu bekämpfen, sog er kalte Luft durch die Nase ein. Er wollte denken und ordnen und sein Vorgehen planen, aber da war die Sinnlosigkeit, die sich über alles legte und die Regungen erstickte. War das Ganze nicht wahnsinnig absurd? Es war eine Frage, die er sich sonst nicht stellte, nicht stellen wollte. Sicher war alles irgendwie sinnlos, aber man durfte nicht daran denken, nicht darüber nachdenken, sonst war das Ende nah. Wenn alles sinnlos war, gab es keinen Grund mehr, morgens aufzustehen, keinen Grund mehr, Teil der Scharade zu sein, die mit dem Weg zur Arbeit begann und erst dann aufhörte, wenn man tot war und Zeit hatte, sein Leben zu bereuen.

Doch hier, an diesem nassen Strand, ließ Wedeland den Gedanken zu, badete sein Inneres darin, ließ ihn durch sich fließen. Sinnlos. Vergeblich die vielen Tage und Nächte, die Anstrengungen, der Kampf gegen den Schlaf, die Akten, gegen sämtliche Widerstände. Menschen verschwanden, Menschen starben, als Hinterlassenschaft nichts als Fragen. Es machte keinen Unterschied, hatte nie einen gemacht, ob er sein Bestes tat, ob er wieder und wieder jeden Stein umdrehte und jedes Sandkorn darunter.

Letztlich war er selbst es, der keinen Unterschied machte.

Er stapfte durch den Sand, und ihm war, als käme der Wind von oben, als drückte er ihn Richtung Boden, mit aller Macht. Er marschierte, bis die Fäuste in den Taschen schmerzten und der Rotz ihm aus der Nase lief. Natürlich hatte er kein Taschentuch bei sich, er hatte nie ein Taschentuch bei sich, und so kehrte er um und ging zu seinem Hotel zurück. Er brauchte Zeit, um sich zu ordnen. Und Abstand von Sascha Kerner, die er sonst vermutlich mit bloßen Händen erwürgt hätte.

Die Lobby war warm und gemütlich, es roch nach Heizungsluft und kräftigem Tee. Wedeland trat an den Tresen, der Kaffeebar und Rezeption in einem war. An der Kaffeemaschine werkelte ein rundlicher Glatzkopf herum. Eine Tätowierung lugte aus seinem Hemdkragen hervor, am kleinen Finger ein dicker silberner Ring, über dem Mund ein borstiger Schnauzbart. Wedeland schätzte ihn auf Anfang fünfzig, fand ihn sympathisch. So gar nicht der typische Hotelwirt.

»Bisschen zerzaust, was?«, sagte der Dicke nach einem Blick auf Wedeland.

»Äh ...« Wedeland musste kurz überlegen, was er eigentlich gewollt hatte. »Könnte ich einen Tee aufs Zimmer bekommen? 108.«

»Nein.« Der Dicke wischte sich die Hände an einem feuchten Spültuch ab und lächelte freundlich.

»Nein?«

»No Roomservice«, sagte er und deutete auf ein Blechschild über dem Tresen. Sein Englisch war grauenvoll.

»Ach«, sagte Wedeland. »Na dann.« Er war in Gedanken schon wieder ganz woanders.

»Aber hier können Sie einen Tee trinken, wenn Sie wollen.« Der Dicke angelte bereits eine Tasse aus dem Regal.

Wedeland zuckte mit den Schultern. »Na dann.«

Der Tee schmeckte nach nichts, aber er beruhigte. Das Adrenalin ebbte ab, und Wedeland sah etwas klarer. Fakt war: Es gab neue Erkenntnisse im Fall Friederike Baumgart. Fakt war auch: Sie änderten vermutlich nichts am Schicksal Friederikes. Wedeland erinnerte sich an keinen einzigen Fall, bei dem das Opfer nach so langer Zeit wieder wohlbehalten aufgetaucht war. Nach einigen Jahren, ja, aber nach Jahrzehnten?

Friederikes Eltern hatten trotzdem ein Recht auf Gewissheit. Darauf, zu erfahren, was ihrem Kind geschehen und wer dafür verantwortlich war. Sie sollten im Gerichtssaal sein und erleben dürfen, wie diese Person, der Mörder ihrer Tochter, verurteilt wurde. Doch nicht nur die Eltern hatten ein Recht darauf, er hatte ein Recht darauf, Evelyne Tauber hatte ein Recht darauf und Franz Thorwart und alle anderen aus der Truppe. Und ja, auch Sascha Kerner.

Dann war da noch die Frau, von der alle sprachen, die Nixe.

Sie war sicher nicht Friederike, sie hatte nichts mit dem Fall zu tun. Natürlich gab es die Möglichkeit, hypothetisch, dass Friederike und die Nixe ein und dieselbe Person waren, aber es war eben nur das: hypothetisch. Nur weil eine Geschichte der Boulevardpresse gelegen kam, war sie noch lange nicht wahr. Ein DNA-Test, so man ihn denn anordnete oder womöglich sogar schon angeordnet hatte, würde Aufklärung bringen, doch er wusste es auch so: Wer auch immer diese Nixe war, sie war nicht Friederike. Friederike war tot. Sie lag unter fauligen Blättern in einem Wald oder wurde von Fischen auf dem Meeresboden umspielt. Was immer ihr geschehen war – es war vorbei, es war irreversibel. Aber wenn sich ihm die Chance bot, die Wahrheit letztlich doch noch ans Licht zu bringen, aus dem Dunkel zu zerren, dann musste er es tun. Es war sein Fall. Friederikes Schicksal würde ihn ohnehin nie loslassen. Wenn er herausfand, was ihr zugestoßen war, würde es das womöglich etwas erträglicher machen.

Er wollte endlich den Moment erleben, in dem sämtliche Teile an ihren Platz fielen und ein Bild ergaben, ein grausames zwar, aber ein vollständiges Bild immerhin, wo zuvor nur grauer Nebel gewabert hatte.

Es war egoistisch, so zu denken. Die reine Selbstsucht. Er wollte Gewissheit, vor allem aber wollte er selbst derjenige sein, der diese Gewissheit zustande brachte.

War das ein verständlicher Impuls? Ja, wie er fand. War es dumm, diesem Impuls nachzugeben? Vermutlich schon. Dumm und äußerst fragwürdig. Er hatte keinerlei Befugnis, weiter zu ermitteln. Andererseits – was hatte er schon vorzuweisen? Die vage Erinnerung eines dubiosen Zeugen. Er musste weitermachen, bis er wirklich etwas in der Hand hatte. Etwas, mit dem er sich vor seinen alten Kollegen nicht komplett blamierte. Dann erst würde er offizielle Stellen einschalten.

Und auch das war klar: Wenn er etwas erreichen wollte, war Torsten Leutmann der Dreh- und Angelpunkt. Der Punkt, an dem alles zusammenlief – oder begann. Torsten Leutmann war der Schlüssel. Wedeland sah ihn vor sich, eine blasse Erinnerung, die sich inzwischen in seinem Kopf materialisiert hatte. Ein junger, gequälter Mann, hilflos und wütend. Wenn man Sascha Kerner Glauben schenkte, hatte er seinen Frieden nicht gefunden.

Wedeland sah auf die Uhr. Es war kurz nach fünf. Wenn er Glück hatte, erreichte er Wolfram Schaber noch. Mit ihm zu sprechen war der einzig logische erste Schritt, und es war immerhin ein Anfang. Ein Fadenende in all diesem Gewirr, und Wedeland ergriff es.

Gleich nach dem ersten Klingeln nahm er ab. »Schaber hier.«

Wolfram Schaber, Leiter der Abteilung für Altfälle, hatte eine tiefe, kehlige Stimme. Wedeland mochte ihn und seine unaufgeregte, verbindliche Art.

»Hallo?«

»Äh, hallo Wolfram, Ulrich hier. Ulrich Wedeland.«

»Ach, der Ulrich!« Wolfram Schaber schien sich ehrlich zu freuen, von ihm zu hören. »Was gibt's? Langweilt dich das Rentnerdasein so sehr, dass du Sehnsucht nach uns hast?«

»So ähnlich. Ich habe eine Frage, Wolfram. Der Fall Friederike Baumgart. 1987 war das, er wurde nie geklärt.«

»Ist mir ein Begriff. Eine Frage war das aber noch nicht.«

»Ich würde gern wissen, ob ihr da noch dran seid. Und wenn ja, was euer Stand ist.«

Wedeland hörte Schabers Tastatur klappern. Das mochte er an dem ehemaligen Kollegen, er fragte nicht lange, sondern legte los.

»Also, neue Erkenntnisse gibt es keine. Es ist geplant, die

Kleider von Friederike, die damals gefunden wurden, nach München zu schicken. Die Experten dort sollen versuchen, brauchbare Täterspuren zu isolieren, die Verfahren werden ja immer besser.« Schaber zögerte. »Ich könnte mir vorstellen, dass dieses Vorhaben zügig in die Tat umgesetzt wird, wenn man die Aufmerksamkeit bedenkt, die der Fall derzeit bekommt. Rufst du deswegen an? Weil die Presse die alte Wunde aufreißt?«

Wedeland schwieg. Er war sich nicht sicher, wie viel er Schaber gegenüber zu diesem Zeitpunkt preisgeben wollte. Er wollte nicht, dass Staub aufgewirbelt wurde. Wollte nicht, dass seine Ermittlungen wirklich Ermittlungen wurden, denn das hätte ihn an den Rand des Geschehens befördert und die Dinge ins Unendliche verlangsamt.

Es ging hier schließlich nur um die Gedankenspiele eines alten Mannes, den seine Vergangenheit nicht losließ. Es war, entschied er, nur ein klein wenig unfair, wenn er Schaber nicht die ganze Wahrheit sagte, zumindest nicht jetzt. Unfair, aber tragbar.

»Ulrich? Bist du noch dran?«

»Bin ich. Entschuldige. Und ja, die Berichterstattung hat mir vor Augen geführt, dass mich der Fall immer noch beschäftigt. Aber sag mal, Wolfram, steht in den Akten etwas von den Eltern?«

»Von Friederikes Eltern? Lass mal sehen.«

Wedeland konnte hören, wie er scrollte. »Hier steht nichts. Aber warte mal einen Moment.«

Wieder ein Augenblick Stille, bis auf einige Klicks.

»Sie sind tot«, sagte er dann.

»Wie bitte?«

»Die Eltern. Sie sind tot. Beide.«

»Aber ...«

»Sie waren noch gar nicht so alt, meinst du? Tja. Bei der Mutter ist nichts verzeichnet, aber beim Vater war es Suizid. Wer würde ihm das verdenken?«

»Niemand«, sagte Wedeland. »Absolut niemand. Hast du etwas über weitere Verwandte?«

»Es gab mal Großeltern, zumindest tauchen die in den Akten auf, aber ob die noch leben?« Wieder war das Klackern von Tasten zu hören. »Nein, auch die sind verstorben. Und Geschwister gibt es auch keine. Warum interessiert dich das?«

»Kein bestimmter Grund. Ich habe mich gefragt, ob noch jemand auf sie wartet.«

»Mhm.« Schaber klang nicht überzeugt. »Ich hoffe, ich konnte dir weiterhelfen. Keine nahen Verwandten, die noch leben, soweit wir wissen. Das könnte für die Kollegen, die im Fall der Nixe ermitteln, vermutlich auch bald relevant sein. Für einen Abgleich zwischen Friederike und der Unbekannten müsste man gegebenenfalls auf DNA aus dem Hautabrieb an Friederikes Kleidung zurückgreifen.«

»Du glaubst, dass es ein und dieselbe Person sein könnte?«

»Nein. Aber ich glaube, dass ein Abgleich den Spekulationen ein Ende bereiten würde.« Schaber war anzuhören, wie wenig er für die reißerische Berichterstattung übrighatte. »Aber sag mal, täusche ich mich, oder hast du noch eine weitere Bitte?«

»Nur eine noch.«

Wieder ein Seufzen, dieses Mal lauter.

»Ich bräuchte alles, was du in den Akten zu Torsten Leutmann finden kannst.« Er buchstabierte den Namen. »Ich weiß, das ist viel verlangt.«

»Ist es.« Schaber brummte.

»Ich mach's wieder gut.«

»Werden wir sehen.« Schaber klang schon freundlicher.

Wedeland bedankte sich, legte auf und dachte nach. Friederikes Eltern lebten nicht mehr. Sie waren ohne Gewissheit über das Schicksal ihrer Tochter gestorben. Er fragte sich, ob es etwas Schlimmeres gab. Ihm selbst, da musste er ehrlich sein, kam diese Tatsache entgegen. So war es leichter für ihn, inoffiziell zu ermitteln, ohne seine ehemaligen Kollegen. Es gab so niemanden, den er dadurch hinters Licht führte, niemanden, den er enttäuschte, wenn er nicht erfolgreich war.

Wedeland sah auf die Uhr. Zeit für ein Abendessen, dann ein stupider Film im Fernsehen, anschließend ins Bett. Morgen würde er da weitermachen, wo er vor Jahren viel zu schnell aufgegeben hatte.

Als er am nächsten Morgen beim Frühstück saß, trat der Wirt zu ihm.

»Noch Kaffee?«

Wedeland lehnte dankend ab. Normalerweise trank er jeden Morgen drei Tassen, aber von der schwarzen Brühe, die der Dicke in seiner Kanne schwenkte, würde er keinen weiteren Schluck runterbringen.

»Aber einen Toast würde ich noch nehmen, bitte.«

»Kommt!« Der Wirt war schon fast auf dem Weg in die Küche, als er sich noch einmal umwandte. »Ach, da ist jemand für Sie.«

»Für mich?«

»Hat nach Ihnen gefragt, an der Rezeption. Aber ich hab gesagt, dass sie warten soll, damit Sie selbst entscheiden können, ob Sie mit ihr sprechen wollen.« Er schaute zufrieden drein. »Privatsphäre und so.«

»Aha.« Wedeland nickte irritiert. »Hat dieser Jemand einen Namen genannt?«

»Nö. Aber die Frau sitzt in der Lobby, Sie können sie ja fragen.«

Bestechende Logik. Wedeland seufzte, verzichtete auf den Toast und ging zur Rezeption.

Natürlich war es Sascha Kerner, die dort saß, die Schultern hochgezogen, mit einem schuldbewussten Ausdruck – war er jemals nicht schuldbewusst? – im Gesicht. Er war immer noch wütend auf sie, auf sie und ihr verdammtes jahrzehntelanges Schweigen. Doch zugleich mischte sich nun auch Mitleid hinein, es war schlicht unmöglich, kein Mitleid mit dieser Frau zu haben, deren Leben unter Schuld begraben lag.

Sie stand hastig auf, als sie Wedeland sah. »Sie haben mir nicht gesagt, wo Sie wohnen. Da habe ich … rumgefragt, nachdem ich Sie nicht auf Ihrem Handy erreicht habe.«

Unwillkürlich klopfte er seine Taschen ab. Als er sein Telefon fand, blieb das Display trotz nachhaltigen Drückens schwarz.

»Akku leer. Aber was ist so dringend, dass Sie herkommen mussten?«

Hatte sie noch mehr Enthüllungen in petto, die alles auf den Kopf stellten?

»Ich will dabei sein«, sagte sie.

»Wie bitte?«

»Sie werden doch ermitteln, oder? Wegen Friederike. Sie werden den neuen Hinweisen nachgehen.«

»Nein, nichts dergleichen.« Wedeland beeilte sich mit seiner Antwort. »Ich bin nicht mehr im Dienst. Ich bin ein Rentner, der sich am Meer ein wenig den Wind um die Nase wehen lässt.«

»Sie werden ermitteln.« Sie klang fast trotzig.

»Frau Kerner, ich …«

»Nichts da. Sie hören mir jetzt zu. Diese Sache hat mein Leben zerstört und mich zu dem gemacht, was ich jetzt bin.«

Sie fuhr mit ihren Händen hektisch an sich herunter. »Und glauben Sie nicht, ich würde nicht merken, wie mitleidig Sie mich anschauen.«

Wedeland blickte betreten zur Seite.

»Es hat mich kaputt gemacht. Es hat mich alles gekostet. Also wenn jemand ein Recht hat zu erfahren, was wirklich passiert ist, dann ich.«

Wedeland wandte vorsichtig ein, dass sie auch dann alles erfahren würde, wenn sie wieder nach Berlin zurückfuhr. Gleichzeitig wusste er, dass er verloren hatte. Sascha Kerner würde sich nicht abschütteln lassen. Sie hatte sich aus ihrem Kokon hervorgewagt, war aktiv geworden, ganz entgegen ihres Naturells. Sie würde sich nicht mehr mit der Passivität der vergangenen Jahre zufriedengeben.

»Ich gehe nur zur hiesigen Polizei und erkundige mich nach Torsten Leutmann. Mehr nicht. Wenn Sie unbedingt mitkommen wollen – bitte. Aber Sie sagen nichts, verstanden?«

»Verstanden.« Sie reckte vorsichtig das Kinn. »Danke.«

Wedeland brummte und ging seinen Mantel holen.

Die Dienststelle war noch immer in dem Gebäude schräg neben dem Gemeindehaus untergebracht, das ihnen damals als Lagezentrum gedient hatte. Obwohl beide Bauten komplett erneuert worden waren und jetzt trister Herbst statt Hochsommer war, hatte Wedeland ein heftiges Déjà-vu. Fast schon erwartete er, dass gleich Evelyne Tauber, Paul Jeremias und Franz Thorwart um die Ecke biegen würden, Tauber im Laufschritt und in Akten vertieft, Jeremias mit einem belegten Brötchen in der Hand und Thorwart, ein paar Schritte dahinter, im Kopf schon den nächsten Geistesblitz wälzend.

Hier hatte alles begonnen, hier hatte alles seinen Lauf genommen, auf das unbestimmte, sich ins Unendliche dehnende Ende hin. Es war eine Welle von so widerstreitenden Gefühlen, die ihn mitriss, dass ihm fast schwindlig wurde. Bedauern, Wut, Anspannung, Ungeduld – und Wehmut. Heimweh nach seinem alten Leben.

Er spürte eine Hand an seinem Ärmel. »Herr Wedeland? Wollen wir nicht hineingehen?«

Sascha Kerner sah aus, als würde sie gleich kollabieren. Ihr Gesicht war so weiß wie der Himmel über ihnen, und er fragte sich, wie sie es geschafft hatte, nach ihrer Ankunft in Hulthave allein zur Polizei zu gehen. Wenn er ehrlich war, fragte er sich auch, wie sie es geschafft hatte, überhaupt durchs Leben zu kommen. Es musste sie unglaublich viel Kraft gekostet haben, all den Schmerz, die Angst und den Selbsthass, der so schwer wog, mit sich herumzuschleppen wie einen zentnerschweren Sack. Sie musste, das wurde ihm klar, unglaublich stark sein. Sie wirkte so schwach, ständig erschöpft von dem Kampf gegen sich selbst, aber immerhin, sie kämpfte ihn.

Wieder die Hand an seinem Arm.

»Also gut, gehen wir«, sagte er. »Und denken Sie daran – ich will nichts von Ihnen hören. Lassen Sie mich das machen.«

Sascha Kerner nickte und eilte stumm neben ihm die Stufen hinauf.

40

Stickige Wärme und der unverkennbare Geruch der Neunzigerjahre – eine Mischung aus Kopierpapier, billigem Kaffee, Linoleum und diesen braunen kleinen Kugeln, die man anstelle von Erde für Zimmerpflanzen verwendete – umfing sie. Wedeland fühlte sich in Zeiten zurückversetzt, in denen er noch etwas zu sagen gehabt hatte, und kam sich im Gegenzug umso hilfloser vor, weil er nicht wusste, an wen er sich wenden sollte. Suchend sah er sich um, ohne recht zu wissen, nach wem er Ausschau hielt. Nach jemandem, der nett aussah vermutlich, harmlos und nicht allzu beschäftigt.

Eine junge Polizistin schob sich an ihnen vorbei, hielt dann aber inne. »Sie waren doch neulich schon da.« Sie sah Sascha Kerner an, die gerunzelte Stirn halb versteckt unter Ponyfransen. »Sie haben nach der Nixe gefragt, oder?«

Sascha Kerner zog den Kopf ein.

»Der Kollege, der mit dem Fall vertraut ist, war damals nicht da, ist aber jetzt im Haus.« Noch bevor Wedeland einwenden konnte, dass die Nixe gar nicht der Grund war, weshalb sie gekommen waren, hatte sich die junge Frau schon davongemacht. Es dauerte ein paar Minuten, bis ein hoch aufgeschossener Mann mit schmalen Schultern und einem lang gezogenen Gesicht auf sie zukam. Er erinnerte Wedeland an einen Basketballspieler, den man zu früh ins Team der Großen geschickt hatte – ein wenig unsicher, aber stets bemüht, das zu überspielen.

»Mein Name ist Erik Harms. Wie kann ich Ihnen helfen?« Der Polizist schüttelte Wedeland und dann, etwas vorsichtiger, Sascha Kerner die Hand. »Sie sind doch keine Journalisten, oder? Wenn Sie Journalisten sind, dann sagen Sie das bitte gleich. Dann würde ich Sie bitten zu gehen.«

Ulrich Wedeland versicherte, dass sie das nicht seien. »Wir sind genau genommen auch nicht wegen der Frau vom Strand da. Wenigstens nicht direkt.«

»Nicht? Warum dann?«

»Diese Frau, die Nixe, ist vielleicht der Grund, warum wir in Hulthave sind, aber nicht der Grund, warum wir hier sind«, präzisierte Wedeland und schloss mit einer Handbewegung die Dienststelle mit ein.

Er sah, dass Erik Harms ungeduldig wurde. »Entschuldigung. Ich sollte mich erst einmal ordentlich vorstellen: Ich bin Ulrich Wedeland, ehemals Kripo Wehrich.«

Harms' Gesicht hellte sich sogleich ein wenig auf. Wedeland beeilte sich fortzufahren. »Und das hier ist Sascha Kerner.« Das Lächeln, das sich die Genannte abrang, glich eher einer Grimasse, aber Wedeland war irgendwie ein wenig stolz, dass sie es überhaupt versuchte. »Frau Kerner war damals eine wichtige Zeugin im Fall Friederike Baumgart. Und ich war der leitende Ermittler.« Es klang, wie jedes Mal, wenn er diesen Satz sagte, wie ein Eingeständnis einer schweren Schuld, aber immerhin hatten sie Harms' Aufmerksamkeit nun endgültig für sich gewonnen.

»Sie sind wegen des Baumgart-Falls hier?«, fragte er, mit schlecht unterdrückter Neugierde in der Stimme.

Wedelands Hoffnung auf Unterstützung wuchs etwas. »Ja, so könnte man es ausdrücken. Sie sind mit dem Fall vertraut?«

»Ich habe darüber gelesen, kürzlich, nachdem er wieder ans Licht kam.«

»Nachdem er von der Presse ans Licht gezerrt wurde«, schob Wedeland ein.

»Ja, da haben Sie wohl recht, so könnte man es auch ausdrücken.« Erik Harms hob die Augenbrauen. »Ich kenne also die grundlegenden Fakten, aber ich bin bei weitem nicht so vertraut mit dem Fall wie Sie. Wie kann ich Ihnen also weiterhelfen?«

Wedeland empfand kein großes Bedürfnis, sein Anliegen und letztlich auch das von Sascha Kerner mitten in der Dienststelle vorzutragen. Es ging zwar nicht um ein Staatsgeheimnis, aber dennoch – sie bewegten sich in einer rechtlichen Grauzone, und es war ihm daran gelegen, nicht zu viele Menschen auf einmal mit in die Sache hineinzuziehen.

»Hätten Sie vielleicht ein paar Minuten, um sich in Ruhe mit uns zu unterhalten?«

Harms sah auf die Uhr. »Grundsätzlich ja, ich habe nur gleich noch …« Er sah sich um, als die Eingangstür aufschwang und eine kleine, etwas rundliche Frau mit langem dunklen Haar eintrat, sich forsch, fast ein wenig herausfordernd umschaute und dann auf Erik Harms zusteuerte.

»Ist sie das?« Es war das Erste, das Sascha Kerner sagte, seit sie die Dienststelle betreten hatten, und ihre Stimme kratzte ein wenig. »Die Nixe meine ich. Ist sie das?«

Regina Schwarz hatte die Frage gehört und kam direkt vor Sascha Kerner zum Stehen, nur eine Armlänge von ihr entfernt. »Mein Name ist Regina Schwarz.«

Sascha Kerner erwiderte nichts. Sie musterte ihr Gegenüber mit einer Gründlichkeit, die fast zärtlich wirkte. Sie studierte das Gesicht, vertiefte sich darin. Regina Schwarz, das musste man ihr zugutehalten, zuckte mit keiner Wimper. Sie ließ sich die forschenden Blicke mit Gleichmut gefallen und wich auch nicht zurück, als Sascha Kerner ihr die Hände ums Gesicht legte und es sachte betastete.

Dann trat Sascha Kerner abrupt einen Schritt zurück. Sie sah Ulrich Wedeland nicht an, als sie das Offenbare aussprach: »Sie ist es nicht.«

»Natürlich nicht.« Er war kurz versucht, sie in den Arm zu nehmen, so unglaublich einsam sah sie aus. »Das wussten Sie doch, Frau Kerner.«

»Wer bin ich nicht?«, fragte Regina Schwarz ungerührt, nur um sich sogleich selbst zu unterbrechen. »Oh. Sie meinen, ich bin nicht Friederike Baumgart, stimmt's?« Erschrocken sah sie Sascha Kerner an, die erste echte Gefühlsregung. »Sie sind doch nicht – sind Sie ihre Mutter? Oder ihre Schwester? Wenn Sie ihre Mutter sind, ich meine, dann tut mir das leid, ich meine, ich wusste nicht …« Sie brach ab.

Ulrich Wedeland war es, der, nachdem Erik Harms sie in einen kleinen Besprechungsraum gelotst hatte, die Zusammenhänge erläuterte, sodass auch Regina Schwarz verstand, wen sie vor sich hatte. Einen schlecht gealterten Ermittler und eine rasend schnell gealterte Zeugin, beide fest im Griff der Vergangenheit.

Danach wollte Harms wissen, warum sie gekommen waren. Was sie wollten, wie er helfen konnte. Und helfen, das war nicht zu übersehen, wollte er. Auch Regina Schwarz schien sich sehr dafür zu interessieren, was ihn und Sascha Kerner nach Hulthave geführt hatte. Sie erklärte Harms, dass er sie auch ein anderes Mal darüber informieren konnte, wie die Kriminalpolizei mit den Ermittlungen rund um ihre eigene Person vorankam. Dann saß sie gespannt da und betrachtete Wedeland neugierig.

Der schluckte. Er wusste, es war heikel. Er wollte mehr über Torsten Leutmann erfahren, nicht nur durch die Akten, die Schaber ihm hoffentlich heraussuchte. Er wollte wissen, was die Polizei Hulthave über ihn hatte, ob er auffällig geworden war, auch in der jüngeren Vergangenheit. Was man von ihm dachte, hier, wo man ihn kannte. Und unbedingt wollte er selbst mit ihm sprechen, wollte herausfinden, was Leutmann tatsächlich gesehen oder vielleicht auch getan hatte. Gleichzeitig wollte er keine offizielle Ermittlung, denn sobald die Maschinerie in Gang gesetzt wurde, war er außen vor.

In vorsichtig gewählten Worten berichtete er, was Sascha Kerner seit ihrer Ankunft in Hulthave erlebt und wie das Erlebte wiederum ihn ins Spiel gebracht hatte. Er tastete sich voran, suchte den schmalen Grat zwischen den Polen: Einerseits wollte er, dass Harms ihn ernst nahm, andererseits durften die Informationen, über die Sascha Kerner gestolpert war, nicht zu bedeutend erscheinen. Dem Gesicht von Erik Harms war nicht zu entnehmen, ob seine Strategie aufging.

Sascha Kerner hörte ausdruckslos zu. Die Teile ihrer tragischen Vorgeschichte, die Wedeland nicht aussparen konnte, ließ sie über sich ergehen wie Peitschenhiebe. Regina Schwarz wiederum lauschte gebannt. Ihre Körperhaltung entsprach der einer Person, die sich gut unterhalten fühlte, es fehlten nur Popcorn und Cola. Wedeland strengte sich an, sie zu ignorieren.

»Sie sehen, es ist keine einfache Situation«, sagte er schließlich an Harms gewandt. »Ich will, dass wir die Wahrheit herausfinden. Das will ich schon seit fünfundzwanzig Jahren. Ich will nicht, dass diese Chance verstreicht, weil wir untätig bleiben. Oder weil die Kollegen von der Kripo übernehmen und den Fall unnötig verkomplizieren. Leutmann verschrecken. Sich von den Vorschriften ausbremsen lassen.«

Erik Harms zögerte. Und dann war in seinem Gesicht plötzlich etwas zu erkennen, das Wedeland sagte, dass er die richtigen Worte gefunden hatte. Auf Harms' Gesicht zeigte sich das Jagdfieber. Er wollte, genau wie Wedeland, nicht nur zusehen, wie die Wahrheit ans Licht kam – oder auch nicht –, er wollte selbst nach ihr suchen.

Harms erklärte sich einverstanden, sie zu unterstützen. Er verschwand kurz, um dann mit einigen Informationen zu Leutmann aufzutauchen. Leutmann hatte nichts Gravierendes auf dem Kerbholz, nur Ruhestörungen und einen Hausfriedensbruch.

»Ein unangenehmer Typ«, bemerkte Harms. »Ich kenne ihn flüchtig. Man sieht ihn nicht oft unter Leuten, und wenn doch, hat niemand Lust, sich mit ihm abzugeben. Manchmal redet er fast wirr.«

Wedeland sah Sascha Kerner fragend an.

»Wirr, ja«, sagte sie. »Schon. Aber irgendwie auch nicht. Was er gesagt hat, hat einen Sinn ergeben. Ich konnte ihm folgen.«

»Haben Sie damals mit ihm gesprochen, als Sie ermittelt haben?«, fragte Harms Ulrich Wedeland, und es klang, als hätte sich der Fall im Mittelalter ereignet, damals, als man noch mit Pferdekarren fuhr und Wedeland ein junger, kräftiger Bursche gewesen war.

»Ja. Ich weiß, dass wir ihn auf dem Radar hatten.«

»Wir brauchen die Akten«, sagte Erik Harms. Er klang ein klein wenig aufgekratzt.

»Da bin ich dran«, erklärte Ulrich Wedeland, auch wenn es eigentlich Schaber war, der an der Sache dran war. Er fühlte sich auf einmal ... nützlich. Das war das richtige Wort, und er bemerkte, dass er ein wenig geschmeichelt war, dass Harms ihm sehr aufmerksam zuhörte und sich offensichtlich Mühe gab, ihn mit seinem Eifer zu beeindrucken.

»Dann bleibt ja nur noch eins«, sagte Erik Harms und schob seinen Stuhl zurück.

»Mit Leutmann sprechen, meinen Sie?« Wedeland beeilte sich, ebenfalls aufzustehen.

»Genau. Oder glauben Sie, das wäre zu diesem Zeitpunkt ein Fehler?«

Das glaubte Ulrich Wedeland nicht.

Mein Gott, dachte Wedeland. Was für eine groteske Truppe. Er wollte gar nicht wissen, was für ein Bild sie boten. Ein Dorfpolizist, der forsch ausschritt, seine große Chance witternd. Dahinter die dünne Gestalt von Sascha Kerner, die strähnigen Haare vom Wind zerzaust, sodass man die Kopfhaut sah. Zaghaft setzte sie einen Fuß vor den anderen, am liebsten hätte er sie vorwärtsgeschubst. Und dann er. Ein, da musste man sich nichts vormachen, älterer Mann mit erbärmlichen Ängsten und Wünschen und einer ziemlich hässlichen Ohrenmütze gegen den schneidenden Wind. Immerhin hatte Regina Schwarz nicht darauf bestanden mitzukommen, obwohl die Neugier sie umtrieb. Mit ihr, die so gar nicht nach Hulthave passen wollte, hätten sie in der grauen Umgebung noch mehr wie ein Fremdkörper gewirkt.

Wedeland ließ den Blick die trostlose Straße entlangwandern und fragte sich, was er eigentlich erwartete. Dass Torsten Leutmann ihnen die Tür öffnete und, wie durch ein Wunder, die Lösung eines jahrzehntealten Rätsels präsentierte? Dass sich sein altes Versagen in Wohlgefallen auflösen würde und sein Gewissen, der greise Schinder, endlich verstummen, ihn nicht mehr quälen würde, tagein, tagaus?

Ja, das hoffte er, irgendwie. Auch wenn es keine Wiedergutmachung geben konnte, auch wenn Friederike genauso tot war wie er schuld daran, selbst dann konnte es Erleichterung geben, die Art von Erleichterung, die mit der Gewissheit kommt.

Ein paar Schritte vor ihm hob Harms den Arm und deutete auf ein schäbiges Einfamilienhaus. »Dort ist es.«

Das Grüppchen stoppte. Vor ihnen: grauer Putz, von der Feuchtigkeit fleckig geworden. Braune Dachziegel, die das ganze Haus niederzudrücken schienen, hinter den Fenstern gehäkelte Vorhänge, die so vergilbt waren, dass fast nicht mehr auffiel, wie hässlich ihr Muster war.

Der Briefkasten am Pfosten der Gartentür verkündete stoisch, dass dies das Heim von Ole, Frauke und Torsten Leutmann sei. Harms erklärte, die Mutter von Leutmann lebe längst im Heim, der Vater sei vor Jahren verstorben. Es wohne nur noch Torsten hier.

Wedeland fand, dass das Haus fast schon zu sehr aussah wie das, in dem der Täter dann letztlich doch immer wohnt. Wie im Kino, dachte er, und sagte das auch.

»Er ist kein Mörder«, widersprach Sascha Kerner. »Oder? Zumindest sagt er das.«

Sie war ängstlich bemüht, nicht diejenige zu sein, die Leutmann ans Messer lieferte. Oder, überlegte Wedeland, sie will nicht, dass er es war. Weil sie dann diejenige wäre, die Friederikes Mörder in die Nähe des kleinen Mädchens gebracht hatte. Sie hatte mit ihm am Strand geredet, er war ihr ins Zeltlager gefolgt. So hatte Wedeland es bisher noch nicht gesehen. Wenn Leutmann tatsächlich schuldig war, dann war Sascha Kerner es auch, zumindest aus ihrer Sicht, und mehr noch, als sie all die Jahre geglaubt hatte. Wedeland konnte die Kälte fast spüren, die in ihr sein musste. Jahrelang hatte sie sich gegrämt und die Schuld in ihrem Inneren wüten lassen, und dann, wenn so etwas wie Erlösung oder zumindest ein wenig Seelenfrieden nahe war, stellte sich heraus, dass alles noch etwas schlimmer, etwas brutaler, etwas unverzeihlicher war.

»Sie meinen, weil er sagt, dass er es nicht war, kann er es nicht gewesen sein?« Harms' Stimme klang ein wenig zu spöttisch angesichts des desolaten Zustands, in dem Sascha Kerner sich befand. »Ginge man danach, wären geschätzt neunzig Prozent aller Täter keine Täter.«

Sascha Kerner zog den Kopf ein und schwieg.

Erik Harms klingelte, und eine Weile rührte sich nichts. In der Siedlung war es auf einschläfernde Weise still, irgendwo klappte eine Tür, aber sonst herrschte Ruhe; der Wind hatte sich gelegt.

Harms versuchte es noch einmal, die Klingel summte ungeduldig. Schließlich öffnete sich die Tür.

Wedeland musterte den Mann, der in das trübe Tageslicht blinzelte. Die Haare wild, das Gesicht schmal, fast etwas zu jugendlich für sein Alter. Auffällig war, dass er sich nicht besonders gerade hielt und dennoch bis in die letzte Muskelfaser angespannt zu sein schien. Er hatte sich stark verändert, und doch erkannte Wedeland ihn wieder, erkannte dieses tiefe Unglück, das damals schon seine Züge definiert und sich nun nur noch tiefer hineingegraben hatte.

»Was wollen Sie?«, fragte Torsten Leutmann. Die Worte klangen angestrengt. »Sie ...« Sein Blick fiel auf Erik Harms in seiner Uniform, und er schien kaum merklich zurückzuweichen. »Polizei?« Er starrte nun Sascha Kerner an. »Du ... Du hast mich ...« Sein Gesicht verzog sich so heftig, dass es wehtun musste, die Augen aufgerissen, ungläubig, geisterhaft.

Der Mann ist verrückt, dachte Wedeland. Es war nicht zu übersehen, dass Leutmann völlig überzogen reagierte. Sascha Kerner hatte die Wahrheit gesagt: Der Mann musste sich in eine Illusion hineingesteigert haben, und das über Jahrzehnte hinweg. Alles an ihm schrie vor Schmerz ob des Verrats, den sie, Sascha, an ihm begangen hatte, sie, die Frau, die er liebte, der er vertraute, die die Seine war, wenn auch nur in Gedanken.

Wedeland und Harms machten gleichzeitig einen Schritt nach vorne. Harms drückte die Tür auf, bevor Leutmann sie schließen konnte, und Wedeland griff nach der Schulter des Mannes, dirigierte ihn durch den dunklen Flur in das enge Wohnzimmer und drückte ihn auf die Couch.

Nach ihm schoben sich Erik Harms und Sascha Kerner ins Zimmer, womit es endgültig überfüllt war. Wedeland nutzte den Moment, in dem sich alle sortierten, um sich umzusehen. Der ganze Raum schien die Traurigkeit zu atmen, die von Leutmann ausging. Graue Wände, graue Vorhänge, grau vom Staub. Ganze Flocken wirbelten hoch, als Harms die Gardinen zur Seite riss und das Fenster öffnete. Kalte Luft fegte herein, aber immerhin Luft, bevor sie alle erstickten an schierer Trostlosigkeit. Als wäre Leutmanns Vater hier drinnen gestorben und hätte sich als Tod über den ganzen Raum gelegt, über alles, was neu und schön gewesen war.

Leutmann gab ein Geräusch von sich, das Wedeland erst im zweiten Anlauf als Wort identifizieren konnte.

»Warum?«

Sascha Kerner wusste sofort, dass die Frage an sie gerichtet war. Sie zerrte am Ärmel ihres Mantels, ließ den Blick schweifen.

»Du warst da, Torsten. Was hast du denn geglaubt? Dass ich das so stehen lasse? Du warst dort, als Friederike verschwand! Du hast ein Auto beobachtet, das vielleicht dem Täter gehört hat! Wie könnte ich darüber hinweggehen? Ich werde dir nicht verzeihen, dass du geschwiegen hast, all die Jahre. Aber ich glaube dir, wenn du sagst, dass du es nicht warst. Dass du ihr nichts getan hast.«

Wieder hörte Wedeland die verzweifelte Hoffnung aus Sascha Kerners Stimme, die Hoffnung, dass Leutmann tatsächlich unschuldig war.

»Herr Leutmann.« Harms war bemüht, das Gespräch in professionelle Bahnen zu lenken. »Frau Kerner hat uns erzählt, dass Sie in der Nacht von Friederike Baumgarts Verschwinden Ihren eigenen Angaben zufolge auf dem Zeltplatz gewesen sind. Ist das so richtig?«

Leutmann zeigte keine Regung.

Wedeland räusperte sich. »Herr Leutmann, mein Name ist Ulrich Wedeland. Ich bin – war – bei der Kriminalpolizei Wehrich. Ich habe damals ermittelt, Sie erinnern sich vielleicht an mich. Wie Sie wissen, haben wir das Mädchen nie gefunden. Aber wenn Sie Informationen haben, dann könnte uns das helfen, den Fall vielleicht doch noch aufzuklären. Wenn Sie etwas wissen, ist das immer noch sehr wichtig für uns.«

Wieder keine Reaktion.

Wedeland wurde es zu viel. »Wir haben Sie damals im Rahmen der Ermittlungen als Zeugen befragt. Sie haben kein Wort davon gesagt, in der Nacht von Friederikes Verschwinden vor Ort gewesen zu sein, geschweige denn jemanden gesehen zu haben. Das heißt, Sie haben wissentlich Informationen zurückgehalten. Sie hätten uns helfen können, Friederike zu finden, stattdessen haben Sie unsere Ermittlungen behindert.«

Er musste seine Wut nicht spielen, sie war real. Jahrzehntelang hatte dieser Wahnsinnige geschwiegen, statt seinen verdammten Mund aufzumachen.

»Ich frage mich, warum Sie das getan haben. Und ich frage

mich, ob mehr dahintersteckt. Ob Sie selbst etwas mit Friederikes Verschwinden zu tun haben. Dieser Gedanke ist naheliegend, Herr Leutmann.«

»Ich habe ihr nichts getan.«

Nun kamen die Worte, erst langsam, dann immer schneller, als liefe ihm die Zeit davon.

»Ich kann ihr gar nichts getan haben, weil ich nicht in ihrer Nähe war. Nicht mal gesehen habe ich sie. Ich war in den Büschen, gut, ich habe Sascha und den Typen beobachtet, gut, ich meine, nicht gut, aber ich hab es getan, okay. Ich habe gesehen, wie sie rumgemacht haben, und da wurde ich wütend, aber doch nicht so. Ich meine, ihm hätte ich etwas tun können, ihm, wie er da saß und ihr die Zunge in den Hals schob, ihn hätte ich umbringen können, aber das habe ich nicht. Und das Mädchen habe ich nicht angefasst, hab ihr nichts getan, hab sie nicht gesehen, nichts davon!«

»Herr Leutmann, das genügt!« Erik Harms packte den Mann, der aufgesprungen war. Umständlich bugsierte er ihn wieder zurück auf seinen Platz, wo Leutmann in sich zusammensank, so verstört, dass sie nur Blicke wechseln und warten konnten.

Schließlich begann Torsten Leutmann zu sprechen, leise und fast ohne Modulation. »Sie glauben mir nicht. Also ist es eigentlich egal. Aber ich sage es trotzdem: Ich war dort. Ich habe sie gesehen, sie und ihn. Ich bin weggerannt, als klar war, dass alles in meinem Kopf falsch gewesen war.«

Wedeland schaute rasch zu Sascha Kerner hinüber, die krampfhaft schluckte.

»Ich bin zurück über den Zaun und weg«, fuhr Torsten Leutmann fort. »Dabei habe ich das Auto gesehen. Es stand seitlich auf dem Feldweg, halb im Gras. Erst waren die Scheinwerfer an, dann aus. Das Auto war schwarz und groß, ein Kombi.« Er starrte Wedeland direkt ins Gesicht. »Es war groß. Es war schwarz. Es stand da. Das ist alles.«

In Wedelands Handflächen begann es zu kribbeln. Er kannte das Gefühl.

»Sind Sie sicher, dass das Auto schwarz war? Könnte es auch dunkelblau gewesen sein? Oder grau?«

»Ich glaube, es war schwarz.«

»Haben Sie die Marke erkannt?«

»Nein.«

»Haben Sie jemanden gesehen, in oder neben dem Wagen?«

»Nein.«

»Haben Sie Teile des Nummernschilds erkennen können?«

»Nein.«

»Ist Ihnen sonst etwas aufgefallen? Eine Beschädigung? Ein Aufkleber, ein Glücksbringer am Rückspiegel?«

Leutmann blinzelte, einmal, zweimal.

»Nein.«

»Haben Sie sich nicht gefragt, warum das Auto da stand?«

»Ich – nein. Ich habe nichts gedacht.«

Sie würden hier nicht weiterkommen, da war Wedeland sich sicher. Aber fast genauso sicher war er sich, dass Leutmann nicht log. Der Himmel wusste, warum er es auf sich genommen hatte, all die Jahre zu schweigen, wenn er tatsächlich unschuldig war.

»Eine Frage noch.« Wedeland musste sie einfach loswerden. »Haben Sie von Ihrem Versteck aus gesehen, ob jemand aus einem der Zelte kam?«

»Nein. Alles, was ich gesehen habe, sehen musste, war sie.« Sein Blick zu Sascha Kerner war voller alter, unerwiderter Liebe.

Wedeland nickte. Auch wenn die Umstände von Friederikes

Verschwinden langsam Umrisse annahmen – greifen ließ sich das Mädchen nicht. Noch immer nicht.

Als sie wieder in die Novemberkälte traten, sagte Leutmann kein Wort mehr. Er blieb stumm in seinem Bunker der Hässlichkeit zurück.

Sascha Kerner sah erbärmlich aus. Es schien, als würde sie gleich umkippen, von der Vergangenheit nicht nur eingeholt, sondern mit Macht überrannt. Krampfhaft umklammerte sie den Kragen ihres Mantels, unter dem sie aus unerklärlichen Gründen keinen Schal trug, zog ihn fester und fester um den Hals, als suchte sie nicht nur Schutz vor dem Wind, sondern gleich den Tod.

»Frau Kerner? Wollen Sie in Ihre Pension zurück?«

Es widerstrebte ihm, den Beschützer zu spielen, er war noch immer wütend auf sie. Andererseits war keinem damit gedient, wenn sie ihnen hier auf offener Straße kollabierte. Leutmanns Aussage musste für sie der reinste Albtraum gewesen sein. Das vage Schuldgefühl, die Angst, schuld zu sein, hatte sich konkretisiert. Friederike war, wenn Torsten Leutmann die Wahrheit sagte, höchstwahrscheinlich nicht erst am Vormittag verschwunden, sondern tatsächlich in der Nacht, während ihrer Wache. Ob er wollte oder nicht, Wedeland hatte Mitleid mit ihr.

»Wo müssen Sie denn hin?«, fragte er, als von ihr keine Reaktion kam.

Sascha Kerner zögerte erst, dann förderte sie einen völlig zerknüllten Notizzettel zutage. Stockend las sie von ihm ab: »Pension zum Leuchtturm.«

Wedeland sah zu Erik Harms, woraufhin dieser äußerst umständlich erläuterte, wo genau die Pension lag. Sie boten ihr an, sie dorthin zu begleiten, doch Sascha Kerner schlug das Angebot aus. Sie wollte allein sein. Sie blickten ihr nach, wie sie davonging, so einsam, wie ein Mensch nur sein konnte.

»Und Sie?« Harms wandte sich Wedeland zu.

»Ich möchte zum Zeltplatz«, sagte Wedeland bestimmt. Ein wenig musste er sich auch selbst überzeugen, zu ungemütlich war es draußen, zu nass, zu kalt. Vielleicht war er doch schon zu sehr Pensionär und längst nicht mehr genug Polizist, um Friederikes Schicksal im zweiten Anlauf aufzuklären. Aber noch gab der Polizist in ihm nicht auf. »Zum Zeltplatz, mich umschauen, mich erinnern«, bekräftigte er.

Harms nickte. »Ich komme mit. Den Schlüssel für das Tor können wir unterwegs beim Frieder holen. Das ist der Verwalter.«

Wedeland zuckte mit den Schultern. Ein wenig hatte er gehofft, dass Harms sich ihm anschließen würde. Übermäßig viel hielt er zwar nicht von dem jungen Mann, er war ihm ein bisschen zu eifrig, etwas zu bestrebt, mehr zu sein, als er war, aber es konnte nicht schaden, jemanden an der Seite zu haben, mit dem er sich austauschen konnte.

Er dachte an seine Leute von damals. Evelyne Tauber war mehr oder weniger verschollen in der Innenrevision und Franz Thorwart unterrichtete an der Hochschule, zumindest war es das Letzte, was er von ihm gehört hatte. Paul Jeremias war nicht mehr bei der Polizei. Ihr Zerwürfnis war von Dauer gewesen, er hatte sich kurz darauf versetzen lassen, und Wedeland hatte ihn vollständig aus den Augen verloren. Jetzt lebte er angeblich in Portugal, von Erspartem, Ererbtem, Ergaunertem oder wovon auch immer. Alle waren entschwunden, in ein anderes Leben, nur er war hier, wo vor fünfundzwanzig Jahren alles seinen Anfang genommen hatte. Er würde es zu einem Ende bringen, und wenn es mit der Unterstützung von Erik Harms sein sollte.

»Gehen wir«, sagte er in den Wind hinein, und Harms ging voraus, Richtung Vergangenheit.

Sie standen auf dem Gelände des Zeltplatzes. Im trüben Grau wirkte er noch trostloser als in Wedelands Erinnerung, all die Traurigkeit, die über dem nassen Gras hing wie Nebel, dazu seine eigene, die sich mit ihr vermischte. Er spürte, wie der Ort von ihm Besitz ergriff, er wieder eins wurde mit allem, was hier geschehen war.

Er musste sich zusammenreißen. Musste die vielen mächtigen und dabei so nutzlosen Gefühle aus seinem überreizten Kopf verbannen und sich besinnen. Auf das, was er konnte, was er wusste.

Er blickte sich um, noch einmal, langsamer. Es hatte sich nicht viel verändert, die Anlage war nahezu deckungsgleich mit der, die über die Jahre hinweg in seinem Kopf existiert hatte. Dort drüben das Küchenhaus, dahinter die Waschräume. Der Kiosk, die mächtigen Bäume. Alles wie damals.

»Ziemlich trist, was?«, sagte Harms. »Die Gemeinde versucht, den Platz in Schuss zu halten. Er wird von den Leuten ganz gut angenommen, es wäre aber deutlich mehr drin. Das Potenzial ist da, nur nicht das Geld.« Dann fluchte er und versuchte, an einer der gesprungenen Bodenplatten etwas von seiner Schuhsohle abzustreifen.

Wedeland schlug den Weg zur Wiese ein, auf der die Zelte gestanden hatten, und ließ den Blick wandern. Himmel, Erde, Bäume, Steine. Der Geruch von nassem Laub. Alles völlig unberührt von all der grausamen Vergangenheit, der noch grausameren Ungewissheit. In einem halben Jahr würden hier wieder nackte Füße trappeln, und es kam ihm unendlich ungerecht vor.

»Hier war es?« Erik Harms tauchte hinter ihm auf. »Hmm. Das dort könnte das Gebüsch gewesen sein, in dem sich Leutmann versteckt hatte.«

»Möglich.«

»Von hier bis zum Zaun sind es auf kürzestem Weg etwa achtzig Meter. Dann wäre er dort vorne auf den Weg gestoßen.« Harms wies auf eine Stelle links von ihnen.

»Möglich.«

»Aber bringt uns das voran?«

»Nein. Darum sind wir auch nicht hier.«

»Warum dann?«

»Hier hat es begonnen. Hier geht es weiter.«

Harms nickte, als sei ihm das von Anfang an klar gewesen. »Natürlich. Das hilft Ihnen, sich wieder in den Fall hineinzuversetzen, nicht wahr?«

»So ähnlich.« Wedeland ließ den Blick über das verwaiste Gelände wandern und versuchte es sich vorzustellen. Sonnenschein, wildes Lachen. Kinder in Grüppchen, Kinder in Haufen. Kinder, die sich streiten, umarmen, jagen. Kinder, die kalten Tee aus Plastiktassen herunterstürzen, Nudeleintopf in sich hineinstopfen. Kinder, die um ein Lagerfeuer sitzen und den fliegenden Funken mit großen Augen folgen, kreischen, wenn ein Holzscheit krachend in sich zusammenfällt. Kinder, die in ihre Zelte schlüpfen, sich in ihre raschelnden Schlafsäcke verkriechen, kichernd, flüsternd, sich gruselnd. Ein Kind, alleine in der Nacht.

Erik Harms blieb, dankenswerterweise, still.

»Ein kleines Mädchen«, sagte Wedeland dann und sprach aus, was der Kern der Sache war. »In einem Zeltlager. Zum ersten Mal von den Eltern getrennt. Rundherum nichts als Dunkelheit, fremde Dunkelheit. Sie kennt sich nicht aus, nirgendwo locken bunte Lichter, keine Musik, kein Geplapper. Nur Stille. Steht sie auf und verlässt das Zelt? Allein?«

»Sie könnte geschlafwandelt haben«, sagte Erik Harms vorsichtig, unsicher, ob er an der Reihe war.

»Wir haben das damals überprüft. Die Eltern waren sich sicher, dass so etwas bei ihr noch nie vorgekommen war. Das muss nichts heißen, klar. Vielleicht war es das erste Mal.«

»Es könnte ein anderes Kind sie begleitet haben«, gab Erik Harms zu bedenken. »Oder mehrere. Zu zweit oder zu dritt ist man doch immer mutiger.«

»Wir haben alle Kinder befragt – keines davon hat etwas in diese Richtung verlauten lassen. Aber wer weiß, ob sie uns die Wahrheit gesagt haben. Ob sie überhaupt verstanden haben, um was es ging. Ich gehe dennoch nicht davon aus, dass mehrere Kinder das Lager verlassen haben. Je mehr Kinder, desto wahrscheinlicher wäre es gewesen, dass jemand sie bemerkt hätte, oder?«

»Sie denken also, dass Friederike entführt wurde?«

»Müsste ich mich festlegen, würde ich mich am ehesten dafür entscheiden, ja.«

»Welche Rolle hat eigentlich Frau Kerner bei der Sache gespielt?«, fragte Erik Harms.

Wedeland hatte mit der Frage gerechnet. »Sie war, wie Sie wissen, diejenige, die die Verantwortung hatte. Sie hatte ein Techtelmechtel mit einem der anderen Betreuer, behauptete aber, alle Kinder wären noch da gewesen, als sie später nach ihnen gesehen hat. Nach ihren Angaben wäre Friederike erst am Morgen verschwunden, aber Torsten Leutmanns Angaben legen einen anderen Schluss nahe.«

»Und das alles – mit Sascha Kerner und Leutmann – haben Sie jetzt erst erfahren?«

Wedeland legte den Kopf in den Nacken und starrte in die tanzenden Baumwipfel. Erik Harms verstand den Wink. Wedeland war froh, dass er nicht ins Detail gehen musste: Ja, er hatte davon erst in den vergangenen zwei Tagen erfahren. Ja, er hatte Sascha Kerner und Torsten Leutmann nicht konsequent genug in den Fokus genommen. Ja, er hatte versagt. Er spürte dem Wind nach, der sich mit Wucht gegen seinen Körper warf und ihn zu erschüttern versuchte.

Dann fragte er: »Glauben Sie Leutmann?«

Harms schien von der Frage überrumpelt. »Äh, ich bin mir nicht sicher.«

»Sie müssen doch ein Gefühl haben. Jeder hat bei solchen Dingen ein Gefühl. Sie müssen nur dazu stehen.«

Harms schwieg für ein paar Sekunden. Schließlich sagte er: »Ich glaube ihm.«

Wedeland nickte langsam. »Ich glaube ihm auch.«

Danach schwiegen beide und hingen der Frage nach, was dies nun zu bedeuten hatte.

41

Erik Harms stand vor dem Haus seines Vaters und wünschte sich, er würde rauchen. Tatsächlich hatte er schon ab und an ernsthaft überlegt, mit dem Rauchen anzufangen, schlicht um einen Grund zu haben, bei seinen wöchentlichen Besuchen noch ein Weilchen im Vorgarten stehen bleiben zu können, den Blick aufs Haus gerichtet, die kalte Erde unter den Sohlen, Stille im Kopf.

Er mochte seinen Vater, das war es nicht. Er liebte das Haus, das etwas in die Jahre gekommene Haus seiner Kindheit, mit diesem besonderen Geruch, destilliert aus tausend Erinnerungen. Dennoch absolvierte er die Besuche aus purem Pflichtgefühl. Wenn sich die Gelegenheit bot, aus dem Arrangement auszubrechen, das ihn daran band, einmal die Woche mit seinem Vater zu Abend zu essen, dann tat er es. Eine Grippe, die wirklich eine Grippe war und keine Erkältung, Überstunden, die von viel Arbeit herrührten und nicht von Trödelei – Erik Harms nahm, was er kriegen konnte.

Sein Vater war ein guter Mensch, er hatte sich immer um ihn gekümmert, erst recht, nachdem Eriks Mutter gestorben war. Aber er hatte ihm nicht wirklich viel zu sagen. Die Vertrautheit zwischen ihnen basierte allein auf den Jahren, die sie sich kannten. Es war nicht die Art von Vertrautheit, die Gespräche mühelos werden ließ und die Pausen angenehm statt peinlich, die Vertrautheit, die Vater und Sohn hätten teilen sollen.

Es half nichts. Harms warf die imaginäre Zigarette in den Rhododendron und ging über den gepflasterten Weg durch den Vorgarten zum Haus.

Als er klingelte, echote der helle Glockenton durch das ganze Gebäude, eine subtile Erinnerung daran, dass es viel zu groß und viel zu leer war. In einem solchen Haus sollte Leben sein, aber sein Vater hatte sich für eine einsame Existenz entschieden.

Heinrich Harms war ein anerkanntes, wohlgelittenes Mitglied der Gemeinde Hulthave, er sang im Männerchor und war Ehrenmitglied der Freiwilligen Feuerwehr. Es mangelte nicht an Leuten, mit denen man hier ein Schwätzchen halten, dort ein Bierchen trinken konnte. Es mangelte an Leuten, die über die Schwelle traten. Denen man sich nicht nur als freundlicher Nachbar zeigen konnte, sondern auch als Mensch mit Ängsten und Sorgen, Krankheiten und schlechten Tagen und dem Bedürfnis nach einer Unterhaltung, die über die üblichen Plänkeleien hinausging.

Sein Vater war gefangen in seinem Dasein als Witwer, wie so viele Männer, deren einzige Anlaufstelle für Wärme und aufrichtige Gefühle die eigene Ehefrau gewesen war und die nun in einer Welt von Unverbindlichkeit emotional verkümmerten. Seit dem Tod von Eriks Mutter hatte sein Vater sich nie eine neue Frau gesucht, auch nie zufällig eine gefunden. Er schien sich damit arrangiert zu haben, dass sein Leben auf Armeslänge stattfand, und Erik hatte sich längst eingestanden, dass er nicht der richtige Mensch, vielmehr nicht der richtige Sohn war, um seinen Vater zu erreichen und einige der Lücken in seinem Leben zu füllen.

Als sein Vater die Tür öffnete, lächelte er. »Komm rein, Junge«, sagte er und klopfte ihm auf die Schulter. Erik ließ sich von der herzlichen Begrüßung und dem Schwall warmer, nach Rosmarinbraten duftender Luft umfangen. Er beschloss, wie so oft schon zuvor, zu ignorieren, wie weit sich Vater und Sohn über die Zeit voneinander entfernt hatten.

Sein Vorsatz hielt bis zum Dessert. Über scharfem Kürbissalat und Lammschulter hatten sie freundliche Bemerkungen ausgetauscht, Nichtigkeiten über Eriks Arbeit und das Wetter, wobei Heinrich Harms fast ein wenig aufgekratzt erschien, was durchaus untypisch für ihn war. Nele war es schließlich, die den Frieden bröckeln ließ. Heinrich Harms wollte naturgemäß alles aus dem Leben seiner Enkeltochter wissen, die sein ganzer Stolz war, und Erik ließ sich dazu hinreißen, von Marens Umzugsplänen zu berichten. Er hatte vorgehabt, dieses Thema möglichst lange auszusparen. Es war zu heikel, bot zu viele Stolperdrähte für die Vater-Sohn-Beziehung, doch in diesem Moment brachte er es nicht über sich, weiter zu lügen.

»Nach Zürich?« Heinrich Harms' Gabel schwebte zitternd über dem Schokoladenküchlein.

»Ja«, sagte Erik, weil ihm nichts anderes einfiel.

Sein Vater presste die Lippen zusammen und legte die Gabel beiseite.

»Und?«, fragte Erik schließlich, als die Stille zu laut wurde.

»Und was?«

»Was sagst du dazu?«

»Ich finde es nicht gut.«

»Das ist alles?«

»Was möchtest du denn hören, Erik? Es tut mir leid, dass Maren mit der Kleinen nach Zürich will. Aber mal ganz ehrlich: Es ist nicht so, als würde mich das überraschen. Maren war schon immer Maren. Sie ist egozentrisch. Und dich kann ihr Verhalten doch auch nicht wirklich überraschen, oder?«

»Stimmt.« Erik drückte den Daumennagel in den Saum der Stoffserviette. »Es verwundert mich nicht, dass sie zu so etwas in der Lage ist. Aber ausgerechnet Zürich, und das aus heiterem Himmel, damit hat sie mich schon ein wenig überrumpelt.«

»Du hast dich damals auf sie eingelassen, obwohl du wusstest, was sie für ein Mensch ist. Das war dein Fehler. Du wusstest es. Ich habe dir gesagt, dass sie nicht die Richtige für dich ist, nicht mal annähernd. Dass sie dir das Leben schwermachen wird.«

»Dir ist klar, dass es Nele nicht gäbe, wenn ich mich nicht auf Maren eingelassen hätte?«

»Darum geht es jetzt nicht.«

»Was soll das heißen, darum geht es nicht? Du kannst mir nicht ewig vorhalten, dass ich mich auf Maren eingelassen habe, wenn es in Wahrheit das Beste war, was ich je getan habe. Weil ich deswegen Nele habe.«

»Ich halte dir nichts vor, Erik. Ich habe dir nur erklärt, wie die Dinge liegen. Das ist alles.«

Dann schwiegen sie. So war es jedes Mal: Unverfängliches Geplauder war sicheres Terrain, doch sobald sie über Dinge von Bedeutung sprachen, wurde der Graben zwischen ihnen unweigerlich sichtbar. Vielleicht musste er es einfach akzeptieren: Dass die Beziehung zu seinem Vater nur Belanglosigkeiten aushielt. Dass sie den Punkt verpasst hatten, an dem etwas anderes möglich gewesen wäre. Der Tod von Eriks Mutter hatte sie beide völlig zerstört, ihr Leben war bis auf die Grundmauern niedergebrannt, aber sie waren nicht auf die Idee gekommen, es gemeinsam wiederaufzubauen. Jeder von ihnen hatte allein in den Ruinen herumgescharrt, stumm neue Mauern hochgezogen, und Erik erinnerte sich, wie er als Teenager begriffen hatte, dass das, was sein Vater ihm entgegenbrachte, aus Pflichtbewusstsein geboren sein musste.

Als die Stille nur noch schwer zu ertragen war, stand Heinrich Harms auf und nahm eine Flasche aus dem Wohnzimmerschrank. Der Whiskey war gut, brannte warm und würzig im Hals, und sie tranken, bis Eriks Beine sich unnatürlich schwer anfühlten und sein Kopf glühte. Sie redeten über unwichtige Dinge, wurden überschwänglicher und lachten, was Erik kurz traurig machte, weil es so normal war, dass ein Sohn mit seinem Vater lachte, nur nicht bei ihnen. Sein Vater erzählte von einem Treffen mit seinen Anglerfreunden, und er hörte sich selbst, wie er von der Nixe sprach, davon, wie schön rund sie an den richtigen Stellen war, wie kühl ihr Blick, und wie sie, spielend leicht und im Vorbeigehen, die Vergangenheit aufwühlte, die kleine Friederike ans Licht zerrte und mit ihr all diese Fragen.

»Waren damals nicht auch Ermittler bei uns?« Plötzlich hatte Erik Harms das Bild klar vor Augen. Der Blick von der Galerie hinunter ins Wohnzimmer, in dem sie jetzt saßen, die beiden Polizisten im ernsten Gespräch mit seinem Vater, und er, zerrissen zwischen großer Schüchternheit und unbändiger Neugierde.

»Ja, waren sie. Wie bei jedem im Dorf, schätze ich.«

Erik lachte darüber, dass es Menschen gab, die glaubten, Regina Schwarz sei Friederike, als ob aus einem kleinen, unschuldigen Mädchen je so eine Frau werden könnte, nein, Regina Schwarz war sicher nie klein und unschuldig gewesen, wie auch, sie war ja aus den Wellen gekommen, rundlich und sündig, wie sie war. Und weil er sich schämte, dass er solche Gedanken hatte, erzählte er von Torsten Leutmann, der plötzlich ein wichtiger Zeuge war und vermutlich sogar den Täter gesehen hatte, und von den Ermittlungen, die er, Erik, führte. Er würde Friederike finden, lebendig oder – vermutlich eher – tot. Den Kommissar aus Wehrich erwähnte er nicht.

Als er nach Hause ging, durch die kalte Nacht, fragte er sich, ob sein Vater wohl stolz war, zumindest ein bisschen, da sein Sohn endlich den Dorfpolizisten hinter sich ließ, der ihn nie so recht hatte beeindrucken können, endlich einen Fall löste, der diese Bezeichnung tatsächlich verdiente. Vermutlich nicht, sagte er sich, aber wer wusste schon, ob sich Dinge nicht doch grundlegend ändern konnten, auch wenn sie es sonst nie taten. Mit dieser leisen Hoffnung im Kopf erreichte er seine Wohnung. Noch in klammer Jacke und nassen Schuhen schlief er auf der Couch ein.

Am nächsten Tag hatte er frei. Die Stunden waren gefüllt mit aggressiven Kopfschmerzen und flimmernden Cartoons, die er laufen ließ, wie um sich selbst zu bestrafen. Die bunten Farben und lauten Soundeffekte stachen in seinen alkoholwunden Kopf wie Stricknadeln in ein pralles Kissen. Zugleich erinnerten ihn die schrillen Figuren und ihre haarsträubenden Abenteuer an Nele, die diese Geschichten liebte, und daran, dass sie nicht bei ihm war. Höchste Effizienz in Sachen Selbstkasteiung, da machte ihm keiner etwas vor. Dann stellte er fest, dass er nichts zu essen im Haus hatte, zumindest nichts, das keinen Würgereiz auslöste, und er beschloss, von diesem Tag gar nichts mehr zu erwarten.

Eigentlich hatte er die Zeit nutzen wollen, um mit Wedeland der Sache mit dem schwarzen Wagen nachzugehen, von dem Torsten Leutmann gesprochen hatte. Der Hinweis war zwar mehr als dürftig, aber immerhin – es war eine neue Spur.

Doch als Wedelands Nummer auf dem Display seines Handys erschien, drückte er den Anruf weg, und im Lauf des Nachmittags noch drei weitere Male. Er schämte sich dafür, doch er wollte Wedeland nicht mit der erniedrigenden Wahrheit konfrontieren, dass er sich betrunken hatte wie ein dämlicher Teenager, und für glaubhafte Lügen – Erkältung? Migräne? – war sein Hirn noch zu geschunden.

Er versprach sich selbst, wenig überzeugend, dass er am nächsten Tag alles erklären und sich heil aus der Nummer herausbringen würde. Dann lag er da und sehnte den Abend herbei, und als dieser kam, sehnte er sich nach der Nacht, nicht wissend, dass es die Nacht sein würde, in der sich alles veränderte.

42

Ulrich Wedeland ließ sich schwer auf das Bett sinken. Der Tag war anstrengend gewesen, und noch anstrengender war die Aussicht, wieder einen Abend in diesem armseligen Hotelzimmer verbringen zu müssen.

Die Vorhänge, der Bettüberwurf und der Teppich waren in einem Azurblau gehalten, das wahlweise aus der Hölle oder aus den Achtzigern stammen mochte, und die muschelförmigen Glaslampen über den Nachttischchen warfen ein kaltes Licht, das den Raum noch trister erscheinen ließ. Probehalber streckte er sich auf dem Bett aus, in der Hoffnung, dass sich sein Rücken vielleicht inzwischen an die viel zu weiche Matratze gewöhnt hatte. Reines Wunschdenken. Alle Rückenwirbel schrien unisono auf. Seufzend wuchtete er sich wieder hoch und warf einen Blick auf sein Handy. Keine Anrufe, nicht mal eine SMS von Erik Harms. Sie hatten den Tag darauf verwenden wollen, unauffällig und halb offiziell nach Informationen zu suchen, die von Nutzen sein konnten. Insbesondere interessierte es Wedelund, wer 1987 einen schwarzen Kombi gefahren hatte, und wenn er Wolfram Schaber und dessen Gutmütigkeit nicht überstrapazieren wollte, musste er andere Wege finden.

Doch Erik Harms war von der Bildfläche verschwunden, nicht eine Nachricht. Wedelands Anrufe gingen alle ins Leere, und er fragte sich, ob der junge Mann ernsthaft krank oder nur spontan abgetaucht war, mit einer Flamme, mit ein paar Kumpels, wobei solch ein Verhalten nicht so recht zu ihm passen wollte. So oder so, er hatte Wedeland sitzen lassen, und aus diesem Grund war dieser, statt gezielt nach Hinweisen zu suchen, durch Hulthave gewandert, in dem vagen Wunsch, dass ein Geistesblitz aus der Vergangenheit ihn treffen möge.

Sorgsam hatte er darauf geachtet, Sascha Kerner nicht zu begegnen, hatte jede Person, die ihr entfernt ähnelte, weit umschifft. Er hatte keine Lust, sich ihrem verzagten Blick und ihren Fragen zu stellen; er wusste ja selbst nicht, wie es weitergehen sollte. Ob es absoluter Irrsinn war, was sie hier taten, oder ob tatsächlich die Möglichkeit bestand, dass sie ihn finden würden, ihn, den Mörder, oder es: des Rätsels Lösung. Und selbst wenn sie, aus einer Laune des Schicksals heraus, Erfolg haben sollten: Sascha Kerner würde bitterlich enttäuscht werden. Was immer sie sich erhoffen mochte – Vergebung, Vergessen, die verlorenen Jahre ihres Lebens zurückzubekommen –, es würde nicht eintreffen.

Auf seinem Weg durch Hulthave hatte er mit einer älteren Dame gesprochen, die sich über den Niedergang der kleinen Stadt beschwert hatte, als würden die Drogentoten in Stapeln auf der Straße liegen. Sodom und Gomorrha, nichts war mehr wie einst, und überhaupt, die Busse fuhren auch nicht mehr pünktlich, manchmal fielen sie sogar ganz aus, ob er sich das vorstellen könne? Er konnte. An das Verschwinden von Friederike erinnerte sie sich gut, und sie redete sich richtiggehend in Rage, als Wedeland vorsichtig das Gespräch darauf lenkte. Sie beklagte die zunehmende Gewalt und die Verrohung der Gesellschaft, die es früher so nicht gegeben habe. Wedelands sanften Hinweis, dass der Fall schon fünfundzwanzig Jahre zurückläge und damit wohl eher zu »früher« gehörte als zu

»heute«, tat sie mit einer ungehaltenen Handbewegung ab. Die Gegenwart schien für sie ein dehnbarer Begriff zu sein, und die Vergangenheit war für sie wohl nur der Teil ihres Lebens, als sie im gerüschten Leinenkleidchen ihren Holzreifen die Dorfstraße entlanggetrieben hatte.

»Und wissen Sie, die Medien!« Ihre Ohrläppchen mit den schweren Perlen schlackerten. »Da taucht diese Frau auf, und plötzlich soll sie das arme kleine Mädchen sein? Ich weiß nicht, ob das nicht eine von diesen … Dingsda ist. Sie wissen schon!« Hastig schnippte sie mit ihren dünnen Fingern vor Wedelands Gesicht herum.

»Eine was?«

»Eine von diesen Verschwörungen!« Sie strahlte, weil ihr das Wort eingefallen war, wurde aber sogleich wieder ernst. »Die sind doch mittlerweile überall!« Sie begann von Flugzeugabgasen und Mülltrennung zu reden, und er gratulierte sich, als es ihm gelungen war, sich mit einem Blick auf seine Uhr und einer gemurmelten Entschuldigung aus dem Gespräch zu winden.

Noch mit vier weiteren Hulthavenern kam er ins Gespräch, darunter ein Pastor, der jedoch erst seit sieben Jahren in der Gemeinde tätig war, sowie der Inhaber eines Zeitschriftenladens. Er hörte sich an, was sie über die Nixe dachten, über Friederike und über Hulthave und die Welt. Glücklicherweise war keiner von ihnen so ausschweifend wie die alte Dame, aber auch sie brachten ihn einer erhellenden Erkenntnis nicht näher. Nicht dass er große Erwartungen gehegt hatte, doch enttäuscht war er trotzdem. Am Ende war der Tag ein verlorener gewesen, ohne die geringste Entwicklung. Ihm wurde bewusst, dass ihm nicht nur die Unterstützung, sondern auch die Gesellschaft von Harms gefehlt hatte. So unbedarft Harms war, er hatte seine hellen Momente und war, vor allem, ein aufmerksamer Zuhörer. Er war einer von den Guten, einer, der nicht hintenherum war, sondern geradeaus.

Dennoch. Irgendetwas war da, das wurde Wedeland klar, während er mit halb geschlossenen Lidern in dem unbequemen Cordsessel vor sich hindöste, die Füße auf der Fensterbank, den Kopf in den Nacken gelegt. Etwas, das er nicht wirklich benennen konnte. Es war kein schlechtes Gefühl, keine dunkle Ahnung, aber etwas störte, eine Winzigkeit, die die Rädchen in seinem Hirn nicht zur Ruhe kommen ließ. Erinnerte Harms ihn an jemanden? Hatte er ihn schon einmal gesehen? Hatte er etwas gesagt, dessen Bedeutung ihm entgangen war, nicht aber seinem Unterbewusstsein?

Wedeland schaltete den alten Röhrenfernseher an, der in einer Ecke des Hotelzimmers sein Dasein fristete. Die Kontraste waren falsch eingestellt, und es gab nur drei deutsche Sender, die restlichen waren aus unerfindlichen Gründen italienische. Er entschied sich für eine Dokumentation über die Königsfamilien Europas und verbrachte die nächste Stunde damit, sich zu fragen, wer diese Máxima war, von der alle sprachen.

Als er hochfuhr, war es halb zehn. Geweckt hatte ihn nicht die lahme Polittalkshow, die nun lief, sondern eine Erkenntnis: Es ging nicht um Erik Harms selbst, es war sein Nachname. Ein Harms war ihm damals im Zuge der Ermittlungen untergekommen, da war er sich plötzlich ganz sicher. Erik Harms hatte nie etwas davon erwähnt. Wusste er nichts davon? Gab es mehrere Familien mit diesem Namen?

Wedeland war auf einmal hellwach. Seine Entdeckung mochte nichts zu bedeuten haben, aber seine Neugier war entfacht. Ohne darüber nachzudenken, wie spät es war, griff er zu seinem Handy und rief Wolfram Schaber an. Dieser ging nach dem zweiten Klingeln an den Apparat: »Schaber hier, ja?«

»Wolfram, ich bin's, Ulrich.«

»Der Ulrich.« Wedeland konnte förmlich hören, wie sich Schaber in seinem Schreibtischstuhl zurücklehnte. »Woher wusstest du denn, dass ich so spät noch arbeite?«

»Wusste ich nicht. Ich hab nicht über die Uhrzeit nachgedacht. Bist du immer so lange im Büro?«

»Nee.« Schaber schniefte missmutig. »Meine Frau hat ihren Canasta-Abend. Ich hasse Canasta!« Der sonst so friedfertige Wolfram Schaber klang nahezu grimmig. »Wenn ich zu Hause bin, muss ich mitspielen, darf aber nicht meckern. In der Kombination eine Unmöglichkeit.«

»Also eine Pseudo-Spätschicht?«

»Würde ich so nicht unterschreiben. Ich habe quasi für morgen vorgearbeitet.«

Wedeland grinste. Dann fiel ihm der Grund seines Anrufs wieder ein. »Wolfram, warum ich anrufe …«

»Lass mich raten: Ich muss dringend etwas für dich in den Akten nachsehen?«

»Ja, ich weiß, ich bin eine Zumutung. Aber ich bräuchte dringend Informationen über einen Mann namens Harms. Wenn ich es richtig im Kopf habe, tauchte er in den Ermittlungen zum Baumgart-Fall auf.«

»Und was willst du da wissen?«

»Hauptsächlich interessiert mich, in welchem Zusammenhang er befragt wurde, ob er ein Zeuge war oder was auch immer. Und ob er mit einem gewissen Erik Harms verwandt ist.«

»Ich würde dir ja gern sagen, dass ich nicht dein persönliches Informationsbüro bin, aber ich glaube nicht, dass es etwas nützt.«

»Da liegst du goldrichtig.«

»Ich melde mich, wenn ich etwas habe. Und jetzt mach ich mich vom Acker, die Canasta-Truppe müsste so langsam aufbrechen. Wenn ich Glück habe, sind noch Häppchen übrig. Die sind das einzig Gute an diesen dämlichen Spieleabenden.«

Wedeland wünschte guten Appetit und wollte auflegen, als Schaber sich noch mal zu Wort meldete. »Moment, bevor ich's vergesse.« Wedeland drückte sein Handy wieder ans Ohr. »Du hattest mich ja nach dem Leutmann gefragt. Wo sind bloß die Unterlagen?« Es raschelte, als sich Schaber durch seine Papiere wühlte. »Ah, hier. Hörst du mir zu?«

»Sicher.«

»Torsten Leutmann wurde damals von Franz Thorwart befragt. Außerdem war noch ein gewisser Mehrsen dabei, von der örtlichen Dienststelle. Leutmann hat ohne Umschweife zugegeben, dass er Sascha Götz am Strand getroffen hatte. Danach hat er sie laut seiner Aussage aber nicht wiedergesehen, und das Mädchen auch nicht. Dann habt ihr ihn ein zweites Mal verhört, dieses Mal warst du dabei.«

»Ich erinnere mich dunkel.«

»Dann erinnerst du dich vielleicht auch, dass ihr in diesem zweiten Gespräch genauso wenig aus ihm herausbekommen habt wie bei der ersten Befragung.«

Wedeland bedankte sich und wollte erneut auflegen, doch Schaber unterbrach ihn.

»Halt, es geht noch weiter. Thorwart war wohl noch nicht bereit, Leutmann vom Haken zu lassen. Er hat ziemlich tief gegraben, aber nichts wirklich Relevantes zutage gefördert. Gemessen an dem, was ihr hattet, investierte er viel Zeit, um diesem Ansatz nachzugehen. Ohne Erfolg allerdings. Und konkret konntet ihr Leutmann zu dem Zeitpunkt nichts vorwerfen.«

Wedeland schwieg. Thorwart hatte immer über eine gute Intuition verfügt, und auch in diesem Fall hatte er anscheinend gespürt, dass bei Torsten Leutmann mehr zu holen war.

»Ulrich? Was ist mit diesem Leutmann?« Wolfram Schaber klang leicht besorgt. »So langsam frage ich mich wirklich, was du da eigentlich machst. Vor allem aber frage ich mich, ob es wirklich klug ist, was ich hier mache.«

»Wolfram, sobald ich klarsehe, erzähle ich dir, worum es geht. Aber solange ich noch im Dunkeln tappe, brauche ich deine Unterstützung. Wirst du die Infos zu Harms besorgen?«

Schaber grummelte, stimmte aber widerwillig zu, bevor er sich endgültig auf den Weg zu seinen Häppchen machte.

Wedeland drehte den Ton des Fernsehers etwas lauter. Die Polittalkshow lief noch immer. Es ging um Rüstungsausgaben, und er versuchte, der Diskussion zu folgen, doch die Gäste redeten wild durcheinander, während der Moderator nur hilflos mit seinen Karten wedelte. Die Stimmen vermischten sich zu einem breiigen Gewirr, das Wedeland ganz schwindlig und müde machte, und schließlich legte er sich hin und schlief ein.

Wedeland hörte das Klopfen, lange bevor sein Hirn es verarbeitet hatte. Als er das Geräusch endlich zuordnen konnte und sich aus dem Bett wälzte, war es bereits verstummt. Er riss die Tür auf und stand Erik Harms gegenüber, der, die Hand erhoben, gerade einen neuen Versuch starten wollte.

»Was? Warum?« Wedeland hörte selbst, wie verwirrt er klang; seine Stimme war vom Schlaf belegt. Er räusperte sich. »Äh, Harms? Wie spät ist es?«

»Kurz nach sechs. Darf ich reinkommen?«

Wedeland zuckte mit den Schultern, trat zurück und ließ sich schwer auf der Bettkannte nieder. Er fühlte sich verschwitzt und verquollen. Als er sich mit der Hand über das Gesicht fuhr, spürte er eine wulstige Kissenfalte, die sich quer über seine Wange zog. Sein Hirn wurde langsam wach, und mit dem Erwachen kam das Unbehagen, das Wissen, dass etwas nicht stimmen konnte, wenn Harms so plötzlich bei ihm auftauchte.

»Was ist passiert?«

»Leutmann ist tot.«

»Wie bitte?« Wedeland stand auf. Dann setzte er sich wieder. »Er ist tot, sagen Sie? Herrgott.« Er war ehrlich betroffen. Leutmann war eine armselige Kreatur gewesen, aber solange er lebte, hatte wenigstens theoretisch die Chance bestanden, dass er irgendwann einmal ein klein wenig Glück haben würde.

Und jetzt war Leutmann tot. Er hatte es nicht geschafft, seinem Leben eine Wendung zu geben. Die einzige Wendung, wenn man so wollte, war sein plötzlicher Tod.

»Er hat sich umgebracht.« Harms sah Wedeland durchdringend an, und Wedeland dachte, dass es ein seltsames Gefühl war, wenn plötzlich alles aus dem Ruder lief.

»Wie? Wie hat er …«

»Tabletten, vermutlich.«

Wedeland rieb sich das Gesicht. »Wer hat ihn gefunden? Wisst ihr, wie lange er schon tot ist?«

»Der Gerichtsmediziner hat sich geweigert, etwas zu sagen. Er schätzt wohl nicht gerne. Und gefunden hat ihn eine Nachbarin, die noch spät mit dem Hund draußen war, so gegen eins. Der Hund ist durch den Vorgarten gerannt, und vor Leutmanns Fenster drehte er völlig durch. Da hat die Nachbarin ihren Mann und eine Taschenlampe geholt.«

»Die beiden haben Leutmann durchs Fenster gesehen?«

Erik Harms nickte. »In der Küche.«

»Spurensicherung?« Wedeland verfiel, ohne es zu merken, in sein Einsatz-Stakkato.

»Trudelte gerade ein, als ich ging. Ich hatte nicht den Eindruck, dass die Kollegen von der Kripo den Fall wirklich ernst nahmen.« Harms stieß sich von der Wand ab, an die er sich während ihres Gesprächs gelehnt hatte. »Wir können uns später noch mal treffen. Ich werde jetzt nach Hause gehen. Duschen. Frische Klamotten anziehen ...« Er hielt inne. »Sie finden das seltsam, oder?«

»Wie bitte?«

»Sie finden es seltsam, dass mich das so mitnimmt. Leutmanns Tod.«

»Nichts dergleichen. Es wäre seltsam, wenn Sie der Tod eines Menschen nicht mitnehmen würde. Kein Ermittler, so abgebrüht er auch sein mag, bleibt im Angesicht des Todes völlig unberührt.« *Im Angesicht des Todes* – diese Formulierung war ihm herausgerutscht, normalerweise verabscheute er solche Gemeinplätze. »Vielmehr: Sollten Sie jemals nichts mehr spüren, ist es Zeit, sich Gedanken zu machen. Vor allem, wenn man ...« Wedeland hielt inne.

»Vor allem, wenn was?«

»Nichts. Vergessen Sie's.«

»Sie wollten sagen: Vor allem, wenn man darin verwickelt ist.«

»Wir sind nicht in Leutmanns Tod verwickelt.«

»Woher wollen Sie das wissen?«

»Ich weiß es einfach. Nennen Sie es meinen sechsten Sinn oder mein Bauchgefühl. Nennen Sie es, wie Sie wollen, aber hören Sie auf, sich die Schuld an irgendetwas zu geben.«

Als ob gerade er, dachte Wedeland, geeignet war, einem anderen zu erklären, wie er mit Schuldgefühlen umzugehen hatte. Harms jedoch schien seine Worte anzunehmen. Er bohrte nicht weiter, sondern erklärte Wedeland in knappen Sätzen den Weg vom Hotel zu seiner Wohnung.

Wedeland lauschte, wie Harms' Schritte auf der billigen Auslegware des Hotelflurs immer leiser wurden. Dann ließ er sich auf dem quietschenden Bett nach hinten sinken und starrte an die stockfleckige Decke. Was sie hier taten, war Wahnsinn. Daran gab es nichts zu rütteln. Hingegen war nicht so leicht zu bestimmen, um welche Art Wahnsinn es sich handelte. War es jene, bei der man sich später, mit der Weisheit des Zurückblickenden, fragte, was um alles in der Welt man sich dabei gedacht und warum man nicht früher die Notbremse gezogen hatte? Oder die Variante, die im Nachhinein zum Mut, zur Entschlossenheit verklärt wurde? Vermutlich Ersteres, gestand er sich ein.

Dann erhob er sich. Er wollte nicht weiter darüber nachdenken, ob er das Richtige tat. Es war ohnehin zu spät, um mit dem, was er tat, aufzuhören.

43

Als Wedeland bei Harms klingelte, ertappte er sich dabei, wie er sich nervös umsah. Er rechnete jeden Moment damit, dass Sascha Kerner aufkreuzte, bereit, Unbehagen und vage Schuldgefühle zu verbreiten.

Harms schien es ähnlich zu ergehen, denn er fragte gleich nach der Begrüßung, ob Wedeland ihr auf seinem Weg zu ihm begegnet sei.

»Nein«, sagte Wedeland. »Ich habe sie nicht getroffen, und ich bin auch ganz froh darüber. Ich möchte nicht wissen, wie sie die Nachricht von Leutmanns Tod aufnimmt. Und solange sie mich nicht direkt nach neuen Entwicklungen fragt, kann ich damit leben, es ihr zu verschweigen.«

»Aber irgendwann müssen wir ihr es doch sagen, oder?«

»Irgendwann schon. Aber im Moment sollten wir uns auf die Ermittlungen konzentrieren.«

Er bemerkte, wie Harms bei diesen Worten kaum merklich die Schultern straffte. Er war stolz, mit Wedeland zu ermitteln, gab sich aber alle Mühe, so zu tun, als wäre dies für ihn das Normalste auf der Welt.

Erik Harms bot nun an, Kaffee zu machen, und als er zwei übervolle Tassen erfolgreich von der Küche ins Wohnzimmer balanciert hatte, ließ er sich neben Wedeland auf der abgewetzten Couch nieder.

»Ich habe noch mal mit den Leuten von der Kripo gesprochen«, sagte er. »Ich habe ihnen alles erzählt. Musste ich ja.«

»Was alles?«

»Na, dass wir Leutmann befragt haben. Dass er uns etwas über die Nacht von Friederikes Verschwinden erzählt hat. Keine Details, aber das große Ganze.«

»Und?«

»Für sie schien die Sache klar zu sein: Leutmann wusste was. Dann war er's auch. Ich denke, wir werden bald von Ihren einstigen Kollegen hören. Sie werden Details über Leutmann und seine Aussage wissen wollen.«

»Und sie werden wissen wollen, warum wir ihn befragt haben.«

»Meinen Sie, das gibt Ärger?«

»Wir haben uns nur ein bisschen mit ihm unterhalten«, sagte Wedeland. »Immerhin präsentieren wir den Kollegen den perfekten Schuldigen für einen alten Fall, da werden sie vermutlich nicht allzu kritisch sein.« Wedeland rieb sich die Augen. »Täter tot, Fall gelöst. Ist doch wunderbar.«

Harms zögerte. »Sie denken, dass Leutmann es nicht war? Dass er uns die Wahrheit gesagt hat?«

»Leutmann war ziemlich von der Rolle, aber gewalttätig wirkte er nicht auf mich. Und schuldig auch nicht. Ich kann mich natürlich irren, aber ich habe ihm wie gesagt geglaubt.«

Harms nickte.

Beide schwiegen eine Weile, dann sagte Harms: »Es gibt zwei Möglichkeiten. Entweder hat sich Leutmann umgebracht, weil sein Leben scheiße war. Weil er Sascha getroffen und das alte Wunden aufgerissen hat. Oder er war eben doch ein Mörder. Einer, der nun damit rechnen musste, überführt zu werden.«

»Es gibt noch eine andere Variante.« Wedeland seufzte.

»Und die wäre?«

»Er hat sich nicht selbst umgebracht, sondern wurde umgebracht.«

Es war absurd. Dieser kleine Ort, wo sich sommers Strandkorb an Strandkorb reihte und winters alles schlief, wo man sich kannte und außerhalb der Saison alle Fremden an einer Hand abzählen konnte – dieser kleine Ort hatte ein neues Rätsel.

»Aber dann frage ich mich: Wer konnte überhaupt wissen, dass Leutmann eine potenzielle Gefahr darstellte?« Harms klang aufgeregt. »Sie haben das doch keinem erzählt, oder? Wir müssen mit Sascha Kerner und Regina Schwarz sprechen. Wir müssen in Erfahrung bringen, ob sie mit jemandem über Leutmann und das, was er zu wissen glaubte, geredet haben. Denken Sie nicht, dass das wichtig sein könnte?«

Wedeland nickte. »Vielleicht hat Leutmann auch selbst etwas erzählt. Ich kann es mir nicht recht vorstellen, aber ...«

Wedelands Handy summte. Wolfram Schabers Name leuchtete auf dem Display auf. Wedeland erhob sich ächzend und entschuldigte sich: »Ein ehemaliger Kollege. Da muss ich ran, wer weiß, vielleicht hat er etwas für uns.«

Er ging auf den Balkon hinaus, zog die Tür hinter sich zu und nahm das Gespräch an. Schaber hielt sich nicht mit langen Vorreden auf.

»Ulrich, sag mal. In was bist du da hineingeraten?«

»Hineingeraten? Ich ...«

»Du willst Informationen zur Baumgart-Sache. Und schon taucht, wie durch ein Wunder, ein Verdächtiger auf. Ein toter Verdächtiger. In einem Fall, in dem sich in den letzten Jahrzehnten nichts bewegt hat. Wir haben gestern noch über diesen Mann gesprochen. Es sollte dich nicht überraschen, dass mich das stutzig macht. Also, was hast du damit zu tun?«

»Mit Torsten Leutmanns Tod? Nichts.«

»Aber du bist in Hulthave. Von dort aus rufst du mich doch an, oder? Und du wirbelst Staub auf. Ulrich, das hier ist kein miefiger Altfall mehr, für den sich kein Mensch interessiert. Das ist jetzt ein hochbrisanter Fall, auf den sich alle stürzen. Ich sehe schon die Schlagzeile: ›Fall der verschwundenen Friederike endlich geklärt!‹ Bei so einer Sache kannst du nicht mitmischen und denken, keiner merkt's.«

»Ich mische nicht mit. Ich ermittele unauffällig im Hintergrund.«

»Du bist aber kein Ermittler mehr, weder im Hintergrund noch sonst wo. Du bist Rentner, Ulrich, Pensionär. Schon mal daran gedacht, dich so zu verhalten?«

Schaber brummte grimmig, aber Wedeland hörte, was Wunschdenken sein mochte, auch Verständnis heraus, und widerwillige Anerkennung. Wolfram Schaber wusste ganz genau, warum er nicht anders konnte. Manchmal gab es eben Fälle, die so etwas mit sich brachten: Dass man ihnen ein Leben lang verschrieben blieb. Er musste darauf bauen, dass Schaber ihn verstand.

»Wolfram, hör mir zu. Ich gehe davon aus, dass Torsten Leutmann nicht schuldig war.«

»Tja, die Kollegen sind da anderer Ansicht. Die feiern sich schon. Aber mich musst du nicht überzeugen.«

»Wie meinst du das?«

»Du hast mich doch gebeten, mal nachzuschauen, was es mit diesem gewissen Harms auf sich hat.«

»Was ist mit ihm? Haben wir ihn damals vernommen?«

»Sein Name ist Heinrich Harms, verwitwet, Vater von Erik Harms, der übrigens bei der Polizei Hulthave ist. Harms senior wurde befragt und hatte ein Alibi. Allerdings ist mir etwas aufgefallen.«

»Ja?«

»Die Zeiten passen nicht ganz. Harms hat damals ausgesagt, dass er ungefähr um Mitternacht von einer Feier mit Kollegen nach Hause gekommen ist, das hat seine Frau bestätigt. Seine Kollegen wiederum haben zu Protokoll gegeben, dass er das Restaurant etwa zwischen 23:15 Uhr und 23:30 Uhr verlassen hat.«

»Und?«

»Laut Routenplaner sind es, wenn man langsam fährt, von dem Restaurant bis zum Haus der Familie Harms maximal fünfzehn Minuten.«

In Wedelands Kopf rotierte es.

»Eine Lücke?«

»Von fünfzehn bis dreißig Minuten«, präzisierte Wolfram Schaber.

Wedeland wusste nicht, was er denken sollte. Es konnte nichts bedeuten oder alles. Fakt war, dass es ihre Pflicht gewesen wäre, damals auf diese fehlenden Minuten aufmerksam zu werden. Sie zu füllen, mit einer banalen Erklärung oder einer grausamen Wahrheit.

Wenn Heinrich Harms tatsächlich etwas mit Friederikes Verschwinden zu tun hatte – was hatte es dann mit dem Auto auf sich, das Torsten Leutmann zu einem deutlich späteren Zeitpunkt am Zeltplatz gesehen haben wollte? Hatte Leutmann gelogen?

Wedeland räusperte sich. »Es kann sein, dass nichts dahintersteckt, aber es kann genauso gut sein, dass ...«

»Warte, ich bin noch nicht fertig, da ist noch eine Sache, auf die ich gestoßen bin. Der Fall lässt auch mich inzwischen nicht mehr los, und darum habe ich mit Harms' ehemaligen Kollegen gesprochen. Harms hat bis zur Rente bei Bass und Söhne gearbeitet, und die haben sich noch gut an ihn erinnert. An die betreffende Nacht natürlich nicht mehr, ist ja auch schon ewig her. Aber der Mann, mit dem ich gesprochen habe, machte so eine Bemerkung. Über eine gewisse Kollegin, die ich fragen solle, da sie Harms besser gekannt hätte. Mit Betonung auf *besser*.«

»Harms hatte eine Affäre?«

»Mit einer gewissen Margot Albus. Sie war nicht schwer zu finden, ich habe mit ihr geredet.«

»Mein Gott, Wolfram, ist dir mal in den Sinn gekommen, mich zwischendurch zu informieren?«

»Das tu ich gerade, Ulrich. Das Telefonat mit Margot Albus ist keine halbe Stunde her.«

»Was hat sie gesagt?«

»Sie hat bestätigt, dass sie mit Heinrich Harms etwas hatte. An dem besagten Abend haben sie nach dem Verlassen der Feier auf dem Parkplatz des Restaurants gestritten.«

»Das erklärt die fehlenden Minuten.«

»Das tut es.« Wolfram Schaber zögerte. »Aber Margot Albus hat noch etwas gesagt. Nämlich, dass Harms in der Nacht noch mal bei ihr war. Ihr inzwischen verstorbener Mann war zu dem Zeitpunkt auf Montage.«

Da war er. Der Beweis, dass Harms nach seiner Rückkehr nicht einfach zu Hause geblieben war und geschlafen hatte. Harms hatte also mehr Zeit gehabt als angenommen. Weit mehr.

»Wann war er bei ihr?«

»Irgendwann zwischen zwei und drei. Genau wusste sie es nicht mehr. Er wollte sich mit ihr versöhnen, sie hat ihn abgewiesen. Er muss sich ziemlich aufgeführt haben, da hat sie Schluss gemacht und ihn rausgeschmissen.«

»Warum hat sie das damals nicht gesagt?«

»Es hat sie niemand gefragt. Um Harms' Alibi zu verifizieren, wurden mehrere Kollegen vernommen, aber natürlich nicht alle. Und selbst wenn man Margot Albus befragt hätte: Ich vermute, sie hätte nichts gesagt. Sie war wie Harms ja verheiratet.«

Aus Schabers Stimme klang kein Vorwurf, aber Wedeland wusste, dass er es verbockt hatte. Sie hatten es übersehen. Ein Detail. Eine Kleinigkeit. In Kombination mit dem, was Sascha Kerner und Torsten Leutmann verschwiegen hatten, bedeutete es plötzlich alles.

»Wo wohnt Margot Albus?«

»Im Nachbarort. Mit dem Auto etwa sechs bis acht Minuten. Und ja«, fügte Schaber hinzu, bevor Wedeland danach fragen konnte, »die Strecke nach Hulthave führt am Zeltplatz vorbei.«

Kurz schweigen beide.

»Er wird abserviert«, sagte Wedeland schließlich zögernd, »fährt aufgebracht durch die Gegend. Trifft auf Friederike, die aus dem Zeltlager abgehauen ist. Und in seiner Wut – ermordet er sie?«

»So kann es gewesen sein«, sagte Wolfram Schaber. »Oder auch ganz anders.«

Dennoch: Es war eine Möglichkeit. Wedeland musste mit Heinrich Harms reden. Er würde herausfinden, ob Harms ein Mörder war, der Mörder, der all die Jahre da gewesen war, ohne dass er, Ulrich Wedeland, ihn gesehen hatte.

Durch die Balkontür sah er, wie Erik Harms langsam ungeduldig wurde. Bevor er mit seinem Vater sprach, musste er mit ihm, dem Sohn, reden, und er hatte keine Ahnung, wie er das anstellen sollte. Er verfluchte die Umstände, die ihn in diese Lage gebracht hatten.

»Wolfram, ich danke dir für deine Hilfe. Wirklich.«
»Warte! Was willst du denn jetzt …«
»Ich melde mich, versprochen!«
»Ulrich! Du musst dich da raushalten. Du bist nicht länger im Dienst.«

Wedeland legte auf. Er ließ das Handy in seiner Hosentasche verschwinden und atmete durch. Einen Moment hielt er inne, noch nicht ganz bereit für das Gespräch, das vor ihm lag.

Was hatte er in der Hand? Waren es völlig haltlose Theorien? Oder hatte der Vater von Erik Harms tatsächlich etwas mit der Sache zu tun? War Heinrich Harms ein Mörder? War die Lösung wirklich so einfach – ein Mann, zurückgewiesen, und ein schutzloses Kind, das dessen Wut zu spüren bekam? In Wedelands Kopf kreisten die Gedanken immer wilder. Was für ein Wahnsinn – erst ging jahrzehntelang nichts voran, und dann überschlug sich alles in einer irrsinnigen Geschwindigkeit.

Er war weit davon entfernt, sich Klarheit verschafft zu haben. Aber es half nichts. Er stieß die Balkontür auf und trat in Eriks Wohnzimmer. Dieser erhob sich gerade von der Couch, setzte sich aber wieder, als er Wedeland sah.

»Und? Alles geklärt?«

Wedeland ließ sich, mit einem schweren Seufzer, der ihm versehentlich entwischte, auf einem der Sessel nieder. Er wollte ehrlich zu Harms sein.

»Das war ein alter Kollege von mir. Ich hatte ihn im Fall Baumgart um Hilfe gebeten.«

»Und? Hat er etwas herausgefunden.«

»Hat Ihr Vater Ihnen eigentlich jemals erzählt, dass er damals, im Zuge der Ermittlungen, auch befragt wurde?«

»Mein Vater?« Erik Harms ging in Abwehrhaltung, die Arme

vorm Körper verschränkt. »Sie haben Ihren Kollegen auf meinen Vater angesetzt? Sie sitzen hier mit mir zusammen, und wir diskutieren, wer wem etwas verraten haben könnte, während Sie in Wahrheit schon die ganze Zeit meinen Vater in Verdacht haben? Bin ich nur deshalb dabei? Damit Sie mich aushorchen können?« Harms war aufgesprungen.

»Ich verdächtige Ihren Vater nicht. Ich habe Sie auch nicht aushorchen wollen. Ich hatte nur – der Name Harms kam mir bekannt vor. Ich war mir fast sicher, dass ich ihn damals gehört hatte, aber ich wusste nicht mehr, in welchem Zusammenhang. Darum habe ich meinen Kollegen gebeten, für mich in den Akten nachzusehen.«

»Und was hat Ihr Kollege ausgegraben?« Harms' Stimme klang herausfordernd, aber auch verunsichert. Er schien nicht felsenfest überzeugt davon zu sein, dass sein Vater sich niemals etwas zu Schulden hatte kommen lassen.

»Zunächst hat er nur festgestellt, dass Ihr Vater von uns vernommen wurde. Wie Dutzende andere Leute auch.«

»Zunächst. Und dann?«

»Dann ist ihm aufgefallen, dass Ihr Vater ... dass seine Angaben bezüglich der Tatnacht nicht ganz schlüssig sind.«

»Was genau heißt das?«

»Es gibt eine Lücke.« Wedeland beschloss, die Affäre erst einmal nicht zu erwähnen.

»Wie groß?«

»Zwischen fünfzehn und dreißig Minuten. Im Zeitraum zwischen elf und zwölf in der betreffenden Nacht. Aber eigentlich ...«

»Das ist doch viel zu früh! Leutmann hat den Wagen erst Stunden später gesehen.«

»Genau genommen geht es erst einmal darum, dass Ihr Vater

uns gegenüber nicht ganz ehrlich war. Wir haben Hinweise erhalten, dass er in der Nacht noch einmal weggefahren ist.«

»Er hat das Haus nachts noch mal verlassen? Wollen Sie damit sagen, dass …«

Dann wurde Harms blass. Es war, als sähe man einem Menschen dabei zu, wie ihm der Boden unter den Füßen weggerissen wurde. Wedeland fühlte sich scheußlich.

»Der Wagen«, sagte Harms. »Der Wagen, den Leutmann gesehen hat … in der Nacht. Das war ein schwarzer Kombi.« Er sah Wedeland an. »Mein Vater fuhr damals so einen. Einen Audi.«

»Ich sagte bereits, ich möchte lediglich mit Ihrem Vater sprechen. Vielleicht gibt es eine Erklärung für all das.«

»Nein.« Harms atmete hörbar. »Nein, nein, nein, das darf nicht wahr sein.«

Wedeland brauchte einen Moment, um zu begreifen, dass die Ablehnung nicht seinem Vorhaben galt, mit Heinrich Harms zu reden. Erik Harms fuhr sich mit den Händen übers Gesicht, als wollte er sich selbst vergewissern, dass all dies kein Traum war.

»Torsten Leutmann, verstehen Sie denn nicht? Wir haben vorhin noch darüber gesprochen. Wer wusste Bescheid? Wer wusste, dass Leutmann in der Tatnacht etwas gesehen hatte?«

Wedeland hatte keine Ahnung, auf was Harms hinauswollte, aber es war offensichtlich, dass er sich in den Gedanken hineinsteigerte, dass sein Vater etwas mit Friederikes Schicksal zu tun hatte.

»*Mein Vater wusste Bescheid*. Ich habe es ihm selbst gesagt. Ich habe ihm erzählt, dass wir bei Leutmann waren. Dass er in der Tatnacht vor Ort war und vermutlich den Täter gesehen hat. Mein Vater wusste es.«

Aus der Verwirrung in seinem Gesicht war nun Angst geworden. Sie stand ihm in den Augen, floss über.

»Ich muss mit ihm reden. Jetzt sofort.«

»Warten Sie. Das ist keine gute Idee, wir sollten …«

Doch Harms war bereits im Flur. Wedeland hörte die Wohnungstür zuschlagen.

44

Ulrich Wedeland bog um die Ecke und sah gerade noch, wie Erik Harms am Ende der Straße in einem Vorgarten verschwand. Fluchend und keuchend setzte er sich wieder in Bewegung und erreichte, mit galoppierendem Herzen, sein Ziel. Für einen kurzen Moment wurde ihm bewusst, wie verrückt das alles war. Er war kein Polizist mehr. Er war ein älterer Mann, der auf die Couch gehörte oder auf ein überteuertes Mountainbike. Stattdessen stand er nun hier, vor dem Haus von Heinrich Harms, und wünschte sich seine Dienstwaffe zurück, nur zur Sicherheit, ihr beruhigendes Gewicht in seinen Händen.

Aus dem Inneren des Hauses war kein Laut zu hören. Die Eingangstür war angelehnt, und er konnte nicht sagen, ob das nun Glück oder Pech bedeutete. In jedem Fall war es eine Verpflichtung, und so drückte er die Tür vorsichtig auf und betrat das Haus. Vor ihm lag der Flur, linker Hand eine Garderobe sowie eine Tür, vermutlich zur Gästetoilette, rechter Hand die Treppe in den Keller. Bilder an der rau verputzten Wand, abgetretene terrakottabraune Fliesen.

Vielleicht war seine Vorsicht übertrieben. Vielleicht saßen Vater und Sohn friedlich beisammen und klärten in ruhigem Ton das abstruse Missverständnis, das Erik Harms dazu gebracht hatte, seinen Vater fälschlicherweise zu verdächtigen. Vielleicht aber auch nicht.

Er schob sich noch einen Schritt vorwärts. Vor ihm öffnete sich der Flur zum Wohnzimmer, er konnte eine Sitzgruppe erkennen, ein Bücherregal, die Fransen eines Perserteppichs. Dann ein Paar Fußspitzen. Füße auf dem Perserteppich, die Sohlen nach oben. Sein Puls wurde schneller. Rasch trat er vor, aus der Deckung des Flurs, und überblickte nun die ganze Szene.

Erik Harms kniete auf dem Teppich, nach vorne gebeugt, die Hände aufgestützt. Vor ihm eine Lache Erbrochenes, die Wedeland jetzt auch riechen konnte, sauer und scharf.

Von der Galerie hing Heinrich Harms. Er pendelte ganz leicht, wie von einem Lufthauch bewegt, über dem Kopf seines Sohnes. Sein Gesicht war in Stille erstarrt, der Mund verzerrt, die Haut bläulich verfärbt. Es gab keinen Zweifel: Heinrich Harms war tot.

Innerhalb von Sekundenbruchteilen entschied Wedeland, dass alles warten musste. Alles, was der Tod Heinrich Harms' bedeutete, alles, was er erklärte, würde sich gedulden müssen. Er trat neben Erik Harms. »Kommen Sie. Ich helfe Ihnen.« Er griff nach dem zitternden Mann zu seinen Füßen. Harms zuckte erschrocken zusammen und riss seinen Arm weg.

»Harms, ich bin es, Ulrich Wedeland. Kommen Sie, ich bringe Sie hinaus.« Nun ließ sich der Sohn des Toten auf die Füße helfen. Er sah Wedeland an, sein Gesicht grau vor Entsetzen.

»Mein Vater«, sagte er. »Mein Vater.«

45

Eine Stunde später, Wedeland kam es vor wie ein halber Tag, stand er allein vor dem Haus und rauchte, die erste Zigarette seit Jahren, gespendet von einer der Nachbarinnen. Notarzt und Polizei waren eingetroffen, es herrschte Hektik und bei den Beamten aus dem Ort, die mit der Familie Harms vertraut waren, Verwirrung und Ungläubigkeit.

Nicht weit von ihm saß Erik Harms in der offenen Tür des Rettungswagens, einer der Sanitäter redete auf ihn ein. Harms jedoch sah nur geradeaus. Ein weiterer Sanitäter trat hinzu und wollte dem Polizisten etwas verabreichen, ein Beruhigungsmittel vermutlich, doch der schüttelte heftig den Kopf.

Wedeland wandte sich ab. Die Erschöpfung kroch ihm in die Knochen, kroch ihm bis ins Gehirn. Das machte die Anspannung, der Schock. Vor allem aber die unvermeidliche Erkenntnis: Er hatte versagt. Der Täter im Fall Friederike war kein Phantom gewesen, kein Geist, kein Nachtmahr. Er war die ganze Zeit hier gewesen, greifbar, auf ihrem Radar. Er rieb sich die brennenden Augen.

Heinrich Harms. Was hatte er getan? Und um alles in der Welt, warum? Es gab kaum eine andere Erklärung für alles, was passiert war, für alles, was diesen Ort in den letzten Tagen erschüttert hatte, als diese: Heinrich Harms, ein normaler Mann mit einer normalen Familie, einem normalen Beruf und einem normalen Haus in einem vollkommen normalen Allerweltsort, hatte, in einem schicksalhaften Moment, die normale Welt für immer verlassen und sich dem Irrsinn hingegeben, dem Irrsinn, das Leben eines kleinen Mädchens zu beenden. Weil er in seiner Ehre verletzt worden war. Weil er sich hilflos gefühlt hatte. Weil er sich plötzlich nicht mehr im Griff gehabt hatte, sich und seinen Trieb, der vielleicht schon immer da gewesen war.

Es gab hundert Gründe und keinen. Es war sinnlos, darüber nachzudenken. Niemand würde je wissen, warum. Aber, und das war der Trost in all dem Wahnsinn, sie würden Friederike finden. Niemand hatte sie retten können, aber dennoch, es machte einen Unterschied: Sie würden sie aus der Erde heben, aus dem Vergessen, die Menschen würden ihrer gedenken können. Gütiger Vater im Himmel, dachte er, bitte mach, dass wir sie jetzt finden. Er war nicht gläubig, aber darauf kam es jetzt ja wohl nicht an. Es ging um ein kleines, vergessenes Mädchen, wer konnte da ein besserer Ansprechpartner sein als Gott?

Er sah, wie sie Heinrich Harms abtransportierten, und er fragte sich, was er hier noch wollte, in dem kalten Vorgarten. Er hatte einem der Beamten grob geschildert, was geschehen war, dass er nichts gesehen hatte außer einem kotzenden Erik und einem baumelnden Heinrich, und hatte die Aufforderung erhalten, sich am nächsten Tag für eine ausführlichere Aussage auf der Dienststelle zu melden. Was hielt ihn also davon ab, sich ins Warme zu flüchten?

Die Frage war nicht schwer zu beantworten. Er hatte Angst vor dem Moment, in dem die Tür seines Hotelzimmers hinter ihm ins Schloss fiel und er allein blieb mit allem, was geschehen war, mit allem, was er noch nicht glauben konnte. Angst, sich den Tatsachen zu stellen, die der Tag ans Licht gebracht hatte, wie ein Hund, der Unappetitliches aus der Mülltonne zerrt und dann ganz betrübt ist, wenn ihn keiner für seine Entdeckung lobt.

Es half nichts. Er konnte nicht ewig hier herumstehen und darauf warten, dass sich das düstere Hotelzimmer und die selbstzerstörerischen Gedanken, die ihn dort erwarteten, verlockender anfühlten. Er wandte sich gerade zum Gehen, als einer der Polizisten aus Hulthave auf ihn zukam.

»Benedikt Zöllner.« Er streckte Wedeland die Hand hin. »Sie sind Herr Wedeland, richtig? Der Kollege von der Kripo, mit dem Erik im Baumgart-Fall gegraben hat? Er hat mir von Ihnen erzählt.« Trotz seiner wuchtigen Statur wirkte er, als hätte er Schwierigkeiten, sich bis zum Ende seines Arbeitstags auf den Beinen zu halten.

»Ich bin kein Kollege, nicht mehr. Aber der Rest stimmt.«

Benedikt Zöllner räusperte sich. Es war ihm anzusehen, dass es ihm schwerfiel, die Geschehnisse einzuordnen.

»Sie haben ihn gefunden?«

»Eigentlich nicht. Erik Harms hat seinen Vater gefunden, und ich habe dann beide gefunden. Das habe ich aber bereits zu Protokoll gegeben.«

»Ich weiß. Ich wollte trotzdem … Also, glauben kann ich das alles noch nicht. Ich meine, dass der Heinrich sich umbringt.« Er schaute Wedeland an, als müsste er am besten wissen, dass der Heinrich so etwas niemals tun würde. »Erik hat – ich meine, seine Mutter ist gestorben, als er noch sehr jung war, und jetzt …« Er brach ab. »Ach, verdammt. Das ist aber auch alles eine gottverfluchte Scheiße. Der Erik tut mir so leid. Was muss der alles mitmachen, das ist doch ein Guter, verflucht. Geht der Heinrich hin und hängt sich auf, aus heiterem Himmel, Herrgott. Was ist denn in den gefahren, meinen Sie, er war krank?«

Wedeland, überrumpelt von der plötzlichen Ansprache, schwieg. Er wusste, dass er irgendwann mit seiner Sicht der Dinge herausrücken musste, und, aus dem Moment heraus, beschloss er, dass es ebenso gut gleich sein konnte.

»Ich denke nicht, dass er krank war«, sagte er.

»Ja, aber ...«

»Heinrich Harms«, fuhr Ulrich Wedeland fort, entschlossen, es auszusprechen, »Heinrich Harms hat Friederike Baumgart getötet.«

Benedikt Zöllner starrte ihn ausdruckslos an.

»Was? Sind Sie völlig verrückt geworden?«

»Nein, das bin ich nicht.«

Wedeland sah Zöllner an, und sein Blick musste ihn überzeugt haben. Zöllner schien zumindest in Betracht zu ziehen, dass Wedeland eventuell doch kein durchgeknallter Spinner war, der mit haltlosen Beschuldigungen um sich warf.

»Sie meinen das wirklich ernst, oder?«

»Ja.« Wedeland hielt Zöllners Blick stand.

»Und Sie wissen, was Sie da sagen? Heinrich Harms ist tot, aber sein Sohn lebt, und ...«

»Sie können mir glauben, dass ich solche Anschuldigungen nicht vorbringen würde, wenn ich mir meiner Sache nicht sicher wäre.«

Zöllner blickte zum Haus hinüber, mit zusammengekniffenen Augen, dann zurück zu Wedeland.

»Ich weiß nicht, was ich davon halten soll.«

»Ich habe Ihnen gesagt, was ich annehme. Nicht, was Sie annehmen müssen. Das ist Ihre Sache. Denken Sie darüber nach.« Wedeland wandte sich Richtung Straße. »Ich werde jetzt gehen.«

»Aber Sie können nicht ...«

»Was kann ich nicht?«

»So etwas sagen. Und dann gehen.«

»Ich bin bereit, alles, was ich weiß, ausführlich mit den Kollegen von der Kripo zu besprechen. Meine Nummer haben Sie. Sagen Sie mir, wann ich wo sein soll.«

Zöllner schien noch immer nicht zu wissen, was er mit Wedelands Äußerungen anfangen sollte.

»Wenn Sie erlauben …« Wedeland schob sich an ihm vorbei und ging.

46

Der folgende Tag war windstill, was die Kälte nur umso heimtückischer machte. Sie wehte Wedeland nicht offen um die Nase, sie kroch ihm in den Körper, langsam und beständig, und blieb dort. Als er die Dienststelle erreichte, gab er Benedikt Zöllner eine eisige Hand, und auch als er in dem kargen, aber immerhin warmen Besprechungsraum saß, hatte er Schwierigkeiten, sein Gesicht zu fühlen, so taub war es.

»Bitte.« Zöllner stellte ihm einen Becher Kaffee auf den Tisch. »Zum Aufwärmen. Ist wieder scheißkalt heute.«

Seiner Miene war nicht zu entnehmen, wie er Wedeland gegenüber gesinnt war, und auch sein Ton blieb neutral. War er wütend, so zeigte er es jedenfalls nicht.

Wedeland bedankte sich und trank von der schwarzen Brühe, die fürchterlich schmeckte. Eilig nahm er noch einen Schluck, damit Zöllner ihm seinen Ekel nicht anmerkte.

»Wie geht es Harms?«, fragte er.

»Einigermaßen.« Benedikt Zöllner blieb weiterhin sachlich. »Er hat sich gestern Abend selbst aus dem Krankenhaus entlassen.«

Wedeland nickte, als hätte er nichts anderes erwartet. In Wahrheit hatte er keine Ahnung, wie Erik Harms mit dem Tod seines Vaters umging, ob er damit zurechtkommen würde. Er kannte ihn ja kaum, auch wenn er in den letzten Tagen viel

Zeit mit ihm verbracht und den schlimmsten Augenblick seines Lebens mit ihm geteilt hatte.

Zöllner ließ die unangenehme Stille einen Moment lang im Raum schweben, dann sagte er: »Die Ermittler aus Wehrich werden gleich hier sein. Massek und seine Leute.« Er wartete kurz ab, um Wedeland die Gelegenheit zu geben, sein Gedächtnis zu durchforsten. »Ich musste denen einiges erzählen«, fuhr er dann fort, wie um Wedeland zu warnen.

In diesem Moment klopfte es flüchtig. Die Tür öffnete sich, bevor Zöllner etwas sagen konnte, und ein kräftiger blonder Mann schob sich herein. »Nikolai Massek«, stellte er sich vor. »Das sind Perez und Schoch.« Er deutete eher nachlässig auf die zwei jungen Männer, die hinter ihm den Raum betraten, beide schmal und dunkelhaarig und sichtlich daran gewöhnt, ihrem Chef die Bühne zu überlassen. Sie setzten sich und klappten beinahe synchron ihre Laptops auf.

Massek wandte sich an Benedikt Zöllner. »Zöllner, richtig? Wir haben telefoniert?« Der Hulthavener Polizist nickte, beinahe ein wenig schüchtern.

Massek und Zöllner waren beide groß und wuchtig, aber gegen Masseks Präsenz kam Benedikt Zöllner nicht an. Mit seinen wasserblauen Augen, den nahezu weißblonden Haaren und dem kantigen, geröteten Gesicht war der Ermittler aus Wehrich eine Erscheinung. Er schielte zwar ein wenig, doch selbst das tat seiner Wirkung keinen Abbruch. Im Gegenteil, es verlieh ihm sogar noch mehr Authentizität, als hätte er den schiefen Blick bei einer handfesten Schlägerei davongetragen, ein Merkmal seiner Kaltblütigkeit. Der schiefe Blick fiel nun auf Wedeland.

»Und Sie?«

»Ulrich Wedeland.« Er richtete sich automatisch zu seiner

vollen Größe auf, kam sich jedoch sogleich albern vor. Auch mit durchgedrückter Wirbelsäule reichte er Massek nur bis zum Ohrläppchen.

»Ach ja, richtig. Ehemals Kripo Wehrich, nicht wahr?«

Wedeland nickte, setzte sich wieder, und was folgte, war das übliche Geplänkel – wen man kannte und wen nicht, was sich verändert hatte und was noch seinen gewohnten Gang ging. Massek war ein gutes Jahr nach Wedelands Ausscheiden nach Wehrich versetzt worden, und er schien einen recht guten Überblick zu haben.

Wedeland fand es seltsam, über Belanglosigkeiten zu plaudern, aber vielleicht war es gerade das: Wir leben – und sie, die anderen, sind tot. Vielleicht musste man diese Grenze ziehen, um sich selbst zu vergewissern, dass man bislang weder Tod noch Wahnsinn anheimgefallen war.

»Dann erzählen Sie mal«, sagte Massek und setzte sich.

Wedeland legte seine Hände flach auf die Tischplatte. Er verfluchte seine Nervosität. Er hatte das Gefühl, auf dem Prüfstand zu stehen, nein, das war nicht ganz richtig, es war, als stünde sein Leben auf dem Prüfstand, sein berufliches zumindest. Er war im Fall Baumgart gescheitert. Er allein war für die erfolglosen Ermittlungen verantwortlich gewesen. Doch nun, wenn man ihm glaubte, wenn er recht behielt, hatte er zumindest einen kleinen Teil seiner Schuld beglichen. Dann hatte er ihn doch noch gefunden, den Mann, der ihn jahrelang ohne Erbarmen durch seine Albträume gejagt hatte. Auch wenn, dessen war er sich durchaus bewusst, der Zufall ihm dabei geholfen hatte.

»Herr Wedeland?« Nikolai Massek wurde ungeduldig. »Ich möchte nicht unhöflich sein, aber …«

»Schon gut.« Wedeland hob den Kopf und schaute Massek in die wasserhellen Augen. Und dann erzählte er. Alles. Er berichtete von Sascha Kerner, dass sie, vor wenigen Tagen, bei ihm angerufen hatte, ihm geschildert hatte, wie sie Torsten Leutmann, nach all den Jahren, begegnet war. Dass er ihr gestanden hatte, in der Tatnacht vor Ort gewesen zu sein, und dort einen schwarzen Wagen gesehen hatte. Wedeland gab zu Protokoll, wie er gemeinsam mit Sascha Kerner die Polizei von Hulthave aufgesucht hatte und sie dort Erik Harms begegnet waren, der dann mit ihnen Leutmann zur Tatnacht befragt hatte. Wedeland nahm sich auch die Zeit, zu erläutern, warum er nicht den offiziellen Weg beschritten hatte: »Wir hatten ja nichts. So gut wie nichts. Einzig einen ziemlich Verrückten, der ein Auto gesehen haben wollte. Zu dem Zeitpunkt konnten wir nicht ahnen, was sich daraus ergeben würde.«

»Und dass dieser Leutmann selbst der Täter sein konnte, darauf sind Sie nicht gekommen?«, wollte Massek wissen.

»Natürlich haben wir das in Erwägung gezogen. Und wir waren uns einig darin, dass Torsten Leutmann glaubwürdig war in seinen Beteuerungen, nichts mit der Sache zu tun gehabt zu haben.«

»Herr Wedeland, es gibt Vorschriften.« Nikolai Massek wirkte, als könnte er kaum glauben, was er hörte, eine Reaktion, die Wedeland reichlich übertrieben fand. »Ob ein Zeuge glaubwürdig ist oder nicht, ob er überhaupt ein Zeuge ist, das entscheidet immer noch die Polizei. Und Sie gehören nicht mehr zur Truppe.«

»Das ist mir klar, aber …«

Massek unterbrach ihn: »Wenn Sie sich an uns gewandt hätten, könnte Leutmann noch leben, ist Ihnen das bewusst?«

Wedeland spürte, wie er wütend wurde. Massek hatte natürlich recht, die Entscheidung, Leutmann eigenmächtig ins Visier zu nehmen, konnte man kritisieren. Aber ihm seinen

Tod anzulasten, war ein massiver Vorwurf und eine mehr als gewagte Schlussfolgerung noch dazu. Wedeland war nicht gewillt, die Anschuldigung auf sich sitzen zu lassen.

»Dass ich zunächst selbst mit Torsten Leutmann gesprochen habe, statt direkt nach dem Gespräch mit Sascha Kerner die Kollegen zu informieren, war nur recht und billig. Was hätten Sie auf eine Information gegeben, die eine psychisch labile Frau von einem psychisch labilen Mann zu einem Jahrzehnte zurückliegenden Fall erhalten hat? Nichts hätten Sie darauf gegeben, da bin ich mir relativ sicher.« Der letzte Satz hatte schärfer geklungen, als von Wedeland beabsichtigt. Er hatte nichts davon, wenn er Massek gegen sich aufbrachte, also zwang er sich zu einem gemäßigten Ton.

»Und selbst wenn wir nach dem Gespräch mit Leutmann zu Ihnen gekommen wären, mit der Einschätzung, dass er die Wahrheit sagt – wann wäre dann jemand von Ihren Leuten bei Leutmann aufgetaucht? Kaum so früh, dass Sie ihn noch lebend angetroffen hätten. Und selbst wenn – hätte es einen Unterschied gemacht? Auch Sie hätten niemals ahnen können, was ihm passieren würde.«

Massek wiegte seinen kantigen Kopf. Das musste man ihm lassen: Er schoss nicht sofort zurück, sondern ließ sich Wedelands Argumentation durch den Kopf gehen.

»Mag sein, dass Sie in Bezug auf Leutmann recht haben. Dennoch: Sie haben durch Ihr Verhalten die Ermittlungen in dem Fall nachhaltig beeinträchtigt.«

Ulrich Wedeland hielt kurz inne und erwiderte dann betont ruhig: »Von was auch immer Sie ausgehen, Sie sind hier, um meine Version zu hören. Und meine Version ist: Torsten Leutmann hat sich nicht selbst umgebracht, und wenn doch, dann nicht aus freien Stücken.«

Massek zog die Augenbrauen hoch. »An seiner Leiche wurden keine Spuren von Fremdeinwirkung gefunden.«

»Ich behaupte nicht, dass Leutmann umgebracht wurde. Ich sage nur, dass er alles andere als stabil war und dass möglicherweise jemand auf ihn eingewirkt hat. Weil er nicht wollte, dass Leutmann als Zeuge im Fall Baumgart auf der Bildfläche erscheint. Und weil Leutmann, ein toter Leutmann, nach allem, was er uns erzählt hatte, als Verdächtiger wunderbar ins Bild passte.«

»Und dieser Jemand war Ihrer Ansicht nach Heinrich Harms?« Massek klang ironisch. Zöllner sekundierte, indem er spöttisch schnaubte.

»Ja.«

»Können Sie uns darlegen, wie Sie zu diesem Schluss kommen?«

Wedeland bemühte sich, die Entwicklungen nach Leutmanns Tod so zu beschreiben, dass sie nicht wie ein wirres Hirngespinst erschienen. Wolfram Schaber hätte er am liebsten ausgespart, doch das war unmöglich. Kurz fasste er die Ereignisse zusammen. Die Entdeckung des undichten Alibis. Schabers Eingebung, mit Heinrich Harms' ehemaligen Kollegen zu sprechen. Die Informationen von Margot Albus über ihre Affäre mit Harms. Die Reaktion von Erik Harms, als der Name seines Vaters gefallen war, und seine Aussage, dass dieser von Leutmanns Beobachtungen in der Tatnacht gewusst haben musste, weil nämlich er selbst, Erik Harms, ihm davon berichtet hatte.

Heinrich Harms' Selbstmord, erklärte Wedeland, sei eine Folge aller vorausgegangenen Geschehnisse. »Er, der Friederike getötet hat, bringt Jahre damit zu, sich selbst davon zu überzeugen, dass er kein Mörder ist, sondern dass ein Moment der

Unbeherrschtheit über ihn kam. Dass er nichts dafür konnte. Und dann die Ungewissheit, die ständige Angst, entdeckt zu werden. Und plötzlich taucht der eine, der einzige Zeuge auf, der Zeuge, der etwas weiß, wenn Harms auch nicht ahnen kann, wie viel genau. Der Zeuge, der, wenn er nicht verstummt, möglicherweise alles zunichtemachen kann. Er bringt ihn zum Schweigen, aber dieses Mal ist es kein Unglück, dieses Mal hat er es wirklich getan. Und das war zu viel für ihn.«

»Sie meinen also, wenn ich Sie richtig verstanden habe, dass Heinrich Harms damals Friederike Baumgart ermordet hat und die Leiche dann verschwinden ließ. Und jetzt, fünfundzwanzig Jahre später, taucht ein Zeuge auf, Harms wird panisch, schafft ihn aus dem Weg und dreht dann durch?«

Die elendig traurige Geschichte eines Dorfes in wenigen Worten. Wedeland nickte. Er kam sich plötzlich unsagbar alt und dumm vor. Was, wenn er falschlag, wenn es keinen Zusammenhang gab, weder zwischen Leutmann und Harms noch zwischen Harms und dem Fall Baumgart? Dann hatte er sich nicht nur völlig lächerlich gemacht, er hatte auch nichts erreicht, was ihm Gewissheit über Friederikes Schicksal verschaffen konnte, immer noch nicht, wieder einmal nicht. Er wäre abermals gescheitert. Plötzlich war er richtiggehend wütend auf sich. Warum war er nicht in seiner Wohnung geblieben, wo keiner so tat, als wäre er ein durchgeknallter Irrer?

Wedeland war erschöpft. Hinter seinen Augen pochte es, und er konnte nicht sagen, ob das die Müdigkeit war oder die Angst, schon wieder versagt zu haben.

»Herr Wedeland, Sie können sicher nachvollziehen, dass Ihre Geschichte – Ihre Erfahrung in allen Ehren – in Teilen ziemlich haarsträubend klingt.« Es war Massek anzusehen, dass er nach den richtigen Worten suchte. Wedeland meinte, in Schochs Gesicht ein mitleidiges Lächeln zu erkennen.

»Das kann ich.«

»Dennoch will ich Ihre Folgerungen nicht ganz von der Hand weisen.« Massek lehnte sich auf seinem Stuhl zurück und kniff die Augen zusammen, als könne er, wenn er sich nur wirklich bemühte, in Wedelands Kopf blicken und dort die Wahrheit lesen. »Wenn Harms' Alibi den Akten zufolge wirklich löchrig ist, dann ist das, in Verbindung mit seinem Selbstmord, ein Grund, ihn sich genauer anzuschauen. Wie Torsten Leutmann ins Bild passt, werden wir noch sehen.«

Massek, nun in seinem Element, diktierte Bloch und Perez die nächsten Schritte und verlangte von Wedeland Sascha Kerners Telefonnummer, da man mit ihr ebenfalls reden müsse. Wedeland gab die Nummer nur zu gerne heraus. Auf seinem Display leuchteten ihm drei entgangene Anrufe von ihr entgegen, sie versuchte verzweifelt, ihn zu erreichen, um zu erfahren, was zur Hölle vor sich ging. Sie wusste vermutlich noch nicht einmal, dass Leutmann tot war. Sicherlich hatte sie mitbekommen, dass etwas geschehen war, schließlich war der Ort klein genug, aber was, das entzog sich vermutlich ihrer Kenntnis. Wedeland spürte sein schlechtes Gewissen wie einen Stein im Schuh, aber in Wahrheit hatte er genug von ihr, von ihrem Selbstmitleid, ihrer ewigen Verzagtheit. Sollten doch die Kollegen ihr erklären, welche tragischen Ereignisse sich in Hulthave zugetragen, welche Folgen ihre ewigen Lügen gehabt hatten.

Schließlich wurde Wedeland hinauskomplimentiert. Als er wieder draußen stand, vor dem Gebäude, kam es ihm vor, als hätte sich die Welt in der Zwischenzeit verändert. Sie war irgendwie durchsichtig geworden, mit schärferen Kanten und einem grelleren, klareren Licht.

47

Wedeland blinzelte in den Nieselregen. Er spürte die Anwesenheit von Benedikt Zöllner, der sich fast schon an ihn zu drängen schien, dieser kräftige, hünenhafte Mann, und es störte ihn nicht. Er war sogar dankbar für die Nähe, die Nähe zu einem Menschen, der Wärme ausströmte.

Jahre, Jahrzehnte hatte er auf diesen Moment gewartet, und jetzt wollte, konnte er kaum hinschauen. Die Abscheu war größer als die Neugier, und er musste sich zwingen, die Augen nicht von dem Geschehen unter der Plane zu wenden. Weiß vermummte Gestalten eilten hin und her, trugen Schicht um Schicht des Erdreichs ab, dort, wo die Hunde, zwei drahtige belgische Schäferhunde, zuvor angeschlagen hatten, am hinteren Ende von Heinrich Harms' weitläufigem Garten. Massek hatte die Suche angeordnet, offenbar nahm er seine Zusage, Heinrich Harms unter die Lupe zu nehmen, sehr genau.

Und nun gruben sie, zentimeterweise, nach der unerträglichen Wahrheit.

Da, schau hin. Da ist das, was du nicht verhindern konntest. Die Stimmen in seinem Kopf klangen hämisch, ohne sich darum zu kümmern, dass er, Ulrich Wedeland, Friederike gar nicht hätte retten können.

Sie war noch in der Nacht ihres Verschwindens gestorben, aber, da gab er den Stimmen recht, es machte keinen Unterschied. Friederike war tot, und die Welt war an ihr schuldig geworden.

Erik Harms stand etwas abseits, das Gesicht völlig ausdruckslos, die Augen fest und in selbstzerstörerischer Absicht auf das Geschehen unter der Plane gerichtet. Niemand hatte ihn wegschicken wollen, niemand wusste, wie mit ihm umzugehen war, was man zu jemandem sagte, dessen Vater ein Mörder war und außerdem tot, herzliches Beileid wohl kaum. Also machten sie einen Bogen um ihn, was seine Einsamkeit nur noch offensichtlicher werden ließ. Die Arme verschränkt, der Kiefer verkrampft, der ganze Körper in einer starren Abwehrhaltung gegen alles und jeden, gegen sein Leben, seit der Tod von allen Seiten gekommen war, um zu bleiben. Wedeland konnte seinen Schmerz spüren, er fühlte mit ihm, fühlte, wie sein Herz immer schwerer wurde, wusste er doch, dass niemand ihm würde helfen können.

Unter der Plane schwoll das Gemurmel an, die Bewegungen wurden hektischer. Wedelands harte, verspannte Nackenmuskeln zogen sich noch fester zusammen. Er wechselte einen raschen Blick mit Zöllner. Ein weiterer Mann in einem Schutzanzug eilte herbei. Jemand rief einen Namen.

Dann geschah eine ganze Weile nichts. Schließlich traten die Männer und Frauen in Weiß, wie auf ein lautloses Kommando hin, ein Stück zurück und gaben die Sicht frei. Massek, der sich bislang außerhalb von Wedelands Blickfeld aufgehalten hatte, tauchte wie aus dem Nichts auf. Ihm auf dem Fuß folgten Perez und Schoch, als hätte Massek zwei Schatten. Unter der Plane beugten sie sich nach vorne, vorsichtig, wie über eine Schlucht, eine Klippe, als fürchteten sie, hinabzustürzen ins Reich der Toten.

Nur Perez' Schultern zuckten, er wandte sich hastig ab,

Schoch und Massek dagegen hielten den Blick unverwandt auf das gerichtet, was die Erde ihnen preisgab.

Massek wandte sich um und nickte Wedeland zu.

Wedeland setzte sich in Bewegung, die Beine schwer. Für die wenigen Meter, so kam es ihm vor, brauchte er eine Ewigkeit. Er spürte die Blicke der Umstehenden, die ihre Augen nicht von ihm abwenden konnten, von ihm, der seine Vergangenheit mit sich brachte wie einen Strauß welker Rosen zu einem Grab.

Er trat neben Massek und sah nach unten. Sah den kleinen blanken Schädel hell in der dunklen Erde und, fein wie ein Gespinst, die Knochen einer zierlichen Hand.

Und da war sie dahin, die letzte Hoffnung, Ergebnis reiner Unvernunft, die all die Jahre in ihm überdauert hatte.

Wedeland spürte, wie sie aus ihm wich, sich mit der Luft, die ihn umgab, vermischte, wie sie in den Himmel stieg und verschwand, als hätte es sie nie gegeben.

»Es gibt wohl keinen Zweifel«, sagte Massek, als sie einige Schritte beiseitetraten. »Wir werden natürlich die erforderlichen Untersuchungen durchführen, aber die Wahrscheinlichkeit, dass es sich hier um Friederike Baumgart handelt, liegt bei nahezu…«

»Sie ist es«, sagte Wedeland. Er sah Massek direkt in die Augen.

»Ja, es ist nahezu ausgeschlossen, dass es nicht Friederike ist. Aber wir werden trotzdem weiter ermitteln. Es geht auch darum herauszufinden, welche Rolle die Frau von Heinrich Harms dabei gespielt hat. Ich kann nicht glauben, dass sie von all dem nichts mitbekommen hat.«

»Sie vermuten, dass sie an der Tat beteiligt war?«

»Nicht zwingend. Aber womöglich wusste sie Bescheid und wurde von Harms unter Druck gesetzt, nichts zu sagen.« Massek seufzte. »Außerdem haben wir im Haus Tabletten gefunden. Dieselben, an denen Torsten Leutmann gestorben ist, wie wir inzwischen wissen. Das hat die Obduktion ergeben. Das Rezept war auf Heinrich Harms ausgestellt.«

»Das überrascht mich nicht.«

»Aber wie bringt man jemanden dazu, sich mit Tabletten umzubringen?«

»Leutmann war labil. Mehr als das. Und Harms hat Leutmann gekannt, oder? Hier kennen sich doch alle. Vielleicht hat er Leutmann eingeredet, dass er keine Chance mehr hat. Dass er als Mörder dastehen wird, weil er zugegeben hat, in der Tatnacht am Zeltplatz gewesen zu sein. Es kann auch sein, dass Harms erkannt hat, dass Leutmann von Sascha Götz besessen war. Vielleicht hat er ihn überzeugt, dass sie ihn hasst und als Mörder sieht.«

Massek hob die Schultern. »Wir sind dabei, Leutmanns Tod genauer zu untersuchen. Vielleicht haben Sie recht. Wieder einmal.«

Wedeland warf einen Blick auf Erik Harms, der blass im Regen stand, ein Mann, gequält vom Schicksal mit solch grausamer Gründlichkeit, dass er es wohl nie würde verwinden können.

Es gab keine Worte, die gepasst hätten, darum nickte er Massek zu und wollte sich schon abwenden, aber dann fiel ihm doch noch etwas ein, das gesagt werden musste.

»Eine Bitte hätte ich.«

»Sicher, wenn es in meiner Macht steht.«

Wedeland bat Massek, sich mit Sascha Kerner in Verbindung zu setzen und ihr zu berichten, was die Grabung ergeben hatte. Und ob man ihr nicht psychologische Hilfe anbieten könne? Massek versicherte ihm, sich darum zu kümmern.

Wedeland setzte sich auf eine Bank im Vorgarten und legte den Kopf in den Nacken, ließ den Regen kommen. Menschen eilten hin und her, von den Einsatzwagen auf der Straße ins Haus und zurück. Menschen notierten Dinge, riefen sich etwas zu, hatten Handys am Ohr, Kaffeebecher in der Hand. Es waren Menschen, die taten, was getan werden musste, wenn der Tod ins Leben einbrach. Einst war er selbst Teil dieses Gefüges gewesen, jetzt war er ein Fremdkörper. Nicht nur, dass er nicht mehr dazugehörte, er spürte auch ihre Blicke, die ihn aussonderten, aus der Masse hervorhoben. Er war der, der Friederike nicht hatte helfen können. Der an ihr gescheitert war. Niemand hätte sie retten können, das wusste er jetzt, aber es änderte nichts an seinem Versagen. Sie war an diesem Ort gewesen, die ganze Zeit, genau wie ihr Mörder.

Über ihm wurden die Wolken dunkler, und der Nieselregen nahm zu. Trotzdem blieb er sitzen. Seine Hose klebte kalt und nass an seinen Beinen, das Wasser rann ihm übers Gesicht und in den Kragen, aber er hatte nicht das Gefühl, daran etwas ändern zu müssen.

Er zog sein Handy aus der Tasche und blinzelte die Regentropfen weg. Sorgfältig tippte er die Nummer. Nach all den Jahren gab es nur eine Person, der er erzählen wollte, was heute geschehen war.

Es klickte in der Leitung.

»Malin Jörgensen.«

»Malin. Ich bin's, Ulrich.«

»Ulrich. Hallo.« Sie klang, als wäre sie auf dem Sprung, aber nicht so, als wäre er ihr lästig.

»Störe ich?«

»Nein. Was ist denn los? Ist etwas passiert?«

Noch immer las sie aus seiner Stimme, mit der gleichen Leichtigkeit wie damals.

»Wir haben sie gefunden. Ich wollte, dass du es weißt.«

Malin sagte nichts. Dann fragte sie: »Geht es? Ich meine, einigermaßen?«

»Ja«, erwiderte er. »Ja, schon.« Dann: »Malin, es gäbe so viel zu sagen.«

»Ach, Ulrich. Ich weiß.« Sie sprach ruhig, mit der Gewissheit, dass das, was vergangen war, vergangen blieb. »Aber lass es gut sein, ja?«

Er versprach ihr, es gut sein zu lassen.

Sie fragte ihn, was er nun machen wolle, ob er nicht verreisen wolle, das wäre doch vielleicht eine gute Idee. Er sagte ihr, dass er es noch nicht wisse. Dass er gerne auf Reisen gehen würde, aber nicht wüsste, wie weit denn weit genug sei.

»Es geht nicht darum, wie weit, Ulrich. Es geht darum, dass du, wenn du dann dort bist, auch wirklich dort bist. Auch in Gedanken.«

Da hatte sie recht, und das sagte er ihr.

Sie verabschiedeten sich, vorsichtig, da keiner von ihnen wusste, wie man sich am besten verabschiedete, wenn sich gerade alles, sogar die Vergangenheit, fundamental verändert hatte.

Ulrich Wedeland steckte sein Handy in die Jackentasche und stand auf. Er würde Wolfram Schaber anrufen müssen. Er schuldete ihm Dank und einen ausführlichen Bericht, aber das musste warten, bis er sein Inneres geordnet hatte. Schaber würde das verstehen.

Wedeland sah, dass sich Sascha Kerner aus einem Grüppchen Neugieriger schälte, das sich auf der Straße zusammengefunden hatte. Rasch schlug er die andere Richtung ein. Er hatte keine Lust, mit ihr zu sprechen, keine Lust, sich von ihr zu verabschieden. Ja, sie tat ihm leid, aber sie hatte es in der Hand gehabt.

Hoch über ihm schrie eine Möwe, und es ärgerte ihn, dass sie das entfernte Rauschen des Meeres übertönte.

48

Erik Harms saß am Strand und hätte nicht sagen können, wo sein Körper aufhörte und der Sand begann, so eisig kalt war beides. Die Möwen, sie schrien wie immer, nur dass es nun anders klang in seinen Ohren, schriller, schmerzhafter, gemeiner. Es war ein Ruf wie zur Erinnerung, dass er machtlos war, gegen alles, was das Schicksal in seinen trunkenen Launen an schrägen Ideen zutage förderte. Oder die Götter, die Sterne oder wer sonst die Fäden in der Hand halten mochte.

Er blickte angestrengt geradeaus ins graue Weiß und fragte sich, warum an manchen Tagen das Meer mir nichts, dir nichts in den Himmel überging, ohne Horizont, ohne klare Linie. Als würde man hinaufgesogen, ob man wollte oder nicht, und dann blieb man da, bis man verrottete und als Staub zurück auf die Erde fiel.

Weit draußen auf dem Meer glaubte er etwas zu sehen, etwas Rotes, Wirbelndes mitten im metallischen Schwarz der Wellen, aber vielleicht spielten ihm seine alkoholschweren Sinne auch nur einen Streich, oder er wurde langsam verrückt.

Wer würde es ihm verdenken. Es kam ihm alles so bizarr vor, fast schon komisch, wahrscheinlich war es das auch, von außen betrachtet. Der dumme Junge, der Polizist werden will, nicht ahnend, dass sein Vater – sein Vater – derjenige ist, der seiner Heimat die Unschuld und einem kleinen Mädchen das

Leben genommen hat. Mein Vater ein Mörder. Sechs Silben, noch kein Rhythmus. Er musste es sich immer wieder sagen, sein Hirn übte den Gedanken noch, prüfte die Beschaffenheit, schmeckte den Zorn in seinen Fasern und saugte ihn heraus.

Mein Vater ein Mörder.

Mein Vater ein Mörder.

Seit er es wusste, war die Welt verschoben, und er fragte sich, ob sie je wieder einrasten würde, und wenn ja, wann. Wie war das, wenn das eigene Leben kollabierte? Gab es einen Plan? Gab es Regeln, an die man sich halten musste, die man brechen durfte? Alles, was gegolten hatte, für sein Leben und jeden Tag, der sich an den nächsten reihte, galt nicht mehr. Alles, was verlässlich erschienen war, existierte nicht mehr, war zerflossen. Und er sah es, in den Augen der anderen, die nicht wussten, was sie sagen, wie sie ihm begegnen sollten. Ein Junge ohne Vater, aber auch der Sohn eines Mörders, und schon waren alle überfordert. Fast hätte man lachen können über ihr hilfloses Wortgetänzel, über die flehentlichen Blicke, er möge sie erlösen von ihrer Menschenpflicht, ihm Beistand anzubieten und Mitleid zu schenken. Er tat es, er erlöste sie – und zog sich zurück, konnte ohnehin keinen von ihnen ertragen, ertrug ja nur mit Mühe sich selbst.

Nicht einmal leiser, wohltuender Zweifel war ihm mehr vergönnt, keine Momente, in denen er die grausame Wahrheit zähmte, indem er sie nicht Wahrheit sein ließ. Was, wenn sein Vater doch nicht schuld war? Was, wenn man ihm den Mord nur angehängt, den Horror nur untergeschoben hatte?

Die Gedanken waren wie Käfer durch sein Hirn geschwirrt, mit sirrenden Flügeln, hatten ihn umschmeichelt, dazu verlocken wollen, ihnen doch Gehör zu schenken.

Selbst den Fund der Knochen, Friederikes Knochen, hatten sie irgendwie überlebt, waren unter den schweren Brocken der Realität hervorgekrochen, hatten weitergesummt.

Aber jetzt waren sie tot. Verendet, verreckt, Fühler und Beinchen geknickt. Getötet hatte sie, mit einem Schlag, der Brief.

Er hatte im Briefkasten gelegen. So einfach konnte es sein. Das Hirn zermartert hatte er sich, ob sein Vater ihm wohl eine Nachricht hinterlassen hatte, und wenn ja, wo. Hatte er sie übersehen? Gab es irgendwo Antworten auf all die tausend schmerzenden Fragen?

Im Briefkasten. Im Briefkasten, der überquoll, weil er ihn in dem Chaos nach Leutmanns Tod nicht geleert hatte. Unter Postwurfsendungen und Rechnungen, inmitten der Reste seines normalen Lebens, hatte er gesteckt.

Ein schlichter weißer Umschlag, ohne Briefmarke, ohne Stempel. Es brachte ihn fast um, dass in all dem Wahnsinn, in all der Verzweiflung sein Vater vor seinem Haus gestanden haben musste, unbemerkt, vielleicht nachts, vielleicht frühmorgens, aber ganz sicher allein, ganz sicher verlassen von der Welt, und diesen Brief in seinen Briefkasten geworfen hatte.

Er würde ihn den Kollegen der Kriminalpolizei überlassen müssen, aber noch steckte er, steckte die Wahrheit in der Innentasche seiner Jacke.

Die akkurate, leicht rechts geneigte Schrift, die ihn früher immer ein bisschen an die Vorlagen in seinem Schönschreibheft erinnert hatte.

Und die grausame Realität. Der Mord an Friederike, die nur den Fehler begangen hatte, da zu sein, als sein Vater sich selbst verlor. Der Tod von Leutmann – die Tabletten und die Worte, ihn davon zu überzeugen, dass sein Leben nicht mehr wert war, gelebt zu werden.

Nein, es gab keine Zweifel mehr. Es stand unverrückbar fest, für immer in die Erde Hulthaves gebrannt.

Sein Vater ein Mörder.

Sein Vater ein Mörder.

Und es geschah, dass ihm die Wahrheit abhandenkam, dass er glaubte, es sei so verrückt, dass es nicht wahr sein konnte. Er war sich der Realität noch nicht ganz sicher, die Erkenntnis war zu frisch, wie eine offene, pulsierende Wunde. Er hatte nicht den Mumm, sie zuzudrücken, damit das Bluten endlich aufhörte und eine Kruste, eine hässliche, schorfige, sich bilden konnte, die dann zur Narbe wurde, erst rot, wulstig und glatt, dann blass, silbrig mit der Zeit.

Er spürte das Salz in der Luft, es lag wie ein Film auf seiner Haut. Er fragte sich, was wohl geschehen würde, wenn er nicht mehr aufstand. Er brauchte ja schließlich einen Grund, um sich zu erheben, sich den Sand von der klammen Jeans zu klopfen und mit kältesteifen Beinen zurück in das Leben zu staken, das hinter ihm in Trümmern auf ihn wartete. Wenn es aber keinen Grund gab, konnte er ebenso gut sitzen bleiben, bis sich der Sand durch den Stoff seiner Hose gerieben hatte, durch seine Haut, bis er ihn zu feinen Körnern zermahlen hatte, auf die man im nächsten Jahr bunte Strandtücher ausbreiten würde. Vielleicht hob ihn jemand auf und ließ ihn durch seine Finger rieseln. Fast hätte er gelächelt. Er mochte diese Gedanken, und er mochte, wie sie wie Treibholz vom Meer umhergeworfen wurden, bis sein ganzer Kopf sich anfühlte wie vom Salzwasser ausgehöhlt.

Er sah sie nicht, und er hörte sie nicht. Die Wellen in seinem Kopf waren zu laut, und so bemerkte er sie erst, als sie sich neben ihm im Sand niederließ.

Sie war, das musste er ihr zugutehalten, die Einzige, die sich nicht beeindrucken ließ. Die weder mit forscher, falscher Fröhlichkeit den Bann zu brechen suchte noch herumdruckste und nach Worten rang.

Regina blieb Regina, kühl und unbeeindruckt. Er wusste immer noch nicht, ob er sie nun mochte oder nicht, und jetzt war auch nicht der Zeitpunkt, um sich darüber den Kopf zu zerbrechen. Aber er war zu dem Schluss gekommen, dass er sie akzeptierte, und so blieb er sitzen, spürte ihre Wärme neben seiner Kälte.

»Es ist wohl so«, sagte sie unvermittelt, »dass ich jetzt wieder bin, wer ich einmal war.«

Er sah sie an, sah in ihr glattes, schönes Gesicht, und er fragte sich, ob es einen Augenblick in ferner Zukunft gab, in dem es ihm nicht mehr gleichgültig sein würde.

Im selben Moment vibrierte sein Telefon. Benedikt.

»Geh ruhig ran. Er wird es dir sagen.«

Er drückte das Gespräch weg. »Was sagen?«

»Wer ich bin.«

»Sag du es mir doch.«

Sie zog die Schultern hoch, als das Handy erneut zu summen begann. »Geh ran.«

Er nahm das Gespräch an, allein, um sie zum Schweigen zu bringen. »Benedikt?«

»Erik, ich bin es. Ich weiß, du hast andere Sorgen, wobei Sorgen vielleicht ... ach, was auch immer. Ich dachte jedenfalls, es interessiert dich vielleicht, dass wir die Identität der Nixe klären konnten.«

Er warf ihr einen Blick zu, und sie schaute zurück, die Augenbrauen angehoben, die Lippen gespitzt, leicht schmollend: Hab ich's doch gesagt.

Es knisterte kurz in der Leitung, dann war Benedikt wieder da.

»Ihr Name ist nicht Regina Schwarz. Sie heißt Sarah Berg, ist verheiratet, keine Kinder. Geboren 1980 in Hamburg als Sarah Kallweit. Später mit der Mutter und deren neuem Mann nach Schweden ausgewandert und dort aufgewachsen. Darum hatten wir sie in keinem System: Sie spricht zwar Deutsch, weil es ihre Muttersprache ist, aber sie hat Deutschland verlassen, als sie drei war.«

Erik Harms schwieg, blickte aufs Wasser.

»Erik, hörst du? Wir müssen sie finden und klären, ob sie sich daran erinnert. Vielleicht kehrt die Erinnerung zurück, wenn wir sie mit ihrem Namen und ihrem alten Leben konfrontieren. Kein allzu gutes. Laut der schwedischen Polizei gab es bei ihr wohl häufiger gewalttätige Auseinandersetzungen. Die Kollegen vor Ort wurden immer wieder von Nachbarn gerufen, aber jedes Mal war es das Gleiche: Sie hat sich standhaft geweigert, gegen ihren Mann Anzeige zu erstatten, alles sei in Ordnung, sie hätten sich nur gestritten. Es hat sie auch erst vor ein paar Tagen jemand vermisst gemeldet, nicht der Ehemann, eine Nachbarin war's. Wenn du mich fragst – ein Scheißleben hatte die dort. Ich denke ja, sie ist irgendwie an unseren Strand geraten, und dann hat sie die Gelegenheit ergriffen und so getan, als wüsste sie nicht mehr, wer sie ist.«

Benedikt schwieg kurz, dann: »Erik? Mann, ich komme mir vor, als würde ich gegen eine Wand reden. Kannst du mal was sagen, irgendwas?«

Statt zu antworten, legte Erik Harms auf. Benedikt würde ihn schon verstehen.

Er sah Regina Schwarz an, die nicht Regina Schwarz war. Ihr Gesicht hätte ihm vertraut sein müssen, aber das war es nicht. Es wirkte anders. Älter. Härter.

»Woher hast du's gewusst?«, fragte er.

»Nur so ein Gefühl.«

»Du hattest einfach heute Morgen, als du aufwachtest, so ein Gefühl: Heute finden die raus, wer ich bin. Heute fliegt auf, dass ich gelogen habe. Dass alles, was ich in den letzten Wochen von mir gegeben habe, eine Lüge war. So in etwa?«

»So in etwa.«

Er hatte Schwierigkeiten, das zu glauben. Andererseits – was überhaupt hätte er ihr glauben können, jetzt, da er wusste, dass sie eine notorische Lügnerin war? Und im Grunde war es gleich, ob ihr ein Kribbeln im kleinen Zeh verraten hatte, dass sie auffliegen würde, oder vielleicht doch ein Kontakt bei der schwedischen Polizei.

»Du hättest es weiter durchziehen können«, sagte er. »Du hättest so tun können, als wäre es neu für dich. Dass du Sarah Berg bist.«

»Wozu?« Sie zog die Schultern hoch. »Damit mein Ehemann«, das Wort klang, als nähme sie es nur ungern in den Mund, »auftaucht und mich nach Hause bringt? Nein.«

Wieder schwiegen beide, es waren nur die Möwen und das Meer zu hören.

Erik Harms fühlte sich seltsam hohl. Da waren so viele Fragen, endlos ineinander verschlungen wie die Tentakel eines Kraken, die zu entwirren er vielleicht einmal die Absicht gehabt hatte. Wie war sie gerade nach Hulthave gekommen, und warum? Wie an den Strand gelangt? War es Teil eines Plans gewesen, einer Strategie? Oder war sie einfach in dieses neue Leben gestolpert und hatte spontan beschlossen, mit dem Strom der Ereignisse zu schwimmen? Hatte sie die ganze Zeit gewusst, wer sie war, oder war ihr Gedächtnis wirklich für einen Moment außer Tritt gewesen, für eine Minute, eine Stunde, einen Tag?

Doch es gab nichts, nichts, was sie sagen konnte, nichts, was er glauben würde. Egal welche Fragen er stellte, er würde zurückbleiben mit Antworten, die nichts als schlaffe, tote Wörter waren, ohne Leben und Wahrheit.

Er ließ die Fragen in seinem Inneren versickern.

»Dann willst du also verschwinden?«, fragte er stattdessen. Es lag auf der Hand.

»Ja«, sagte sie, mehr nicht. Doch was bei diesem Ja mitschwang, war so deutlich, als hätte sie es ausgesprochen: Ja, ich will auch aus diesem neuen Leben verschwinden, es mir abstreifen wie eine Schlangenhaut, wie ich schon mein altes Leben abgestreift habe. Ich werde mir ein neues suchen, eines, das mir keiner mehr nehmen kann, selbst wenn ich noch nicht weiß, wie und wo das sein wird. Und, so der lautlose Nachtrag, wer sich mir in den Weg stellt, der wird das sein Leben lang bereuen.

»Warum bist du dann hier? Dir ist klar, dass ich dich nicht gehen lassen dürfte.«

»Ich weiß nicht. Oder doch: Um mich bei dir zu bedanken.« Es klang nicht sehr überzeugend, was daran lag, dass es nicht zu ihr passte. Sie war nicht der Typ, der dankend das Haupt senkte. Sie war der Typ, der einfach nahm und es so selbstverständlich wirken ließ, dass sich niemand daran stoßen konnte. »Ich bin mir sicher«, fuhr sie fort, »dass du dich mir nicht in den Weg stellen wirst. Du wirst dich von mir verabschieden, ich werde aufstehen und gehen. Was dann passiert, wirst du nie erfahren, und ich schätze mal, dass es dich auch nicht interessiert.«

Er hätte empört sein können, darüber, dass sie sich anmaßte zu wissen, wer er war und was in ihm vorging. Doch es stimmte. Er würde sie nicht aufhalten. Er würde niemandem erzählen, dass er sie ein letztes Mal gesehen hatte. Er würde sie gehen lassen. Es war ihm egal, was sie tat. Er konnte noch nicht einmal wirklichen und ehrlichen Ärger darüber empfinden, was sie getan hatte. Das Einzige, was er empfand, war der Wunsch, wieder allein zu sein.

Sie schien das zu spüren, denn sie erhob sich, strich sich den Sand von der Kleidung, nickte ihm zu und ging, wie sie gekommen war: ohne Gepäck, ohne Namen.

Er sah ihr nach, sah, wie sie kleiner wurde, Vergangenheit wurde. Kurz hatte er den Impuls, ihr etwas hinterherzurufen. Gab es noch etwas, das er ihr sagen musste? Es fühlte sich so an.

Vielleicht musste er ihr danken. Dafür, dass sie der Auslöser gewesen war für jenen quälenden Prozess, der die nicht minder quälende Wahrheit ans Licht gebracht hatte. Vielleicht musste er sie auch gerade dafür verdammen. Er war sich nicht sicher, also blieb er still.

49

Sascha Kerner stand an der Bushaltestelle und fragte sich, wie es möglich war, dass sich die Welt kein bisschen verändert hatte. Der Himmel war so blassgrau wie zuvor, die Möwen schrien, die Luft schmeckte nach Salz. Die Pfützen auf der Straße erzitterten in konzentrischen Ringen, wann immer ein Auto vorbeifuhr. Die physikalischen Gesetzmäßigkeiten funktionierten, hielten die Welt im Takt, ohne der Tatsache Rechnung zu tragen, dass sich alles verändert hatte. Ein Steinchen verschoben von lebend zu tot, ein Steinchen von gut nach böse, und schon kippte alles, kippte der Himmel nach unten, wurde der Boden unter ihren Füßen weggerissen, und doch war das nur in ihr drin.

Was fühlte sie? Das war die eigentliche Frage, und es war eine Frage, auf die ihr Hirn nahezu panisch eine Antwort suchte. All die Jahre hatte sie sich gequält, mit Schuld, mit Angst, mit Hass auf sich selbst. Mit klaren, grellen Gefühlen, scharf und kantig an den Rändern, unzweideutig in ihrer Brutalität.

Jetzt war da ein schlieriger Nebel, der sie umgab, in dem sie sich nicht zurechtfand, dessen Schmerz sie nicht wirklich spüren konnte, weil er längst dabei war, in ihre Lungen zu dringen und sie langsam zu ersticken.

War es Angst? Nein, die Angst war verschwunden und mit ihr die schäbige, räudige Hündin Hoffnung. Die Traurigkeit war nun da, in all ihrer selbstgefälligen Pracht, versuchte sich über alles zu legen, doch dann war da auch Erleichterung, allzu widerspenstig und ohne Scham. Da war außerdem so etwas wie eine knöcherne, hässliche Freude, die sie fortzujagen versuchte, doch sie kam immer wieder. Freude, dass es vorbei war, ohne zu wissen, welcher Albtraum den vergangenen ablösen würde. Schuld, die altbekannte Schuld, und dann, nagend und leise, Bedauern. Ein Leben, das keines gewesen war, das nicht gelebt worden war, das nicht hatte sein dürfen.

Sie spürte den Gefühlen nach, schmeckte sie aus sich heraus, doch sobald sie eines isoliert hatte, verschwamm es wieder mit den anderen. In wilden Wirbeln strömten sie durch sie hindurch. Es war, als löste sie sich selbst auf in all der Ungewissheit, als ertränke sie in nasser Watte, endlich tot, endlich ruhig – nur dass sie noch lebte.

Der Bus hielt, und sie stieg ein. Weil es sich so gehörte, weil man es so machte. Man stieg in den Bus, man fuhr zum Bahnhof, man stieg in den Zug, fuhr nach Berlin, ging nach Hause, redete mit den Kindern, kochte, schlief, trank, aß, lebte weiter. Und irgendwann würde ihr Inneres wieder leer sein, würde wieder Platz sein, um etwas zu fühlen, das ihr nicht den Atem nahm, vielleicht in einem Jahr, vielleicht erst in zehn Jahren. Sie würde warten, sie würde ertragen, denn darum ging es, darum war es immer gegangen.

Der Bus setzte sich in Bewegung, und Hulthave verschwand.

Epilog

Er steht dort und hält sie, zerbrechlich wie ein Vogelgerippe, die Knochen zart unter der noch warmen Haut. Alles ist aus ihr gewichen, er selbst hat es vertrieben, all das Leben, und er weiß nicht, warum.

Es ist aus der Erde aufgestiegen wie ein Nebel aus Wut, hat sich um ihn gelegt, auf ihn, hat ihm die Luft genommen, ihm keine Wahl gelassen, als es zu tun. Anhalten. Aussteigen. Sie mit Händen, die nicht seine waren, nicht seine sein konnten, packen und aus dem Leben reißen.

Er ist so nicht. Er hat noch niemals ein Kind angerührt, und doch haben sich diese Sekunden angefühlt wie tausendmal geprobt.

Er kann wieder atmen. Die Wut ist verschwunden. Er fühlt Frieden, dort, zwischen den Zeiten, zwischen den Leben. Die Wut, die unter seiner Haut gewohnt hat, schon so lange, hat sich verflüchtigt.

Doch dann, rasend schnell, beginnen die Leerräume, dort, wo sie ihn ausgehöhlt hat, sich zu füllen, mit dunklem Wasser, kaltem Wasser, immer weiter steigend. Panik. Hass. Die wahnwitzige Erkenntnis, dass er nicht mehr Mensch ist, sich zum Tier gemacht hat. Er schmeckt es metallisch wie Blut in seiner Kehle, würgt daran, röchelt daran, und er weiß, so unwiederbringlich sein Leben verloren ist, so unbeirrbar muss er es weiterführen. Es gibt keinen Weg, keinen anderen Weg. Er wird weiterleben, solange es geht.

Dank

Ich danke meinen Eltern und meiner Schwester für ihre Liebe, ihre Unterstützung und für ihre unerschütterliche Überzeugung, dass ich das schon hinkriege, wenn ich es mir in den Kopf gesetzt habe.

Ein ganz besonderer Dank gilt meinem Agenten Dr. Harry Olechnowitz, der all dies erst möglich gemacht hat und dessen Begleitung auf diesem Weg für mich von unschätzbarem Wert war und ist.

Barbara Heinzius und allen beim Goldmann Verlag danke ich von Herzen für ihr Vertrauen und dafür, dass sie es einfach gemacht haben! Ich kann es immer noch kaum fassen.

Ein großes Dankeschön geht an meine Lektorin Regina Carstensen für ihre unendliche Geduld, ihre Nachsicht mit mir und ihren unermüdlichen Einsatz für dieses Buch.

Ich bin dankbar, beim Schreiben auf den Rat und den Rückhalt wunderbarer Freundinnen zählen zu können. Dazu gehören ganz besonders: Loui. Anna. Kathi. Die großartige Marie, die all meine tausend Fragen geduldig und notfalls auch vom Ende der Welt aus beantwortet hat und ohne die dieses Buch nicht denkbar gewesen wäre. Und meine allerliebste Johanna, die vom ersten Wort an dabei war: Ich danke dir für alles und ganz besonders für jedes einzelne Herz im korrigierten Manuskript. Du bist unersetzlich!

Birgit, Sepp und Fabienne, die an dieser Stelle nicht fehlen dürfen: Ich danke euch sehr für eure Begeisterung, fürs Mitfiebern und für zahllose Einsätze als Babysitter!

Nicht genug danken kann ich meinem Mann: Ohne dich wären es nur leere Seiten. Ich kann nicht in Worte fassen, was du geleistet hast und wie viel es mir bedeutet, das hier mit dir gemeinsam geschafft zu haben.

Und ich danke meinem Sohn dafür, dass er so ist, wie er ist: Die Sonne in meiner Welt.

Um die ganze Welt des
GOLDMANN Verlages
kennenzulernen, besuchen Sie uns doch im Internet unter:

www.goldmann-verlag.de

Dort können Sie
nach weiteren interessanten Büchern **stöbern**,
Näheres über unsere **Autoren** erfahren,
in **Leseproben** blättern, alle **Termine** zu Lesungen und Events finden und den **Newsletter** mit interessanten Neuigkeiten, Gewinnspielen etc. abonnieren.

Ein **Gesamtverzeichnis** aller Goldmann Bücher finden Sie dort ebenfalls.

Sehen Sie sich auch unsere **Videos** auf YouTube an und werden Sie ein **Facebook**-Fan des Goldmann Verlags!

www.goldmann-verlag.de
www.facebook.com/goldmannverlag